The Dressmakers of Auschwitz

The True Story of the Women Who Sewed to Survive

Lucy Adlington

アウシュヴィッツのお針子

ルーシー・アドリントン

宇丹貴代実 訳

河出書房新社

アウシュヴィッツのお針子　目次

アウシュヴィッツのお針子　目次

アウシュヴィッツのお針子

お針子とそのご家族のみなさんに捧げる

主な登場人物

アウシュヴィッツのお針子たち

イレーネ・ライヒェンベルク　一九二二年四月二三日生まれ。ブラチスラヴァ出身。八人兄弟のひとりで、父は靴職人だった。ブラーハ、レネーとは正統派ユダヤ教の小学校での同級生で、親友。一九四二年三月入所。姉ヨリ、妹エーディトも収容され、発疹チフスにかかり死亡した。マルタ・フフスの推薦で高級服仕立て作業場に加わった。

レネー・ウンガー　ブラチスラヴァ出身。父はユダヤ教のラビ。イレーネ、ブラーハと同級生。一九四二年三月入所。

ブラーハ・ベルコヴィッチ　一九二一年一一月四日生まれ。楽天的な性格を持つ。カルパティア山脈南部の農村出身で、ブラチスラヴァに移る。仕立て職人だった父、母は（おそらくマイダネクで）殺された。イレーネとは同じ学校に通う親友。レネーとも同級生だが、途中で結核療養のため一年遅れる。一九四二年四月入所。収容所の略奪品集積所（通称カナダ）に配置された後にマルタ・フフスと出会う。

カトカ・ベルコヴィッチ　ブラーハの妹。コートの仕立てを得意とした。

フーニア（ヘルミネ）・フォルクマン　一九〇八年一〇月五日生まれ。旧姓ストルフ。スロヴァキア東部のケジュマロク出身。パレスチナに逃れた妹のショシャナとブラーハが友人だった。フーニアは優秀な仕立て職人で、ライプツィヒで自身のサロンを持っていた。一九四三年七月入所。夫のナータンはアウシュヴィッツで殺された。

マルタ・フフス　現在のハンガリー出身。戦前はブラチスラヴァで人気のファッションサロンを経営していた一流の裁断職人で、アウシュヴィッツの高級服仕立て作業場の責任者となる。その特権を使い、多くの女性収容者をサロンに参加させることで命を救った。姉のトゥルルカがイレーネの兄ラチと結婚したため、イレーネとは親戚であり、その縁でイレーネを作業場に呼び入れた。イレーネより四歳年上だった。一九四二年三月入所。収容所内でのレジスタンス活動にもかかわり、収容所からの逃亡も計画する。

ヘルタ・フフス　マルタ・フフスのいとこ。スロヴァキアのトルナヴァ出身。コルセット職人。

アリダ・ド・ラ・サール　フランス、ノルマンディー出身のコミュニスト。コルセット職人だった。一九四二年二月、反ナチスのビラを配ったかどで逮捕される。一九四三年一月にフランス人政治犯の第一陣として入所。

マリルー・コロンバン　パリ出身のお針子で、レジスタンス活動を行なっていた。一九四二年一二月に逮捕され、アリダと同じく一九四三年一月に入所。収容所の縫製工場でも働いていた。

レジーナ・アプフェルバウム　トランシルヴァニア北部出身のお針子。一九四四年五月末入所。

お針子以外の収容者

ルドルフ・ヴルバ　スロヴァキア人の囚人で本名はヴァルター・ローゼンバーグ。収容所内の「カナダ」に配属され、お針子たちにも親切だった。のちにアウシュヴィッツからアルフレート・ヴェッツラーとともに逃亡し、収容所での大量殺戮を世界に伝えることになる。また、ふたりの逃亡は映画化もされ、日本では二〇二一年に『アウシュヴィッツ・レポート』のタイトルで公開された。

マリア・シュトロームベルガー　通称マリア看護師。民間の看護師で、自らアウシュヴィッツでの勤務を志願した。収容所でのレジスタンスにかかわり、極秘情報を収容所外に伝えた。

アンナ・ビンダー　アウシュヴィッツの囚人でコミュニスト。事務班に配属される。各囚人のデータシートを管理していた。マルタ・フフスとは親友となり、ともにレジスタンス活動にかかわる。

マラ・ジメトバウム　ベルギー出身。収容所内のラオフェルカ（親衛隊の使い走り、運び人、護送役）として信頼を得たことで自由に動きまわり、この立場を利用してレジスタンスの援助をしていた。収容所内でできた恋人と逃走するが失敗、死刑となる。

フランツ・ダニマン　ヘス邸で庭師として働いていた囚人。秘密組織カンプフグルッペ・アウシュヴィッツ（アウシュヴィッツ戦闘グループ）の主要メンバーだった。

ナチス関係者

ヘートヴィヒ・ヘス　アウシュヴィッツ収容所所長ルドルフ・ヘスの妻で、収容所内に高級服仕立て作業場を設けた人物。また、収容所女性看守の母親的存在も担った。ヘスとは一九二九年八月一七日に結婚し、五人の子を持った。

ルドルフ・ヘス　一九四〇年五月、アウシュヴィッツ収容所の初代所長に就任する。

イルマ・グレーゼ　親衛隊女子。ラーフェンスブリュック強制収容所を経て、一九歳でアウシュヴィッツに勤務。特権を悪用して、囚人たちを虐待していた。戦後、裁判にかけられる。

ハインリヒ・ヒムラー　ナチス高官。

人物相関図

ナチス関係者

アドルフ・ヒトラー

エマ・ブラウン

ヘルマン・ゲーリング ＝ エミー

ヨーゼフ・ゲッベルス ＝ マクダ

ハインリヒ・ヒムラー ＝ マルガレーテ

ヘス家

ルドルフ ＝ ヘートヴィヒ

- クラウス
- ハイデトラウト
- インゲ＝ブリギット（ブリギッテ）
- ハンス＝ユルゲン ―― ライナー
- アンネグレート

ヨハン・ポール・クレーマー　医師

イルマ・グレーゼ　看守

人物相関図

関係者

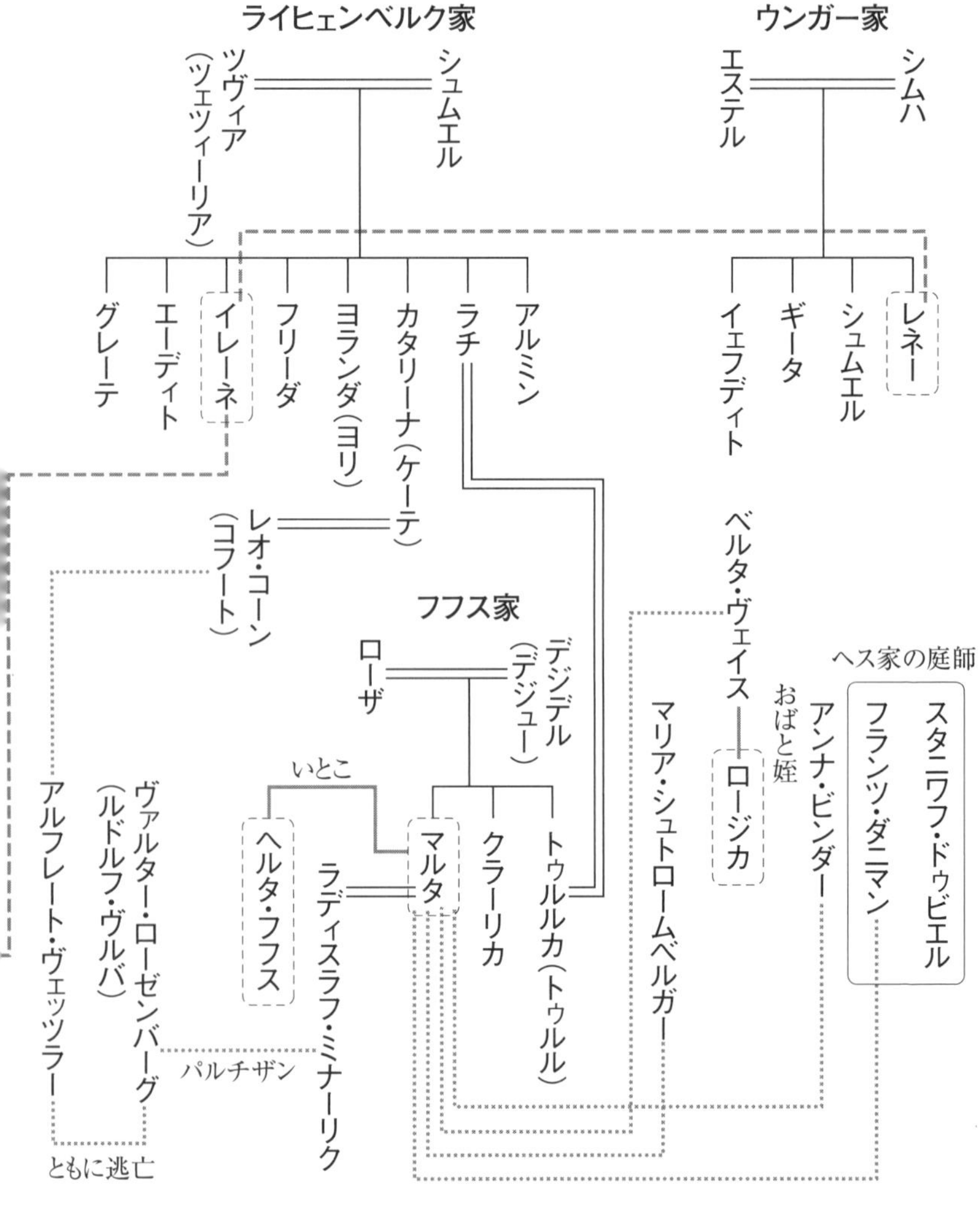

ライヒェンベルク家
ツヴィア（ツェツィーリア）
シュムエル
グレーテ
エーディト
イレーネ
フリーダ
ヨランダ（ヨリ）
カタリーナ（ケーテ）
ラチ
アルミン
レオ・コーン（コフート）
ウンガー家
エステル
シムハ
イェフディト
ギータ
シュムエル
レネー
フフス家
ローザ
デジデル（デジュー）
いとこ
ヘルタ・フフス
マルタ
クラーリカ
トゥルルカ（トゥルル）
ラディスラフ・ミナーリク
ヴァルター・ローゼンバーグ（ルドルフ・ヴルバ）
アルフレート・ヴェッツラー
パルチザン
ともに逃亡
ベルタ・ヴェイス
おばと姪
ロージカ
マリア・シュトロームベルガー
アンナ・ビンダー
ヘス家の庭師
スタニワフ・ドゥビエル
フランツ・ダニマン

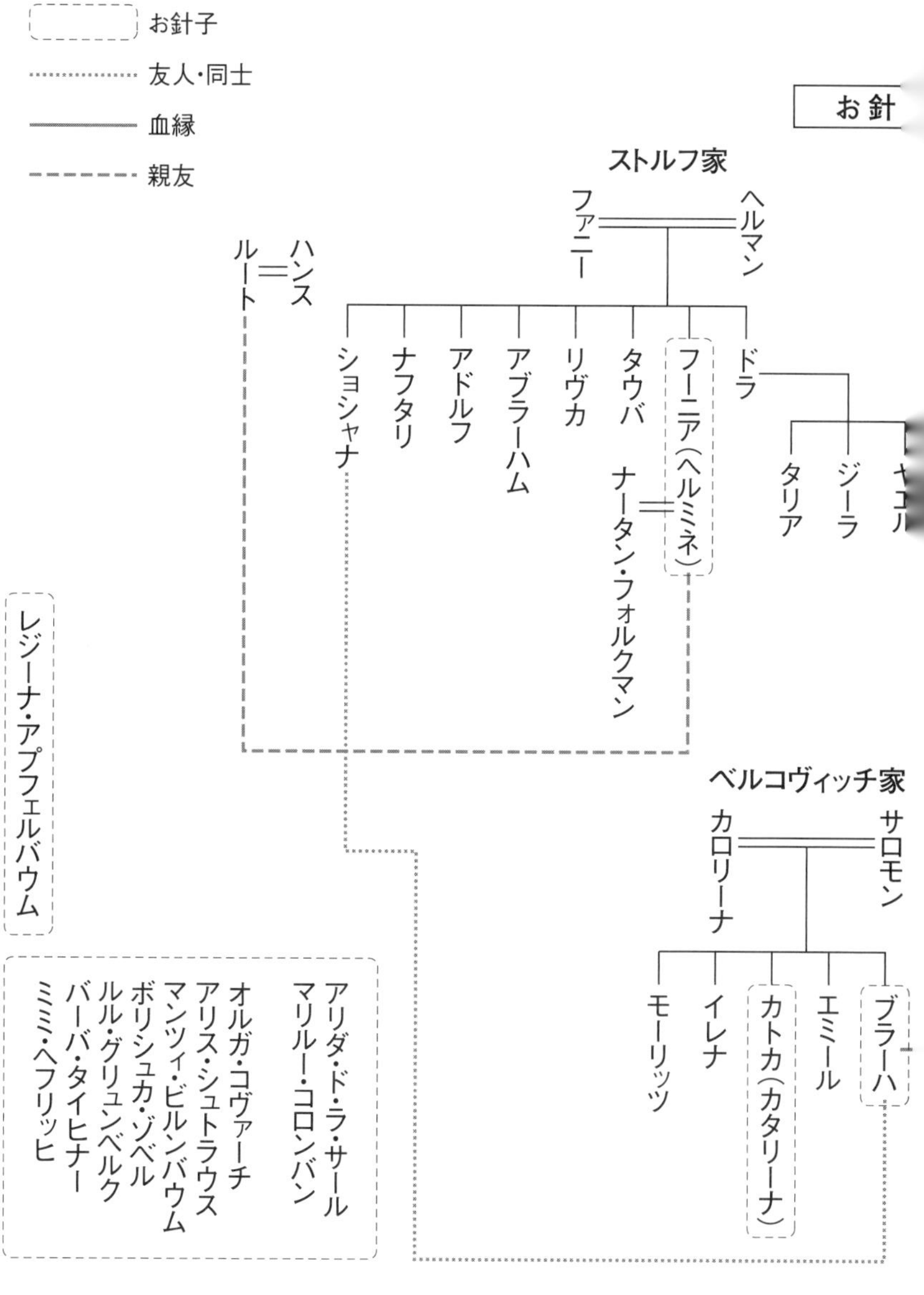
お針子
友人・同士
血縁
親友
お針
ストルフ家
ヘルマン
ファニー
ハンス
ルート
ドラ
フーニア（ヘルミネ）
タウバ
リヴカ
アブラーハム
アドルフ
ナフタリ
ショシャナ
ナータン・フォルクマン
タリア
ジーラ
レジーナ・アプフェルバウム
アリダ・ド・ラ・サール
マリルー・コロンバン
オルガ・コヴァーチ
アリス・シュトラウス
マンツィ・ビルンバウム
ボリシュカ・ゾベル
ルル・グリュンベルク
バーバ・タイヒナー
ミミ・ヘフリッヒ
ベルコヴィッチ家
サロモン
カロリーナ
ブラーハ
エミール
カトカ（カタリーナ）
イレナ
モーリッツ

序章

「とうてい信じられない話でしょう？」

これは、ミセス・コフートにはじめて会ったときに言われたことばのひとつだ。わたしは彼女の家に招き入れられたばかりで、後ろ盾としてずらりと控えている親族に気圧されていた。当の彼女は生き生きとした小柄な女性で、品のいいスラックスとブラウスに、ビーズのネックレスといういでたち。ショートスタイルの白髪、ローズピンクの口紅。この女性に会うために、わたしはイングランド北部から飛行機で地球をぐるりと回って、カリフォルニア州の大都市サンフランシスコにほど近い丘に建つ慎ましやかな家を訪れたのだ。

わたしたちは握手をする。その瞬間、歴史は現実の人生と化して、味気ない記録文書や書籍の山、ファッション画や優美な布地といった、わたしがふだん著述活動や研究発表に用いている史料ではなくなった。いま、わたしは〝恐怖〟と同義語である場所と時代を生きぬいたひとりの女性と会っているのだ。

レースのクロスをかけたテーブルで、ミセス・コフートがお手製のアプフェルシュトゥルーデル〔オーストリア版のアップルパイ〕を勧めてくれる。わたしたちが会って話すときはいつも、資料となる専門書のほかに、フラワーブーケ、美しい刺繡細工、家族写真、色彩豊かな陶磁器がそばに置いてあった。最初のインタビューではまず、わたしが持参した一九四〇年代の裁縫雑誌をざっと眺め、それからわたしのヴィンテージ古着コレクションの一枚、戦時中の優美な赤いドレスをじっくりと吟味する。

「いい仕事ね」ドレスの装飾を指でなぞりながら、彼女が品定めをする。「とってもエレガント」

衣服のおかげで、大陸と世代を越えてふたりの心が通じあったことに、わたしは感動する。裁断、スタイル、テクニックをふたりで誉め称えるが、こうした場面の背景には、はるかに重要な事実が存在した。数十年前、ミセス・コフートはまったく異なる状況で、布地や衣服を手にしていた。彼女は、アウシュヴィッツ強制収容所のファッションサロンで働いたお針子の、最後の生き残りなのだ。

アウシュヴィッツのファッションサロン？　なんと常軌を逸した発想なんだろう。〝高級服仕立て作業場〟と呼ばれていたその場所の存在をはじめて目にしたとき、わたしは仰天した。戦時中の世界各地の繊維製品について執筆するために、ヒトラーの第三帝国とファッション業界の結びつきに関する資料を読んでいたときのことだ。ナチスは公の壮大な集会にイコン的な制服を用いたことからわかるように、衣服が引き出す力の大きさを明らかに認識していた。制服は、集団の誇りとアイデンティティーを強化するために衣服を利用する典型例だ。ナチスの経済政策や人種政策は、被服産業から儲けを得ること、略奪による利益で戦争行為の費用をまかなうことを狙って策定されていた。

ナチス上層部の女性も、衣服を重要視していた。ヒトラーの狡猾な宣伝相の妻で、自他ともに認めるエレガントなマクダ・ゲッベルスは、ナチスがファッション業界からユダヤ人を消し去ろうとやっきになっているのを尻目に、ユダヤ人がこしらえた衣服を臆面もなく身につけた。国家元帥ヘルマン・ゲーリングの妻エミー・ゲーリングは、出どころは見当もつかなかったとのちに主張したが、略奪した豪華な衣服をまとっていた。ヒトラーの愛人だったエヴァ・ブラウンは高級仕立て服をこよなく愛し、なんと、自死とドイツ降伏を目前にしながら、燃えさかるベルリン市街を突っ切ってウェディングドレスを届けさせ、フェラガモの靴とともに身につけた[1]。

そうは言っても、アウシュヴィッツにファッションサロンだなんて？　実のところ、この作業場は、第三帝国の核をなす価値観――略奪、退廃、大量殺戮と密接に結びついた特権と耽溺――を包含していた。

アウシュヴィッツに婦人服仕立て作業場を設けたのは、ほかならぬこの強制収容所所長〔ルドルフ・ヘス〕の妻、ヘートヴィヒ・ヘスだ。ファッションサロンと絶滅収容所という組みあわせだけでも異様だが、働き手のアイデンティティーがこれまた大きな驚きだった。このサロンのお針子の大半はユダヤ人、つまりナチスによって追放、強制移送されてきた人たち、〝最終的解決〟の一環としていずれは絶滅させられる運命にあった人たちなのだ。そのほかに、占領下フランスから送られてきた非ユダヤ人のコミュニストもいた。彼女たちはナチスに抵抗したがゆえに投獄され、根絶されることになっていた。

これら不屈の囚われ人の一団が、ヘス夫人をはじめナチス親衛隊員の妻たちのために型紙を起こし、布を裁断して縫いあわせ、装飾をつけて、美しい衣服を作っていた。まさに自分たちを破壊分子や劣等人種として蔑む人々――ユダヤ人すべて、ナチス政権の政敵すべてを滅ぼそうと奮闘する男たちの妻――のために。アウシュヴィッツのサロンのお針子たちにとって、縫うことはガス室と焼却炉から逃れる手段だったのだ。

自分たちを非人間化、劣等化しようとするナチスに対し、お針子たちは友情とまごころの強いきずなで抵抗した。針に糸を通し、ミシンを回すかたわら、レジスタンス活動をして、逃亡の計画まで立てていた。本書は、彼女たちの歴史を綴ったものだ。小説化はしていない。描かれた詳細な場面や会話は、いずれも証言、文書、物的証拠、そして家族またはわたしにじかに語られた記憶にもとづくもので、広範な読みこみとアーカイブ調査に裏づけられている。

このファッションサロンの存在を知ったわたしは、深く掘りさげて調べはじめた。当初は、ごく基本的な情報と、不完全な名前の一覧しかなかった――**イレーネ**、**レネー**、**ブラーハ**、**カトカ**、**フーニ**

ア、ミミ、マンツィ、マルタ、オルガ、アリダ、マリルー、ルル、バーバ、ボリシュカ。これらお針子たちの全生涯について知るのはおろか、いま以上の情報はもはや見つからないものと希望を失いかけたとき、架空の作業場を舞台にしたわたしのヤングアダルト小説――"The Red Ribbon"(『赤いリボン』)――が、ヨーロッパ、イスラエル、北アメリカにいる親族たちの目に留まった。そして、第一陣のメールが届いた。

おばがアウシュヴィッツのお針子でした。
母がアウシュヴィッツのお針子でした。
祖母がアウシュヴィッツで婦人服の仕立て作業場を運営していました。

はじめて、実在のお針子の家族と連絡が取れたのだ。彼女たちの人生と運命を解き明かしていくのは、衝撃的であると同時に心を強く揺さぶられる経験だった。

驚いたことに、お針子のひとりがまだ健在で、話を聞かせてくれるという――ナチス政権の、いまわしい矛盾や残虐さが具現化された場所の、たぐいまれな証人だ。わたしたちが出会った当時、ミセス・コフートは九八歳で、こちらが質問する前からあれこれ話をしてくれた。その記憶は、子どものころユダヤ教の仮庵《かりいお》の祭でナッツやキャンディーをどっさりもらった話から、学校時代の友だちがアウシュヴィッツで作業中にただおしゃべりをしただけで親衛隊員にシャベルで首の骨を折られたことまで、じつに多岐にわたっていた。

彼女は戦前の自分の写真――品のよいニットのセーターを着て、マグノリアの枝を一本抱えたティーンエイジャー――と、戦後数年経ったころの写真――クリスチャンディオールの有名なニュールックを模した流行のコートを着ている――を見せてくれた。これら二葉の写真を見た人は、そのあいだの歳月にどんな生活があったのか、およそ想像がつかないだろう。

アウシュヴィッツでの痛ましい一〇〇〇日間には、写真はない。あの一〇〇〇日のあいだは、一日に一〇〇〇回死んでもおかしくなかった、と彼女は言う。ひとつの記憶からべつの記憶へと、彼女がことばでさまざまな情景を描くうちに、指がスラックスの縫い目をなぞり、折り目を際立たせていく——抑えつけられた感情がわずかに垣間見えるしぐさだ。彼女にとって英語は第五言語だが、アメリカで過ごした長い歳月に磨きがかけられた。ひとつの言語からべつの言語へこともなげに切り替わるので、こちらはついていくのがやっとだ。わたしは速記用のペンと紙、そして長い質問リストを用意していた。動画を撮るためにスマートフォンをいじっていると、ミセス・コフートにつつかれた。

「ちゃんと聞いて！」

わたしは聞いた。

第一章　わずかな生き残りのひとり

アウシュヴィッツの本部の建物に到着して二年後、わたしはそこの裁縫室で親衛隊員の家族のためにお針子として働いていました。一日に一〇から一二時間働きました。わたしはアウシュヴィッツの地獄の、わずかな生き残りのひとりです――オルガ・コヴァーチ[1]

いつもと変わりない一日。

ふたつの窓から差しこむ光を頼りに、白いヘッドスカーフをつけた女性の一団が、長い木製テーブルで縫い物をしている。手にした服に身をかがめ、針を刺しては抜き、刺しては抜きする。地下の作業室。窓の上の空は自由を意味しない。ここは、彼女たちの避難所だ。

盛況なファッションサロンの道具一式、ありとあらゆる裁縫道具が、彼女たちを取り巻いている。テーブルには、巻き尺とはさみと糸巻き。かたわらに、さまざまな布地の束が積んである。ファッション雑誌やぱりっとした型紙が、あたりに散乱している。メインの作業場の横に顧客の仮縫い用の個室があり、これらすべてが聡明で有能なマルタの指揮下に置かれている。彼女は少し前まで、スロヴァキア南部のブラチスラヴァで人気のサロンを経営していた。マルタを補佐するのは、ボリシュカだ。

お針子たちは、黙々と縫ってはいない。さまざまな言語――スロヴァキア語、ドイツ語、ハンガリー語、フランス語、ポーランド語——が入り乱れるなかで、仕事のこと、故郷のこと、家族のことを話し、内輪のジョークを交わしたりもする。なんといっても大半はまだ若く、一〇代後半か二〇代はじめで、最年少はわずか一四歳だ。〝ひよこちゃん〟と呼ばれるその少女はサロン内を駆けまわって、ピンを手渡したり、切り落とされた糸くずを掃いたりしている。

友人どうしが一緒に働いていた。ブラチスラヴァで友人どうしが一緒に働いていた。イレーネ、ブラーハ、レネー。三人はブラチスラヴァで同じ学校同じ学校に通っていた級友だ。ブラーハの妹カトカもいて、寒さにかじかむ指で、顧客のおしゃれなウールのコートを縫っていた。バーバとルルのふたりも親友どうしで、片方はきまじめ、片方はお茶目。三〇代なかばのフーニアはみんなの友人にして母親的存在であり、貴重な戦力でもある。フーニアと年齢が近いオルガは、若い娘たちから年寄り扱いされていた。

彼女たちは、みんなユダヤ人だ。

フランス人コミュニストのふたり、コルセット職人のアリダと、レジスタンス戦士のマリルーも一緒に縫っていた。ふたりとも、ナチスに国を占領されたことに反抗して逮捕され、移送されてきた。

総勢二五人の女性がここで働き、針を刺しては抜いている。ひとりが連れ出されて二度と姿を見せなくなると、マルタがすぐさま、べつの女性をその後釜に据えるよう取りはからった。彼女はできるかぎり多くの女性囚人を地下のこの避難所に引きいれようとした。このサロンの上では、彼女たちは名前を持たず、ただの番号にすぎない。

全員にじゅうぶんな仕事があった。大きな黒い注文控え帳はぎっしりと埋まって、ベルリンのごく高位の顧客でさえ六カ月待ちだ。注文の優先権は地元の顧客に、そしてこのサロンを設立した女性に与えられていた——ヘートヴィヒ・ヘス。アウシュヴィッツ強制収容所所長の妻だ。

いつもと変わりない、ある日のこと。地下のサロンに悲痛な叫びが響き、焦げた布のいやな臭いが漂った。ドレスにアイロンをあてるとき、熱すぎて布地が焼けたのだ。よりによって前身ごろで、隠しようがない。しかもその翌日に、顧客が仮縫いに訪れる予定になっていた。過ちを犯したお針子は恐怖に取り乱し、「どうしたらいいの？　どうしたらいいの？」と泣き叫んでいる。

　ほかのお針子たちは、彼女のパニックに反応して作業の手を止めた。これは、単にドレスを台無しにしたという問題ではない。このファッションサロンの顧客たちの夫は、アウシュヴィッツに駐留する高位の親衛隊員だ。殴打、拷問、大量殺戮で悪名高い男たち。この部屋の女性全員の生死を握る男たちなのだ。

　責任者のマルタが、落ち着きはらって損傷の程度を調べた。

「どうしたらいいか、教えましょうか？　ここの部分を切りとって、このまっさらな布地をそこへはめこむの……」

　みんなが力を合わせた。

　翌日、問題の親衛隊員の妻が、予約どおりファッションサロンにやってきた。新しいドレスを試着し、戸惑い顔で仮縫い室の鏡をのぞいた。

「こんなデザインだったかしら」

「もちろん、そうですよ」マルタがさらりと答えた。「すてきでしょう？　最新の流行なんですよ……」[2]

　惨事は避けられた。そう、当面は。

　お針子たちは仕事に戻り、針を刺しては抜きながら、アウシュヴィッツの囚人としてまた一日を生き延びる。

　アウシュヴィッツにファッションサロンを作らせた力は、いずれそこで働くこととなる女性たちの人生を形作り、打ち砕いてもいた。その二〇年前、お針子たちは若い娘かほんの幼児で、自分たちの運命がこのような場所に収斂《しゅうれん》するとは想像だにしていなかった。周囲のおとなたちも、まさか工業化されたジェノサイドに高級服の仕立てが組みこまれる未来が訪れるとは、思ってもみなかっただろう。

子ども時代の世界はとても小さくて、こまごまとしたことがらや、さまざまな感覚に満たされている。肌にちくちく当たるウールの感触、はめにくいボタンをまさぐる冷たい指、破けたズボンの膝から飛び出した魅力的なほつれ糸。視界は、最初は自宅の壁に囲まれた空間にかぎられ、そこから町角へ、野原や森へ、さらには都会の景観へと広がっていく。未来に何が起きるのか、予感させるものはどこにもない。やがて時が経ち、記憶や思い出の品だけが、失われた歳月の残存物となる。

過去からこちらをのぞく顔は、子ども時代のイレーネ・ライヒェンベルクのもので、撮影日は不明だ。暗い影に囲まれた目鼻立ちははっきりせず、服もぼやけている。ためらいがちな笑みに丸まった頬は、感情を出しすぎないよう用心しているかのようだ。

1．子どものころのイレーネ・ライヒェンベルク。

イレーネは一九二二年四月二三日、ブラチスラヴァで生まれた。ドナウ川畔にあるチェコスロヴァキアの美しい都市で、ウィーンから一時間くらいの距離だ。イレーネが生まれる三年前の国勢調査では、おもな住民はドイツ人、スロヴァキア人、ハンガリー人で、複数の民族の入りまじった構成だった。一九一八年以降は全住民が新生国家チェコスロヴァキアの政治的支配下に置かれたが、一万五〇〇〇人近いユダヤ人は、ドナウ川の北岸から徒歩数分の特定区域を中心に共同体を築いていた。

このユダヤ人地区の中核をなすのは、ドイツ語でユーデンガッセ、スロヴァキア語でジドヴスカー・ウリツァ、つまりユダヤ人通りと呼ばれる場所だった。一八四〇年以前、ユダヤ人はブラチスラヴァ城の敷地内にある、わずか一本のこの坂道沿いに隔離されていた。夜間は両端の門が市の門番によって施錠され、事実上のゲットーの道ができて、ユダヤ人はブラチスラヴァのほかの住民と区別される存在であることが明確に示されていた。

その後、数十年かけて反ユダヤ的な法律がゆるめられ、裕福なユダヤ人家庭はこの通りを出て市の中心部に入ることが許された。かつては壮麗だったジドヴスカー通りのバロック様式の建物は、分割されて大家族が住む共同住宅になった。この地区は低所得者向けとみなされていたものの、丸石敷きの道はきれいに掃かれ、商店や工房はにぎわっていた。結びつきが強く、互いに支えあう共同体だった。だれもが知りあいで、だれがなんの仕事をしているかも知っていた。住人には特別な帰属感があった。

人生でいちばん幸せなときでした。わたしはそこで生まれ、そこで育ち、そこで家族と一緒に過ごしました――イレーネ・ライヒェンベルク[3]

ジドヴスカー通りは子どもにとってまたとない場所で、みんな友人の家にちょこまかと出入りし、通りのあちこちを陣取って遊んでいた。イレーネの家は一八番地にある角の建物の二階だった。ライヒェンベルク家には八人の子どもがいた。大家族にはありがちだが、きょうだい間にいくつもの同盟や忠誠関係が生まれ、最年長と最年少のあいだには少なからぬ隔たりがあった。イレーネの兄のひとり、アルミンは菓子店で働いていた。やがてイギリス委任統治領パレスチナに移り住み、ホロコースト禍を免れた。べつの兄ラチは、ユダヤ人所有の織物卸会社に職を得て、トゥルルカ・フフスという名の若きスロヴァキア人女性と結婚した。

イレーネの幼いころ、家族の念頭に戦争はなかった。一九一八年の終戦と、ユダヤ人も国民となった新生国家チェコスロヴァキアの誕生により、恐怖は終わったものと思われていた。イレーネ本人は、幼すぎてユダヤ人地区の外の世界がちがうことも認識できなかった。彼女の進む道の終点は、当時のほとんどの少女と同じく、家事を覚え、いずれは姉たちに続いて結婚し、母親になることだった。姉のカタリーナ、通称ケーテはレオ・コーンという名のハンサムな若者に求愛されていたし、ヨランダ、通称ヨリは一九三七年に電気工のベラ・グロッターと結婚し、フリーダはじきに結婚してフリーダ・フェーダーヴァイスになる予定で、残る娘はイレーネ、エーディト、グレーテの三人になっていた。[4]

　この大家族を扶養する役割が、イレーネの父、シュムエル・ライヒェンベルクの肩にかかっていた。シュムエルは靴職人で、ジドヴスカー通りに数多くいる熟練工のひとりだ。靴職人の腕のよさと貧しさは、おとぎ噺の不滅のテーマとして語り継がれている。しなやかな革を裁断し、木の靴型で型を取り、蠟を塗った糸で革を縫いあわせ、釘を一本ずつ丹念に打つさまは、まさしく一種の魔法のようで、シュムエルは朝の七時から夜遅くまで、機械の助けをいっさい借りずに作業台にかがみこんでいた。金銭的なゆとりはなく、収入は不安定だった。ジドヴスカー通りの住人の多くにとって、靴の新調は、いや修理でさえも贅沢だったのだ。ふたつの大戦間の困難な時期、最貧層の人々は裸足で過ごすか、履き物をぼろきれで結わえてなんとか形を保っていた。

　イレーネの父親がパン代の稼ぎ手であるなら、母親のツヴィア――ツェツィーリア――はパンの作り手、ひいては家庭の作り手だった。一日の労働時間は夫よりもさらに長かった。省力機械や使用人の助けもなく、娘たちしかあてにできないので、家事は重労働だった。ツヴィアは二年ごとに妊娠し、そのたびに料理、洗濯、掃除の手間が増えた。大家族で低収入だったにもかかわらず、ツヴィアはどの子どももかけがえのない存在だと感じられるように気を配った。ある年、幼いイレーネは特別な誕生日のお祝いをもらった。ゆで卵を丸ごと一個、独り占めできたのだ。彼女は大喜びし、ジドヴスカー通りの友人たちもこの驚くべきできごとを耳にした。

こうした特別な友だちのひとりが、正統派ユダヤ教一家の少女、レネー・ウンガーだ。レネーの父親はユダヤ教の指導者《ラビ》で、母親は主婦だった。イレーネが物静かなのに対し、一歳年上のレネーは大胆不敵だった。[5]一九三九年撮影のレネーの顔写真は、落ち着いた知的な顔つきだが、ピーターパンカラー〔先端が丸い広めの襟。子供服、女性服に多い〕からぶらさがった二色のボンボンが逆の印象をもたらしている。

この写真が撮影される一〇年前に、七歳のイレーネに新しい遊び相手ができ、その子は生涯の友だちにして、人生の最も悲惨な旅の勇敢な道連れとなった。

それが、ブラーハ・ベルコヴィッチだ。

わたしたちは、あそこで楽しい時を過ごしました――ブラーハ・ベルコヴィッチ

ブラーハはカルパティア山脈南部ルテニア地域の高地、ツェパの村で生まれた田舎娘だ。国の産業拠点から離れたこの地域では、ふたつの大戦間は農業中心の生活が営まれていた。町や村にはそれぞれ、独特の方言や慣習、さらには刺繍の図案もあった。

ブラーハが子ども時代に目にしていた景観は、果てのないように見えるタトラ山脈に大きく占められ、その山並みがゆるやかにくだって、クローバー、ライ麦、大麦、緑色に芽吹く甜菜の畑に変わっていた。畑では、若い女性の一団が膨らんだ袖のブラウスにゆったりしたレイヤードスカート、色とりどりのヘッドスカーフといういでたちで働いていた。ガチョウ番の娘たちは群れの世話をし、ほかの働き手は耕し、収穫し、落ち穂をひろった。夏には、コットンプリントや明るめの色彩――チェック、小枝模様、ストライプ――を身につけた。冬には重い手織りの布地と毛織物が必要になった。黒っぽい服が白い雪に映えた。房飾りのついた暖かいショールが頭を覆い、あごの下でピン留めされる

か、交差してうしろで結ばれた。花模様の刺繡が施された色鮮やかな手袋が、袖口でひときわ目を引いた。

ブラーハののちの人生は洋服と深くかかわるわけだが、偶然にも、彼女の誕生もそうだった。母親のカロリーナは出産間近まで重労働の洗濯を続けざるをえなかった。カルパティア山脈の農村地域では、女性が夜明けとともに大量の洗濯物を抱えて川へ運び、冷たい水のなか裸足で作業し、子どもたちを川岸で遊ばせていた。残りの洗濯は家でやった。石鹼水を吸った重い衣服をたらいに投げ入れ、洗濯板でごしごしこすり、あかぎれのできた手で絞ってから、物干し綱まで苦労して運ぶのだ。ブラーハの母カロリーナは、ある冷たい雨の日、ひさしの下に重い洗濯物を干そうとはしごを登っているときに産気づいた。一九二一年一一月四日のことだった。当時、カロリーナは一九歳。初産だった[6]。

ブラーハは祖父母の家で生まれた。狭い空間に大勢で暮らし、暖房は土釜がひとつで水は井戸から汲んでいたが、彼女は自分の子ども時代が地上の楽園だったと記憶している[7]。

2．レネー・ウンガー、1939年。

よくある緊張関係はそれなりに生じたものの、彼女の幸せな記憶の中心には家族の愛があった[8]。両親の結婚は地元の仲人がまとめたもの——当時の東欧ではめずらしくない慣習——で、結果的に、実直で有能なふたりの協同関係は成功した。サロモン・ベルコヴィッチは生まれつき耳が聞こえず、当初はカロリーナの姉の相手に予定されていたが、姉は障害を理由に彼を拒んだ。一八歳だったカロリーナはまっ白な花嫁衣装につられ、姉の身代わりになるよう丸めこまれた。

みんな、困難の多いつらい生活で最善を尽くしました――ブラーハ・ベルコヴィッチ

こうしてカロリーナとサロモンは結婚し、たてつづけに子宝を授かった。洗濯の日にブラーハが急に生まれたあと、エミール、カタリーナ、イレナ、モーリッツと続いた。小さな家が手狭になりすぎて、カタリーナ――カトカと呼ばれていた――は子どものいないおばのゲニアのもとへ送られ、六歳までそこで暮らした。ブラーハはもともと妹のイレナと近しく、カトカとは、一緒にアウシュヴィッツへ移送されてから切っても切れないきずなを結ぶこととなった。ふたりは強い姉妹愛に支えられ、〝高級服仕立て作業場〟で運命をともにした。[9]

子どものころ、ブラーハは安息日のパン、ハッラーの匂いを楽しみ、氷砂糖をまぶしたマッツォー〔酵母の入らないクラッカー状のパンで、過越の祝いに食べる〕を味わい、装飾用の小物やレースのナプキンがあふれる家でおばのセレナと焼きリンゴを食べた。ブラーハの世界を村の生活の外へ広げたのは、裁縫だった。もっと厳密に言うなら、仕立ての仕事だ。

サロモン・ベルコヴィッチは才能豊かな仕立て職人で、その腕を買われてブラチスラヴァのポコルニーという一流会社と提携した。そして、ツェパからこの大都市へミシンを運び入れ、洋服の繕いや直しを手伝う助手とジドヴスカー通りの自宅で作業をして、しだいにひいき客を増やしていった。事業を拡大し、三人のスタッフ――三人とも耳が聞こえず口がきけない――を雇って、ブラーハのおじヘルマンを見習いに迎えた。毎年ブダペストへ赴いては、最新流行の紳士服を展示するサロンイベントに出席した。

事業の成功の陰には、妻カロリーナのたゆまぬ助力も少なからずあった。彼女はブラチスラヴァに同行して、顧客との仲立ちをし、仮縫いを手伝った。若きブラーハは置いてきぼりを食うまいと、涙

ながらに母親に訴えて、ブラチスラヴァに連れて行ってもらった。

村娘にとって列車の旅はわくわくする経験で、ほかの乗客に交じって、ブラーハは終点に何が待ち受けているのだろうかと思いをめぐらせた。チェコ語、スロヴァキア語、ドイツ語、フランス語で書かれた客車内の表示が、チェコスロヴァキアの国民構成を端的に反映していた。車窓の景色はどんどん変わり、目のくらむような新世界に列車が到着した。

ブラチスラヴァは木々が青々と茂り、新築の建物がまばゆく輝いて、買い物客、乳母車、馬、手押し車、自動車、路面電車が行き交っていた。ドナウ川では平底の荷船、小さなタグボート、外輪船が穏やかな水面を進んでいた。ジドヴスカー通りのアパートは、ツェパの村の生活からすると驚きの連続だった。水が蛇口から出て、井戸からバケツに汲みあげなくてもすむ。石油ランプの代わりに、スイッチで点灯、消灯できる照明がある。屋内の水洗トイレにいたっては、ただ驚嘆するしかなかった。そのうえ、新しい友だちにも出会えた。ブラチスラヴァで知りあった少女たちはやがて、戦争がもたらした最悪の歳月を切り抜ける仲間となった。

わたしは何もかも、それこそ何もかも気に入っていました……学校へ通うのも好きでした――イレーネ・ライヒェンベルク

ブラーハとイレーネ・ライヒェンベルクは学校で出会った。教育は、どんなに貧しくともユダヤ人家庭の生活の核をなす。ブラチスラヴァには学校や大学がたくさんあった。一九三〇年代にこの地域の正統派ユダヤ教の小学校で撮影された写真を見ると、子どもたちの服装から――たとえ、通学着を揃えるために家でいっそう倹約を強いられていたとしても――わが子を学校へやることへの誇りがうかがえる。写真撮影は特別な行事だからか、女の子の一部はきれいな靴と白い靴下を履き、休み時間に適した頑丈な革のブーツを履いた子と好対照をなしている。たいていは、縫うのも手入れも簡単なあっさりしたシフトドレス〔ウエストを絞っていないワンピース〕だが、なかにはレース飾りがあるか糊がきいた襟のおしゃれなドレスをまとった子もいる。

一九二〇年代のおかっぱ頭の流行がしっかりと反映されているし、より伝統的なおさげ髪も見てとれる。女生徒用の制服は存在せず、おかげで流行の入りこむ余地があった。ある年には、ひだ飾りのついた繊細なつけ襟が大流行した。女の子たちはこぞって、いちばん大きく広がった襟をつけようと競いあった。勝利を手にしたのはペルラという名の少女で、たっぷりした優美なモスリンのひだ飾りが羨望の的となった。幸せな日々だった。

正統派ユダヤ教の小学校の授業は、ドイツ語――チェコスロヴァキアの生活でしだいに支配力を増していくこととなる言語――で行なわれていた。当初、ブラーハは溶けこむのに苦労した。町の暮らしに慣れておらず、楽に話せる言語がハンガリー語とイディッシュだったからだが、じきになじんで、イレーネ、レネーと友だちになった。みんな多数の言語を操れて、ときには同じ文のなかでひとつの言語からべつの言語へと切り替えていた。

放課後、ユダヤ人地区の子どもたちは、通りや階段で鬼ごっこや隠れんぼやフープボウリング〔並べた輪をめがけてボールを転がし、ボールが入った輪を回収していく遊び〕をしたり、ただぶらぶら過ごしたりした。夏休みには、市外に遠出する金銭的余裕がないので、ぞろぞろとドナウ川畔に行って川べりの浅い水たまりで泳ぐか、公園で遊ぶかした。

そうした遊びも、村の友だちを恋しがる気持ちを消してはくれなかった。一一歳のとき、ブラーハは両親にせがんで、夏のあいだツェパへ帰る許しを取りつけた。大都市の自立した女の子だと思われたくて、ふだんブラチスラヴァで着ているのよりはるかにおしゃれな服を選び、誇らしげにひとりで列車に乗った。裕福な友人から譲り受けたベージュのドレスに、赤いエナメル革のベルト、黒いエナメル革の靴、彩色リボンの麦わら帽子といういでたちだった。

3．正統派ユダヤ教の小学校の写真、1930年。ブラーハ・ベルコヴィッチは中央の列の左から２番めに立っている。

こうしたこまごまとした描写は、やがて訪れる戦争と受難の大きな文脈ではささいなことに思えるが、しっかりと記憶に刻みつけられているのだ。自由や優雅さが、失われた世界のものに感じられた日々にも、これらが頭からすっかり消えることはなかった。

これらは、ほんとうに、とても美しい記憶なのです
――イレーネ・ライヒェンベルク

いちばんの晴れ着は、安息日やほかの聖日のためにとってあった。ユダヤ人家庭はローシュ・ハッシャーナー（新年祭）の蜂蜜をかけたリンゴから、過越の祭の正餐《セデル》で出されるマッツォーと苦いハーブにいたるまで、古くからの慣習を受け継いできた。大祭日には、丸々と太らせたガチョウを屠《ほふ》り、ポップコーンを炒り、暖炉の棚でチキンとパスタのスープをことこと煮た。イレーネは大家族が祈りや祝福や温かい団欒のために自宅に集まるのが好きだった。

安息日には、ジドヴスカー通りの住人は焼きたてのハッラーの匂いをまとっていた――ブラーハはこれを作るのがうまかった。家で材料をこねてから、近くのパン店

に持ちこんで焼いてもらうのだ。女たちは家をぴかぴかに磨きたて、白いエプロンをつけて金曜日の夜のろうそくを灯す。戒律上は、安息日は、染色、糸紡ぎ、縫い物など衣服関連の作業も含めて、仕事をしてはならない期間だが、そうはいっても家族に食べさせないわけにはいかない。ブラーハの母親は時間と気力をひねり出して、シナモンビスケットと、トプフェンクネーデル——おしゃれなウィーンのカフェでも人気の、一種のチーズ団子——をこしらえた。

結婚式は、当然ながら家庭生活の最も華々しい行事だ。サロモン・ベルコヴィッチの助手の姉か妹が、ブラーハのおじで靴職人のジェニョと結婚することになったとき、ブラーハはめったにない贅沢品を与えられた——店で買った服だ。いつも作業場で衣類にアイロンをあてる父親の見よう見まねで、ブラーハはこのかわいらしいセーラー服スタイルのドレスにアイロンをかけることにした。ひどい焦げ臭さに、家じゅうの人間がはっとして、結婚式の準備が中断された。ドレスが焼けたのだ。

小さなブラーハにとって、その結婚式で古いワンピースを着るはめになったことは悲劇だった。何年ものちに、アウシュヴィッツのファッションサロンのアイロン台でドレスが焼けて、責任者のマルタが冷静な采配で惨事を回避したとき、この子ども時代の記憶が、いままでとはちがうやさしい輝きを帯びることとなった。巻きあげ式蓄音機と紙の飾りつけと小さな鉢植えを照らすランプによっておとぎの国と化した部屋で、ジェニョおじさんの花嫁がドレスを身につけるさまがよみがえってきたのだ。この記憶はじきに薄れ、ブラーハはまた、高級服仕立て作業場とナチスの顧客のきびしい要求という現実に戻った。

ひと目見たとき、わたしたちはお互いに固く結ばれあうのを感じた——ルドルフ・ヘス

ブラーハのおじの結婚式とは大きくかけ離れた婚礼が、一九二九年八月一七日、バルト海から南へ

およそ一時間のポメラニアにある農場で執り行なわれた。この婚礼の花嫁はいずれブラーハの人生に大きな影響をおよぼすことになるが、おそらくブラーハの名前を知りさえしなかっただろう。

　これは、ルドルフ・ヘスという元義勇軍兵士の結婚式だった。殺人の罪で服役後、釈放されてまもない花婿は、二一歳のエルナ・マルタ・ヘートヴィヒ・ヘンゼル、通称ヘートヴィヒに誓いのことばを述べた。結婚式の写真を見ると、花嫁はウエストのゆるやかなミモレ丈の白いドレスをまとっている。短い袖からほっそりした腕がのぞき、長いおさげ髪が輪状に結ばれているせいで、彼女の若い顔は小さく繊細に見える[10]。

「わたしたちは、きびしい生活をともに守り固めていくために、事情が許すようになるとすぐ結婚した」と、ルドルフは自伝に書いている[11]。じつは、ヘートヴィヒがすでに第一子のクラウスを妊娠しているという、きまりの悪い事実があった。ルドルフと出会ってほどなく身ごもったのだ。

　若いふたりは、ヘートヴィヒの弟ゲルハルト・フリッツ・ヘンゼルを介して知りあい、いわゆるひと目ぼれだった。ふたりとも熱烈な理想家で、アルタマーネン・ゲゼルシャフト（アルタマン協会）という、創設間もない集団の信奉者だった。アルタマーネンは民族的《フォルキッシュ》な組織で、生態学、農場労働、自給自足の概念を中心とする簡素な田舎の生活を熱望していた。心身の健全な発達を核心的な目標に掲げ、アルコール、ニコチン、そしてこの新婚夫婦には皮肉なことに、婚外性交渉を禁じていた。ルドルフもヘートヴィヒも、自然な生活様式を追求する〝愛国的な若者たちの共同体〟と彼が呼ぶ集団を居心地よく感じていた[12]。

　アルタマーネンの人種的な見解は、アドルフ・ヒトラーの壮大なマニフェスト『我が闘争《マインカンプ》』で提唱された生存圏《レーベンスラウム》の概念を支持する右派の、〝血と土〟のレトリックにみごとに合致していた。純粋なドイツ民族の血を引くとみなされる人々だけの農業的、人種的、産業的楽園を築くために、ドイツは東へ領土を拡大するべし、という考えだ。

ヘートヴィヒは夫と同様こうした理想に身を捧げ、割り当てられた土地で農業にいそしむことを熱望していた。とはいえ、ふたりは黙々と働く農業労働者ではなかった。ルドルフはアルタマーネンの地域監督者に任命された。そして一年後、ハインリヒ・ヒムラーとの二度めの出会いがあった。最初の出会いは一九二一年で、ヒムラーが野心的な農学生だったときだ。ふたりともヒトラーの国家社《ナツイオナール・》会主義ドイツ労働者党《ゾツイアリスティシエ・ドイッチエ・アルバイターパルタイ》の熱心な党員になり、ドイツの諸問題について議論した。ヒムラーは、都市部の堕落と人種の弱体化に対する唯一の解決策は、東部にあらたな領土を獲得することだと提唱した。[13]やがて、ふたりは手を携えて、何百万人ものユダヤ人に破壊的な結果をもたらすこととなる。

ブラチスラヴァでは、アルタマーネンやナチスの野望も見たところまだ危険がなく、一九三〇年代に入るまでユダヤ人の生活は従来どおり続いていた。大家族ゆえに、結婚式などの祝いごとでは大勢が集まった——遠方在住の親族に会い、数えきれないほどの姻族と顔を合わせる機会だ。家族間のつながりは複雑だった。なんらかの形で、だれもがほかのみんなとつながっていたが、これは、言うほど驚くことではない。だから、イレーネの兄ラチ・ライヒェンベルクがトゥルル・フフス——通称トゥルルカ——と結婚したとき、イレーネもブラーハも当然ながら、新婚夫婦のために喜ばしく思う以外、とくになんの感情も抱きはしなかった。

だが、この結びつきは、本人が想像だにしなかった形で彼女たちの運命を決することとなった。トゥルルカには、マルタという名前の妹がいたのだ。

聡明で有能なマルタ・フフスはイレーネやブラーハよりわずか四歳年上だが、成熟さと経験という意味では、この四年が大きなちがいを生んだ。[14]マルタの家族はもともと、現在はハンガリーの一部であるモションマジャローヴァールの出身だった。母親はローザ・シュナイダー、父親はデジデル（ハンガリー語ではデジュー）・フフス。世界大戦の傷跡がいまだ生々しい一九一八年六月一日に、マル

4．マルタ・フフス。家族の祝いの席で、後列の右から3番めに立っている。1934年。

タは誕生した。ローザとデジデルの一家はペジノクの村に引っ越し、マルタはそこからほど近いブラチスラヴァの中等学校に通って、芸術を専攻した。[15] 学校を卒業したあとは仕立て職人になり、一九三二年九月から三四年一〇月までA・フィスフグルンドヴァーのもとで訓練を受けたのち、四二年に強制移送されるまでブラチスラヴァで働いた。

一九三四年七月八日、マルタの母方の祖父母であるシュナイダー夫妻が、モションマジャローヴァールで結婚五〇周年を祝った。マルタも両親や姉妹とともにその祝いの行事に出席し、近しい親族が、庭の木陰に集まって写真撮影した。マルタ――後列の右から三番め、姉クラーリカの隣に立っている――の才能が、ブラウスの華やかな蝶リボンにすでに現れている。顔はにこやかで屈託がなく、温かくて人懐こい性格がはっきりと見てとれる。姉のトゥルルカ――ラチ・ライヒェンベルクと結婚して数年経ったころ――が、小さな女の子を抱いて中央に座っている。男性陣の仕立てのよいスーツ、マルタの母親(前列左から三番めに座っている)が身につけたアール・デコのストライプ模様のスカーフ、前列に座った女性陣のおしゃれなタウンシューズに、当時の流行がうかがえる。

一九三四年、マルタがブラチスラヴァで仕立て職人として二年間の訓練を終えようとしていたのと同じ年に、ルドルフ・ヘスは親衛隊に入隊した――おそろしく質の異なる職業だ。

内省を重ねた結果、彼はアルタマーネンで農業主体の田園生活を送る夢の実現を先送りするべきだと決めた。ヒムラーから、もっと野心的な活躍領域――国家社会主義の目標の推進――においてその才能を活かすべきだと説得されたのだ。ルドルフはミュンヘン郊外のダッハウに赴き、強制収容所での最初の任務に就いた。この収容所は、選挙で誕生したばかりのナチス政権に脅威を与えた人々を〝再教育する〟ためのものとされていた。

妻ヘートヴィヒは夫に忠実につき従い、三人の幼子――クラウス、ハイデトラウト、インゲ＝ブリギット――とともに、収容所の外に設けられた親衛隊家族宿舎に移り住んだ。生活は激変したが、国家社会主義に政治的関心を抱いていたので、夫の新しい仕事に異を唱えなかった。なにしろ、夫は〝国家の敵ども〟の看守を務めているのだ。第四子ハンス＝ユルゲンの誕生時、ヘートヴィヒは出産が長引いてベルリンでヒトラーのメーデー大演説を聞く予定が妨げられることのないよう、わざわざ帝王切開を希望した。[16]

一九三四年、ブラーハ・ベルコヴィッチは、ベルリンの政情からも、さらにはブラチスラヴァのにぎやかな生活からも遠く隔たった地にいた。ローシュ・ハッシャーナーのお祝いのさなかに体調を崩し、結核と診断されたのだ。高タトラのヴィシュネー・ハーギにある有名な結核療養所《サナトリウム》に転地させられ、快復まで二年間も家を離れることとなった。彼女の世界観は、サナトリウムの高地からの景観と同じくらい大きく広がった。チェコ語を覚え、清浄《コーシャ》ではない食べ物を口にし、生まれてはじめてクリスマスプレゼントを受け取りさえした——きれいな新しいドレスだ。サナトリウムのきらめく緑のクリスマスツリーに、彼女は目をみはった。

　こうした新しい経験をしても、ブラーハにはまだ世俗的な知識が欠けていた。サナトリウムの屋根裏部屋に、過去の患者たちが残していったおもちゃや衣服が放置されているのを見つけ、ブラチスラヴァの家族のもとへ送ってやろうと考えた。腕いっぱいに品物を——ヨーヨーや、お腹を押すと吠えるテディベアなどを——抱え、きっとなんらかの形で家に届けてもらえると信じて、近くの郵便局へ意気揚々と持っていった。郵便局の事務員は親切にもこれらの贈り物をちゃんとした小包にまとめ、宛名を書き、料金の問題を解決してくれた。

　サナトリウムで過ごした結果、ブラーハはブラチスラヴァに戻ったあと、イレーネやレネーより一学年おくれをとった。三人とも教育を受けつづけ、将来の仕事の役に立ちそうな授業を選択した。金銭的な事情から、ジドヴスカー通りの子どもはたいてい一四歳で学校を終え、職業訓練を受けた。仕事内容は性別で決まっていた。女の子の仕事はおもに書記か縫い物関係で、その収入は、結婚して自分で家庭を築くまでの生活費の意味合いがあった。

　イレーネは、カルパティアの民族ドイツ人が経営する商業専門学校に入学した。レネーは速記と簿記の訓練を受けた。ブラーハはまず、ノートルダムカトリック高校の秘書科に入った。当時広まっていたごく単純で短絡的な人種の固定概念に照らせば〝キリスト教徒〟に見えたので、卒業証書の授与を記念する一九三八年の学校写真では、最前列に据えられた。とはいえ、こうした見た目も、ヨーロッパでしだいに強まる偏見と人種差別から守ってはくれなかった。

　ティーンエイジャーになったいま、少女たちは国内外で高まる緊張をひしひしと感じていた。ドイツでナチスが用いた反ユダヤ的レトリックが、チェコスロヴァキアに潜在する反ユダヤ感情を煽った。ナチスの力が強まるにつれ、ラジオのニュースはどんどん殺伐としていった。ドイツ語の日刊紙『プラーガー・タークブラット』が、最新の国際情勢を全国民に絶えず伝えていた。現状にどう対処すべきか、ひどく悩ましかった。

はたして、ユダヤ人一家は状況に身を任せ、暴力沙汰が今後も散発的にとどまるものと期待していいのだろうか。都会を離れてさほど世情が不安定ではない田舎に避難するのは、過剰反応だろうか。もっと極端なことを言うなら、ヨーロッパにきっぱりと別れを告げて、アリヤー――パレスチナの地への移住の旅――を計画するべきなのか。

イレーネもブラーハも、シオニストの青年グループに加わっていた。楽しいし仲間意識を育めるのも理由のひとつで、少年少女は友情を築いたり、ためらいがちに恋愛を始めたりした。だが、交流の背景にはもっと深い目的があった。キブツ〔イスラエルの集散主義的な共同体〕で働くための訓練だ。ブラーハとイレーネは、ともにハショメル・ハツァイル（若き守護者）に所属していた。イレーネはさらに、キブツの左派グループ、ハオゲン（錨）の前途有望な一員でもあり、このグループは一九三八年にパレスチナへの移住という難題に着手した。だが、同じ年に母親が病に倒れて早世したこと、旅費を払う金銭的余裕がなかったことから、彼女は計画を実行に移せずにいた。

ブラーハのほうは、ほかに、ミズラチと呼ばれる同様の集団に加わっていた。ミズラチの友人たちとの写真では、彼女はにこやかで屈託なく見える（前列の左から二番めに座っている）。これらティーンエイジャーの服装はどれも実用的な普段着で、奇抜なファッションからはほど遠い。ミズラチの会合で、ブラーハは新しいつながりを持った――ゆくゆくは大勢の命を結ぶこととなる人脈網の、もう一本の糸。ショシャナ・ストルフという名の活発な若い娘と友だちになったのだ。

ショシャナの家族はスロヴァキア東部の町、ケジュマロクの出身だった。タトラ山脈の山並みを背景にしたこの町は、ブラチスラヴァやプラハといった都会から遠く隔たっていながら、優美な雰囲気を漂わせていた。街路樹のセイヨウシナノキが、商店街の道をただの道路ではなく立派な並木通りに見せていたし、石造りのアーチが影を投げかける丸石敷きの小道は、美しい中庭や古い井戸に通じていた[17]。

ストルフ家は、こうした井戸のひとつの近くに建っていた。裏手の広い庭が、夏の集いの場を提供してくれた。冬には、前面が陶器の大きなストーブが家の中心となり、大部屋ひとつに集まった家族全員を暖めてくれた。外の納屋にはネズミがよく潜んでおり、入る前に両手を強く打ち鳴らしたほうが無難だった。学校のある日には、ストルフ家の子どもたち――ドラ、フーニア、タウバ、リヴカ、アブラーハム、アドルフ、ナフタリ、ショシャナ――が階段にずらりと並んで、笑ったり冗談を言いあったりしながら靴を履いた。いつも金銭的な余裕はなかったが、片方の祖父から援助があったおかげで、子どもたちは少なくとも靴を履いていたし、地下室には冬用の石炭やジャガイモがしっかりと蓄えられていた。

5．ブラーハ・ベルコヴィッチ、前列の左から２番めに座っている。戦前のミズラチの友人たちと。

ショシャナはまだ可能なうちにチェコスロヴァキアからパレスチナに逃れ、両親ときょうだいの大半もそうした。だが、姉のヘルミネ――通称フーニア――がヨーロッパに取り残され、やがてブラーハ、イレーネ、マルタと力を合わせることとなった。

このとき、この仕事を選んだことがいかに自分の運命を決するか、知るよしもありませんでした
――フーニア・フォルクマン、旧姓ストルフ

フーニアはヘートヴィヒ・ヘンゼル＝ヘスと同じ一九〇八年の一〇月五日に生まれた。[18] 針仕事を母親のズィポラから習ったが、ズィポラは刺繍がとくにうまく、花嫁たちが嫁入り衣装にとこぞって欲しがった（ちなみに、夫の商才がないせいで、フーニアの祖母は家族を養うために泣く泣く嫁入り衣装を売り払っていた）。フーニアは自宅でミシンの使いかたと整備のしかたも教わった。

一九四三年のフーニアの強制収容所登録カードには、身長一メートル六五センチ、髪の毛と目は茶色と記載されている。鼻はまっすぐ。瘦身、丸顔、耳の大きさは中くらい。欠けた歯なし、特徴的な傷跡なし、犯罪記録なし。[19] この描写は、彼女の人物像をとらえているとは言いがたい。フーニアは疑う余地なく活力にあふれていた。強い意志の持ち主で、思いやりと寛大な心も持っていた。

元気がありあまっていたせいで、学校の勉強に集中できなかった。将来の野望は、仕立て職人になること。仕立ての仕事は、夢追い人や芸術愛好家には向かない。熱意と不屈の精神と長年の訓練が必要とされる。個人の才能を開花させる前に、基礎を習得しなくてはならない。フーニアはケジュマロク一の仕立て職人の弟子になった。技能を学ぶのに、これ以上の場所があるだろうか。一年のあいだ、彼女はピンをひろい、作業場内を清掃し、使い走りをするかたわら、経験豊かな縫い手たちが布地を衣服に変えるさまをひそかに観察した。

型紙を起こし、裁断し、縫い、アイロンをあて、仮縫いをし、しあげをする……一連の過程のどの段階にも技能が求められ、フーニアはすべて身につけようと心に決めた。しがない見習いでも、休む暇はなかった。帰宅後、彼女は夕食をかきこんでから、母親の〈ボビン〉ブランドのミシンで夜半まで作業し、家族や友人の服を直したりこしらえたりした。ケジュマロクのサロンでさらに二年働いて、ようやく、大望をかなえるための次の段階、すなわち国外の有名な裁縫学校に入れるだけの経験を積むことができた。裁縫実習生には、重労働がつきものだ。週に六日、一日一〇時間から一二時間、風通しの悪い暗い部屋で働かなくてはならない。彼女にはその覚悟があった。

一九二〇年代の終わりごろ、ドイツではアルタマーネンや国家社会主義者が政策実現のために領土を東へ拡大する議論をしていたが、フーニアは西へ向かって、ライプツィヒで仕立て職人としての修業を続けることにした。

ティーンエイジのころ、イレーネもブラーハもレネーも、フーニアが同年齢で抱いたような強い衝動は感じなかった。三人とも、仕事として服の仕立てをしようとは考えもしなかった。そう、当初は。彼女たちは自分が選んだ職業の訓練を終えることに心を傾けていた。何があろうと、たとえアドルフ・ヒトラーが反ユダヤ人的なレトリックを激化させて、ドイツ人の権利をいっそう強硬に主張し、チェコスロヴァキアの国境の向こうで大きな政治的混乱をもたらそうと、仕事に関しては自分の思いどおりになる気がしていた。

ナチスの領土拡大の野望の前では、地図上に引かれた線などなんの防御にもならないことが、一九三八年にはっきりした。ヒトラーは、当地のドイツ系住人を守るという口実で、チェコスロヴァキアのズデーテン地方を支配下に置くことを求めた。決定的な衝突を避けようと、ヨーロッパの列強がミュンヘンに集まってこの問題を議論した。チェコスロヴァキアは会議に出席しておらず、ドイツにズデーテンを併合させるという結論に、なんら発言権を持たなかった。九月のことだった。

一一月には、国の一部がハンガリーとポーランドに割譲され、ブラーハはもろにその影響をこうむった。彼女の一家は一九三八年にツェパの村に帰っていた。ハンガリーにこの地域を占領されたあと、一家はまたもやそこを離れ、不法に国境を越えてブラチスラヴァに戻った。やがて訪れる強制排除の前触れだった。

一九三九年三月、ボヘミアとモラヴィアがドイツの支配下に置かれた。スロヴァキアはいまや傀儡《かいらい》の教権的ファシズム国家になっていた。国としてのチェコスロヴァキアは消滅した。

フーニアの故郷のケジュマロクでは、ユダヤ人が自発的に立ち去ったり、出て行くよう〝うながされ〟たりしていた。ケジュマロクの学校に通うあるユダヤ人生徒は、教室に入って黒板にヴィア・ジント・ユーデンフライと書かれているのを目にした。〝われわれにはユダヤ人はいない〟と。長年の友人が、人種上の敵になった[20]。

一九三九年のある日、ブラチスラヴァでは、イレーネがいつものように登校し、授業を受けようと、いつもの教室へ友だちと急いだ。先生が入ってきて、なんの前置きもなく「ドイツ人の子どもがユダヤ人と同じ教室に座るなど、あってはなりません。ユダヤ人は出ていきなさい」と告げた。

イレーネたちユダヤ人の少女は、教科書をまとめて教室を出た。非ユダヤ人の友だちは何も言わず、何もしなかった。

「いい子たちでした」イレーネはのちに困惑顔でその無抵抗ぶりを語っている。「あの子たちを責めることはできません[21]」

子ども時代は終わりを告げた。

第二章　唯一無二の権力

流行は、最強で唯一無二の権力だ――トラウデル・ユンゲ、ヒトラーの秘書、アドルフ・ヒトラーのことばを引用[1]

ファッションや繊維製品の魅力は、政治から遠くかけ離れたところにあるように思える。これらは戦争の暴力行為とは対照的な、浮ついた軽いものだ、と。仕立て職人の工房や『ヴォーグ』誌の春のスタイル特集が、会議用テーブルを囲む黒いスーツ姿の男たち、国々や戦闘兵士の運命を決定したり秘密警察を発足させたりする男たちと、なんの関係があるというのだろう？

衣服が社会的アイデンティティーを形作ること、権力を強調することを、ナチスはよく承知していた。彼らはまた、ヨーロッパの繊維産業――ユダヤ人の資本とユダヤ人の才能に支配されていた産業――の富に大いなる関心を抱いてもいた。

そう、衣服はわたしたちみんなの体を覆う。わたしたちが何を着るか、あるいは着ることを許されるかは、およそ偶然の産物ではない。文化は衣服の選択を形成する。金銭は被服産業を形成する。

仕立て職人は、キャットウォークや写真撮影や社交界のゴシップといった、絵に描いたようなファッションの世界のために衣服をこしらえていた。それがあだとなって、ファッションを残忍な目的に利用する者たちの政策に絡めとられることとなった。

被服産業はもともと地域的なものだった。二〇世紀のヨーロッパの若い娘は、趣味ではなく必要に駆られて針と糸を手にした。繕ったり仕立てたりといった作業は、あくまで女性の仕事とみなされていた。倹約上手な女性は、男物のシャツの袖や襟を返し、すり切れた縁を隠すことができた。ストッキングを同系色の糸で繕って伝線を目立たなくさせることもできた。ウエストラインの変化に合うよう、幅出しをしたり詰めたりできた。一から衣服をこしらえることもあった。たとえば、赤ちゃん用品一式、子供服、晴れ着、普段着、自分たちの体を守るエプロンなどなど……。


市の日のお祭気分は、憂うつさや悲しみを払ってくれた――ラディスラフ・グロスマン、『大通りの商店』

ブラーハ・ベルコヴィッチがブラチスラヴァのジドヴスカー通りにある自宅玄関を出て、左に目をやると、ジグザグの道が聖ミクラーシュ教会まで続いていた。U字の曲がり角には、リボンやボタン、指ぬき、縫い針といった裁縫用の小物を売る店があった。服を縫うには、これらのほかに、切れ味のいい大ばさみ、端を切ったり縫い目をほどいたりする細いはさみ、線を引くためのチャコ、ピン――しょっちゅうどこかへ消えてしまう厄介なピン――も必要だった。

ブラチスラヴァの商店通りには、〈善き羊飼いの家〉に似たロココ式の建物がたくさんあり、木作りの小物が並べられて客が自由に物色できる露店も出ていた。市の日には、貿易商や行商人が町を訪れ、彩色キャンバスのパラソルを立てたテーブルに商品を陳列する者もいれば、商品が入った籠や樽形の容器を縁石に並べる者もいた。買い手は、商品――レース作品、かぎ針編みの小物、ボタン、ブローチ、刺繡を施したスカーフ――をあれこれ手に取って値切ろうとする。売り手は口上をまくしたてるか、何も言わず座ったまま手先の器用な泥棒に目を光らせている。

小さい商店では、既製品が売られていた。靴直しの店の戸口には、黒ずんだバナナよろしく靴が束ねられて吊され、仕立ての店では、頭上に渡されたポールに服が掛けてあった。彼らの作業場は、店の奥の暗がりか、場合によっては裏庭だった。ブラーハの父親のサロモンは、いずれ自分の被服製造会社を持って、店の入り口の色鮮やかな看板に自分の名前を書けるようにと、金を蓄えていた。

さらには、布地を売る店もあった——服の新調を夢見る人には、たまらなく魅力的な存在だ。農村部ではまだ、村人が手織りで布をこしらえていたが、町ではヨーロッパの大きな織物工場で作られたちりめん、繻子、絹、ツイード、アセテート、綿、リネン、シアサッカーなどさまざまな布地が売られていた。服地店は巨大な反物を誇らしげに並べるかたわらで、小さめの長方形のボール紙に生地を巻きつけて陳列していた。客に代わって売り子が商品を手に取り、布地をカウンターに広げて図柄や質のよさをひけらかした。手慣れた客は、実際に触って重さ、織り地、ドレープを確かめ、最終的にどんな形になるか頭のなかで品定めした。

二〇世紀なかばには、布地の〝着用しやすさ〟が高く評価された。縮みそうか、色あせしそうか、望みどおりに暖かいか、または涼しいか。仕立てる側も着る側も天然繊維が高価なことを承知しており、レーヨンなどの人工繊維が手ごろな値段なのをありがたいと感じていた。シーズンごとに流行の色が変わった。斬新なプリント柄は夏にぴったりで、ベルベットや毛皮の飾りが秋のショーに登場し、冬の紡毛《ウールン》や梳毛《ウーステッド》がそれに続く。春はとにかく、花模様だ。

素人、本職どちらにとっても、ミシンは大きな投資だった。家庭内の作業場やサロンでは、もっぱら足踏み式ミシンが使われていた。見た目がたいそう美しく、たいていは黒いエナメル塗装に金色のはずみ車というデザインだった。木製の台に据えつけられ、安定性を確保するために錬鉄《れんてつ》の脚がついていた。シンガー、ミネルヴァ、ボビンなどのブランドがあった。

軽快な電動ミシンを買える仕立て職人は幸運だった。ミシンの最新機種が即金または分割払いで売られ、中古品の販売広告が新聞に掲載された。ポータブルミシンには手回し用のハンドルがついていた。持ち手つきの木製ケースにはめこむ構造で、顧客の家を訪れて作業する仕立て職人にうってつけだった。注文服を完成させるために、彼らはときに数日間滞在することもあった。

ヨーロッパのすべての町、ほぼすべての村に、地元の仕立て職人がいて、ファッション誌を参考に服の型を変えたり、既製服の寸法を直したり、繕ったりしていた。腕のいい職人は、たとえ自宅で細々と作業していても、ひいき客の地盤を固めていた。専門の職人は高級下着や、嫁入りのためのリンネル類一式、花嫁衣装、補正下着を手がけた。意欲と資金力がある者は小さなサロンを開き、ショーウインドーの上に誇らしげに自分の名前を掲げた。能力と幸運に恵まれた者は、国際的な舞台で才能を発揮することを目標にした。

仕立て職人のマルタ・フフスが、その高みをめざしたのも当然だろう。彼女はすぐれた腕を持ち、品がよく、業界に人脈を持っている。プラハの国際ファッションの舞台が手招きをしていた。マルタはいずれその招きに応じたいと望んでいた。

女性は細くすらりとした体形であるべきだが、曲線美と丸みを欠いてもいけない――『エヴァ』誌、一九四〇年九月号

新進の仕立て職人にとって、プラハは理想的な場所だった。マルタはブラチスラヴァから移住するにあたって当然ながら怖じ気づいたが、持ち前の自信と人懐こい性格で切り抜け、一流のファッションで名高いこの首都で才能を磨いた。

プラハの旧市街はじつに絵になる景観で、建物が絡みあうように建ち並び、高い煙突が屋根瓦や切妻の上に煙をたなびかせていた。最初の共和国——一九一八年から一九三八年——で推進されたあらたな開発は、まさに近代化の見本市だった。あちこちの建設用地や足場に囲まれた白いオフィス街区のあいだから、アパートメントや工場がすっきりした線と機能美を示していた。プラハのファッションにも同様の対比が存在した。昔ながらの型をもとにデザインされた古風な民族服があるかと思えば、品のよいエレガントさが売りの独創的な服もあった。

プラハのしゃれた大通りでウィンドーショッピングするだれもが——大勢の歩行者のあいだを注意深くすり抜け、市街電車や車がぎっしり並んだ道を渡りながら——モダンな百貨店の芸術的な陳列に目をみはった。最新のデザインが、ポーズをとったマネキンに着せられるか、動きを感じさせる形に展示されていた。絹のネクタイやプリント柄のスカーフを滝状に並べたラック。ターバン風の帽子、フェルト帽、ボンネット、ベレー、ピルボックスなどあらゆる帽子が掛けられたスタンド。おびただしい数のハンドバッグに、おそろいの財布。一生かけても履ききれないほどたくさんの靴——革もあれば、ラフィア、シルク、綿、コルクもある。

見栄えのいいカードに、人目を引く書体で価格が記されていた。特売品目当ての人は、季節ごとの〝セール〟のサインに鼓動が速まった。ショッピングは楽しい娯楽で、ときには贅沢にもカフェ文化とケーキが加わることもあったが、たいていは良識的な範囲に収まっていた。二〇世紀のなかばはまだ、大半の人が数少ない手持ちの服を丹念に手入れし、アクセサリーで変化をつけていた。

よく心得た買い物客は、プラハのドイツ人通り、グラーベンをぶらついた。この通りの目玉は〈モリッツ・シラー〉、〝宮廷御用達〟の栄誉に輝くサロン兼服地店だ。

超高級な通りに掲げられたおしゃれな飾り板には、たとえばハナ・ポドルスカ——映画スターに衣装を提供していることで有名——や、そのポドルスカのもとで働いていたズデンカ・フフソヴァ、ヘドヴィカ・ヴィコヴァーのオートクチュールの店をはじめ、選り抜きのサロンの名前が掲げられていた。[2]ファッションの領域では、女性が男性と張りあえるばかりか、ときには凌駕することもできた。女性は高級服仕立て業界のあらゆるレベルで働いていた。

高収益のプラハのファッション産業は、『プラシュスカ・モーダ（プラハ・ファッション）』『フクス（センス）』『ダームスケ・アカデミツケー・モードニー・リスチ（ファッション誌婦人アカデミー）』『エヴァ』といった雑誌が提供する質の高い記事と写真に支えられていた。『エヴァ』誌はとくにセンスが抜群で読み物としても楽しく、マルタ・フフスのような、チェコ語とスロヴァキア語を話す若い女性を対象としていた。ファッションや家事の創造性をテーマにした記事のほかに、芸術、事業、さらには飛行やバイクといった領域での女性の活躍に大きなスペースを割いていた。[3]専属モデルは誌面でただ美しく着飾るだけでなく、秋向けのしゃれた毛皮の帽子を被っていようが、夏向けの派手なタフタのビーチウェア姿であろうが、生命力と活力にあふれているように見えた。『エヴァ』誌は、知的で男女同権的な現実逃避と、少なくとも平時にはもう少しで手が届きそうに見えた高級品を提供していた。

一九三〇年代後半、マルタがプラハで働きたいと願っていたころ、ファッション界ではバイアスカット技術を駆使したなめらかな生地の優美な長いラインと、すっきりした仕立てのスーツが好まれていた。馬巣《ばす》織り生地や綿パッドによる角張った型が、なだらかな肩のデザインに取って代わった。この大胆な最新スタイルは、強さと可能性を暗示していた――ヨーロッパが争いに巻きこまれていくにつれて、かつてないほど女性が必要とした資質だ。

わたしはパリ行きを勝ち取りましたが、アウシュヴィッツに行くはめになりました――マルタ・フフス

戦前のチェコスロヴァキア屈指のコラムニストは、ミレナ・イェセンスカーだ。文学の才能を見出す力――フランツ・カフカをはじめとする作家を売り出した――と、政治に対する鋭い目を持っていた。女性読者向けのファッションに関する助言は、彼女自身の良質な服への思い入れと、国際トレンドの知識、フランスの下着への称賛にもとづいていた。[4]

いかにプラハのスタイルとチェコ人の才能がすばらしかろうが、当然ながら、ヨーロッパファッション界の躍動的な心臓はフランスだった。マルタの技能があれば、パリで働くこともできただろう――もし、ファッションより強い力が介入しなかったなら。

マルタは一流の裁断職人だった。どんなサロンでも欲しがられる人材だ。アイロンをどんなふうにあてて布地を整えれば織りがまっすぐになるか知っているのは裁断職人だし、型紙のピースを並べてピン留めしていくのも、専用の大ばさみで長々と滑るような動きで布を裁つのも、裁断職人だった。はさみの刃がいったん布地を切断したら、もはやあと戻りはできないのだ。

マルタはパリにたどり着けなかった。

フランスのファッションにマルタが最も近づいたのは、『ノヴェー・パリージュケー・モーディ(パリの最新ファッション)』『パリスエレガンス』といった、フランスの流行を取りあげたチェコの雑誌を読んだときだ。

ことファッションに関しては、パリは最高峰だった。プラハにも正当に誇れる独立サロン群はあったが、フランスのファッションデザイナー、ポール・ポワレが一九二四年に展示会を開いたとき、チェコスロヴァキアのこの首都は途方もない興奮の渦に包まれた。パリのエスプリが、服飾産業見本市を通じて、さらには映画の衣装を介して、ファッションウィーク中にファッション誌を席巻した。

両大戦間に、世界じゅうの才能あふれる仕立て職人がパリを称賛と羨望のまなざしで見つめた。パリを訪れてシーズンの最新流行に触れたり、つてを頼って有名デザイナーの豪華ファッションショーの席を確保したり。つんとすましたファッションモデルが分厚いカーペットと金縁の鏡があるサロンをふらりと訪れ、なじみの客が高価なシャンパンを飲みながら、あれもこれも欲しいとたくさんの衣装に目を注いだ。その肩にクロテンの毛皮がするりとかけられ、真珠、金、ダイヤモンドが照明にきらめいた。あたりには、バラ、ツバキ、シャネルの五番、エルザ・スキャパレッリの香水〈ショッキング〉の香りが漂っていた。

ニューシーズンのショーの裏には、ファッションモデル、スタイリスト、仕立て職人、振付師、販売スタッフたちの汗と労力があった。大半は名もなき数千人の労働者によって、フランスのオートクチュールは支えられていた。それぞれ袖、スカート、ポケット、ボタンホールを七年間も専門に扱ってきたような職人がコレクションには必要だった。マルタたち裁断職人や、型紙職人《パタンナー》、仕上げ職人、装飾職人――ビーズ細工、刺繡、レース編みに秀でた人たち――もいた。

ファッションの魔法は杖のひと振りではなく、たゆまぬ労働によって生み出されていた。だが、たとえ長時間の重労働と要求の多い顧客に苦しめられていようと、高級服の仕立てサロンにせよ、低級な搾取工場にせよ、やはり自由な世界であって、強制収容所の作業場で文字どおり奴隷労働するのとはちがう。

マルタ・フフスはプラハのサロンで、さらに数年、やりがいと、当然の対価である金銭を得るために働いた。

お針子には、けっしてなってはだめよ。たしかに、わたしはこれに命を救われたけど、ただあそこに座って縫っていただけだもの――フーニア・フォルクマン、旧姓ストルフ[5]

では、ドイツは？　パリがいちばんの輝きを誇るのを、よしとしただろうか？

一九二〇年代後半から三〇年代にかけてドイツで仕事をしたフーニア・ストルフは、ドイツのファッション業界がフランスの影響にあらがうだけでなく、結果として破壊をもたらす差別的な政策を進んで支持するさまを目の当たりにした。

フーニアはまだ一〇代のときに、チェコスロヴァキアのケジュマロクからはるばるドイツ東部のライプツィヒへ赴いた。プラハを出発した特急列車は国境を越え、整然とした町並みや生け垣に囲まれた畑が織りなす秩序だった景色のなかを走った。タトラ山脈の景観にくらべると、ひどくのっぺりとして見えた。到着後、彼女はたちまちライプツィヒになじんだ。一流の演劇やオペレッタがもたらす高揚感や、品揃えが豊富で魅惑的な書店、盛況な店に陳列されたファッションをこよなく愛した。故郷の小さな町の衣服を脱ぎ捨て、都会の娘の役割にすんなり順応して、若い友人たちと人生を謳歌した。

ライプツィヒで徒弟奉公をしてめきめき頭角を現し、やがて自分で事業を興した。父親のアパートメントの一室に構えたサロンだ。父は、もよりの小さなシナゴーグから戻ってくると、仕立ての予約時間を待つ女性たちに砂糖をたっぷり入れたレモンティーを出した。お茶の味見も役得のひとつだった。顧客のほうは、あいさつで握手をしないよう心がけていた。彼が敬虔なユダヤ教徒だからだ[6]。

腕のいいフーニアは、口コミで顧客を増やした。『ヴォーグ』『エレガンテ・ヴェルト（エレガントな世界）』『ディー・ダーメ（淑女）』といった雑誌に目を通したあと自分で型紙を起こす能力に長けていた。何にも頼らず、フリーハンドで紙に図案を描けた。姉妹のドラがライプツィヒにいるあいだはフーニアを手伝って、裾上げやアイロンかけといった仕上げを担当した。フーニアがドラに仕立て技能をしこむという計画はつねに念頭にあったが、どういうわけか着手されなかった。ドラは美しい服が大好きで、フーニアの才能を高く買っていた。なにしろ、どんな体つきの人にもきれいなドレスを着させられるのだ。

フーニアは流行を取り入れて上品な服をこしらえたが、そのひとつひとつに独特の味わいがあった。自前のサロンを経営して自立していることが誇らしく、注文のひとつひとつに想像力を発揮して成功を収めていた。複雑なデザインを好み、難題を楽しんだ。何年かのちに針仕事にうんざりすることになったが、それはこの職業そのものではなく、仕立て職人としての扱われかたに対する感情だ。

　ドイツ在住のユダヤ人にしてチェコスロヴァキア人であることは、フーニアに多大な困難を突きつけた。問題は、顧客の獲得ではない。彼女は五年のあいだに忠実な顧客基盤を築き、ライプツィヒの上流階級――ユダヤ人、非ユダヤ人双方――の女性、たとえば裁判所長の妻などに服を仕立ててきた。根本的な問題は、ドイツで合法的に働くビザを持っていなかったせいで、公然とサロンを開けないことだった。一九三六年に、フーニアは状況を変えざるをえないと判断した。しぶしぶながら父親のアパートメントのサロンを閉じ、顧客の家で作業しはじめた。そうやって自分の生計を立てるいっぽうで、故郷のケジュマロクにいる家族を支えようと、定期的に仕送りをした。

　一九三五年の写真を見ると、フーニアはスタイリッシュで意志が強そうだが、どことなく悲しげだ。髪の毛は、クリップかマルセル式ヘアアイロンでセットされた、当時流行のウェーブ。なめらかでつやのあるうねりが、卵形の顔を取り巻いている。慎ましやかながらも魅力的なトップスは、おそらく鉤針編みの胸飾り《プラストロン》がついたニットのブラウスかワンピースで、その下から薄い色のスリップが見え、喉元は優美なサテンの蝶リボンで留めてある。

　左手の指輪が、ひときわ目を引く。ライプツィヒに滞在中、フーニアはナータン・フォルクマンに恋をした――ハンサムで、自信にあふれ、まじめで、教養のある男性だ。彼が両親を亡くしたときその妹の喪服を縫ったのがきっかけで、彼の一家と知りあった。ナータンのほうもフーニアに心を奪われたが、ふたりは結婚できなかった。彼はポーランド国籍で、彼女はユダヤ人であり、規則にうるさいナチスの役所が許さなかったのだ。フーニアはしばらく失意のどん底に陥り、故郷のケジュマロクに戻った。だが、田舎町は窮屈で、ドイツに戻れるよう法の抜け穴を懸命に探った。

偽装結婚が、答えに思えた。義理の姉妹の兄弟、ヤーコプ・ヴィンクラーが相手役を引き受け、書類上の夫になった。理想的な解決策とは言えないが、おかげでフーニアはアインライゼ——一時的なドイツ居住許可——とチェコの新しいパスポートを手に入れた。そしてライプツィヒに戻った。四年の婚約期間を経てナータンと結婚し、フーニア・フォルクマンになった。

しばらくのあいだ、針仕事はほぼ脇にやられ、手慰みか、金銭的な余裕が欲しいときだけのものとなった。彼女は幸せに浸っていた。


ふり返ってみれば、大禍に見舞われる予兆はいたるところにあった。より広範な政策、すなわち世論を形成し、ファッション業界を支配し、ユダヤ人を追放することを目的にした政策の一環として、女性の装いを非難する兆しが。

両大戦間のドイツは、ファッション、フェミニズム、芸術の自由の領域において、束の間ながらすばらしい解放のときを謳歌していた。ところが、ドイツ国内の壊滅的な経済問題が、ワイマール共和国の奔放な自己表現から輝きを奪った。ヒトラーの国家社会主義ドイツ労働者党が、大量の失業、極度のインフレ、国家アイデンティティーの危機に代わる道筋を提供してくれるように思えた。一九三〇年代に誕生したナチス政権は、パリの粋《シック》なスタイルとハリウッド女優がドイツの女性を堕落させていると主張した。若い女性は、ハイヒール

6．フーニア・ストルフ、1935年。

を拒んでハイキングブーツを履き、ファンデーションパウダーで肌を白くするのではなく、戸外の仕事で日焼けするべきだとうながされた。

女性がみずみずしく魅力的であることの目的は、ただひとつ。健康なアーリア人男性を引きつけて結婚し、赤ん坊を産むことだ。年配の女性は、わが子を誇れるようにする。服装はもっと簡素に。実用的に。上品に。補正下着は既婚女性らしいふくよかさを抑制するものであって、臀部に丸みをつけたり、胸部を挑発的に目立たせたりするものではない。女性の役割とイメージに関するドイツのプロパガンダは、広範で容赦なかった。

一九三三年、ドイツ系ユダヤ人ジャーナリストのベラ・フロムは、ヒトラーが「ベルリンの女性はヨーロッパ一の装いをしなくてはならない。パリのモデルとはおさらばだ」と宣言したと、日記に書いた。[7] 同じ年に、国民啓蒙・宣伝大臣のヨーゼフ・ゲッベルスが、〝ファッションハウス〟とフロムが呼んだものの責任者に就いた。ドイチェス・モーデアムト、すなわちドイツファッション局だ。ゲッベルスは、ファッション産業にイメージを形成する力があることを認識し、その力は人々のふるまいをコントロールするさいに必要不可欠だと知っていた。

ナチス政権に好意的な出版物、たとえば『ディ・モーデ(ファッション)』や『フラウエン・ヴァルテ(女性の観点)』は、ナチスの理想像に進んで迎合した。[8] ドイツ人女性は、母親と主婦という基本的役割にふさわしい特質を備えるべきだとうながされた。彼女たちの職業は、やさしさ、食事の提供、子育て、織物関連など、典型的な〝女性の〟領域を反映するものになった。[9]

ドイツ中心のファッションをめざすことそのものは、悪くはない。ライプツィヒで、フーニアは確たる自分のスタイルを生み出す自由を得ようとした。ブラチスラヴァのマルタ・フフスは、チェコスロヴァキアの特色を取り入れた世界に通用するスタイルをめざしていた。各シーズンの裾の長さやシルエットを決定するのはパリだけだという考えをドイツファッション局が蔑んだのは、正しいかもしれない。

遺憾にも、春の綿素材や夜会服のチュールといったテーマの、一見すると罪のないドイツの雑誌記事の裏では、冷酷な力が働いていた。ゲッベルスは女性がどうあるべきかを――補助的役割のみと――定めたがっただけでなく、被服産業の力を支配したがってもいた。

これは、ユダヤ人の排斥を意味した。

ファッション業界と被服産業からユダヤ人を追い出すことは、反ユダヤ主義が偶然もたらした副産物ではない。明確な目標だった。この目標はやがて、ゆすり、脅し、制裁、ボイコット、強奪、強制的な清算を通じて達成されることとなった。マルタ、フーニア、ブラーハ、イレーネ……これら若きユダヤ人女性はだれひとり、この容赦ない目標を追求した政府や機関にかかわりを持っていないが、彼女たちはみんな、この目標に苦しめられた。だが、それにあらがって生き残ろうと努力したのだ。

ユダヤ人とその資産を支配するための強力な戦術として、原始的な部族心理、すなわち〝よそ者〟への不信が用いられた。ユダヤ人と非ユダヤ人（民族主義者によって〝アーリア人〟と名称変更された）の相違を強調しながら、ナチスは〝われわれ〟と〝彼ら〟の分離を意識的に行なった。そして〝われわれ〟の要素を強調するために、集団が制服をまとったときに生まれる所属意識の力をたくみに利用した。

突撃隊員にも、ヒトラー青少年団《ユーゲント》やドイツ女子同盟のメンバーにも、集団のきずなを強めるための制服――壮大な劇場型のイベントでしばしば披露される準軍事的な衣装――があった。制服は、階級による明らかな相違を可能なかぎり小さく見せて、民族集団のなかでは平等であるという感覚をもたらす。

ナチスの活動は、彼らが政権に就く前、〝褐色シャツ隊〟と呼ばれる組織隊だったころから、すぐに見分けがついた。ジャーナリストのベラ・フロムは一九三二年に、彼らが「クジャクさながら意気揚々と闊歩して」、どうやら「自分たちの仮装に酔っている」ようだと記した。[10] 制服がいっそう罪深いのは、身につけた者をそのイメージに寄せる心理的な作用を持つことだ。褐色シャツ隊は、被服産業への暴虐を強めるのに大きな役割を果たしたが、彼らの力はじきに、もっと黒っぽい生地で作られた親衛隊の制服に身を包んだ者たちに凌駕された。

たとえ制服がなくとも、ナチスの鉤十字章《スワスチカ》——赤地に黒——が、中立的な衣服を主張の表明手段に変えた。襟章や腕章のほかに、精巧な鉤十字模様をくるぶしの飾りとして編みこんだ靴下もあった。ヒトラーは女性ファンが縫った贈り物をひっきりなしに受け取っていたが、なかには鉤十字を縫いつけたクッションもあって、〝永遠の忠誠〟の誓いが添えられていた。[11]

裁縫のあらゆるレベルが政治に汚染されていた。一九三四年のある若い娘の縫い物サンプラー——裁縫学習者の技能を示す作品——には、一般的なアルファベット、名前、日付のほかに、赤い糸で刺繡された鉤十字があった。[12]

民族服も、われわれ／彼らの離間を広げるために悪用された。伝統的な民族服《トラハテンクライドゥング》はドイツの豊かな文化遺産を反映するものとされ、ゆえに民族主義的なメディアで広く称賛され、着用された。当然ながら、外国人は排除された。[13] ドイツ系ユダヤ人は民族服をまとうことを禁じられた。これはアーリア人だけのものなのだ。ドイツ系ユダヤ人へのメッセージは明白だった。おまえたちは、われわれの仲間ではない。

ナチスは意図的に〝外国の〟ファッションとユダヤ人性をからめ、その結果、分断がいっそう強調された。退廃的とされる女性とパリのファッションへの攻撃には、フランス人への悪感情を生み出すこと、そして反ユダヤ主義をかきたてることという二重の目的があった。ドイツ人女性が〝売春婦みたいな〟赤い口紅を塗って、気まぐれなファッションの虜になることが、どういうわけかユダヤ人の責任であるかのように言われた。こうした批難は女性嫌悪的かつ反ユダヤ主義的であり、定められた見た目に服装やふるまいを合わせないかぎり、女性は問答無用でみだらな売春婦のレッテルを貼られる危険性をはらんでいた。

ゲッベルスの破壊的なプロパガンダがいともたやすくファッションとユダヤ人を結びつけることができたのは、被服産業がユダヤ人の才能、ユダヤ人の人脈、ユダヤ人の労働、ユダヤ人の資本に大きく依存していたからだ。

ヨーロッパの繊維製品は経済史において見過ごされることも多いが、巨大な利益をあげて、何百万人もの雇用を生み出し、国際貿易の一大要素となっている——一九三〇年代に外貨を蓄えようとしたナチスドイツにとっては、とりわけ貴重な要素だった。

両大戦間のドイツでは、百貨店とチェーンストアのおよそ八〇パーセントをドイツ系ユダヤ人が所有していた。また、繊維製品卸売業者のほぼ半数がユダヤ系だった。衣服のデザイン、製造、輸送、販売に携わる被雇用者のうち、大きな割合をユダヤ人労働者が占めていた。ユダヤ人実業家の実行力と知力があったからこそ、ベルリンは一世紀以上ものあいだ女性の既製服産業の核とみなされてきたのだ。

『シュテュルマー』紙ほかナチスのプロパガンダメディアが、繊維産業のユダヤ人従事者について、やれ業界の寄生虫だの、無垢なアーリア人娘を堕落させ、アーリア系ドイツ人が身につける服を汚染させている性的搾取者だのと書きたてたが、それだけでは収まらなかった。ナチスの戦術は、やがてことばから行動へと移った。


筆舌に尽くしがたい興奮が大気にみなぎっていた——ヨーゼフ・ゲッベルスの日記の記述、一九三三年四月一日[14]

一九三三年四月一日の午前一〇時、アーリア系ドイツ人によるドイツ系ユダヤ人所有事業の全国的なボイコットが始まった。これは、ナチスが入念に組織化したものだ。同年の一月にヒトラーが首相に任命され、三月にナチスが完全に権力を掌握したばかりだった。明らかに、この新しい政権にとって、反ユダヤ的な施策は重要な優先事項だったようだ。

カウフト・ニヒト・バイ・ユーデン――ユダヤ人からは買うな！

このメッセージが、稚拙な黄色と黒のダビデの星とともに、ポスターにでかでかと書かれ、窓にペンキで塗られ、看板に殴り書きされて商店の入り口を塞ぐ目的に使われた。

民兵の制服をまとった男たちが百貨店のショーウィンドーの外にずらりと並び、ガラスの向こう側で優美な春のファッションを披露する石膏のマネキンと強烈な対照をなしていた。何ごとかと気になって、あるいはこの見世物を楽しむために集まってきた歩行者の群れとも対照的だった。人々の顔が事態を物語っていた。褐色シャツ隊の顔は険しく、正義感に満ちていた。見物人たちは戸惑い、おもしろがり、迎合し、腹を立てていた。

勇敢な少数がボイコットに反抗し、人気《ひとけ》のないユダヤ人の店で買うことで意思表示した。不便さに苛立ち、自分がどこで何を買うかをやつらに指示されるものかと決意する人もいた。

「ひどく腹が立ったから、なかに入ろうとしたの」と、ある女性は言った。「だって、店主を知ってるし、あの人たちのことも知ってるもの。わたしたち、いつもあそこへ行ってたのよ」[15]

あるアーリア人女性の仕立て職人は、国家主導のユダヤ人に対する扱いを目の当たりにして、反ナチスに回った。彼女は、被服産業のユダヤ人労働者は「いつだって最高よ。実直で、働き者。わたしはユダヤ人の店でしか買わないようになった」と言った。[16]

脅しが暴力に変わっても――たとえば、ユダヤ人が所有するベルリンの上品な百貨店、〈ティーツ〉の窓が破壊されたが――警察はろくに介入しなかった。壊れた窓は、いまや安全が脅かされているという、ユダヤ人商人の実感を象徴していた。

二四時間のいやがらせ行為ののちに、ボイコットは中止された。断続的な暴行は続いた。一九三三年にはまだ、非ユダヤ系ドイツ人の大半は、反ユダヤ的な行為に対してどちらかといえば無関心だった。諸外国の政府は反感を抱き、脅迫に抗議した。ナチスの指導部は諸外国の反応に憤慨した。そして、攻撃の対象となったのはドイツのユダヤ人〝だけ〟であり、国外のユダヤ人ではない、と強調した。ボイコットへの批判は、ユダヤ人による悪質なプロパガンダとして政府に退けられた。たとえ問題行動があったとしても、それは自業自得であるとユダヤ人に言い聞かせている、とナチスは説明した。[17]

中止されたとはいえ、ボイコットはユダヤ人事業への圧力を増大させる下地となり、業界を支配するための、いっそう手の込んだ手段を講じる道を開いた。一九三三年五月――ボイコットのわずか一カ月後――に開始され、被服産業のあらゆる側面を〝ユダヤ人がいない〟状態にするという長期的な目標を掲げたイニシアティブによって、ライプツィヒでサロンを営むフーニアをはじめ、ドイツ国内にいる無数の被服産業従事者は生計の手段を脅かされることとなった。そのイニシアティブとは、ＡＤＥＦＡだ。

ＡＤＥＦＡは、ドイツ・アーリア衣料産業工場主共同事業団《アルバイトゲマインシャフト・ドイッチエ・アリシエア・ファブリカンテン・デア・ベクライドウングスインドウストリー》の頭字語だ。アーリアという単語は、〝ドイツ〟の意味を明確にするために挿入された。つまりユダヤ人ではない、ということだ。ＡＤＥＦＡの実態は、商売敵とみなしていたユダヤ人を市場から完全に追い出すことが目的の、加虐的なロビー団体にほかならなかった。その広報活動では、衣服の製造工程のどの段階もユダヤ人の手に汚されていないことを示し、ドイツ人購買者――業者、一般大衆双方――を〝安心〟させようとしていた。[18]

ときには第三帝国のワシ《ライヒスアドラー》の紋章を様式化した頭字語とともに、ときには完全な名称にドイチェス・

エアツォイクニス（ドイツ製品）と加えた形で、ＡＤＥＦＡのラベルが〝純粋な〟アーリア人の衣服につけられ、アーリア人とドイツ人が排他的な関係であることをはっきりと示した。[19] 商業的、美的な観点からは、ＡＤＥＦＡは失敗だった。これらの衣服には、とくべつすぐれたところはなかった。デザインも、流通も、ユダヤ人の才能や人脈が失われて劣化した。ＡＤＥＦＡのファッションショーには、大がかりな広告が打たれた――宣伝文句のあとに無骨な〝ハイル・ヒトラー〟が加えられていた――にもかかわらず、出席者はさほど多くなかった。国家社会主義が得たおもな恩恵は、アーリア人はユダヤ人を搾取してもいいという考えを、もう一歩踏みこんで正当化できたことだ。

ＡＤＥＦＡは一九三九年八月に解体され、任務を完了した。一九三八年一一月の残虐な暴力行為にくらべれば、ＡＤＥＦＡの戦術はまだしも穏健に思えた。

乱暴者の一団が繰り出して、たった一夜で膨大な富を破壊した。ゲッベルスはいたずらに連中を焚きつけている――ヘルマン・ゲーリング[20]

一九三八年一一月一〇日木曜日の朝、フーニア・フォルクマンは自宅の窓をあけて、ライプツィヒの通りを見渡した。人々が慌てて走りすぎるのを目にして、彼女は驚いた。よれよれの服を着た人もいれば、慌ててまとめた荷物を抱えた人もいる。

「何が起きたの？」彼女は呼びかけた。

断片的な情報が得られた。あちこちのシナゴーグが燃えている。家々に落書きがされた。窓が粉々に割られた。ユダヤ人が殴られて死んだ。

外に出て安全なのだろうか？　市内にはユダヤ人地区もあるにはあったが、ライプツィヒのユダヤ人はさまざまなグループに分かれ、もっぱら周囲に溶けこんで、ゲットーに閉じこめられてなどいなかった。そうであっても、明白な標的にされてしまうのか？

　一九三三年以降、ドイツのユダヤ人は国内の影響的な地位から追放されていた。さらに一九三五年九月、ニュルンベルク法が制定され、ユダヤ人のドイツ公民権が実質的に停止された。非ユダヤ系のドイツ人と結婚していても変わりはなかった。同じく一九三五年に、ユダヤ人は公共プールで泳ぐことを禁じられ、公共の公園や劇場に行くなと言われた。フォルクスゲノッセン――〝民族同志〟――がこれらの空間をユダヤ人と分かちあいたくないから、との理由だった。

7．1930年代の、花模様のクレープ地のデイドレスにつけられたADEFA のラベル。

　ライプツィヒでも当然のように、悪意に満ちた反ユダヤ主義のプロパガンダや、見かけはやや文化的なＡＤＥＦＡの宣伝活動が幅をきかせていた。日刊紙の『ライプツィヒ・ターゲスツァイトゥング』は恥知らずにも、純粋なアーリア人の店や職人を推奨するためのリストを載せた[21]。この間《かん》に、国家社会主義ドイツ労働者党は都市部で着実に影響力を強めていた。それでもなお、自分と同じライプツィヒの住人が今回のような敵意を向けてくるだなんて、だれが思うだろうか。

　フーニアと夫のナータンは、その木曜日の朝、ふたりでひっそりと自宅にこもって、次に何が起こるのかと固唾を呑んでいた。暴徒集団が街じゅうに広がって「ラウス・イーア・ユーデンシュヴァイン！」――「出てこい、ユダヤのブタ野郎！」――と叫んでいた。玄関ドアのノックを耳にしたフーニアは、すわ突撃隊員か、ゲシュタポか、凶暴なライプツィヒ市民かと身構えた。

　父だった。シナゴーグで勉強していたら、非ユダヤ人の隣人からそこを出るよう警告されたという。「悪いことが起きそうだ」。数分後、そのシナゴーグは破壊され——ライプツィヒで壊された三箇所のうちのひとつだった——律法《トーラー》の巻物が燃やされた。

ドイツとオーストリア全土で同様の痛ましいできごとが起きた。見たところ〝自発的な〟反ユダヤ暴力事件の勃発だが、じつは、制服を脱いで一般のドイツ人にまぎれこんだナチスの将校によって、入念に組織化されたものだった。彼らの行動に誘発され、ほかの暴徒も加わった。

　数多くのユダヤ人の資産が破壊され、外観を損なわれたが、なかでもユダヤ人経営の百貨店は恰好の標的となった。ベルリンにあるグリュンフェルトのリネン製品の店は、六月にはすでに、ユダヤ人を拷問して不自由な体にする不快な絵で汚されていたが、一一月九日と一〇日に、ほかの百貨店も同じかもっとひどい目に遭った。ベルリン版ハロッズの〈ナータン・イスラエル〉や、〈ティーツ〉〈カーデーヴェー〉〈ヴェルトハイム〉もひどく破壊された。ベルリンの百貨店のほぼすべてが、ユダヤ人の経営だった。[22]

　略奪者たちは割れた窓ガラスの破片を踏み潰し、ラックや棚から目に留まったものを手当たりしだいに持ち去った。褐色シャツ隊は商品を窓の外へ放り投げ、通りで衣服を踏みつけた。さらには、ユダヤ人が次々にベッドから追いたてられ、殴打され、屈辱を与えられ、逮捕された。その多くは通りを引きずられていき、強制収容所とはどういうものかを最初に味わわされた。

　ルドルフ・ヘスはその年に親衛隊の少尉に昇進し、家族を連れて、ベルリン北部のザクセンハウゼン強制収容所の副所長に転任していた。[23] その収容所へ、ライプツィヒのユダヤ人をはじめ、ポグロム〔ユダヤ人に対する集団的迫害行為〕の被害者の多くが送られた。翌年、ヘスは囚人の所有物の管理者になった。やがて次の任地で、彼は妻のヘートヴィヒとともに、こうした所有物の扱いに習熟することとなる。そう、アウシュヴィッツで。

ライプツィヒでは、有名百貨店の〈バンベルガー〉〈ヘルツ〉〈ウーリ〉が、一九三八年一一月一〇日の早朝に火を放たれた。地元の消防隊が駆けつけて、非ユダヤ人の建物への延焼を食いとめた。百貨店そのものは救おうとしなかった。

ドイツ全体で、推定六〇〇〇ないし七〇〇〇の事業が略奪、破壊された。[24] 政府公認の恥知らずな行為だ。ドイツの一般大衆は怖くて介入できなかったか、嬉々として恩恵を得ようとした。服地の専門店から盗まれた反物はひそかに裁断され、縫いあわされて新しい衣服になった——いちばん抜け目がなかったのは、いったいだれだろう。

一九三八年一一月九日と一〇日の集団破壊は、クリスタルナハト——水晶の夜——と呼ばれるようになった。想像力を刺激する呼び名だが、あのできごとが人ではなく所有物の観点から表現されたことが、多くを物語っている。壊れたガラスは、壊れた命ではない。やがて国家元帥となるゲーリングはゲッベルスに「こんな高価なものを壊す代わりに、二〇〇人のユダヤ人を殺していたらよかったのに」と不満をぶつけた。[25]

クリスタルナハトはユダヤ人の生活のつらい現実を明らかにしたが、ドイツ国民は利己的にも、べつの人間の身に起こっていることだと考えて安堵感を覚えていたようだ——寝間着姿で通りを追いたてられた家族は、あんなひどい扱いを受けるだけの悪事を何か働いたにちがいない、と。

ドイツのユダヤ人が生計や家を脅威にさらされていた一九三八年ごろ、アーリア人の女性はまだ、雑誌をめくって新作の帽子をほれぼれと眺め、リバークルーズや都会で過ごす休暇の予約を検討し、裏庭に水泳プールを造る夢を描き、オドロノ防臭剤で脇のいやな臭いを消し、エリザベスアーデンの美容サロンにマッサージや美顔クリームの予約を入れ、レースのブラウスをこしらえる型紙を選び、冬の毛皮を依頼する職人を選ぶことができた。ひとことで言えば、現実逃避に浸っていたのだ。雑誌の広告には、〈キューテックス〉のマニキュア、〈グーターマン〉の手縫い用絹糸のレインボーカラーセット、アーリア人にふさわしい金髪に染めるための〈シュワルツコフ〉の髪染めが掲載されていた。汚れた手は、〈パルモリーブ〉の石鹸でごしごし洗えばよかった。

一九三八年、新着の流行色やすらりとしたラインのドレス、絹クレープのマラボー織物のジャケットについて熱く語った記事で、『エレガンテ・ヴェルト』誌は将来的な見通しは「圧倒的に明るい」と断言した。執筆した記者はいかなる不安の種も否定し、「経済への危機は、強いて挙げるなら国民の不屈の意志と楽観主義だけだ」と述べた[26]。

ヘルマン・ゲーリングは四年計画の全権責任者として、ドイツ経済を戦争に備えさせなくてはならなかった。当然ながらクリスタルナハトの損害を危機とみなし、ポグロムが経済に甚大な損失をもたらしているのに、倹約政策を策定しても無意味だと不満を漏らした[27]。クリスタルナハトへの彼の対応は、じつに厚かましかった。なんと、この損失を埋めるために、ドイツ系ユダヤ人に信じがたいほど高額の賠償請求をしたのだ。

ゲーリングの愛妻エミーは、その豊満な肉体を引きたたせる美しい服をこよなく愛していた。回顧録では、反ユダヤ主義のボイコットに心安からぬ感情を覚えていたと告白し、店の窓にユーダ（ユダヤ人）と落書きされたユダヤ人の友人たちを少しばかり支援したことを明かしている。いっぽうで、ユダヤ人の店に入ることに不安を覚えた、夫に迷惑がかかるのではないかと怖かった、と認めてもいる。

かたやヨーゼフ・ゲッベルスは、クリスタルナハトの略奪にベルリン市民が大喜びしたと、満足げに日記に書いた。特筆すべきなのは、衣服や布製の室内装飾品がおもな獲物だった事実を強調していることだ。「毛皮のコート、じゅうたん、高価な織物がどれもただで手に入った[28]」。ゲッベルスのスタイル抜群の妻マクダは、品のよいファッションを熱愛し、一一月のポグロムの影響にひどく心を乱した。ユダヤ人のサロンが閉鎖されたことを、こう嘆いている。「コーネンが閉まっているとは、なんて困ったことでしょう……ユダヤ人がいなくなったらベルリンからエレガンスも失われるってことを、みんなわかっているのに」[29]

エミー、マクダ、ヘートヴィヒといった、特権にどっぷり浸かった親衛隊の妻たちは、あからさまなユダヤ人迫害の目撃者でありながら、こうした不快なできごとへの最善の対処法は目をそむけることだと決めこんだ。彼女たちはナチスの女性という役割の遂行に心を砕いていて、そのイメージにそぐうよう、そして自分の欲求を満たすよう、世界を作り替えうるのだと学びつつあった。

フーニアの顧客には、ライプツィヒの上流階級の女性たちもいた。ユダヤ人と非ユダヤ人どちらにも、フーニアは服を提供していた。彼女の手がけた服が、今回の蛮行の傍観者と犠牲者双方の体を覆っていたわけだ。クリスタルナハトの夜には何も知らず眠っていたが、彼女はいまや警戒怠りなく、次々に襲いかかる惨事に立ち向かう必要がある。全精力が、逃亡に注がれることとなった。

わたしたちは一日を生き延びてなんとか死なずにいるだけで、ありがたく感じました——イレーネ・ライヒェンベルク[30]

そのころ、ブラチスラヴァにいた若きイレーネ・ライヒェンベルクは気が気ではなかった。一九三八年三月以降、ドイツや、ドイツに併合されたオーストリアでのナチスによる迫害を逃れて、何百人ものユダヤ人難民がこの町へ到着していた。チェコの領土がドイツの支配下に置かれたあとは、いっそう多くの難民が、一九三八年一〇月に自治権を得ていたスロヴァキアに逃げてきた。親ナチスの暴力集団が、公衆の面前で堂々とユダヤ人の資産やユダヤ人を攻撃した。ユダヤ人の慈善団体はなんとか、困窮する人々に手を差し伸べて住まいを提供しようとした。ジドヴスカー通りでは、暴動や争いが起きた。

こうした野蛮な行為が減る気配はないこと、ただの一時的な反ユダヤ主義の高まりではないこと、いずれ収まるとはとうてい思えないことを、イレーネは父親に認識させられなかった。彼女に先見の明があって危険を予知できたからといって、現実には、何ができただろう。どこへ行けばいい？　貧しすぎて、ほんの六〇キロほどの距離のウィーンにさえ、生まれてから一度も旅したことがないのに。

逃げ出せと？　無理だ。

「外国への移住にせよ、なんにせよ、お金のかかることはできませんでした。そんなことは不可能でした。できっこなかったのです」と彼女は言った[31]。

友だちのブラーハ・ベルコヴィッチとともに、イレーネはちがう形の生き残りを計画した。針と布地と糸とピンがからんだ生き残りを。

第三章　次に何が起きてどうなるのか？

そう、わたしたちはその場に立ちつくしていました、教室から出された女の子たち、ユダヤ人の女の子たち。通りに立ったまま、次に何が起きてどうなるのか、見当もつかずにいました――イレーネ・ライヒェンベルク［1］

一九三九年春。

ファッション雑誌は、ふんわりしたスタイルと明るめの生地――花模様のレーヨン、シフォンのスカーフ、ベールつきの帽子――が流行ると予測していた。

三月の現実は、はるかにきびしかった。

一九三九年三月一八日、ヒトラーは長いダブルの軍用コートをまとい、お供のドイツ国防軍《ヴェアマハト》行軍兵士、軽戦車、重砲に一分の隙もなくつきそわれて、プラハを訪れた。そして官帽のひさしの下から、新しい占領地を視察した。嵐雲と雨は消えたが、不安定な空だった。征服されたボヘミアとモラヴィアの領土に喜んで彼を迎え入れた一般市民の群集が、手袋をはめた手をぴんと伸ばして敬礼した。なかには、帽子の下で当惑の表情を浮かべた顔もあった。四日前の三月一四日に、国家としてのチェコスロヴァキアが解体されていた。同日に、スロヴァキアは独立を宣言した。

ラジオを聞ける者はだれでも、新生大ドイツ帝国の全土に放送されたヒトラーの演説を聴くことができた。あるチェコ人の少女は、ヒトラーが「ユーデン・ラウス（ユダヤ人は出ていけ）！」と叫んだときにラジオが震え、家族が手で耳を覆ったのを覚えている[2]。

「ユダヤ人は出ていけ！」これは、国家社会主義ドイツ労働者党の創設時からの目標で、彼らは入念に策定した段階をひとつずつ踏んで、まずはユダヤ人とはだれかを定義し、次に彼らに移住するよう強要し、〝他者〟のレッテルを貼り、彼らから権利を剝奪し、貧困に陥らせた。これらナチスの戦術は、第三帝国の鉤十字の下に組みこまれたほぼすべての領土で採用されることとなった。同時に、できるかぎりの手段を駆使してユダヤ人を搾取しようとする力も働いていた。

これらふたつの流れが、やがて、アウシュヴィッツのファッションサロンというばかげた存在に帰結する。

ファッションは、一九三九年春のイレーネ・ライヒェンベルクの頭にはこれっぽちもなかった。イレーネの妹で一四歳のエーディトが、前年に母親が早世してからは主婦の役割を担っていた。家はもはや安息の場所ではなかった。反ユダヤ的な暴力行為が、新生スロヴァキア共和国ですみやかに合法化された。ブラチスラヴァのユダヤ人地区の窓が粉々に破壊された。脅迫的な落書きが次々になされた。〝ユダヤのブタ野郎！〟〝パレスチナへ行け！〟といった、あざけりのことばだ。

イレーネの友だちのレネーは、もよりのシナゴーグまでラビの父親につきそわなくてはならなかった。ひとりで外出させるのは安全ではなかったからだ。敬虔なユダヤ教徒の男性はとくに、いやがらせの標的となっていた。

一九三八年の写真のレネーは、外出着姿で垢抜けて見える——体にぴったりしたジャケットと、黒っぽいロングスカート。しかるべき服をまとえば、たいていは非ユダヤ人として〝通用〟したはずだが、そうした判断はおよそ主観的なものだ。

じつは、スロヴァキア政府はユダヤ人と非ユダヤ人を区別する策をさらに講じて、より徹底的な搾取と迫害を可能にしようとしていた。一九四一年九月一日から、全ユダヤ人が上衣に大きな黄色いダビデの星をつけるよう強いられた。コートやジャケットを脱いだときには、その下の服にも星が必要とされた。裁縫箱から針と糸が取り出され、この屈辱的な作業が遂行された。なかには、ゆるめの仮縫いで星をつけて、〝通用〟する場面ではさっともぎ取れるようにした者もいた。

国家公認の侮辱によって、服が汚された。黄色い星をつけたレネーのジャケットは、もはや単なるティーンエイジの少女の服ではなく、彼女を標的に変える服となった。

スロヴァキア政府は、こうした目に見える分断への道をただ漫然と歩むのではなく、第三帝国の政策を熱心に推し進めていた。スロヴァキア人民党は、党首にして急進的なカトリック司祭のヨゼフ・ティソと、首相でいっそう過激なヴォイテフ・トゥカに率いられていた。民族主義、反ユダヤ主義、私利私欲からなる強力な混合物が、彼らを焚きつけた。ユダヤ人の生命と生計手段への攻撃は、ただ憎悪を理由に計画されたわけではない。恥知らずにも、彼らはユダヤ人市民の犠牲で私腹を肥やそうとしていた。

一九三九年三月にプラハを訪れたとき、ヒトラーは獲物を検分していた。いまやドイツはチェコスロヴァキアの主たる産業基盤を支配下に置き、ほかのたくさんの資産を手に入れることができるのだ。すみやかに略奪された品々は、戦利品であると同時に、帝国を財

8．スロヴァキアで撮影されたレネー・ウンガー、1938年。

政破綻に陥らせないためにどうしても必要な収入源でもあった。[3] ナチスの領土征服は、権力誇示のほかに、国の財源確保という意味を持っていた。

貪欲を背景に一九四〇年に制定された法律で、国内の社会的、経済的な立場からユダヤ人を締め出すためにどんなことでもやれる権限が、スロヴァキア政府に付与された。トゥカ、ティソ、アドルフ・アイヒマンの特使にして親衛隊大尉《ハプトストルムフューラー》のディーター・ヴィスリツェニーが継続的に開いていた会議も、貪欲に支配されていた――ディーターは、表向きはユダヤ人問題に関する助言者としてドイツから派遣されていたが、実際は、ユダヤ人の資産から暴利をむさぼる詳細な実施計画を立案していた。貪欲に突き動かされ、彼らはユダヤ人の事業に対して直接行動に出た。

こうした貪欲は、犠牲者には破壊的な影響をもたらしたが、加害者を途方もなく富ませることとなった。

わたしは奪い尽くすつもりだ。とことんまでやる――ヘルマン・ゲーリング[4]

戦争の資金を調達するために戦争を利用するという発想は、とりたてて新しくはない。ドイツ人兵士も地元民も、侵略のどさくさにまぎれて手当たりしだいに強奪した。一九〇七年のハーグ陸戦条約では、占領軍は賠償なしに私有財産を徴発してはならないと明確に示されているが、彼らの行動はまるきりこれに反していた。ドイツはこの条約の調印国でありながら、ナチス国家としてヨーロッパの国境をひとつ、またひとつと消し、勝利に酔いしれていた。

ドイツ国防軍は、次々になしとげる征服を栄光の買いあさり場とみなすよう奨励されていた。国がひとつ降伏するたびに、大量消費の浮かれ騒ぎがあった。ゲーリングのおかげで国防軍はとくに毛皮、絹、奢侈品をたやすく入手できるようになった。兵士の買い物にはなんら制限がなく、彼らがドイツ本国へ送る小包にも制限は課されなかった。

一九四〇年一〇月一日にチェコ保護領とドイツとの国境で税関が撤廃されると、兵士や一般観光客の購買熱にいっそう火がつき、毛皮、香水、靴、手袋など、故郷へ郵送できる、または手で運べるものはすべて店の棚から消えた。同じように、パリが陥落したとき、占領した国防軍兵士がおそろしく大量の商品を買いまくって、フランス人から〝ジャガイモハムシ〟とあだ名をつけられた。丸めた背中に荷物を担ぐ姿が、似ていたからだ。

ライヒスマルクと約束手形を過剰にばらまいたせいで地元貨幣の価値が下がるからといって、それがどうした。地元民にとってインフレで買い物が金銭的な悪夢になろうが、かまうものか。大切なのは、ドイツ人――アーリア人――を満足させつづけることだ。ヒトラーは第一次世界大戦中に食糧ほか生活必需品が底をついたとき、不満が銃後の国民に何をもたらしたのか、目の当たりにしていた。支配下の民にはけっして謀反を起こさせてはならない。ヒトラーは、ほかの人間つまり〝劣等〟人種からの戦利品で、自分の民を満足させつづけるつもりだった。

ヨーロッパを東へ領土拡大していくドイツ軍は、入手した品物に対価を払う礼節を持ちあわせていなかった。ウクライナでも略奪をほしいままにして〝ハイエナ〟のあだ名をつけられたが、当然ながら、最も狙われたのはユダヤ人の事業だった。ユダヤ人には、身を守るすべがほとんどなかったからだ。事実、ドイツ占領下のポーランドでは、ユダヤ人の店の窓ガラスが割られて、反ユダヤ感情や貪欲に駆られた地元民が商品を思うがままに盗んでも、警察も国防軍の兵士もただ黙って見ているだけだった。[5]

ドイツ本国では、母、妻、恋人、姉妹が、国外にいる男たちから思いがけない贈り物の包みを受け取り、その潤沢さに大喜びした。彼女たちは家庭に留まりながら戦争の不当利得者となった。[6]もしかしたら、自分の利益がほかの人の損失であるとは、純粋に気づいていなかったのかもしれない。

クリスマスシーズンに向けてドイツ国内のショーウィンドーを埋めるために、さらなる略奪がなされた。

ドイツ国民、国防軍兵士ともに恩恵を受けたほかのさまざまな手口でも、ユダヤ人はあからさまな標的になった。一九四一年のソ連侵攻後、ドイツの備蓄が冬の戦闘には危機的なまでに不十分なことがしだいにわかってきた。ヒトラーとゲッベルスは、なんであれ東部戦線に送れそうな毛皮や毛織物の服を自主的に寄付するよう、愛国的なドイツ人に呼びかけた。

ドイツ系ユダヤ人の場合、毛皮の徴発は強制的であり、賠償もなかった。ユダヤ人宅の衣装戸棚に毛皮のコート、ケープ、マフ、手袋、帽子が残っていないか、検閲が実施された。命令に従わない者は、国家警察によって厳罰に処せられた[7]。単に、裕福な人がもっぱら地位を示すためにまとっていた高級毛皮を明け渡すだけではなかった。質素なウサギの毛皮からおしゃれなミンクまで、冬の必需品としてさまざまな社会階級がまとっていた、毛皮と名のつくものがことごとく徴発された。

軍隊のために国じゅうから集めた冬着一式は、ドイツ国民から東部戦線へのクリスマスプレゼントになった。何十万着もの服が受け取られた。国防軍の男たちがあらたな暖かさをありがたく思ったことに疑問の余地はない。かたや、厳しい寒さに震えるユダヤ人については――彼らの苦しみがなんだというのだ？

ユダヤ人は毛皮、宝石、娯楽用品ほか高価な品物を何もかも差し出さなくてはなりませんでした。フリンカ警備隊が気に入ったものは、すべて没収されました――カトカ・フェルトバウアー[8]

ヒトラーの戦争の資金を調達し、ドイツ人に食糧と衣服を与えるために、外国で手当たりしだいに買ったり国内から毛皮を徴発したりするだけでは終わらなかった。ドイツ支配下の地域を、ユダヤ人のいない地にしなくてはならない。脱ユダヤ化《エントユードゥング》が、強奪、国外追放、そして最終的に大量殺戮という過程を経て達成されようとしていた。強奪は、やがてホロコーストと呼ばれるものの必須要件だったのだ。

一九三八年一一月、親衛隊の機関誌『ダス・シュヴァルツェ・コーア』が、ユダヤ人は「寄生虫」であり、「彼らだけでは何もなし遂げられない」と主張する記事を載せた。[9] 明らかなプロパガンダだ。とはいえ、ユダヤ人の資産や事業を徹底的に盗めば、この批難は現実のものとなり、ひいては自分たちの暴虐を正当化できる。ユダヤ人は基本的に、困窮した悲惨な状態に陥らせなくてはならない。支配しやすい状態に。ユダヤ人からの強奪でほかの者が豊かになったのは、けっして偶然ではなかった。

ナチス占領地のあちこちで、ユダヤ人はさまざまな形の盗みの標的となり、賄賂をゆすられた。いやがらせを回避するための賄賂、ビザを手に入れるための賄賂、強制収容所やゲットーに移送されないための賄賂……。いかに富を得ればいいのか、ドイツがひな型を示した。ほかの政権は嬉々としてそれにならった。スロヴァキアも例外ではなかった。フリンカ警備隊——スロヴァキア人民党の準軍事組織——の下っ端から高位の役人にいたるまで、だれもが利益を得ようとした。

結婚してフォルクマン夫人となったフーニア・ストルフは、一九三八年一一月にユダヤ人を経済活動から排除する法律が制定されたとき、剥奪とはどういうものかを実感させられた。この法律で、あらゆるユダヤ人事業が一九三九年の元日に活動を停止することになった。さらに、六年におよぶ公民権停止と追放が待っていた。

フーニアはこの法律であらゆる資産を剝ぎ取られ、アウシュヴィッツの入所手続きでは文字どおり衣服を剝ぎ取られた。のちにこの収容所のファッションサロンで彼女が出会う若い娘たち——マルタ、ブラーハ、イレーネほか——も、それぞれ似たような剝奪の記憶を抱えていた。彼女たちはやがて、生きるための最低限の暮らしを経験することとなる。国家公認の恥知らずな盗みに始まった、底の見えない長い転落だった。

一九三八年の法律で、ユダヤ人の資産はドイツ国民総資産《フォルクスフェアメーゲン》とみなされた。〝ドイツ国民〟とは〝アーリア人〟を意味する。この資産に該当するのは、宝石、美術品、家屋、土地、車といった高価なものだけではなかった。自転車、ラジオ、家具、衣服、ミシンも含まれていた。

ナチスの予算拡大のためにユダヤ人から金を巻きあげるドイツのさまざまなイニシアティブを、ヘルマン・ゲーリングが統括した。[10]最もあからさまな剝奪戦略が、一九三〇年代を通じて実施された。これは〝アーリア化〟と呼ばれ、いわゆるアーリア人、すなわち非ユダヤ人の利益のために、ユダヤ人の事業を接収するというものだ。アーリア化のおもな目標は、ただ困窮と苦境を生み出すよりはるか先に据えられていた。加害者の戦利品は、ユダヤ人事業の事実上の所有と競合相手の排除だったのだ。

新しい法律のもと、〝アーリザートル（アーリア人経営者）〟が事業継承の権利をたいていは無償で、またはごくわずかな対価で与えられた――もっとも、アーリア化担当組織の腐敗した役人に賄賂を支払う必要はあったが。この迫害手法はビジネス用語で偽装され、事業の所有権は〝トロイヘンダー〟、つまり清算管財人に譲渡されることとされていた。とはいえ、安価な新しい事業を気に入った人物、あるいは関係当局が褒美を与えたい人物なら、だれでもトロイヘンダーになれた。

ファッション業界では、ナチスがみずからの命令でアーリア化された被服産業を取得しようと手ぐすねを引いていた。マクダ・ゲッベルスはその影響力を使ってヒルダ・ロマトスキーに手を貸しさえした。ヒルダはベルリンの名高いショッピングストリート、クアフュルステンダムにあるロマトスキー・ブティックのアーリア人経営者で、同じ通りの二、三軒先でユダヤ人が営むファッションサロン、〈グレーテ〉の〝不正競争〟を訴えていた。マクダはすさまじい偽善ぶりを発揮して、一九三七年にドイツ労働戦線に書簡を送り、ロマトスキーのユダヤ人ライバル店の閉鎖を要求して「ユダヤ人のフアッションサロンでドレスをあつらえているると疑われるのは、自分としては不愉快で耐えられないことです」と明言した[11]。

これとは逆に、ヘートヴィヒ・ヘスは臆面もなくアウシュヴィッツにサロンを設立した。そこで働くお針子の大多数は、ただユダヤ人であるという理由だけで収容された人たちだった。

アーリア化のかいば桶で大勢の人間が私腹を肥やし、ブタさながら丸々と太った――ラディスラフ・グロスマン、『大通りの商店[12]』

ベルリンだけでも、ユダヤ人所有の繊維関係事業はおよそ二四〇〇あったが、どれも略奪者の餌食となった。フーニア・フォルクマンの本拠地ライプツィヒでは、一九三八年一一月までに一六〇〇の事業がアーリア化によって強制的に売却させられた。残る一三〇〇のユダヤ人所有の事業も、さして長くはもたなかった[13]。フーニアが汗水流して築きあげたすべてが、合法的にかっさらわれようとしていた。

フーニアのおばのひとりは、ライプツィヒにたくさん存在する専門店のひとつを所有するゲルブ氏と結婚した。フーニアの姉妹のドラが、そこでしばらく働いていた。ゲルブ一家はフーニアとその夫ナータンに、アーリア化への対処を手伝ってほしいと頼んだが、これはひどくストレスの多い作業だった。フーニアとナータンはできるかぎりのことをした。結果的に、店は雀の涙の金額で非ユダヤ系ドイツ人に買われた。

買い手の楽園だった。アーリザートルたちは、ユダヤ人は売るよりほかないこと、それも早急にそうせざるをえないことを知っていた。彼らは実際の価値の四〇パーセント以下、ときには一〇パーセントというわずかな金額で、われ先にと事業を買いあさった。事業が清算されると、事情を知らない買い物客が衣服の陳列棚や端切れのバスケットをあさり、掘り出し物を見つけて大喜びした。事情を知らないわけではない大勢の人間も、嬉々としてユダヤ人の不幸から最大限の利益を得た。

売却のスピードを速める圧力は、アーリア化の法律だけではなかった。ユダヤ人たちは可能なかぎり早急にドイツ国外へ出ようとしてもいた。フーニアも同じ圧力を感じた。乏しいつてを頼り、両親をパレスチナへ逃がすためのビザとチケットを調達した。いっぽうで、あちこちの外国領事館に日参し、せっぱ詰まったほかの大勢の希望者と同じく、移民ビザの請願書を提出してまわった。絶え間ない面接と複雑な質問があった。無条件に移民を受け入れる国はごくわずかで、大半の国はヨーロッパでのユダヤ人の窮状に無関心だった。

フーニアは、第一希望のパレスチナとアルゼンチンのビザでは運に恵まれなかった。最後にようやく、パラグアイに入国する許可とチケット二枚をなんとか手に入れた。地球を半分ぐるりと航海してべつの大陸のべつの文化のもとへ行くこと、高タトラの小さな町で守られて育ったのにこれから生活が大きく変わることを思うと気が滅入ったが、自分とナータンの安全が確保されるのなら、その激変を受け入れる価値はある。彼女の仕立ての腕は、どこへ行ってもきっと重宝されただろう。

そうはいかなかった。土壇場で、ユダヤ人たちが必死に勝ち取った許可を在ドイツ領事館が取り消した。フーニアはドイツに閉じこめられた。

ブラチスラヴァでは、イレーネ・ライヒェンベルクが剝奪の屈辱的な過程をじかに経験していた。一九四〇年九月二日から、スロヴァキアの全ユダヤ人は資産を登録するよう求められた。イレーネの父、シュムエル・ライヒェンベルクはきまじめに靴製造業の詳細を開示した。戦前の写真の一枚に、シュムエルが末娘のグレーテ――イレーネの妹――とともに写っている。やや疲れたようすだが穏やかな表情で、シャツ、ネクタイ、ジャケットを身につけて垢抜けた感じだ。その人生は仕事と家族、そして安息日ごとにシナゴーグで行なう礼拝を中心に回っていた。ほかの大勢と同じく、言われたことに従っていれば、こうした規制にも耐えられるはずだと彼は思っていた。

ブラチスラヴァには同様のユダヤ人事業が六〇〇以上あって、その多くが繊維関係だった。事業の継続に関してシュムエルがどんな楽観を抱いていたにせよ、完全な見こみちがいだった。一九四〇年六月一日に施行されたアーリア化に関する最初の法律で、シュムエル・ライヒェンベルクの事業の認可は取り消された。ユダヤ人は事実上、どんなものであれ独立した事業を営めなくなったのだ。彼はジドヴスカー通り一八番地の小さなアパートメントにすごすごと戻った。仕事がなければ、収入がなくなる。収入がなければ——飢えて、家を失ってしまう。

イレーネはこの境遇に順応するほかなかった。こうした心の傷が積み重なっていき、やがてブラーハの惜しみない友情と、針と糸のリズムだけが救いになるわけだが、いま彼女は、父親がアパートメントの窓の下にスツールと小さなテーブルを置くのを見守っていた。父親は自分の道具を並べた。ジドヴスカー通りに住むユダヤ人の友人知人がちょこちょこと仕事を持ちこんでくれて、革や縫製道具が手に入るかぎり、彼はいつもの腕前でしあげた。

生活を維持するのは、途方もなくむずかしかった。彼の仕事はいまや非合法だが、ほかにどうやって金を稼げばいい？　ユダヤの慈善団体は、持ちこたえられないほど対象を広げており、なかでもとくに、ドイツより安全だと考えてチェコスロヴァキアへ逃げてきた何千人もの困窮する難民の面倒を見ていた。

節操のないスロヴァキア人どうしが、実際の所有者にはおかまいなしに、選り抜きのユダヤ人事業をわが物にする争いを繰り広げた。こうして、ブラーハ・ベルコヴィッチの父サロモンも、こつこつと働いて築きあげた仕立て業を奪われ、カトリック教徒のライバルの手に渡された——顧客も、在庫も、評判も、何もかも一緒に。

中央経済局《ウーストシエドニー・ホスポダーシュスキー・ウージャット》は、ティソ大統領のもとで、一年間に二〇〇〇以上ものスロヴァキアのユダヤ人事業をアーリア人経営者の手に移した。ベルコヴィッチの仕立て工房も、そのひとつだ。ユダヤ人事業に目をつけた者は、アーリア化を通じていとも簡単にそれを手に入れることができた。ときにはもとの所有者が、たとえばアーリザートルがその事業をどう営むのかさっぱりわからない場合に、従業員として雇われることがあった。さもなくば、あっさりと放逐された。ブラーハの父親には選択の余地がなかった――彼は追い出された。

アーリア化の法規下で、スロヴァキアでは最終的に一万という驚くべき数のユダヤ人事業が清算された。獲得された膨大な利益は、親衛隊使節のディーター・ヴィスリツェニーが管理する特別口座に移された。これら一万の事業のうち、一〇〇〇以上が繊維製品を売る店だった。それらの製品、みごとに陳列されて、買い物客がうっとりと眺めていた反物が、すべて消えた。アーリザートルが在庫を売り払ったのだ。買い手は、その布地がもともとどこにあったのか知るよしもなかっただろう。おそらく、気にもかけなかったはずだ。[14]

プラハの街も同様の搾取を経験し、人種分離、登録、盗みという同じ手法をたどった。黄色い星をつけさせられる前、ユダヤ人たちはプラハ社会にうまく同化していた。なのにいまや、一万コルナ以上の価値がある資産はすべて没収され、プラハの銀行の特別口座に預けられた。預かり証がきちんと発行されて、一時的な召しあげだという幻想が保たれた。続いて、事業のアーリア化が実施され、プラハが誇るファッション産業も、高級仕立てサロンからささやかな家内労働にいたるまで対象となった。

一九三九年には、非ユダヤ人の顧客たちはまだ、ナチスの反ユダヤ主義が自分の忠誠心に影響をおよぼすことはないと言って、ひいきのユダヤ人経営サロンを安心させていた。いまなお、パリのシャネルに着想を得た衣服や、国内の優秀な人材がデザインした衣服を、ユダヤ人の仕立て職人に作らせたがっていた。だが顧客の希望がどうあれ、ひとたびアーリザートルがサロンの戸口に現れて、勘定書も在庫も従業員記録もすべて見せるよう求めたら、接収に抵抗するすべはなかった。ときには、予防的措置という名目で忠実な従業員に事業が売られた。その趣旨をどのくらい尊重するか、どのくらい利益をせしめるかは、もっぱら新しい所有者の胸ひとつで決まった。

ファッション誌から、ユダヤ人の店やサービスの広告がなんの説明もなしにあっさりと消えた。れんがとモルタルの店舗はアーリア化後も、同じ服、同じ靴とともにその場に残ったが、ユダヤ人の店名はペンキで上書きされ、ユダヤ人の服のラベルは取りはずされた。

マルタ・フフスら仕立て職人は、いまや縫製業を合法的に営めなくなった。ライプツィヒのフーニアと同じく、一九三八年以降のマルタの関心事はヨーロッパから完全に逃げることだった。彼女は賢明にも、ユダヤ人の商品は熱望されるがユダヤ人の命は逆に価値を失いそうだと気づいて、プラハの有名なヴァーツラフ広場にあるホテル・ユリシュに滞在した。この美しい大通りには、国立博物館、多数のモダンなオフィス、〈バタ〉靴店と大戦前のショッピングセンターがあった。

だが、マルタがホテル・ユリシュを選んだ理由は、そういったことではなかった。交通の要所と外国大使館の近くにいる必要があったのだ。彼女が一か八か立てた計画は、港に向かう列車に乗って、船でラテンアメリカへ向かうというものだった。マルタは暇さえあれば、ファッション誌ではなくスペイン語の辞書を手にして過ごし、バーゲンセールではなくビザのために列に並んだ。ようやくエクアドルのビザが奇跡的に与えられたときには、もはや手遅れだった。ドイツの政策は、ユダヤ人を迫害して追い出すのではなく、閉じこめる方向へ転換していた。[15] マルタはブラチスラヴァに戻ることを余儀なくされた。

一九四一年秋以降、〝ユダヤ人は出ていけ！〟は、強制移送を意味することとなった。ユダヤ人ゲットーが、ユダヤ人だけの〝モデルタウン〟という名目でチェコの都市テレジーン——ドイツ名テレージエンシュタット――に作られたが、現実には、いっそう悲惨な目的地への通過収容所だった。

ふいに、裁縫を少しばかり学ぼうと決めました――イレーネ・ライヒェンベルク[16]

こうした途方もない非道な力に直面して、若い人たちに何ができただろう？ マルタ、イレーネ、レネー、ブラーハをはじめ、大勢の人が人間の貪欲さの代償を払わされた。彼女たちにとって、容赦ない反ユダヤ的な法律は、単に紙に書かれた無味乾燥なことばではなかった。現実の権利と所有物の強奪を意味したのだ。

奪われれば奪われるほど、彼女たちは不屈の精神できずなを強めた。

ヨーロッパでも、世界各地でも、衣服の仕立ては多くの女性にとって金銭的な救済手段となっていた。女性にふさわしい職業とみなされ、必要な用具類が比較的少なかった。ドイツ占領下の地域では、女性が針仕事で日々の糧を稼がざるをえなかった。陽の光、ランプの光、蠟燭の光のもとで、家事や育児や介護の合間に、体をかがめてさまざまな衣服をこしらえたり、サイズや型を直したり、ほどいた毛糸で編みなおしたり、色とりどりの刺繡模様を生み出したりした。

ブラチスラヴァ在住のユダヤ人、グレーテ・ロソヴァは、一九三〇年代後半、夫の法律事務所の解散が避けられないと判明して織物教室を始めた。彼女は自宅の織機でこしらえた布で家族全員に服を仕立てていた。[17] ベーメン・メーレン保護領では、全科目Aの生徒だった一七歳のカトカ・フェルトバウアーが、ある日、校長室に呼ばれて持ち物をまとめるようにと告げられた――ユダヤ人は出ていけ、と。ひどくショックを受けたが、ユダヤ人事業を譲り受けていた女性仕立て職人のもとで働くことにした。奥の部屋に隠れて作業し、わずかな収入を得た。[18] グレーテとカトカはやがて、アウシュヴィッツのお針子たちと宿舎をともにすることとなる。

イレーネ・ライヒェンベルクは強制的に退学させられて自由な時間ができ、あらたな技能を身につける必要に迫られた。ハンサムなレオ・コーンと結婚した姉のケーテは、すでにお針子として訓練を受けていた。友だちのレネーもひそかに縫っていたし、レネーの妹のギータもそうだった。ユダヤ人であるせいで、イレーネは職業学校や通常の訓練の場から締め出されている。だが、ひとりのお針子を知っていた。ブラチスラヴァのユダヤ人と結婚したポーランド人女性だ。この女性の仕事の認可は取り消されていたが、一日わずか五コルナで快く秘密の授業を引き受けてくれた。ブラーハもこれに参加した。

ブラーハは母親から縫い物を習っていなかったし、妹のカトカとはちがって、この授業にもさほど真剣に取り組んでいなかった。カトカ・ベルコヴィッチはすばらしかった。ブラーハよりはるかに早く仕立ての技術を身につけ、とくにコートを得意とした。姉妹は父親から追加の授業を受けた。父親はスロヴァキアのユダヤ人の生活が悪化していくのをひどく心配し、子どもたちを守るすべを必死に探った。時間をやりくりして、長男のエミールを仕立て職人としてしこんだ。エミールも通常教育を続けられなくなったからだ。

9．ブラーハ（左）とカトカのベルコヴィッチ姉妹、戦前。

この時代のブラーハとカトカの写真には、日常生活であたりまえのようになっていた苦難の影はない。ブラーハは妹を抱擁し、輝く目とにこやかな笑みをカメラに向けている。カトカはやや控えめで、はにかみ屋に見える。どちらの髪もつややかで、かわいらしい長いおさげに編まれている。

少女たちはこの〝地下の〟裁縫学校で、べつの若い生徒と友だちになった。ロナ・ベズィという名前のユダヤ人だ。ロナはナチスの迫害を逃れてベルリンから移住してきていた。気だてのいい娘《こ》で、ほかの娘たちが裁縫で苦労していると、いつも進んで助けた。

アレス・フェアヴェンデン・ニヒツ・フェアシュヴェンデン――すべて利用し、何ひとつむだにするな[19]

ドイツの銃後では、どんどん乏しくなる物資をできるだけ活用することが、女性の務めとされた。エプロンが、いわば主婦の制服となった。型紙集や女性向け雑誌には晴れやかで女らしく――たとえ古いシャツやテーブルクロスからこしらえたものであっても――描かれていたが、エプロンが本質的に体を守る衣服であってファッションアイテムではないという現実は免れなかった。[20]残存する戦時中のドイツのエプロンはどれも、汚れや継ぎはぎや繕ったあとがある――必需品だった証拠だ。[21]きつい仕事と品不足の現実は、プロパガンダで隠すことはできない。

本格的な軍事動員のかなり前から、ドイツは財的、物的資源を再軍備計画の加速に注いでいて、結果的に市民の物資は欠乏した。略奪や剝奪には、その不足を補う意味があった。それをもってしてもなお、一九三九年八月、ポーランド侵攻の少し前に、食糧配給がドイツで導入された。

二カ月後の一一月一四日に、衣服の配給も始まった。九月一日に遡って、一般市民のライヒス・クライダーカルテ――衣服配給クーポン――に年一〇〇ポイントが付与された。コートまたはスーツが六〇ポイントなので、手持ちの衣装を増やす余地はたいしてなかった。ナチスの女性組織は、希少な天然繊維の代替として合成繊維を使う利点を主婦に納得させようと苦心した。

量産工場の負担を軽減するために、仕立て職人やお針子が家庭を訪問することが奨励された。ただし、当然ながら、ユダヤ人でないことが条件だった。さまざまな女性団体が、縫いかたなど基本となる技術の訓練の場を提供した。女性たちは手持ちの服の型を直したり、可能ならば一から服をこしらえたりして、既製服産業に負担をかけないようにしましょうと言い聞かせられた。布きれはどれも取りおいて、何ひとつむだにしてはならなかった。縫製用の絹糸や綿糸が全般的に不足したせいで、織端から糸を引き抜いたり、仮縫いの糸を再利用したりするのを余儀なくされた。

裁縫雑誌は、家庭のお針子向けにたびたび無料の型紙を掲載した。戦争が長引くにつれて紙の質が目に見えて低下した。紙を有効活用するために、いくつもの衣服の型が一枚の用紙に重ね書きされ、判読するには視力のよさと幾何学的なセンスを必要とした。

もちろん、こうした衣服不足にみんなが等しく影響を受けたわけではない。ナチス高官の妻たちは、平然と配給制度を悪用した。一九四〇年一月、マクダ・ゲッベルスは自分の個人秘書に、三足のストッキングを購入するさい、割当てから一六ポイント差し引かれたことを抗議させた。抗議の根拠は、看護師として働くためにストッキングが必要である、というものだ。翌月には、マスターコート靴製造会社（皇帝《カイゼル》が元顧客だと謳っている）のヴィルヘルム・ブライツプレヒャーが勇気を奮い起こして、必要な配給カードを送ってくださるまでワニ革の靴の作業に取りかかれません、とゲッベルス夫人に手紙を書いている。[22]

ナチス高官の妻たちは、こと配給ポイントに関しては自分が法を超越した存在だと感じていたばかりか、ひそかにユダヤ人仕立て職人の顧客でありつづけていた。[23] こうした特権意識から、ヘートヴィヒ・ヘスはアウシュヴィッツで強制収容所所長の妻として地位を確立したのちに、お抱えのお針子集団を作ったのだ。彼女は水準を落とすつもりはなかった。だれが縫ったものであれ、いつも洗練された服をまとっていた。一九三九年の家族写真では、淡い色のスーツと靴を身につけて誇らしげに、弟のフリッツ・ヘンゼルと一緒に立っている。彼女の服には継ぎはぎも、繕ったあとも、汚れもなかった。

われわれはユダヤ人熟練労働者の助けを借りてユダヤ人の作業場を作りあげたが、今後はここで製品が作られて、じきにドイツの製造業の状況が大幅に改善されるだろう――ハンス・フランク[24]

脱ユダヤ化《エントユードゥング》諸政策とアーリア化の皮肉な成り行きとして、ドイツ国内とナチス占領下の地域でたちまち、あらたに手に入れた事業の操業に必要な熟練工がいない状況に陥った。〝ユダヤ人なし〟とされた産業全般で働き手が不足し、おまけにドイツ軍が複数の戦線で新兵の補充を際限なく求めるせいで、それがいっそう深刻化した。そう、フーニアやマルタらを合法的に締め出した結果、ナチスは仕立て職人の不足に直面したのだ。一部の地域では、非ユダヤ人を対象に仕立ての集中的な訓練が実施されたが、短期間ではとうてい問題の解決にいたらなかった。

打開策は、単純かつ残酷だった。強制労働、奴隷労働だ。

強制労働の召集は、手紙や氏名の公示といった、文明的な形でやってきた。通りからあっさり引きずられていくか、自宅で家族がなすすべもなく見つめるなか駆り集められることもあった。まずは、成人男性と少年から着手された。

ブラーハの弟エミールは、父親のもとで仕立ての訓練を受けていたが、ブラチスラヴァから二〇〇キロほど離れたスロヴァキアの町ジリナのユダヤ人男性集合所に出頭するよう求める通知を受け取った。出頭以降は、なんの情報もなかった。家族は二度と彼に会えなかった。まだわずか一八歳だった。彼がどんな経験をしたにせよ、墓標と呼べるものはなく、マイダネク絶滅収容所で殺された全員を偲ぶ陰うつな記念碑があるだけだ。[25]

イレーネの父親は、ブラチスラヴァから北東へ一時間ほどのセレトに急ピッチで建設された労働収容所の、何千人ものユダヤ人に加わった。ほかにもヴィフネとノヴァーキに、スロヴァキアのファシスト政権が管理する収容所があった。ディーター・ヴィスリツェニーとスロヴァキア政府が策定したユダヤ人関連法により、一六歳から六〇歳までのユダヤ人はすべて、政府の意のままに働かされる可能性があった。フリンカ警備隊の監視のもと、シュムエル・ライヒェンベルクはセレトでブーツや靴をこしらえた。セレトのほかの作業場では、家具、衣服、さらには玩具までも作られていた。シュムエルの仕事はたいそう品質がよく、彼は収容所の看守たちお抱えの無償のブーツ職人として採用された。看守たちは道具と原材料を供給し、できあがった特注の履き物で収容所や町を闊歩した。

収容所には小さな子どもも入れられ、初等教育とたまの遊び時間が与えられた。イレーネの妹グレーテは身体に障害があり、セレトの父親のそばで過ごすことができた。父親の守られた地位のおかげで、彼女も安全だった[26]——障害を持つ人たちがナチス政権の安楽死プログラムで標的にされたことを考えると、奇跡だった。

スロヴァキアの収容所の仕立て作業場を記録するために撮られた写真では、こざっぱりした服を着た男女がきらめくミシンにかがみこんでいる。彼らの足は踏み板を踏み、手は布地を送っているが、思いはあとに残してきた愛する人々や将来への不安に向けられていたはずだ。

一九四一年に父親と妹のグレーテに別れを告げたときは知るよしもなかったが、イレーネもやがて、同じく生き残るために、そしてはるかに高位の顧客のために仕立ての技術を使うことになる。

いっぽう、ドイツにいるフーニア・フォルクマンは、チェコのパスポートを持つおかげで比較的安全だったが、夫のナータンが連行されるのではないかと恐れていた。夫はポーランド国籍で、ドイツによる労働者狩りで狙われやすい立場だった。フーニアは夫を逃がそうと、ルートを策定した。ユダヤ人には閉ざされている国境をひそかに越えて、イタリア経由でスイスに向かうというものだ。出立を見送るのはひどく悲しかったが、別れは長く続かなかった。フーニアを見捨てるのが耐えられず、ナータンが戻ってきたのだ。

ふたりはそれからもう六週間一緒に過ごせた。ユダヤ人地区で一斉検挙が始まって、ナータンは連行された。彼を含む男たちの隊列を兵士たちが護衛し、近づきすぎた女性はだれであれ警棒で殴られた。最初に男たちが収容されたバラックには、表向きはだれひとり入るのを許されなかったが、恐れを知らぬフーニアはどうにか看守を説得してナータンに面会した。おしゃれで身だしなみのよかった男性から、よれよれの服の囚人に変貌した夫を見て、ショックを受けたが隠した。ふたりの逢瀬は短くも真情にあふれていた。法律を変える力も、バラックの扉をこじ開ける力もないので、フーニアは夫を助けるために自分ができるただひとつのことに心を定めた。見苦しくない靴を一足持たせることにしたのだ。

けっして、ファッション的観点からの甘やかしではない。ナータンはこれから苛酷な仕事をするさいにじょうぶな履き物を必要とするはずだ。ありったけの自尊心をかき集めて、フーニアはかつてば一家が所有していた専門店〈ゲルブ〉を訪れて、新しい経営者に助けてくれないかと頼んだ。屈辱を忍んで懸命に頼みこみ、途方もない大金を払ってようやくこのアーリザートルに靴を売ってもらった。急ぎバラックに戻って、頭を剃られた男たちの最後の隊列がちょうど町を出て行くところに到着した。ナータンの姿はすでになく、ぼろぼろの靴で行進していったあとで、フーニアは新品の靴を抱えたまま残された[27]。

それからほどなく、彼女の番が来た。

毛皮のコートを仕立てるのはまさしく芸術で、毛皮職人以外はだれも試みるべきではない。だが、ふつうのお針子が扱える毛皮も何点かある——『現代家庭裁縫画報』

最初の強制労働者狩りでは、フーニアは遠くへ行かずにすんだ。ほかのユダヤ人や、いわゆる〝異人種間結婚〟をした非ユダヤ人配偶者たちとともに家を追い出され、ライプツィヒの新しいユーデンシュテレ、つまり〝ユダヤ人地区〟に送られた。住人たちは狭い空間を割り当てられていた。フーニアはカルレバッハ学校のひと部屋を与えられた。クリスタルナハトで一部が燃やされた建物だ。荘厳な石の玄関は、もはや学者や教師を歓迎しておらず、彼らの大半はその後数年間に強制移送されるか殺害された。[28] ナータンはここの住所にフーニア宛の手紙を送った。月日が過ぎるにつれて、手紙は短くなり、明るさが消えた。一九三九年一〇月二六日、彼はザクセンハウゼン強制収容所へ送られた。だが、そこが最後の目的地ではなかった。

フーニアが就かされた強制労働は、国防軍に毛皮を供給するフリードリヒ・ロードの会社での作業だった。ライプツィヒは、ブリュールと呼ばれる地域を中心に国際的な毛皮貿易で名を馳せていた。毛皮を通じて、ロンドンやパリととくに強いきずなが結ばれていた。〝メッセ〟と呼ばれる年一回の貿易見本市に、世界各地の人々が訪れた。ブリュールの倉庫や作業場では、あふれんばかりの皮が競売で大量に買いつけられたあと汚れを落とされ、染色され、なめされ、等級をつけられていた。

ひとたび加工されると、毛皮は丸めて束ねられ、その後、縫われて衣服になる。毛皮の仕事は高度な技術を必要とし、専門従事者はユダヤ人が圧倒的に多かった。皮は必ず鋏ではなく剃刀で裁断し、先端が鋭利な三角針で縫う。温度管理が重要で、皮が腐ったり乾燥したりしないよう注意しなくてはならない。虫に食われたら一大事だ。裏地をつけてブラシをかけた毛皮の衣服は、見る者をうっとりさせ、着ればとても暖かい。

これが、フーニアの新しい世界になった。戦争に不可欠な仕事に就いたおかげで、彼女は少なくともユダヤ人地区の外へ出ることができた。この比較的自由な立場を利用して、カルレバッハ学校に住む数家族を助けようと、ユダヤ人向け配給カードで食糧を買わせてくれる店を探し出した。そして買った食糧をひそかにゲットーに持ちこんだ。

アーリア化の推進者ら反ユダヤ主義者は強欲で残酷だったが、対照的に、ドイツ人の友だちの多くは惜しみなく支援してくれ、ユダヤ人に対する犯罪行為に怒りを表していた。フーニアはまた、ロードの工場で仕事仲間やドイツ人職長とすこぶる良好な関係を結んでもいた。彼らは驚くほど敬意を払ってくれた。国の法律がどうであれ、明らかに、人々はまだユダヤ人への態度を自分の意志で決めていた。積極的に虐待に加わるか、消極的に虐待を見守るか、はたまた、ひそかに手助けするかを。

フーニアは困窮した人々に親切で、逆に友人たちからは親切にされたが、ナチスは一貫して、自分たちが迫害する人々のそうした資質を過小評価していた。

わたしたちを皆殺しにしようとする男たちの制服を縫っていました──クリスティナ・チガー、リヴィウ・ゲットー[29]

ライプツィヒのフリードリヒ・ロードの毛皮工場のように、強制労働力に頼る作業場は何万とあり、ドイツ支配下の各地に広がっていった。ナチス占領下のポーランドでは、囚人となったユダヤ人労働者の時間と労力を最大限に活用できるよう、織物工業拠点が抜本的に再編された。ユダヤ人たちはれんがで囲われたゲットーに閉じこめられ、酷使されるか餓死するかの選択肢を突きつけられた。

元コーヒー商人のハンス・ビーボウをはじめとするドイツ人が、かつてポーランドだった第三帝国の総督府下で、ゲットー事業によって大金を稼いだ。ビーボウは、ドイツ人からはリッツマンシュタット・ゲットーと呼ばれていたウッチ・ゲットーの管理局局長だった。帝国各地の事業家と親交を結び、衣料を大量生産するゲットーの能力を宣伝してまわった。

制服が、強制労働工場の中心的な生産品だった。フーニアはじきに、国防軍が要求する毛皮製品、たとえば羊皮のジャケット、ファーコート、ウサギ毛の胴着などに精通した。第三帝国の隊務では、黒い革のコート、毛皮の裏地をつけたフライトジャケット、毛織りの厚地オーバー、迷彩服、砂漠向けの衣類一式、装飾的な正装用軍服、一般的な灰緑色の戦闘服も必要とされた。また、東部戦線の雪中で履く麦わらのオーバーシューズを作る労働者もいた。彼らは着用者を凍傷から守るいっぽうで、乾いた麦わらを一日一二時間扱って指から血を流した。

分別班《トレナブタイルウング》でおぞましい仕事に従事する労働者もいた。ドイツ軍の中古軍服——シラミだらけで、血痕があり、場合によっては銃弾で裂け目ができている——を仕分け、どの部分を廃物利用して修繕すれば未来の兵士に着せられるかを決めるのだ[30]。作業着の会社の〈ヒューゴ・ボス〉は、奴隷労働を駆使して国家社会主義《ナ》ドイツ労働者党《チ》や親衛隊の制服を製造する契約を履行したことで悪名高い。国防軍から利益を得ていた会社のなかには、ワルシャワ・ゲットー内の〈テッベンス・アンド・シュルツ仕立て服店〉のように、もともとユダヤ人の事業だったのにあっさりとアーリア化されたものもあった。

一二時間休みなく制服をこしらえた見返りとして、縫い手はわずかなスープと生きる権利を与えられた[31]。この生きる権利《レーベンスレヒト》は、隠喩的な単語ではない。戦争が進むにつれ、労働の許可は、謎めいた目的地、当初は耳慣れなかったがじきに大量殺戮と同義語になる名称の地——トレブリンカ、ヘウムノ、ベウジェツ、ソビボル——へ移送されるのを回避する唯一の手段になった。リヴィウ郊外のヤノフスカ強制収容所に設けられた〈シュヴァルツ〉の制服工場の機械工たちは、働かなかったら殺されることをはっきりと認識していた[32]。

ゲットー事業の経営者のなかには、制服の製造で不当に利益を得ることを、祖国のため——戦闘行為を支援してゆくゆくは勝利を得るため——だと正当化していた者もいるだろう。ところが、国防軍向けに値引きした製品よりも儲かったのは、民間人向け被服産業からの大量注文だった。一般大衆の衣服のほうが、はるかに利幅が大きかったのだ。ベルリンの大企業の多くは、未成年労働を含めたユダヤ人奴隷労働を、そうとわかったうえで利用していた。それらの企業には、普段着でおなじみの〈C&A〉、女性用下着会社で戦後トリンプに商標変更した〈シュピースホーファー&ブラウン〉などもあった。〈C&A〉の一九四四年度の収益の四分の一近くは、ウッチ・ゲットーで作られた衣服から得たものだった。[33]

ウッチ・ゲットーは、民間市場向けの大量生産を誇らしげに喧伝していた。衣料品企業とゲットー管理人の往復書簡から、ユダヤ人をその仕事や家から引き剝がしてドイツ人向けの衣服を作らせる取り決めに、双方とも満足していたことがうかがえる。いっぽうで、ドイツ人たちはたぶん、ユダヤ人のいないデパートを経営し、ユダヤ人がかかわっていない衣服を買えるのを喜んでいただろう。[34]

エプロン、ワンピース、ブラジャー、ガードル、ベビー服、紳士洋品……オートクチュールの服、仕事着……どれひとつとっても、ゲットー製だとわかるラベル、ミシンに身をかがめて次から次へと縫っている労働者のこわばった手を想起させるラベルはなかった。

強制労働者たちは狭くて風通しが悪く汚い環境で、徴発された道具とありあわせの糸を使って作業した。それでもすばらしい製品を生み出し、かたや高位のひいき客たちは、ゲットーの悲惨な光景の前を運転手つきの車で通ってエレガントな仕立て服の仮縫いに訪れた。ハンス・ビーボウはウッチ・ゲットーのこれら事業を奨励し、腕のいいユダヤ人仕立て職人に特別な恩恵を与えていた。[35]

占領下ポーランドのハンス・フランク総督の妻ブリギッテ・フランクは、ゲットーでの買い物に幼い息子ニクラスを連れて行きさえした。ニクラスはのちに、メルセデスの車窓から「ぼろぼろの服を着たやせ細った人たちや、ぎょろっとした目で見つめかえす子どもたち」を見たと回想している。「どうして、あの人たちは笑っていないの？」という彼の問いに、ブリギッテは「あなたには、わからないことよ」と答えてから、通りの角に車を停めるよう運転手に指示して、毛皮の店を訪れたり、

〝とびきりの〟コルセットを見繕ったりした[36]。

ブリギッテの義妹のリリーは、クラクフ近郊のプワシュフ強制収容所を買い物でよく訪れては、ユダヤ人たちに「わたしは総督の妹です。何か高価なものを渡してくれるなら、あなたの命を助けてあげましょう」と告げた[37]。

ヘートヴィヒ・ヘスのアウシュヴィッツのファッションサロンには、前例があったわけだ。

ブリギッテ・フランクが毛皮を買ったり、新しい補正下着を試着したりするあいだ、彼女の夫は圧制と搾取に長けたファシスト政権を統括していた。ドイツ支配下のポーランド人は全員、残忍な仕打ちや強奪や処刑にふさわしい劣等人間として扱われた。ポーランドのユダヤ人たちはいっそうひどい迫害を受け、ときには、地元の反ユダヤ主義者からも足蹴にされた。とくにうながされなくとも、連中は進んでユダヤ人の店や陳列台をたたき壊して顧客を追い払っていた。ゲットーが作られると、隣人であるユダヤ人の苦難に同情するポーランド人もいたが、ためらいなくユダヤ人の事業を乗っ取る者もいた[38]。

残存する記録には、ポーランド人による犯罪行為が細かく記されている。そのひとつが、ドイツの〝ユダヤ人狩り〟に参加した警察のもので、彼らは隠れ家に潜むユダヤ人を次々に見つけ出した。受け取る報奨金は少額だったが、狩りに成功すれば、処刑のために引き渡したユダヤ人の衣服をもらえることが多かった。このうえなく浅ましいことに、処刑されたユダヤ人の死体から服を剝ぎ取る事例さえあった。ある農民は、占領軍に協力する警察に射殺されたユダヤ人を埋めるよう命令され、その骨折りの代償としてドレス、靴、ヘッドスカーフを手に入れたが、「あとになって、ドレスの背中に銃弾の穴があるのを見つけた」と不満を漏らした[39]。

散発的な殺戮があった。東部の各地で、組織化された重装備のナチス殺戮部隊が町から村へ、村から小集落へと移動しては、ユダヤ人共同体を皆殺しにした。何万人もの犠牲者は、着ていた服をまず剝ぎ取られた。墓穴にむだに服を埋めるのはばかげている、というわけだ。

これらすべてが、ハンス・フランクの指示のもとに行なわれた。フランク一家は、ヘートヴィヒとルドルフがベルリンから総督府の領域へ、アウシュヴィッツに新しくできた強制収容所へと移ってきたときに、ヘートヴィヒ・ヘスの社交の輪に加わった。

ゲットーでコルセットを買っていたブリギッテ・フランクよりも一歩先へ進んで、ヘートヴィヒはやがて〝お抱えの〟コルセット職人を手に入れるが、幸いにもと言うべきか、その女性たちは一九四〇年代のはじめには自分のたどる運命を知らずにいた。ゲットーがあちこちに建設され、織物工場でミシンがぶんぶん音をたてはじめたころ、のちに補正下着を作るためにヘートヴィヒの身体の各サイズを測ることとなるコルセット職人ふたりは、自宅でまだそれなりに安全に過ごしていたのだ。

ひとりはマルタ・フフスのいとこのヘルタ・フフスで、スロヴァキアのトルナヴァ出身の見目麗しい若い女性だ。ヘルタはコルセット職人の訓練を終えてすぐ、運命の手により、思っていたのとはちがう道を進まされ、思っていたのとは大きくちがう顧客層のもとへ送られた。[40] もうひとりは、ノルマンディー出身のフランス人コミュニスト、アリダ・ド・ラ・サールで、一九四二年二月、反ナチスのビラを配ったかどで逮捕された。それらのビラは、顧客にこしらえたコルセットのピンク色の綾織り生地に忍ばせてあった。[41]

戦争がなく、ナチスの圧制もなく、ヘートヴィヒ・ヘスがくびれたラインに憧れることもなかったら、ヘルタとアリダはけっして出会わなかっただろう。第三帝国の大きく隔たった地域をそれぞれ出発した列車が、これらふたりの女性を、ブラーハ、イレーネ、マルタ、レネー、フーニア、さらには何百万もの途方に暮れた囚人たちとともに、いびつな新しい形の文化的生活——強制収容所の構造化された恐怖生活——へと運んだ。

ある日、ルーマニアかウクライナから、美しい刺繍を施された子ども向け毛皮製品を受け取りました。わたしたちはむせび泣き、たくさんの涙がそれらの毛皮に落ちました——ヘルタ・メール、ラーフェンスブリュック強制収容所[42]

マルタのいとこでコルセット職人のヘルタがいた町トルナヴァでも、ほかのスロヴァキアの地と同じく、一九三九年に、ユダヤ人は非ユダヤ人と同じ時間に買い物をしてはいけないと告げられ、宝石や毛皮を差し出すよう求められた[43]。

ドイツ帝国では、自発的な寄付や徴発で集められた毛皮を分別し、軍隊向けに型なおしをする必要があった。この不愉快な作業を行なう場所のひとつが、ベルリンから北へおよそ九〇キロのラーフェンスブリュックの女性強制収容所だった。ここには、反ナチス活動、売春、暴行罪で逮捕された囚人が送られていた。表向きは再教育のためだが、現実にはドイツ経済とドイツ国防軍のてこ入れを目的に、武装親衛隊の作業場で強制労働をさせるためだった。

ラーフェンスブリュックは繊維産業のちょっとした中心地となった。親衛隊の大将[44]にして経済部門の責任者でもあるオズヴァルト・ポールらが、繊維産業を女性の仕事とみなしたからだ。ポールはやがてアウシュヴィッツのヘス邸を客として訪れることとなるが、強制労働者の利用になんのためらいも覚えなかった。一九四一年、彼は「文化的な目標を追求することにより、われわれの会社は、純粋な民間事業者にはとうてい太刀打ちできない確かな道を歩めている」と、誇らしげに語った[45]。

一九四〇年から四一年にかけて、親衛隊はマイダネクやシュトゥットホーフ……そしてルドルフ・ヘスのあらたな支配地であるアウシュヴィッツにいくつもの事業を築いた。

ラーフェンスブリュックの毛皮裁断工場は、埃っぽく不潔な場所だった。拡大する帝国各地から盗んできた毛皮が再裁断され、前線の兵士のジャケット、手袋、ライナーになった。到着時にシラミやノミだらけになっているものもあった。たいていはヨーロッパ一、いや世界一の毛皮職人のラベルが誇らしげにつけられていた。キツネ、クロテン、ミンク、マスクラットの毛皮の縫い目をほどいてリサイクルならぬ〝アップサイクル〟する女性たちは、縫い入れられた宝石や外国の貨幣をちょくちょく見つけた。これらはべつのテーブルにいる親衛隊女子に渡され、最終的に、帝国銀行に特別に設けられた略奪品用口座に送られた。

こんな貴重品が、どうして隠されていたのか。仕分けられる毛皮はしだいに、自由の身のユダヤ人から盗んだものではなく、強制収容所や絶滅施設へ組織的に移送されるユダヤ人から奪ったものになっていた。移送される人たちは、無邪気にも目的地で役立つはずだと考えて貴重品を隠した。ナチス政権のあらゆるレベルで遂行されている計画に気づかず、自分たちはただ仕事のためにべつの土地へ移されるだけだと思いこんでいたのだ。

仕事は、ゲットーからユダヤ人を一掃する要因にもなった。ハインリヒ・ヒムラーは一九四二年春、ラーフェンスブリュックの作業場を視察してまわった。そして、武装親衛隊の制服製造ラインのシフトを八時間から一一時間へと増やすよう命令した。ナチスの職長たちが、ゲットーを一掃したら製造が停まりますと訴えると、仕立て、毛皮加工、靴製造の作業場が強制収容所に再設置される予定だから問題ないと告げられた。

生活はほぼ成りたっていませんでしたが、最悪の事態がやってきました――レネー・ウンガー[46]

ブラチスラヴァの若いお針子たちの耳にも、収容所に関する不穏な噂が届いていた。チェコのユダヤ人はウッチ、ミンスク、リガのゲットーや、近くのテレジーン――ドイツ名テレージエンシュタット――の収容所に送られていた。テレジーンには盛況の作業場がいくつもあり、ドイツ向けの安いドレスを大量生産する縫製工場もそこに含まれると聞いて、多少なりともほっとさせられた。プラハの大きなファッションサロンの元経営者がテレジーンの工場のひとつを監督し、あらたに到着したユダヤ人のなかから見覚えがあるお針子を選び出しては、縫い仕事を与えていた[47]。

仕事は、目的のひとつにすぎない。収容所は最終的に、はるかに壮大かつぞっとする目的を与えられた。ヒトラー、ヒムラーほか選り抜きの親衛隊員がひそかに議論を重ねて、その全体像を描いた。いくつかの会議を経て、詳細が詰められた。たとえば一九四二年一月にヴァンゼーの湖畔の邸宅で開かれた会議では、〝ユダヤ人問題〟の〝最終的解決〟の実行方法が話しあわれ、ヨーロッパ、大ブリテン島〔イギリス〕、ロシア〔ソ連〕を完全にユダヤ人のいない土地にすることが決定された。経済的な排除、ゲットーへの隔離、外国への移住だけが、そのための手段ではなかった。大量殺戮が段階的に実施された。しばらくは、働くことで生きる権利が与えられた。〝むだ飯食い〟とみなされたら、永久に排除された。生産性が、少しばかり長く生き延びる鍵だった[48]。

ゲットーと強制収容所についてのどんな噂も、ブラチスラヴァの若いお針子たちとその家族には真剣に受けとめがたかった。

わたしたちの仕事が必要なら、飢え死にさせるようなまねはしないはずだと、ラビの娘であるレネー・ウンガーは考えた。

ハンガリーに逃げた人たち、当面の安全を確保する資金がある人たちもいたが、大多数は、運命をただ待つほかなかった。マルタ、ブラーハ、イレーネ、レネーほかスロヴァアキアの女性は、一九四二年三月に召集された。

第四章　黄色い星

一九四一年九月から強制移送されるまで、わたしはダビデの星をつけていました――ヘルタ・フフス[1]

ヤド・ヴァシェム〔イスラエルにあるホロコースト記念館〕のアーカイブには、特定の顔のコレクションがある。何百枚にもおよぶ、スロヴァキアのホロコースト犠牲者の身分証明書だ。それらの顔は白黒で記録されている。被写体を実物以上に見せる照明を当てて写真館で撮られた無地の背景の肖像写真もあれば、略式のスナップ写真――街頭、裏庭、窓のある壁の前で撮った写真――もある。これらの写真は四角く切り取られているが、多くはピンキングばさみが使われ、縁がぎざぎざになっている。

同時代のファッション誌で紹介された理想的な服装とちがって、これらの身分証明書は普段着の現実の人々をとらえている――あらゆる年齢、あらゆる体型の人々を。女性の場合、その個性が顔だけでなく服装の細部にも見てとれる。きちんとボタンが留められた襟、ねじられたターバンの結び目、陽気な格子縞、ふくらんだかわいらしい袖。水玉模様、ツートンカラーのブロック模様、プリーツ、ドレープ、蝶結び、ネクタイ、そして山形紋もある。チルトハット、セーター、カーディガン、コート、ポケットチーフ。髪の毛は隠れていたり、うしろにまとめられていたり、前髪が高くなであげられていたり、ピンカールやロール、ウェーブ、お団子だったり。

あいまいな微笑、満面の笑み、物思いに沈んだ表情。

それぞれ個性豊かだが、どの写真の隅にも押されているスタンプは、ファシスト国家スロヴァキアにとって彼らが一般の市民ではなかったことを想起させる――彼らはユダヤ人なのだ、と。一般の身分証明書を持つほかのスロヴァキア人とちがって、ユダヤ人は国の身分証明書がもはや有効ではないと告げられた。そして、ブラチスラヴァのユダヤ人局で新しい証明書を手に入れるよう要請された。その写真には、"Ústredňa Židov Bratislava"(ブラチスラヴァ・ユダヤ人センター)と"ÚŽ"という頭文字がスタンプされていた。

アーカイブの身分証明書の一枚には、少しだけ歯を見せて楽しげに微笑む若い女性がいる。ふさふさした髪の毛、鉤針編みの白いつけ襟。印刷された成句"Vlastnoručný podpis majiteľa"――持ち主の手書きの署名――の上欄に、万年筆で入念に氏名が記してある。イレーネ・ライヒェンベルク。見かけはときに人を欺く。残されたこの身分証明書の筆跡は、靴職人シュムエルの娘イレーネ・ライヒェンベルクのものに見えるが、写真はどう見ても彼女ではなく、ブラチスラヴァ出身のべつの若い女性、悲しくもホロコーストで命を落とすこととなった女性のものだ。[2]

ジドヴスカー通り一八番地のイレーネ・ライヒェンベルクは、なぜその必要があるのか不安を覚えつつも、命令どおりユダヤ人センターで正式に登録した。町には、それ以前に実施された労働収容所への、またはテレジーンのゲットーへの移送に関する噂が流れていた。さらに、アウシュヴィッツと呼ばれる場所の話も出ていた。

「それがなんであるか知る人はだれもいなくて、わたしたちは見当もつきませんでした」イレーネはのちにそう語っている。

逮捕や失踪についてはよく知られていた。だからこそ、第三帝国各地に、〝安全な〟身分を手に入れるためひそかに文書偽造を行なう地下組織がたくさん存在していた。じつは、イレーネの姉ケーテの結婚相手、レオ・コーンは印刷業者で、戦時中に身分証明書を偽装していた。レオは自分と妻と兄弟のグスタフにも偽の身分証明書をこしらえて、逮捕も一斉検挙もことごとく回避しようとした。姓のコーンを少し変えて、スロヴァキア語で雄鳥を意味するコフートにした。そのほうが、ユダヤ人らしくないからだ。このごまかしは数年のあいだうまくいき、彼はスロヴァキアのユダヤ人コミュニスト組織の地下室で、アルフレート・〝フレディー〟・ヴェッツラーという名前の若きユダヤ人とともに働いた。[3]

新しい名前と偽の身分証明書は、逮捕と強制移送を回避するひとつの方法だった。〝イレーネ・ライヒェンベルク〟という身分証明書の名前は、お針子のイレーネと同じだが、筆跡が似ているのは偶然だ。[4]

当のイレーネは、街のほかの地域から追い出された多くのユダヤ人家族とともに、ユダヤ人地区で逃げも隠れもせず暮らしていた。いまやユダヤ人センターに名前と住所が登録され、一九四一年九月からは、ダビデの黄色い星を左胸に強制的につけさせられて、ユダヤ人であることが明示されていた。誇りを持って星をつける勇敢な人も少しはいたが、ほかの人たちは屈辱と感じた。この星もまた、ユダヤ人を異なる存在、〝他者〟として区別する手段だった。

ライプツィヒでは、仕立て職人のフーニア・フォルクマンが黄色い星を不名誉なしるしと考えていた。星を隠せば厳罰に処せられるにもかかわらず、ハンドバッグを持ち歩いてそれで星を覆った。〝アーリア人〟として通用したときは、路面電車でバッグを動かさずにすぐ料金を支払えるよう、必ず余分に小銭を用意しておいた。

フーニアはただ不名誉だからという理由で星を覆い隠したのではない。ロードの毛皮工場で何カ月か働くあいだに、非公式な地下の任務を遂行していたのだ。街に出かけたときは、商店の店主に愛想をふりまいて、用心しつつ禁制の配給外食糧を増やし、ユダヤ人地区の友人たちに配った。そのなかに、せっぱ詰まったティーンエイジの少年――クラクフ出身のユダヤ人――がふたりいた。彼らは偽のアーリア人の書類で移送を免れていたが、安全な場所へたどり着くには国境を越える必要があった。驚いたことに、ロードの工場の職長が、少年たちが国境警備隊を買収できるよう大金をフーニアに与えたばかりか、偽の身分証明書と変装用のドイツ軍服も調達してくれた。

　フーニアが街のあちこちへ出かけたのは、ユダヤ人の友人たちが所有する現金、ダイヤモンド、金、書類をドイツ人協力者に届けるためでもあった。協力者たちは、戦争が終わって返還を求められるまでこれらの所有物を保管しておくと約束してくれた。ある日、恐怖に縮みあがるできごとがあった。家まであとをつけてきたゲシュタポに、呼びとめられたのだ。フーニアは尋問される前になんとか、犯罪の証拠となる貴重品が入ったバッグを建物の管理人に託すことができた。ゲシュタポは、どうして一〇〇マルク紙幣を数枚所持しているのかと尋ねた。

　彼女は努めて冷静に答えた。「ちゃんと働いて稼ぎました。わたしは兵隊さんの服を作る作業場で仕事をしています。お給料がよくて、その使い途がないんです」

　奇跡的に、彼女の名前は、ライプツィヒから定期的に強制移送されるユダヤ人のリストに加えられなかった。その安堵感も、届いた一通の電報でたちまち消えた。夫と引き離されて三年半経ち、その間に、アウシュヴィッツ＝モノヴィッツと呼ばれる場所から秘密の手紙が一通送られてきたが、フーニアはいま、愛するナータンが死んだという報せを受け取ったのだ。のちに、彼の死は一九四三年三月四日、アウシュヴィッツ絶滅収容所でのことだと公文書に記された。その場所は、フーニアもほどなく知りすぎるほど知ることとなった。[5]

　次にフーニアに届いたメッセージは、逃亡を手助けしたふたりのポーランド人少年からだった。彼らは着る服がないと書いてよこした。フーニアはだいじに保管しておいたナータンの衣類を何点か送った。もう、夫には必要ないのだから。

人々はアパートメントを引き払って、法外な金額で偽の身分証明書を買いましたが、何をしてもむだでした――イレーネ・グリューンヴァルト[6]

一九四二年二月末、スロヴァキア国内の掲示板や路上の売店に大きなポスターが出現し、一六歳以上の未婚のユダヤ人女性は労働収容所で仕事をするために所定の集合場所へ出頭しなくてはならないと告知した。三月に入って、フリンカ警備隊が家々やアパートメントに姿を見せはじめ、その要請に従うよう念を押した。

イレーネ、マルタ、ブラーハ、レネー――全員が危うい状況にあった。

強制移送を逃れるための最善策は？

どんなものかもわからない〝最悪〟の事態はなんとか避けられるはずだと信じて、逃げも隠れもせず実直に過ごすべきか。あるいは、有益なユダヤ人であることを示す貴重な〝免除〟証明書を手に入れるのか。偽の証明書を持って逃亡し、さらに国境を越えて、ファシスト政策に汚染されていない国を見つけるのか。それとも、わずかながら残されたふつうの暮らしをあきらめて、狭苦しい地下貯蔵庫や、床下や、偽の壁の裏に身を潜め、どのくらいの期間になるかわからないまま、かくまうことを承知してくれた人々の親切心――または強欲さ――に頼るのか。

お針子たちとその家族は、どれも完璧とは言いがたい選択肢を突きつけられた。

スロヴァキアでは、数千人のユダヤ人が身を隠した。ヨーロッパ全体とロシアでは数十万人だ。彼らをかくまった人々は、かぎられた食糧で余分な人数を養いながら発見されないよう努めるという難題に直面した。見つかったときの罰は、逮捕または死だ。人によっては、その恐怖は大きすぎた――

隣人たちに助けを請われても与えられないか、そもそも与える気がなかった。どの国にも、隠れているユダヤ人を通報して報酬を得ようとするか、口をつぐむ代わりに賄賂を受け取ろうとする人々がいた。いったい、だれを信用できるというのか？

第一陣の強制移送のあと、大量殺戮の話が広まってその信憑性が高まると、生命や自由が失われるのを恐れたユダヤ人たちが、一か八かの決断をくだした――身を隠してその間の苦難に耐えよう、と。ほかに選択肢はないように思えたからだ。

ケーテ・コフートは夫のレオとともに身を隠したが、イレーネの既婚の姉ヨリとフリーダは、最初の一斉検挙の対象が独身女性だけだったので、自分たちは今後も強制移送されないものと期待していた。当のイレーネは、一九四二年に一八歳を迎える妹のエーディトとともに自宅にいた。イレーネの義姉トゥルルカ――兄ラチと結婚した、マルタ・フフスの姉――は、先手を打って既婚女性の召集を免れた。ひそかにブダペストへ抜け出し、のちにラチと合流して、パルチザンとともにスロヴァキアの山に逃げたのだ。ハンガリーは、ファシスト政権の一斉検挙を回避したいユダヤ人に人気の目的地だった。当時は、安全と思われていたからだ。

フーニアの姉妹のひとり、タウバ・フェンスターは、一九四四年から四五年にかけての冬の六カ月間、子どもたちと一緒に、ポーランドとソビエト連邦の国境にあるワプシャンカ・ジダルの村で、農家の木造の離れに隠れていた。フーニアの四歳になる甥っ子のシムハは、詮索好きなだれかにユダヤ教の割礼がないか調べさせろと言われるのを避けるため、女の子の恰好をさせられた。子どもたちは騒がないようにと絶えず物語を聞かされていた。

戦後数十年経って、シムハとその家族は〝ルーツ〟を探る旅でワプシャンカを訪れ、シロン――フェンスター母子がこの村に潜伏するのを助けた男性――の家族に会った。シロンの孫たちは、ユダヤ人の命を救うために祖父が担った役割を知って感動した。シロン本人は「大勢のスロヴァキア人殺人者のなかには、善良な人もいた」と書いている[7]。

危険にさらされて身を隠したユダヤ人がこれほど大勢いるのなら、なぜイレーネたちは強制移送の番がきたときにそうしなかったのか。

まずは、金銭的な問題があった。金がなければ、食糧、隠れ家、賄賂の支払いはできない。ふたつめに、移送のために出頭を求められた女性たちは、労働収容所に送られるものと純粋に信じていた。政府も、一定期間よそで働くだけだと言って彼女たちを安心させていた。最後に、何よりも重要なことだが、もし所定の時間と場所に出頭しなかったら、親が代わりに連れて行かれると脅されていた。マルタのいとこのヘルタ・フフスは農場に身を隠していたが、取り乱した母親から、一家全員が代わりに移送されないよう帰ってきてほしいと頼まれた。

この脅しは、とうてい無視できない重みがあった。


わたしたちはピクニックを期待してはいませんでしたが、待っていたのは、すさまじい恐怖の始まりでした——リヴカ・パスクス[8]

フリンカ警備隊が、ジドヴスカー通り一八番地のドアをノックした。イレーネとエーディトのライヒェンベルク姉妹は、三月二三日月曜日の八時に、パトロンカの工場に出頭するよう命じられた。ブラチスラヴァのユダヤ人地区のあちこちで、一週間かけて同じような召集がなされた[9]。

何を荷物に入れたらいい？　何を着ていく？

これは、浮ついた思考ではない。きちんとした身なりの女性は自信に満ちて見え、敬意をもって扱ってもらえる。今回の旅にさいして、いちばんの晴れ着を身につけ、髪の毛をあらたにセットした女の子もいた。

とはいえ、実用性とのバランスは大切だ。

「必要最低限のものを持ってこい」と、イレーネはフリンカ警備隊に言われた。これから働くのであれば、じょうぶな服、目的にかなった服が必要になるだろう。仕事着、頑丈な靴、暖かいブランケットの替えを入れて、荷物を四〇キロ以内にまとめなさい、と彼女たちは告げられた。その年は厳冬で豪雪に見舞われ、三月はまだ寒かった。オーバーコートも必要不可欠だ。

一九四二年春のファッション誌を見ると、屈託のないにこやかな女性たちが、ウエストベルトつきや、裾がフレアになったり、背面に〝ゆらゆらする〟みごとなプリーツ加工が施されたりしたコートで外出している。この光景は、スロヴァキアの強制移送者たちの現実とは大きな隔たりがあった。彼女たちは不安におののきながら服を選び、悪天候下での作業を見越して毛織りの帽子、スカーフ、手袋を追加した。なかには、着替えをすべて重ね着して運ぼうとする少女もいた。

荷物の量に制限があるので、リュックサックや小さなスーツケースはすぐにいっぱいになった。ファシスト政権下で困窮生活を強いられたせいで、詰めるべき着替えがろくにない女性も大勢いた。替えの下着や清潔なストッキングの隙間には、思い出の品や、櫛、鏡、石鹸、生理用ナプキンといった身の回り品を押しこんだ。世知に長けた女性は紙幣や硬貨を衣服のなかに隠し、貴重品を守ろうとした。移動中の食べ物は、紙に包んで紐で結んだ。[10]

じきに、出立前の最後の時間が訪れた。家族と過ごす最後の安息日。外出禁止時間前の夜の静かな通りを歩く最後の機会。最後の食事。最後のことば、抱擁、キス。

イレーネとエーディトは手に手を取って、ブラチスラヴァ郊外のラマチュ駅近くにある空っぽの軍需工場〈パトロンカ〉に集合した大勢の女性にもまれていた。ラビの娘、レネー・ウンガーもそこにいた。狭い工場の部屋が、四〇人ごとにひとつ、宿舎としてあてがわれた。運のよい女性は詰め物をした袋をマットレスとして確保でき、残りの女性はばらまかれた麦わらの上やむき出しの床で眠った。

トイレの設備は非衛生的で明らかに数が足りなかった。

最初の二、三日は、ブラチスラヴァの炊き出しボランティアが清浄《コーシャ》な食べ物を提供してくれた。その後は、与えられるものを食べてよしとするほかなかった。混乱状態に秩序をもたらそうと、フリンカ警備隊が各部屋の女性ひとりに、責任者のしるしとして腕章を与えた。のちの強制収容所での生活は、囚人のなかから選ばれた班長によって統制されていたが、その予告編みたいなものだ。

若い女性たちはこの状態に対処する肉体的な強靭さはあったとしても、家から引き離されて精神的ショックを受けていた。なかには、ひどく泣きわめく少女もいた。それをフリンカ警備隊が見せしめとして打ちすえ、ほかの女性たちを黙らせた。窓、扉、門は閉ざされていた。逃げ出すのは不可能だった。

こうした不快な環境に適応しようと四苦八苦する年かさの女性のなかに、オルガ・コヴァーチがいた。パトロンカから移送されたときは三〇代なかばで、マルタ・フフスと同じ移送貨車に乗せられた。オルガはお針子だった[11]。


ブラーハ・ベルコヴィッチは、ひょっとしたら、日常風景に溶けこんで移送を回避できたかもしれない。いかにも〝アーリア人〟らしい容貌のおかげで、ユダヤ人ではなくカトリック教徒のスロヴァキア人として通用したからだ。移送のことを耳にしたとき、彼女は家にはいなかった。じつは、一九四二年三月時点の〝家〟は、ブラチスラヴァから遠く離れたところにあった。一家はポーランドの北部国境近くの小さな町に強制移住させられていた。偶然にも、アウシュヴィッツから南へ一五〇キロほどの場所だった。

アーリア人に明け渡すために一万一〇〇〇人あまりのユダヤ人がブラチスラヴァの家を追い出されており、ベルコヴィッチ一家もその憂き目に遭ったのだ。彼らはリプトフスキー・ミクラーシュに移住させられ、屋根裏のひと部屋に全員で住んでいた。バスルームは数階下にあった。仕事はなく、食べ物は乏しく、貯蓄をすべて失い、屈辱的な生活を送っていた。

三月初旬、強制移送のわずか二週間前に、ブラーハの近しい親族で集合写真を撮った。新しい制約のせいで困窮生活を強いられていたにもかかわらず、品がよく、有能で、知的な人々だった彼らのアイデンティティーを、カメラがしっかりととらえている。

10. 1942年３月、ベルコヴィッチ一家の写真。ブラーハは右から２番めに、カトカは左端に立っている。

サロモン・ベルコヴィッチの仕立て職人としての腕前は、彼本人と息子ふたりのためにこしらえたスーツを見れば一目瞭然だ。妻のカロリーナとのあいだに末息子のモーリッツ――愛らしい利発な少年で、チェスが大好きだった――を挟んで座っている。ノーフォークジャケットと傾げた帽子のおかげで、モーリッツはおとなっぽく見える。

長男のエミールがモーリッツのすぐうしろに立っている。彼は強制労働のために連行された。あまりにも短かったその人生の残りの期間は、シャツも、ネクタイも、仕立てた服も必要としなかった。ベルコヴィッチ家の末娘イレナは、ピンピという愛称で呼ばれていた。繊細な子どもで、肺炎で死にかけたことからだいじに育てられた。繊細ではあったが、頭脳明晰で勉強熱心だった。彼女もモーリッツも年齢が低すぎてスロヴァキアからの移送第一陣を免れたことは、当時は思いがけない幸運に感じられた。ピンピとブラーハはとても仲がよかった。

　前髪をなであげた髪型のせいか、ブラーハは自信にあふれる成熟した女性に見え、愛情のこもった腕をピンピの肩に回している。水玉模様のブラウスの襟は、スーツと好対照だ。左端では、上の妹で仕立ての才能に恵まれたカトカが、慎ましやかなチェックのワンピースを着ている。

　一家が集まって写真を撮った、最後の機会だった。

　三月中旬、ブラーハは黄色い星をはずして、ブラチスラヴァのイレーネを訪ねた。戻ってきたときにはもう、妹のカトカがフリンカ警備隊に逮捕され、近くのポプラト収容所《ターボル》に連行されていた。ブラーハは、仕事の斡旋のためだという口実を真に受けていた。無理もないことだ。数多くの労働者が、ドイツとその占領下の地域で純粋に必要とされていたのだから。

　ひとりきりで妹に未知の体験をさせるのがしのびなくて、ブラーハは自発的に地元の警察署に出頭した。そのまま一般の警察官につきそわれ、ポプラトの召集所へ赴いた。

「逃げないでくれよ」と彼は冗談めかして言った。「そんなことされたら、俺が困ったはめになるから」

　ポプラトにはすでに、数百人の少女やおとなの女性がひしめいていた。同じくポプラトを通過した女性のなかに、ブラーハがいずれ出会うこととなる一九歳の少女、アリス・シュトラウスがいた。アリスはお針子だった。[12]

　ブラーハは遅れて到着し、もう少しで移送列車に乗りそこねるところだった。[13]

そろそろスロヴァキア人が豊かになっていいころだ！――フェルディナンド・ドゥルチャンスキー、スロヴァキアの内務・外務大臣、一九四〇年二月

労働のために若いユダヤ人を駆り集めただけではすまなかった。パトロンカ収容所のフリンカ警備隊は、彼女たちから強奪した。ラビの娘レネーは、これらスロヴァキア版ナチスは「ドイツ人教師たちのよき生徒でした」と述べている[14]。到着後、女性たちは宝石、腕時計、ペン、現金、さらには眼鏡までも取りあげられた。入念に荷詰めしたスーツケースやかばんも徴発された。それらはパトロンカの中庭に高々と積みあげられた。女性たちのなかには、所有物のあらゆる権利を放棄し、けっして返還請求をしませんと誓約する書類に署名させられた者もいた[15]。

いずれアウシュヴィッツのお針子たちのすぐそばで暮らすことになるリヴカ・パスクスは、とっさの機転で腕時計を賄賂にし、「すべてをなげうって逃げなさい」と警告するメッセージを兄弟に送ることができた[16]。フリンカ警備隊のひとり、ミハル・コヴァーチは——どうやら良心のとがめはいっさい感じずに——女性たちの荷物から欲しい服はなんでも選ぶことが許されていた、とのちに告白している。彼は靴を一足選び、梱包して自宅に送った。

当然ながら、男たちは彼女たちへの権力を性行為の交換材料として利用した。フリンカ警備隊のなかには、自分がいま監視し、虐待している少女と、かつて同じ学校に通った者もいた[17]。

こうした賄賂や徴発は、スロヴァキア政府はユダヤ人を食い物にする国家主導の非道行為にくらべれば、まだ規模が小さかった。スロヴァキア在住のユダヤ人を困窮する宿なしに変えたあげく、今度は寄生虫と呼んで非難した。彼らは加害者双方が得をするシナリオをこしらえた。労働力をよこせというドイツの要求を満たすと同時に、自分たちもユダヤ人からさらに強奪できるシナリオだ。一九四二年二月にドイツが一二万人のスロヴァキア人労働者を求めたとき、ヨゼフ・ティソ大統領は二万人のユダヤ人を差し出すと申し出た。この申し出は受け入れられ——ゆえに一斉検挙となった。

親衛隊将校のディーター・ヴィスリツェニーが、ユダヤ人の移送とその財産強奪に関する取り決めの仲介役をした。一九四二年三月にはもう、彼はヨーロッパのユダヤ人にかかわる最終計画、すなわちその年の一月にヴァンゼー邸の悪名高き会議で策定された計画のことを知っていた。上司のアドルフ・アイヒマンが、ブラチスラヴァでヴィスリツェニーに会い、ユダヤ人問題の最終的解決《エンドルーズング》についての口頭による総統命令——およびヒムラーの書面による命令——を伝えていたのだ。ヴィスリツェニーは、ヒムラー本人が署名した「当人が適切だと考えるすべての実権を与える」書類にいたく感銘を受けた。そして二万人のユダヤ人を二分し、半分はマイダネクの強制収容所へ、半分はA収容所と表されたべつの場所へ送ることにした[18]。

ヴァンゼー会議の議事録には、ドイツが占領した国、あるいは欲する国ごとにユダヤ人の推定人口が記載されており、スロヴァキアのユダヤ人は八万八〇〇〇人とあった。また、エンドルーズングの新しい段階、すなわち強制移送の実行にスロヴァキア政府が協力を拒む余地はないとも書かれていた[19]。ティソ大統領、トゥカ首相、およびその協力者たちは進んで求めに応じた。そのうえ、移送するユダヤ人ひとりにつき五〇〇ライヒスマルクを支払うことも承諾した。ユダヤ人の〝職業訓練〟のためという名目だった[20]。大金がライヒスマルクで渡されたが、すべてユダヤ人の資産から集めたものだった。ここに、この問題の核心がある。ユダヤ人がほかの場所へ送られたら、その家や所有物は放棄され、再分配できるわけだ。

独身の労働者の第一陣が数千人の女性も含めて移送されると、残された家族が国の支援に頼るのは堕落であるとティソが言い、家族もあとに続くこととなった。去る前に、これら追放者は資産《フェアメーゲンス》宣言《エアクレールウング》を完了させるよう求められた。原則として、いかに価値の低いものであろうと、所有物はすべて一覧表に記載しなくてはならない。ドイツ領土の各地で実施された政策の再現だ。家の鍵にどうラベルを貼るか、最後に家を出るときにそれをどこへ置くべきか、といった指示まであった。ユダヤ人の資産は国家の財産になった。

イレーネも、ブラーハも、パトロンカやポプラトに収容されたほかの女性たちも、自分の家族がこ

う も冷酷に裏切られるとは想像だにしなかった。家に残してきた物も人もみんな、こうも完璧に処分に向けた道をたどらされるとは。わずか四カ月のあいだに、スロヴァキア政府は五万三〇〇〇人のユダヤ人を移送した。[21] 若きお針子たちは、その第一陣だった。

こうした強制移送と財産の収奪は、つねに〝管理〟〝処理〟〝付託〟〝接収〟という婉曲な言い回しで実行され、略奪、強奪、窃盗は存在しないことになっていた。ユダヤ人の資産はプラハやブラチスラヴァの多種多様な倉庫、集会所、さらには教会にも積みあげられたが、ナチスの貪欲さに染まった国すべてに同じような収集物があった。無計画のばらばらな行動ではなかった。アルフレート・ローゼンベルクが率いる特別部隊、ＥＲＲ──全国指導者ローゼンベルク特捜隊──が、ヒトラーから権限を与えられていた。

ＥＲＲの目的は占領下の地域からできるかぎり多くの美術品と金を獲得すること、放棄されたユダヤ人の家屋から何もかも剝ぎ取り、それら資産を再分配して多大な利益を得ることだった。[22] さらに、ユダヤ人の移送速度をあげて奪う財産を増やすべし、という圧力がドイツの保安部隊にかけられた。いくつかの事例では、隣人たちが家の明け渡しを待たずに荷車を押して現れ、なんであれ気に入った物を許可なく私物化しはじめた。当然ながら、当局は眉をひそめた。よい品はすべて自分たちが手に入れたかったのだ。

ＥＲＲの略奪品は、もよりの強制収容所の被収容者たちが白いつなぎ服かエプロンを着て仕分けした。戦後に発見された、ポーズを決めて撮られた写真に、その作業のようすが記録されている。女性たちは繊維製品の束を作る作業を課されていた。ナチスの将校が極上の生地、羽布団、リネン、じゅうたんを自分用に選んだが、美術品についてはまずヒトラーとゲーリングが選ぶことになっていた。ゲーリンツに建てる予定の美術館を、ヨーロッパ一の名品で満たすのが、ヒトラーの夢だった。ゲーリングは単純に、自分と家族のために高級品を欲しがった。複数ある彼の住まいには、ユダヤ人から奪った物が詰めこまれていた。妻のエミーは、それらの出どころについてはあえて尋ねなかった。戦後のニュルンベルク裁判で、ゲーリングは「わたしの行為が、外国の国民を戦争で征服する、または彼らを殺害する、彼らから強奪する、彼らを奴隷化するという願望からなされたという主張を、断固として否定します」と語った。[23] これとは逆の証拠が、数え切れないほどあった。アルフレート・ローゼンベルクは、ユダヤ人の所有物を党員や国防軍の将校に再分配する許可を、ヒトラーから個人的に与えられていた。[24] しかも、こうした強奪から利益を得たのは、ナチスの高官だけではなかった。

略奪物の倉庫には、値札こそないものの店の売り場さながら品物が陳列されていた。実のところ、パリの大規模集積所のひとつは、有名なデパートにちなんでギャルリー・ラファイエットと呼ばれていた。買い物客は通路をぶらついて、破壊された生活の証が整然と並ぶさまをうっとりと眺めた。寝室の家具や居間用のセットがひとまとめに置かれているかと思えば、幅広い品揃えの正餐用食器類や、乳母車、おもちゃ、省スペースのために横向きに積まれたピアノもあった。棚の上には、ありとあらゆる食卓用品、ガラス製品、宝飾品が並べられていた。さらにはミシンと、裁縫箱、裁縫用品、かがり縫いの道具一式。文学的素養の持ち主には、空の書棚……と、そこに並べる書籍もだ。[25]

べつの集積所は、中古品店やがらくた市の豪華版を思わせた。卵立て、クリケット用バット、ランプの傘といった日用品が集められていた。金銭的な価値はさほどないので、それらはラムシュ、すなわち〝がらくた〟品と呼ばれた。日常生活のこまごまとした物、ベッド脇の戸棚や引き出しの奥や屋根裏の隅で見つかった品々だ。だが正当な持ち主にとっては、がらくたではない。パリ出身のお針子マリルー・コロンバンは、略奪が始まったときにフランス人がいかに「ショックを受けて取り乱した」かを記している。[26]

金銭的、文化的な喪失よりも、安全な家の生活が没個性的な一連の品物へと矮小化されたことが、ユダヤ人の存在の完全な抹消を如実に示していた。これら略奪品は、最初にそれを買い、こしらえ、大切にしてきた人たちよりも価値があるとみなされていた。

そう、略奪品は、そのユダヤ人所有者が移送列車に乗せられたときよりも、うんと丁寧に積載されて運ばれたのだ。

毎週、数百本もの略奪列車が占領地の交通の要所をドイツに向けて出発した。貨車のなかでは、わらを敷いた木箱に品物が寝かされ、すべてが効率的にラベルをつけられていた――レースのカーテン、遮光カーテン、枕、シーツ……。[27] ＥＲＲは、帝国鉄道交通の全統括権を持つゲーリングと連携し、略奪物を載せた列車がフランス、オランダ、ベルギー、ノルウェー、ベーメン・メーレン保護領、ポーランドといった領土から帝国の中心部に次々と戻れるよう手配した。

非ユダヤ人の市民は〝新しい〟家具や服飾品や織物や衣服を大喜びで受け取った。出どころを隠そうともせず競売にかけられた物もあった。ヨーロッパの主要都市の競売場はＥＲＲの役人と結託し、略奪品の売却で莫大な利益を得た。骨董家具、輸入じゅうたん、枝付き燭台の愛好家がほしいままに入札できた。ユダヤ人が所有していた物はたちまち新しい家を見つけた。彼らのシーツが新しいマットレスに敷かれ、彼らの下着が新しい体を優美に覆い、彼らのコーヒーポットが新しい持ち主にかぐわしい一杯を注いだ。

ライプツィヒで、おそらくフーニアも、ユダヤ人資産の競売を市民に知らせるポスターや新聞広告を目にしていたはずだ。ユダヤ人の病院、学校、孤児院からも家具が奪われて、ほかの公共施設の入札者に売られた。[28]

ドイツ赤十字は、国際赤十字から切り離された事実上のナチスの組織で、あらゆる寄付を歓迎した。それどころか、アーリア人だけが恩恵を受けられるよう、膨大な数の略奪品の分配調整を担っていた。空襲で焼け出されたある主婦は、カーテン、テーブルクロス、寝具、タオル、靴、衣服、食卓用金物《カトラリー》、陶器類といった生活必需品を寄付されて一からやりなおすことができた。ドイツ国防軍にも恩恵があり、腕時計や暖かい衣服を受け取った。
新しい衣装戸棚、シャツ、皿が、プラハほか第三帝国の各地からはるばる運ばれてきたことを、彼らは気にもしなかった。ドイツ人のあいだでは、戦争に勝たないとまずいことになる、ユダヤ人が戻ってきて持ち物を返せと言うからだ、とささやかれていた。[29]
スロヴァキアのユダヤ人移送者第一陣は、すぐに家に戻れると聞かされていた。スロヴァキア政府の町や村から女性たちがパトロンカ収容所に運ばれてくると、過密状態が深刻になった。ただ移動のためにここに集められたのだと聞かされて、多くはほっと胸をなでおろした。宿舎の窓から眼下の中庭を見おろしたとき、イレーネ・ライヒェンベルクは安堵感が揺らぐのを感じた。看守たちが大きなかがり火を焚いて、文書類を炎に放りこんでいた——身分証明書だ。ユダヤ人センターのスタンプが押された彼女の身分証明書の写真や署名も、やがてみんな焼けて灰になるだろう。
この瞬間、イレーネは前方に控える旅が片道切符だと気がついた。自分たちは戻ってくることを想定されていないのだ。

ユダヤ人たちはいま、東へ移送されている。じつに野蛮なやりかただ——ヨーゼフ・ゲッベルスの日記の記述、一九四二年三月二七日[30]

戦時中、ドイツ領土内の鉄道路線では、昼夜を問わず列車が行き交っていた。戦闘部隊が出ていって戦線に加わり、負傷者が戻ってきた。略奪品が新しい家に運ばれ、元の持ち主は永久に家を去った。強制収容所や絶滅収容所へ向かう移送列車ごとに、分刻みで時刻表が作成されていた。路線上のすべての駅が、その時刻表の写しを持っていた。長い、長い貨車の列が、よく見かける光景になった。

ときには、羽根板のうしろから助けや水を求める叫び声が聞こえた。ときには、有刺鉄線が十字に渡されたひとつきりの換気穴から、手が現れた。ときには、列車からメモが投げられた――そしてときには、死体が。

ユダヤ人をはじめナチス政権の敵にとっては、どの鉄道路線も不吉な目的地をめざしていた。

パトロンカ収容所のユダヤ人女性たちはまだ、スロヴァキアのどこかで働けるものと思いこんでいた――いや、期待していた。有名な〈バタ〉の靴の製造を担う強制労働所のことが話題になった。起業家ヤン・アントニン・バタが所有する、T&Aバタ・シューズ社のための作業場だ[31]。イレーネ・ライヒェンベルクの父親は靴職人だった。だから、きっと彼女もなんとか対処できると思えた。もっと悲惨な噂では、東部戦線へ送られてドイツ軍の〝士気を高め〟させられるのではないかと、ほのめかされた。考えただけで耐えられなかった。

イレーネと妹のエーディトは、パトロンカの召集所でずっと一緒にいた。女性たちは草地に囲まれたもよりのラマチュ駅まで隊列を組んで行進するよう命じられた。線路上で待つ列車は家畜輸送用で、彼女たちの地位が動物並みに落とされたことをはっきりと示していた。もっとも、いまなお一張羅を着て、リュックやハンドバッグを携えた動物だが。貨車一台につき四〇人の女性が乗せられた。バケツがふたつ置かれた。食べ物も飲み水もなかった。扉ががらがらと閉じられ、錠がかけられた。フリンカ警備隊とスロヴァキア警察が国境までつきそった。機関車が出発すると、連結器がぴんと張り、貨車ががくんと動き出してあとに続いた。

イレーネとエーディトは、パトロンカからの二本めのユダヤ人女性移送列車に乗り、七九六人の女性とともに同じ目的地をめざしたが、着いたあとの運命は必ずしも同じではなかった。女性たちの多くは、イレーネの学校の級友だった[32]。どこへ向かうのかは、わからなかった。だれも何も教えてくれなかった。はがきが分配された。薄暗がりのなか、若い女性たちは愛する人々にメッセージを書き、どうか鉄道作業員が見つけてポストに入れてくれますようにと願いながら雪の上へ放り投げた。[33]同じ列車に乗って、同じ恐怖と不快感を抱いていたなかに、仕立て職人のマルタ・フフスとオルガ・コヴァーチがいた。

小さな窓穴からちらりと、凍った野原、木の家、雪をかぶった丘といった景色が見えた。イレーネは北へ向かっているのだと推測した。列車は、ブラーハの家族が屋根裏部屋に住んでいたリプトフスキー・ミクラーシュの町を通過し、ジリナでしばらく停車してから、ポーランドとの国境までおよそ四〇分の町、ズヴァルドンに到着した。ここで、暗いなか見張りが交替した。フリンカ警備隊からナチス親衛隊へ、と。スロヴァキア人たちはいまや、いっさいの責任を放棄して地元に戻り、次の移送者を積みこもうとしていた。

ここまでのおよそ四〇〇キロの道のりで、旅人たちはふたつのバケツがなんのためなのかを知った。車内にはトイレがなかったのだ。

ズヴァルドンから、列車はさらに八〇キロ走って占領下ポーランドに入った。

ブラーハの北への旅程は、ポプラトが始点だった。妹のカトカとともに、スロヴァキアを出る四本めのユダヤ人女性移送列車で、一九四二年四月二日に出発した。総計九九七人が乗っていた。ポプラトからの列車では、一部の貨車内にチョークが隠され、目的地が判明したら書きつけて、その情報を故郷のスロヴァキアへ広められるようにしてあった。ポプラトからの移送には、お針子のボリシュカ・ゾベルとアリス・シュトラウスもいた。ボリシュカは腕のいい型紙職人だった。アリスの貨車にはポーランド出身の少女がいて、列車の経路を推察することができた。どうやらアウシュヴィッツに向かっているようだと、彼女は言った。その見立ては正しかった。[34]

列車が続々と到着した。アウシュヴィッツのお針子たちの運命がしだいにひとつに集まった。
フランスのお針子アリダ・ド・ラ・サールとマリルー・コロンバンは、一九四三年一月、アウシュヴィッツが噂ではなくなったころにフランスから移送された。コルセット職人のアリダはあちこちの刑務所で何カ月も過ごし、ゲシュタポの取り調べに耐え抜いた。レジスタンスへのかかわりを一貫して否定し、夫のロベールの処刑にショックを受けたあとも持ちこたえた。パリ出身のレジスタンス闘士マリルーは、一九四二年一二月一六日に逮捕され、収監されていた。

一月二三日、ふたりの女性はほかのフランス人政治犯——全員が女性——とともに、フランスからアウシュヴィッツへ移送された。アドルフ・アイヒマンの部署がお膳立てをした国家保安本部の移送とはちがい、女性たちはユダヤ人であるがゆえに逮捕されたわけではなかった。二三〇人のうち一一九人がコミュニストか左派の協力者で、ゆえにナチスの右翼イデオロギーに対する政治的脅威とみなされた。その投獄と移送は、ナハト・ウント・ネーベル——夜と霧——と呼ばれる政策のもとに実施された。彼女たちは霧深い暗闇に消えて、ひとつの刑務所からべつの刑務所へと移される運命だった。

冬の移送列車に乗せられた女性たちは、極寒のなか、数日間の壮絶な旅を耐え抜いた。獄中で差し入れを受け取っていた者は、できるだけ暖かい服装をして、場合によっては持てるものすべてを身につけた。

アリダはまだ夫の死を悼んでいた。マリルーは、ジフテリアで死んで間もない幼い息子のことで悲しんでいた。同じく逮捕されている夫のアンリがどうなったかは、わからなかった。同志愛だけを支えに、これらフランスの女性たちは一月二六日にアウシュヴィッツに到着した。列車はひと晩、側線に停車した。朝、貨車が貨物駅の木製プラットホームに並んで、扉の錠がはずされた。[35]

未来のお針子集団のなかでもとくに活力にあふれていたフーニア・フォルクマンは、一九四三年六月の焼けつくような暑い日にアウシュヴィッツに到着した。乗ったのは、ライプツィヒを出発する最後のユダヤ人移送列車だった。一九四三年六月一五日午前五時に、警察がゲットーの彼女のもとへやってきた。逮捕を逃れる機会は何度もあった。一〇〇〇マルク払えば隠れ場所を提供するという話が持ちこまれたし、アーリア人の友人たちが無償でかくまうと言ってくれていた。だが、彼女は長年の緊張にもはや耐えられず、ほかの人たちと一緒に行くことに決めた。ライプツィヒで生き残ったただひとりのユダヤ人にはなりたくなかった。[36]

初期のライプツィヒの一斉検挙には暴力と混乱がつきもので、長い列をなしたおとなや子どもが力ずくで列車に押しこまれていたが、最後のころにはユダヤ人たちはおとなしく、ほぼあきらめの心境だった。ゲットーは無人になり、各部屋は新しい居住者を待っていた。いくつかの落とし物が、ゴミとして通りに残された。

フーニアはヴェヒタ一通りにあるライプツィヒ刑務所で、集められたほかの人々に加わった。この最後の移送には、ユダヤ人病院のスタッフなどユダヤ人共同体のために働いていた人たちもいた。ゲットーにあった彼らのかつての家は、ここの汚い床にくらべれば豪華にすら感じられた。いまや彼らはなすすべもなくうずくまり、手足を伸ばすことも眠ることもままならない。人々の群れのなかに、見知った顔がたくさんあった。友人どうしが一箇所に集まってあれこれ話し、ときには冗談さえ飛ばして時間を過ごした。きっとどんなことにでも立ち向かう力を奮い起こせるはずだ、とフーニアは考えた。彼女の強さには周囲に広がっていく力があり、それはいずれ必要とされる資質だった。

不快さと恐怖に満ちた二日間を過ごしたあと、彼らは刑務所から、列車が待つライプツィヒ中央駅へ追いたてられた。フーニアはこの街に来た当初をふり返らずにいられなかった。彼女はケジュマロク出身のはつらつとした野心的な若い娘で、専門知識を身につける意欲に満ちていた。駅はいまや、くすんだ黄褐色の制服にあふれ、平時の衣服の多種多様さは見られなかった。

友人で歯科医のルート・リンガーと、ルートの夫で病院の医師だったハンスとともに、フーニアは貨車の隅に空間を見つけた。一瞬、遊園地のお化け列車が頭に浮かんだ。乗客が衝撃と驚きをくぐり抜けていく列車。だが、これはレジャー施設の乗り物ではないのだ[37]。

列車はひた走った。その日は息苦しいほど暑かったにもかかわらず、最初はわりあい文明的だった。フーニアはおおかたより恵まれていた。逮捕されて間もなく、働いていた毛皮工場の見習い職人が、工場経営者の厚意だと言って食べ物のかごを届けてくれたのだ。思いがけない親切は、もらった食べ物と同じくらいありがたかった。彼女はそれをまわりの人に分け与え、結束を固めようとした。旅の終わりには悲嘆に暮れることになったが、数時間はにこやかでいられた。彼女の気だてのよさが、つらさをいくらかやわらげた。みんな自分たちがどこにいるのか、どこへ向かっているのか、しばし忘れられそうだった。

ある停車場で、養護施設の身体障害者と高齢者の一団が列車の乗客に加えられた。彼らが深刻な病や精神的な混乱にさいなまれても、介助者たちはなすすべがなかった。絶望のあまり自殺しようとした看護師を、やむなく男性がふたりがかりで組み伏せた。病状はどんどん悪化した。列車が停車するたびに、死体が放り出され、トイレ代わりのバケツが空けられた。

列車が最後の停車のため速度をゆるめた。大きな標識が煌々と照らされていた――アウシュヴィッツ。いまや冗談も上品な会話もなく、恐怖だけになった。こうして最後の移送列車が到着したが、乗っていた数百人のユダヤ人のうち、生き残って解放されたのはわずかふたりだった[38]。

男女が分けられる直前に、リンガー医師は妻のルートをふり返り、「フーニアとずっと一緒にいなさい。彼女なら切り抜けられそうだ」と言った。

イレーネ、ブラーハ、カトカ、マルタ、アリス、オルガ、アリダ、マリルー、ボリシュカ、フーニア……。

どの列車に乗ってきたのであれ、アウシュヴィッツにあらたに到着した人はだれもが、扉が開いて怒鳴り声が聞こえたとき、吐き気を催した。ロース、ロース！　ヘラオス・ウント・アインライエン！──ぐずぐずするな！　外へ出て、列に並べ！

第五章　お決まりの歓迎

お決まりの歓迎がわたしたちを待ち受けていた。おびただしい怒鳴り声と殴打が――フーニア・フォルクマン[1]

ブラーハ・ベルコヴィッチは荷物を気にかけていた。貨車にスーツケースを持ちこんでポプラトからずっと守ってきたけど、あの人たちが貨車から飛びおりるよう怒鳴っている――ロース！　ロース！　スーツケースには手が届かず、どこもかしこも人だらけで、紐につながれた獰猛な犬たち、親衛隊の制服を着た男たち、そして面倒を見なくてはならない妹のカトカもいる。

「心配するな」親衛隊看守が叫んだ。「あとから、ちゃんと持って行ってやる」

どうやって、ひとつ残らず持ち主を見分けるのだろう、と彼女は首をかしげた。

列車からえいっと飛んで、およそ五〇〇メートルの長さの木製プラットホームにおりた。木の階段が、〝積みおろし場《ランペ》〟と呼ばれていたホームと道をつないでいた。強制収容所への移送列車は、この側線に停車させられるのだ[2]。ランペからさほど離れていないところに、ひっきりなしに列車が通る本線の鉄道作業員向けに建てられた宿舎があった。アウシュヴィッツを通るこの路線は、オーストリアのウィーンとポーランドのクラクフを結んでいた。

一四歳のボグスワヴァ・グウォヴァツカは、そうした宿舎のひとつに住んでいた。ある親衛隊員の女中として働き、アウシュヴィッツ基幹収容所で使い走りをするさいに仕立て職人や靴職人の作業場で囚人と会うこともあった。列車から人が降ろされるのを見ないようにするのは不可能だった、と彼女は話している。「列車が止まるとすぐ、ものすごい騒ぎが始まって、親衛隊員の怒鳴り声、降ろされる人たちの泣き声とわめき声、犬たちの吠え声と銃声が響いていました」[3]

あらたに到着した人々は、しばし自由な空気のなかに、市民として立っていた。ふつうの人間として。彼らはあたりを見回し、畑で作業する上下縦縞の服を着た人々に目を留めた。「あの人たちは頭がおかしいのだろうと思いました」と、到着した娘のひとりは述べている。頭髪を剃って揃いの服を着ているので、精神病院の患者だと思ったのだ。[4]

ブラーハは、いま着ている服とポケットのビタミン剤――母親からの貴重な餞別――しか残されていなくても、気を落とさずに元気を奮い起こした。そこへ行進が始まって、一歩ごとに日常から引き離された。ほどなく南へ曲がり、鉄条網と監視塔の外辺部を、それからられんがと木の建物が並んだ道を歩いた。

のちの移送者たち、家族連れや高齢者たちの集団は、赤十字のマークがついた大きなトラックの列に迎えられ、ほっと胸をなでおろした。「赤十字があるなら、そう悪いところじゃないはずね」と、一九四二年七月に到着したスロヴァキア人少女は考えた。[5]彼女はそのとき知らなかったが、強制収容所の管理本部長官であるオズヴァルト・ポールは、ドイツ赤十字の理事でもあった。おかげで、おぞましい協同がもたらされた。到着した人々に安心感を与えたトラックは、じつは、人々をまっすぐガス室へ送るためのものだった。七月に、余剰労働力とみなされた到着者の殺害手段が導入された。それ以降、アウシュヴィッツに移送されたユダヤ人は、プラットホームで生か死かに選別された。

一九四二年三月から四月にかけて、初期のスロヴァキア人移送列車が到着したころには、ガス室送りの選別はまだなかった。女性たちは働くために来ていた。採石場や、窯《かま》、れんが造りのゴミ捨て場の前を通って、シュタムラーガー（基幹収容所）、すなわちアウシュヴィッツ第一強制収容所の門に向かって行進した。収容されていた鍛冶職人ヤン・リヴァズが鍛造した門で、当初はアウシュヴィッツへの入り口だったが、収容所施設は拡張されてとうの昔に最初の警備線からはみ出していた。門をくぐるとき、お針子のアリス・シュトラウスは標識を見あげた。アーチ状に鍛鉄の宣言文が掲げられている。ＡＲＢＥＩＴ　ＭＡＣＨＴ　ＦＲＥＩ――働けば自由になる。[6]

ブラーハが乗ったポプラトからの移送列車は、四月三日の遅い時間に到着したせいで、すぐに入所手続きが行なわれなかった。代わりに、女性たちの行進隊は収容所を抜け、赤いれんがの宿舎ブロックにたどり着いた。これらの建物はもともと工場労働者を町の鉄道要所の近くに住まわすために建設され、のちにポーランド軍が利用していた。一九四〇年から、新任のルドルフ・ヘス所長のもと、各ブロックに上階部分と屋根裏部屋が建て増しされた。おかげで、囚人の収容力が数百人増えた。三〇棟のブロックのうち一〇棟が、アウシュヴィッツに到着したユダヤ人女性第一陣に割り当てられた。ブラーハとカトカたちは、そのうちの一棟に追いたてられた。

これら一〇棟のブロックの一方の端には、収容所の男女の区画を隔てる、建てられたばかりの高いコンクリートの仕切りがあった。反対の端では、れんがの壁が女性たちを外の世界から隔てていた。壁の向こう側のレギオヌフ通り沿いに、所長の快適な家があった。一九三七年、戦争が始まる少し前に、ポーランド人兵士のソヤ軍曹が建てたものだが、彼は一九四〇年七月八日、ごく短い通告期間ののち、武装親衛隊に監視されながら立ち退かされた。

ヘートヴィヒ・ヘスはこのソヤの家で、増えていく家族と自分自身のために暮らしを整えた。ヘス邸のゲストブックは一九四二年に始められた。訪問客は万年筆でルドルフとヘートヴィヒの歓待に対する感謝を書きつけられるようになっていた。

収容所の囚人ブロックには、あらたな到着者を出迎える愛想のよい女主人も、親切なもてなしもなかった。それどころか、スロヴァキアの女性たちは、カポ――監督、班長――と呼ばれる囚人の命令下にあることを知った。カポはもっぱらドイツ人――つまり非ユダヤ人――の女性で、犯罪者または〝反乱分子〟として投獄され、スロヴァキア人移送第一陣が到着する少し前に、ラーフェンスブリュック収容所から移送されてきていた。彼女たちは収容所制度のなかでどうすれば生き残れるのかを学習し、役職に就くことが優位に立つひとつの方法だと知っていた。強制収容所の大勢の囚人にとって、そして戦後社会の人間にとって、カポという単語は残忍な行為や暴力と同義語になった。生き残った人々の証言で、カポたちは生まれつきの性質、あるいは耐えがたい環境によって堕落し、被害者でありながら加害者でもあったことがはっきりと示されている。とはいえ、カポの役割を担わされた者全員が、その地位を濫用したわけではない。マルタ・フフスはやがて高級服仕立て作業場のカポに選ばれたとき、収容所内での特権的地位を利用して労働班の女性たちの安全と尊厳を確保しようと努めるカポのひとりとなった。

アウシュヴィッツに到着した時点では、マルタもただ、苛酷な環境へ放りこまれて途方に暮れる囚人にすぎなかった。

ブラーハとその妹は、床にわらが敷かれたがらんどうの建物のなかにいた。やがてメッセージが回された――持ち物を隠しなさい、やつらに取られるから、と。ブラーハとカトカは、列をなして宿舎のひさしの上へ持ち物を送っていく女の子たちに加わり、櫛、石鹼、ハンカチなどを隠した。ふと気づくと、信じられないことに、ブラーハの隣に親衛隊女子がいた。これら親衛隊看守は女性囚人第一陣と同じ時期にラーフェンスブリュックから送られてきていた。ブラーハはとっさに交渉した。「手伝ってくれたら、ビタミン剤をさしあげます」

シュールレアルな瞬間だったが、ブラーハは体験のすべてが異様に感じられた。スロヴァキア人女性のひとりが、どうやったのかイワシ缶をひとつブロックに持ちこんでいた。カポのひとりがたちまちその缶を没収し、中身をがつがつ食べはじめた。ブラーハはあっけにとられて見つめた。魚の缶詰ひとつで、人がこんなに興奮するなんて理解できなかったのだ。だが、彼女もじきにわかることとなった。

最初の夜は、洗い場と使用可能なトイレがいくつかあったが、洗い場は不潔で、トイレはこの大人数には不十分なことがたちまち判明した。食べ物の配給もあった——カーシャと呼ばれる、どろりとしたお粥だ。ブラーハは自分の分を食べきれず、残りが入った器を窓台に置いた。それが盗まれた。まさかこんなことが起きるなんてと、彼女はまたもや驚いた。

朝、濁った生ぬるい水を飲んだあと、ブラーハは窓の外をのぞいて隣のブロックのほうを眺めた。ロシア〔ソ連〕の軍服を着た人物がこちらに手を振り、頭のあたりで気が変になったかのような奇妙なしぐさをしている。その顔に、どこか見覚えがある気がした。そして、またもや信じられない思いに襲われた。親友のイレーネ・ライヒェンベルクだったのだ。

イレーネが乗ったブラチスラヴァからの移送列車は、数日前、三月二八日に到着した。そしていま、彼女はブラーハに、どうしてこんなおかしな身なりをしているのか説明しようとしていた。はさみを頭皮にあてるしぐさをして、〝髪を切られるわよ……〟と。[7]

騒がず、ユーモアのセンスをなくさないで！——エディタ・マリアロヴァー、入所手続き中のブラチスラヴァの友人たちに向けたことば[8]

ブラーハ・ベルコヴィッチをはじめ、六〇〇〇人を超えるユダヤ人の女性や少女が、一九四二年三月二六日から四月二九日にかけて九本の移送列車でスロヴァキアから運ばれてきた。アドルフ・アイヒマンのＲＨＳＡ（Reichssicherheitshauptamt、国家保安本部）のお膳立てでアウシュヴィッツに送りこまれた、ユダヤ人だけの最初の移送者だ。ラーフェンスブリュックから移送された一〇〇〇人の囚人と合わせて、彼女たちは最初の女性囚人となった。働くために選ばれた囚人で、アウシュヴィッツへの入所手続きは、従順な労働者になるよう計算されていた。意図的に屈辱を与える過程でもあり、身体面でも感情面でも残酷だった。

戦後、生き残った人たちは〝なぜ抵抗しなかったのか〟と尋ねられた。この手続きに耐えて生き延びた彼女たちは、起きていることが信じられなかったのです、としか言えなかった。ブラーハと同じ列車だったひとりは、のちに「敵は銃を持っていて、わたしたちは裸にされ、すべてがあまりに速く過ぎていきました」と説明している[9]。洗い場に連れていかれて服を脱げと命令されたとき、スロヴァキアの若い女性たちに何ができただろう。

とっさの反応は、当惑だった。カポと親衛隊員がすぐそばにいて、大声と殴打で命令を強調した――〝速く！　速く！〟。宝石もはずすよう言われた。ブラーハの妹カトカはイヤリングの片方をはずすのに手間取って親衛隊看守に激しく平手打ちされ、イヤリングを壊された。のちの移送では、震える指に引っかかった指輪をせっかちな親衛隊員がのこぎりで切断し、引き裂かれた手から血が流れ落ちる事例もあった[10]。

こうして、服が次々に剝ぎ取られ、収容所以前の生活のあかしが取り払われ、個性を示すものが持ち去られていった。

冬のコート、だいじな貴重品の外套が、いまやベルトをはずされて脇に置かれた。セーターとカーディガンは手製も多く、腕が体にこすれる箇所は毛羽だっていたが、それも剝がされた。次にブラウスの前ボタンが、もっとおずおずとはずされた。旅でしわくちゃになって、たぶん汗染みもできているワンピースやスカートの上品な脇ファスナーも同じだ。[11] 靴やブーツは、脱いだあと習慣からきちんとそろえられた――持ち主の足の形に合わせてゆるやかな曲線を描いた中敷きと、持ち主が一歩踏み出すごとにすり減ったヒール。丸めておろされた靴下は新品もあれば、繕われた古いものもある。ガードルやガーターベルトからはずされたストッキング。むき出しの脚。冷たいコンクリートの上の裸足。

この間《かん》ずっと、目はほかの女性たちをすばやくうかがい、これが現実のできごとなのか確かめている。自分たちは公衆の面前で裸にされているのだ。

脱衣の儀式はふつう、人目のない寝室か、医師の診察室か、ときには水泳プールの脱衣所や試着室のカーテンの裏で行なわれる。アウシュヴィッツへ移送された未婚女性たちは、寝室を共有する姉妹はたぶんべつとして、他人の視線にさらされながら完全に衣服を脱いだ経験がほぼなかったはずだ。アウシュヴィッツでの脱衣の過程では、着ているものがなくなるごとに、アイデンティティーばかりか尊厳も剝ぎ取られた。

二〇世紀なかばのヨーロッパでは、公共の場で着る衣装にも私的な空間で着る衣服にも明確な名称があった。街着としては、スーツ、フロック、コート、ハンドバッグ、帽子、学校制服。室内向けには、もう少し気楽なもの――柔らかいスリッパ、ニット、エプロン、部屋着。肌着類はまぎれもなく最も私的な寝室だけの衣類であり、強制収容所の寒い大広間で見せるものではない。

到着して入所手続きを経た者は全員、衣服を剝ぎ取られる屈辱を味わったが、女性たちの場合はそこに羞恥心も加わった。当時は、性的魅力をふりまくスターや大胆な服装をする女性もいたとはいえ、慎ましさはまだ、女性に対する一般社会の価値観の中心を占めていた。〝育ちのよい〟女の子は慎み深い服を身につけ、膝上までの裾や深いV字《プランジング》のネックラインは封印し、肩を出すのも夏の盛りだけだった。遵守すべき複雑で細かい社会規範が存在して、魅力的でありながら男心をそそりすぎない服装がよしとされた。正統派ユダヤ教徒の女性の場合、袖は肘か手首まですっぽり腕を覆う長さで、鎖骨や膝を見せるのはもってのほかだった。

装いはつねに、きびしい目にさらされてきた。同性からのプレッシャーで、自分の服装が野暮ったいか垢抜けているかがわかった。年配の女性は挑発的な服を批難したし、男たちは手を出してもいい女性かどうかを服装で判断した。実社会では、女性は、きちんとした身なりをしていないとたちまち咎められた。ここアウシュヴィッツでは、脱ぐのに手間取ると怒鳴られた。

あえなく、最後の衣類になった。下着だ。

男たちの前でブラのホックをはずし、おずおずと肩から紐をすべり落とすのは、通常ならストリップショーと判断される。誘惑的であり、断じて慎ましいとは言えない。アウシュヴィッツでの脱衣は、慎ましいか誘惑的かはともあれ、ひどくゆがめられた形でなされた。選択の余地も、自主性もない。ブラはどうあってもはずすしかない。命令で、ガードルも脱がされた。

性的に成熟した体がまだ気恥ずかしいティーンエイジャーにとって、肉体の曲線を、または曲線がないことを露わにするのは、ひどい責め苦だった。未婚の若い娘は性衝動をおぼろげに感じはじめたころだ。裸体は、夫だけと分かちあう親密さの一要素であり、その場合でもベッドのシーツやネグリジェに守ってもらえる。年配の女性にとっては、補正下着を脱ぐことで、出産やつらい労働または怠惰な生活の積み重ねで変化した肉体を人目にさらす辱めも加わった。

最後の衣類――守られているという最後の幻想――は、取り去るのがいちばんむずかしかった。パンツ。ゴム紐で膝上をぎゅっと絞ったディレクトワール風のズロースもあれば、小さな三つのボタンで上下を留めたワンピース型の下着や、レースの縁取りと花模様の刺繍が施されたフレンチニッカーもあった。白、ピンク、青、黄。着古したもの、おろしたてのもの、かわいらしいもの、実用的なもの、清楚なもの、繕ってあるもの――どれもこれも脱いで、ほかの衣服と一緒にたたまなくてはならなかった。体熱でまだ温かい、失われる生活の最後のよすが。
この最後の衣類、ズロースを、性器の前にあてている女性もいた。品位を保とうとする必死のしぐさだ。彼女たちは、身だしなみで男性からの扱いが変わると教えこまれてきた。慎ましやかな服装であれば、公の場で言い寄られたり痴漢されたりすることも、人目のない場所で性的虐待や暴行の恐怖を味わうこともない、と。[12]
ポプラトからの移送列車に乗っていた女性たちが裸で肩を寄せあっていると、親衛隊の男たちがくすくす笑った。「いやはや、こいつら修道院から来たにちがいないよ。全員が生娘なんだからな！」[13]
なぜ、そうとわかったのか。体内に隠された貴重品を探すため、手で女性たちを犯したからだ。
こんなふうにして、あらたに到着した女性たちが服を脱がされるあいだ、親衛隊看守はやれ売春婦だのブタだのと彼女たちを罵った。さらなる屈辱もあった。月経を人目にさらすことだ。一九四〇年代の生理用ナプキンは、下着の内側にピンで留めるか、伸縮性のあるベルトで固定してあった。いずれにしても、そうしたものをだれかに見せるのは完全なタブーであり、大勢の目にさらすなどもってのほかだった。使用中のナプキンをはずして血を垂れ流し、その間ずっと不衛生だのなんだのと罵られる虐待を、生理中の女性全員が耐え忍ばされ、ストレスや飢え、そして真偽のほどは定かでないが食べ物に混ぜこまれた粉によって月経が完全に止まるまでそれが続いた。入所手続きの日、月経血は乱暴な体内持ち物検査で流れた血と一緒に、むき出しの脚をつたい落ちた。
その間ずっと、親衛隊員や親衛隊女子が監視していた――憎しみを込めて。無関心な表情で。意地悪に笑って。親衛隊の医師たちが、市場の家畜よろしく裸の女性を値踏みした――頑丈な体つきか、健康か、働けそうか。女性たちは互いに寄り添って友人や姉妹から慰めを得ていたが、どの裸体も他者を映す鏡だった。深く傷ついてはいても、反抗心が残されていた。ショックから立ちなおる不屈の精神、絶望して電気柵へ走りそうになった女性に差し出される思いやりが。

カルパティア山脈出身の二一歳の女性は、見物する親衛隊員への反応を自分なりに決め、「恥ずかしいとか、屈辱的だとか、自分は堕落した、女性らしさを失った、人間性を奪われたなどと考えないことにしました。彼らのことは、あくまで無視しました」と述べた。[14]

ほんの数分のあいだに、人間の尊厳をことごとく剝ぎ取られ、まわりのみんなと見分けがつかなくなりました――アニタ・ラスカー＝ウォルフィッシュ[15]

一六歳のとき、ブラーハは二本の長いおさげを切り落とした。本人はあらたな見た目に満足していた。ほかの人たちは髪が失われたことを嘆いた。少女から成熟した若い女性への、目で見てわかる変化だった。

髪の毛は〝女性性〟の明示的なしるしとみなされていた。男性の頭髪は短く刈られて油で撫でつけられるのに対し、女性の髪は変化に富んでいた。自宅では、編みさげにするか、ピンやクリップや熱したこてで――毛髪の先端を焦がさないよう注意しながらウェーブやカールをつけて――髪型を整えた。ヘアサロンでは、ゴム製メドゥーサみたいな異様な電気パーマの機械を使って、より洗練された効果がもたらされた。映画スターをまねて流行のヘアスタイルが作られ、リボン、装飾ピン、花で飾られた。

ドイツの女性は、空襲を茶化して〝警報解除〟と呼ばれるようになった髪型をこしらえた。染髪は、あからさまではあるが人気の高い白髪隠しであり、〝ユダヤ人〟ぽい黒髪を〝アーリア人〟のブロンドに変える手段でもあった。一斉検挙を逃れようとしたユダヤ人が、一か八かこの手段を使った。

お遊びとして、つけ毛が流行った。長い巻き毛を縫いつけたヘアバンドや、縮れ毛をつんつん生やしたヘアピンが店で売られた。つけ毛はまた、正統派ユダヤ教徒の女性にとってなくてはならないものだった。伝統的に、既婚女性は頭髪を剃りあげ、地毛の代わりにシェイテルと呼ばれるかつらをかぶる。一部のユダヤ教の信仰では、女性の髪に男性を誘惑する強い力があるとされ、ゆえに既婚女性は頭をスカーフかターバンで覆ったり頭髪をすっかりなくしたりして、夫以外の男性の関心をそそらないようにしなくてはならなかった。頭をすっぽり覆うかつらは店で買うか、結婚前の自分の髪、またはわが娘《こ》の切り落としたおさげで作られていた。

アウシュヴィッツに到着後は、地毛かかつらか、色が濃いか薄いか、巻き毛か直毛か、セットしてあるか自然のままかにかかわらず、頭髪は残らず切られた。

イレーネは宿舎ブロックの窓から指をはさみのように動かし、いずれこうなることを身ぶりでブラーハに知らせたわけだ。剃刀もはさみもたちまち切れ味が悪くなった。囚人の理髪師——すべて男性——が裸の女性の髪を手でつかんではざくざく切っていき、頭皮のあちこちに小さな房が残された。イレーネはアウシュヴィッツに着いて、すでに毛髪を刈られた少女たちを目にしたとき、「あらまあ、あの子たちはどんな罪を犯したのかしら、あんなふうになるなんて、何をやらかしたのかしら」と首をかしげた[16]。

続いて、いっそう耐えがたいことが起きた。「脚を広げろ！」と看守たちが叫び、女性の多くは陰毛を剃られながら声を殺してすすり泣いた。とんでもない人権侵害だ。彼女たちはアイデンティティーも尊厳も慎ましさも剝ぎ取られた。このつらい責め苦を生き延びた女性のひとりが、のちに、その場面を絵に描いた。荒削りなスケッチには、毛のない裸体が困惑のせりふとともに示されていた。
「これは、あなたなの？　かわいかったのに！　あなたは、どこにいるの？」[17]

姉妹や友人どうしが互いにそうと気づかずにすれちがった。頭髪には、これほどまでに個性をもたらす力があるのだ。なかには、大声で笑い出す女性もいた。自分たちがあまりにも滑稽に見えたからで、兄や弟にそっくりだと冗談を飛ばした。ほかの女性たちは、みんな一緒につらい思いをしていることに慰めを見出した。何人かは、あたかも人間らしさの最後のかけらにしがみつくかのように、切られた自分の髪の房を握りしめていた。

一六歳で二本のおさげを切り落としたとき、ブラーハは髪の毛の代価を得た。商品として、値段がついたのだ。強制収容所や絶滅収容所で女性たちが髪を刈られたのは、おもに衛生上の理由から——シラミを防ぐため——だったが、その髪はむだにはされなかった。

一九四〇年という早い段階で、ヒムラーの部下リヒャルト・グリュックスが、強制収容所の毛髪を男女別に仕分けて有効利用するよう命じていた。[18] 男性の短めの毛髪の束は、フェルトにするか、撚って糸にすることができた。女性の長い髪の毛は、編んで潜水艦乗員の靴下やドイツの鉄道作業員のストッキングにするか、フェルトにして婦人用長靴をこしらえるか、マット状にして魚雷の弾頭の防水に用いた。

毛髪は洗われたあと、収容所の焼却棟の屋根裏に並べてつるされた。死体焼却炉の熱で乾かされ、〝髪梳き〟班が手入れをした。おぞましい行為が、この場所で同時になされていたのだ。[19] 梳毛会社が毛髪一キロにつき五〇ペニヒを支払い、それら毛髪は収容所内で等級づけられ、袋に詰められて出荷された。アウシュヴィッツの管理部にとって、毛髪はいい稼ぎになった。毎月五日に、配送明細書が作成された。[20]

ドイツの繊維産業は、繊維の革新分野で長らく競争力を保ってきた。戦時中、彼らはフランス人の毛髪の処理行程を監督し、それらは混紡されてスリッパ、手袋、ハンドバッグになった。[21] トレブリンカ、ソビボル、ベウジェツの強制収容所管理部から、一一カ月間にトラック二五台分の女性の毛髪がベルリンへ送られた。

だが、これはまだ最悪の形の人体リサイクルではなかった。一九四六年、チェコ人医師でダッハウ収容所の囚人だったフランツ・ブラハは、なめした人間の皮膚が乗馬ズボン、手袋、スリッパ、バッグに利用されたという、吐き気を催す行為について宣誓証言をした。[22]ヒムラーの愛人ヘートヴィヒ・ポトハストは、人間の皮膚で綴じたヒトラーの著書『我が闘争』を持っていたとされる。[23]こうした精神構造が、イレーネやブラーハが入りこんだ世界を形成していた。

何もかも非現実的すぎて、理解できませんでした……何が起きているのか、何が起きようとしているのか、だれも、なんの説明もくれませんでした——ブラーハ・ベルコヴィッチ

体を洗う時間になった。

大勢の裸の女性が、深さ約一メートル半の四角い浴槽に浸かった。石鹸はない。タオルもない。イレーネはひどく不快な経験に感じた。ブラーハはすっかり困惑していた。収容所版ベビーパウダーは、エントラウツング——シラミ取り——のためのＤＤＴ粉末だった。

フーニア・フォルクマンが一九四三年にライプツィヒからアウシュヴィッツに到着したころには、浴槽はシャワーに置き換わっていた。フーニアは、アウシュヴィッツ第二強制収容所ビルケナウに新しく築かれて〝ザウナ〟と名づけられた、不潔な洗い場にいた。裸にされる過程で、新参の囚人たちはふたつの集団に分けられた。ひとつは、年配の女性か見るからに健康上の問題を抱えた女性。もうひとつは、比較的若くて健康な女性だ。フーニアは暗黙のうちに、この仕分けの重大な意味を悟っていた。ふたつの集団はべつべつにされた。ひとつは生へ、ひとつは死へ。フーニアは言われたとおり衣服を畳んだが、命令に逆らって、ブーツを盗まれないよう履いたままシャワーを浴びることにした。そして、シャワーヘッドの下に立って水が出てくるのを待った。

何も出てこなかった。

ナチスの絶滅収容所でシャワー室に偽装されていたガス室は、いまや、工業化された大量殺戮の最も悪名高き要素と言えるだろう。だが、移動虐殺部隊が犠牲者をひとりひとり射殺する方法から、この近代化された絶滅システムへ移行するには、時間がかかった。そして、その過程には衣服や脱衣とのきわめて邪悪で重大な結びつきが存在していた。

ナチスは溝や穴の縁に民間人を並べて射殺する方法は銃弾と人手のむだ遣いだと判断し、より効率的で、かつ殺人者のトラウマを減らせる殺人方式に関心を寄せた。実験はまず、いわゆる安楽死注射に始まり、その後はトラックでのガス殺、つまり密封したトラックに人々を閉じこめて致死性の排気ガスで殺す方法が試された。いずれも大量殺戮をさばききれなかった。画期的な打開策がまさにこのアウシュヴィッツで生まれ、その背景には衣服の処理があった。

問題はシラミ、いやもっと端的に言うなら、それらが媒介する致死性の病——発疹チフス——だった。シラミは暖かくて不潔で過密な状況下ではびこる。一九四二年の三月から四月にアウシュヴィッツに到着した女性たちは、自分たちの宿舎が、これまでの囚人の血液を吸って繁殖していたシラミやトコジラミだらけなのを発見した。到着時に頭髪や体毛を荒っぽく剃られたのも、ひとつには、シラミの繁殖場所をなくすためだ。シラミは皮膚の皺や衣服の襞に潜りこむ。襟の下、ポケットの奥深く、縫い目や裾の折り返しのなかで増殖する。健康上きわめて有害なので、アウシュヴィッツの地下組織のメンバーが、発疹チフスの病原菌に冒されたシラミで親衛隊を殺そうと、シャツや上衣の襟の下に入れこんだこともあった。[24]

収容所所長のルドルフ・ヘスは、当然ながら、チフスが蔓延する危険性を懸念した。ばかげた話ではあった。収容所の状態が不潔で危険なのは、衛生設備を導入するためのインフラがないから、そして囚人たちが害虫と同等とみなされ、まっとうな住環境を整えてやる価値がないとされていたからだ。なのに親衛隊員は、囚人にふさわしいと考えていた環境に、自分たちが汚染されるのをいやがった。

ヘートヴィヒ・ヘスら親衛隊の家族は、収容所の外に住んで、熱いお湯と石鹸で沐浴を楽しみ、衣服やリネン類を近隣の町から来た召使いに洗濯させていたが、移送されてきた女性にはそんな贅沢はなかった。ブラーハやイレーネたちは浴室の冷たく汚い水から出たあと、衣服が消えているのを発見した。シラミ処理のために持ち去られたのだ。この処理が発展して、ガス室のシステムになった。

親衛隊の牧歌的な家庭生活が収容所のシラミに汚染されないよう、検疫やシラミ取りが頻繁に行なわれ、アウシュヴィッツ基幹収容所の第三ブロックに専用の燻蒸消毒所が設けられた。ヘスが収容所の初代所長に就いた一九四〇年から、アンドレイ・ラブリンという名の囚人がこの部屋で働かされていた。

部屋には、囚人のシラミだらけの衣服が詰めこまれた。きわめて有毒な青酸化合物——商品名ツィクロンB——が加えられ、扉が密封された。二四時間待って、ラブリンとその助手たちが防毒マスクをつけ、換気扇を回したうえで部屋に入った。この処理はしだいに洗練されて高熱と換気のシステムが導入され、ガスを注入してわずか一五分後に衣服が安全に着られるようになった。収容所指導者《ラーガーフューラー》のカール・フリッチュが燻蒸消毒の責任者だった。ツィクロンBを人間の〝害虫〟——ロシア人捕虜——に使用することを、彼が発案した。そしてヘスが許可を出した。[25]

いっぽうフリッチュの妻は、エミリア・ゼラズニイというティーンエイジのポーランド人強制労働者に、シラミが繁殖しないよう衣服をごしごし洗わせていた。[26]

フリッチュとその作業班は、経験を通じて、死体から衣服を剥ぎ取るのはむずかしいことを学んだ。犠牲者が死ぬ前に自分で服を脱ぐよう仕向けるほうがはるかに効率的だった。反逆行為や騒動なしに従わせるには、どうしたらいいか。いまから体を洗うのだと告げればいい。こうして、手の込んだ欺瞞のシステムが編み出された。

一九四二年の終わりごろ、親衛隊少尉のマクシミリアン・グラブナーが、アウシュヴィッツ第二強制収容所ビルケナウの新しい焼却棟《クレマトリウム》の屋根に立ち、ユダヤ人移送者に向かって「これから、おまえたちを入浴させて消毒する、収容所で伝染病を蔓延させたくないからな！」と叫んだ。彼はさらに、衣服をきちんとたたんで、履き物を揃えておくよう指示した。「そうすれば、入浴後すぐに見つけられるぞ」[27]

ブジェジンカ――ドイツ名、ビルケナウ――の近郊にある、ポーランド人から徴発した二棟の建物がガス室に改装された。〝小さな赤い家〟は、一九四二年三月に稼働した。〝白い農家〟は、同年六月にガス発生の準備が整った。さらに野心的な計画があった。最先端技術を用いた殺人センター四棟だ。ブラーハとイレーネは、これらについてよく知ることとなる。なにしろ、労働者として建設させられたのだから。親衛隊少佐のカール・ビショフが、アウシュヴィッツ収容所のガス室と焼却棟の建設を指揮した。親衛隊上級曹長のオットー・モールが、整然と脱衣させる責任者だった[28]。

モール夫人もビショフ夫人もおそらく、じきにヘートヴィヒ・ヘスが設けるアウシュヴィッツのファッションサロンの顧客だったはずだ。ヘートヴィヒの邸宅は、もとはポーランド軍のカブ倉庫だったアウシュヴィッツ基幹収容所の最初の焼却棟から、目と鼻の先にあった。花と芝生と若木が植えられて、いかにも感じがよく、恐怖とは無縁な存在だ。かたや犠牲者たちは外側の大部屋で服を脱いだ。一〇人ひとまとめで殺害された。

当初からガス室として建設されたビルケナウの新施設では、控えの間が、本当にシャワーを浴びるための更衣室に見えるよう巧妙に設計されていた。ふたつの脱衣所は一度に四〇〇〇人を収容できた。さまざまな言語で〝入浴および消毒室〟〝清潔さが自由をもたらす〟と書かれた標識を見て、到着した人々は安心した。脱衣所には、番号つきの衣服掛けがぐるりと取りつけられていた。

ガス室そのものには、偽のシャワーヘッドがあった。欺瞞を継続するべく、タオルと石鹸を渡された犠牲者もいた。ガスの錠剤は、シャワーヘッドではなく屋根から部屋に投入された。けっして出ることのないシャワーの水を犠牲者たちが待つあいだに、毒が広がった。ガス室の分厚い壁の向こうで、ゾンダーコマンドと呼ばれる特殊労務部隊が彼らの衣服を回収した。

わたしたちは囚人服を与えられ、履き心地のいい愛用の靴が木靴に取り替えられました――フーニア・フォルクマン[29]

フーニア・フォルクマンは水の出ないシャワーヘッドの下に立っていたが、じつは、アウシュヴィッツ＝ビルケナウ強制収容所で生きて働くよう選別された幸運な少数のひとりだった。ガス室ではなく、本物の洗い場にいた。水が出なかったのは、その日はザウナのシャワーが壊れていたからだ。彼女は濡れた布きれで体をぬぐい、ブーツ以外はまだ何も身につけず、囚人服を支給される場所に行った。

皮肉にも、燻蒸消毒ブロックで殺そうと奮闘したにもかかわらず、囚人に渡された服にはまだシラミが這っていた。

一九四二年春のユダヤ人移送者第一陣には、女性用の囚人服がまだなかった。代わりに、イレーネ、ブラーハ、マルタら囚人たちは軍服を渡された。深緑色のウールの冬服を手にした女性もいれば、カーキ色の綿の夏服を支給された女性もいた。イレーネは上衣のボタンに鎌と槌の標章があるのを見て、その軍服がロシア〔ソ連〕軍のものだと気がついた。以前の持ち主の痕跡がまだあった――銃弾であいた穴、乾いた血痕、排泄物の染み。これらの衣服は燻蒸消毒されていたかもしれないが、洗われてはいなかった。

早くも一九四〇年には、繊維不足のせいで囚人服の配給が滞った。結果的に、ナチスの強制収容所と結びつけられる象徴的な青とグレーの縞のワンピースを受け取った女性囚人は、さほど多くはなかった。たとえ受け取ったとしても、ズボンがある男性用の縞の服とはちがって、脚がむき出しでポケットのない、粗いキャンバス地のすとんとしたワンピースは着心地がよくなかった。こうした囚人服は、収容所の縫製作業場で囚人たち自身がこしらえていた。

お針子のアリダ・ド・ラ・サールとマリルー・コロンバンが一九四三年一月にフランス人政治犯の第一陣として到着したときには、完全な囚人服一式、すなわち縦縞のワンピースに袖なしのベスト、膝丈のグレーのズロース、目地の粗いグレーの靴下を支給された。彼女たちはなんであれ渡されたものでよしとするしかなかった。大柄な女性は小さすぎるワンピースに無理やり体を入れこみ、小柄な女性は縞の黄麻布に埋もれそうになった。ユダヤ人ではなかったので、アリダとマリルーは〝幸運にも〟完全な囚人服一式を持てた。ユダヤ人女性はふつう、下着を与えられなかった。

ユダヤ人移送第一陣のあとは、来る日も来る月も、ひっきりなしに新しい囚人がやってきた。需要が供給を追い越した。フーニア・フォルクマンが一九四三年七月にアウシュヴィッツに到着したとき、以前の到着者の囚人服が再生利用されて配られた。所長のルドルフ・ヘスは「ユダヤ人を絶滅させて手に入れた衣類や履き物をもってしても、服不足をじゅうぶん改善できない」事実を嘆いた[30]。

衣服の配給は無秩序で、不快な経験でもあった。怒鳴り声、侮辱、甲高い悲鳴、鞭の音の合唱を背景に、女性たちは架台式テーブルに沿って走り、衣服一枚と靴をふたつ放られる。ときには、看守が衣服の山の上にヤギよろしく立って、手当たりしだいにこれらを投げつけた。以前は入念な、優雅とさえ言える身なりだった女性たちが、いまやシルクのブラウスだけ、あるいはシフォンのイブニングドレスか、子ども用の上衣だけで我慢しなくてはならない。猛暑に着る重いウールのスーツ、冬の猛吹雪のなかで着る夏のワンピース……。

これまた屈辱のひとつだった。靴やブーツも無秩序に放られ、左右が不揃いなことも多かった。サテンのスリッパ、ブローグ、サンダル、ハイヒール。サイズが大きすぎたり、小さすぎたり、幅が広すぎたり、狭すぎたり。このように、サイズも型も実用性も恐ろしいまでに軽視して衣服をあてがわれた結果、女性たちはいまや、シュールレアリスム劇の出演者さながらだった。

ロシアの軍服を着せられようが、縞の囚人服、またはぼろぼろの民間服を着せられようが、女性たちは残らず、着衣の背中に囚人であることを示す赤または白の線を描かれた。

とことん不運な女性は、木靴しか与えられなかった。こうした状況が、ブラーハ、イレーネほか最初に移送されてきた女性たちの運命だった。彼女たちはよろよろと、凍えてすでに赤むけになっている裸足で雪のなかに出た。

一九四三年七月に囚人服を与えられたあと、フーニアは自分のまともなブーツを履きつづけようとしたが、古参の囚人に見つかって「あんたの靴をちょうだい、あんたの靴が欲しいの！」と要求された。

フーニアは一歩も引かなかった。「いやです、仕事のために必要だから」

「仕事？」あざけりのことばが返ってきた。「あんたが生きられるのは五日間だけ、そのあとは土に覆われるんだよ！」

フーニアは怒りにわれを忘れ、ドイツ語とイディッシュで、声を低めもせずに罵った。「あんたこそ五日しか生きられず、あとは土に覆われるでしょうよ！」

周囲では、ほかの囚人たちが目を丸くして見つめていた。だれであれ、こうも毅然と反抗するなど考えられなかったのだ。悲しいかな、称賛に値する度胸をもってしても守りきれず、ブーツは木靴と交換させられた。だがフーニアは萎縮しなかった。若い看守に、自分たち新参者はいつ用を足せるのかと尋ねた。アウシュヴィッツではこうした簡単な質問ですら残酷な罰を招きかねないが、驚いたことにこの看守は咎めなかった。対立を避けようと、上官のほうを向いて「この人はまだ、監督者に敬意を払うよう教えられていないんです」と言った。

またもや、フーニアは怒りを露わにした。「あなたが、わたしに敬意を教えるっていうの？　わたしより、うんと若いくせに。あなたこそ、年上の人間から敬意を学ぶべきね！[31]」

　奇跡的にも、この若い看守は引きさがって——おそらく、痛いところを突かれたのだろう——仮設便所に案内してくれた。ひどく汚かったので、フーニアは自分の求めを後悔しかけた。のちに、看守の耳に入らない安全なところで、ほかの囚人たちがこのおかしなやりとりを笑った。ほっとしたのと、フーニアの大胆さを称賛する笑いだった。


途方もない宝物、金《きん》より[32]貴重なもの——針！　この針が、わたしたちの救世主となった——ズデンカ・ファントロヴァー

　ふつうの環境であれば、フーニアのまともな作業ブーツを奪った女性も、こんな盗みや脅しをしなかっただろう。アウシュヴィッツでは、礼節や道徳がゆるがせにされることが多かった。囚人たちが生き延びることに必死だったからだ。質のいい履き物は、フーニアがすでにうすうす感づいていたとおり、生きるために不可欠だった。裸足の囚人は鞭で打たれるか、ときには死刑宣告をくだされる恐れがあった。夜中に盗られまいと、自分の靴を枕にして眠る女性もいた。

　ほかの囚人から盗むのは、軽蔑すべきこととされた。かたや親衛隊員から盗むのは、囚人たちの考えでは、罪ではなかった。この行為には、収容所で使われる特別な隠語があった——オルグだ。オルグはあながち利己的な行為とは言えない。囚人間にさざ波のように恩恵を広げることもあった。女性囚人の多くは、本能的に助けあおうとした。人々をこのうえなく下劣な本能に屈服させようとするきびしい環境のなかで、オルグは友情を固めてきずなを強める役割を担った。

　ささやかながらも親切で寛大な行為が、収容所では大きな意味を持った。ひどく剝奪された環境だからこそ、そうした事例がいっそう輝きを増すのだ。あるティーンエイジャーは、ゴミバケツから拾った布きれ、スカーフ、手袋を食べ物の余りと交換し、その食べ物をほかの人たちに分け与えた。いっぽう交換相手たちは、あらたな貴重品を手に入れて喜んだ。[33] 二枚のぼろきれ——貴重な日用品——をもらった囚人医師は、一枚をハンカチに、一枚を歯磨き布にした。[34] 冬に解体班で働く女性たちは、ウールのミトンひとつを代わる代わる使った。[35]

あるチェコ人の囚人は分厚くて暖かいストッキングを拾ったが、それは地元のポーランド人農婦がわざと落としたものだった。この農婦は氷点下二〇度の雪の降る日に、女性囚人が収容所の外で働かされているのを見かけていた。ストッキングを拾ったチェコ人少女と友人たちは一日交替で履くことに決めた。「あの人に抱きついて、手にキスしたかった」と彼女はふり返った。「すばらしい贈り物で、すごく思いがけないできごとでした。わたしたちはそのショックをなかなか消化できませんでした」[36]

女性たちは倹約上手で、自分の悲惨な身なりを向上させるために工夫を凝らした。囚人服の粗い布地は、じきに着用者の歴史と同化した。建設現場の重労働ですり切れて裂けたり、湿地の開拓で水に浸かって悪臭を放ったり、乾いた泥がこびりついたり、汗と下痢で汚れたり、じゅくじゅくの傷から出た膿がついたり、血で黒ずんだり。囚人たちは困難にめげず、なんとか自尊心を保とうとした。

奇跡的に針を一本手に入れた女性がいると、友人たちのあいだでそれが惜しみなく共有された。囚人がその種の道具を所有するのは固く禁じられていたが、裁縫の技能を使って衣服を体に合うよう直すだけで、囚人の自我に大きな影響がもたらされた。ぶかぶかのスカートにベルトが足され、二、三センチ長く脚が覆えるよう裾が下げられ、大きすぎるワンピースはサイズが詰められた。

盗みが横行していたので、女性たちは古い靴下や帽子をオルグし、〝ピンクっぽい〟袋または〝物乞いの包み〟と呼ばれる布の袋をこしらえた。この禁制の携帯ポケットは服の下でウエストに巻きつけることができ、配給のパンを取っておいたり、〝物持ち〟の囚人が歯の抜けた櫛を隠したりするのにちょうどいい大きさだった。
下着のオルグは、その後数カ月間にそうした衣類を必要とする体力がある女性にとって、優先事項となった。ブラなしで重労働に携わるのは、布地の粗い服のときはとくに、おそろしく不快なのだ。彼女たちはシャツの端切れ、ぼろ布、毛布の撚り糸でブラをこしらえた。金属製の縫い針が手に入らない場合は、代わりに硬いわらを使った。[37]
単に、ささやかな快適さと実用性が得られるだけではなかった。清潔でちゃんとした身なりの囚人は、継ぎはぎだらけのぼろ布をまとった不潔な囚人よりも、明らかに有利だった。身なりを見れば、オルグで発揮された独創力、おぞましい環境でも洗濯する意志の力、尊厳の回復ぶりがわかるからだ。親衛隊員ですら、見るからに自尊心にあふれた囚人については、扱いがやや丁寧だった。

衣服は人間らしさのしるしだ――ツヴェタン・トドロフ[38]

記憶すべきフーニアの名言のひとつは、〝クライダー・マッヒェン・ロイテ、ハーデン・マッヒェン・ロイゼ〟すなわち「衣服は人を作る、ぼろ切れはシラミを作る」だ。陳腐な言いかたをすれば〝馬子にも衣装〟になる。フーニアは苦い経験から、衣服と尊厳がいかに結びついているか、衣服がいかに地位を――あるいは、その欠如を――示すかを痛いほど知っていた。〝ぼろ切れはシラミを作る〟という表現は、シラミが不潔な環境で湧くことと、ぼろ切れをまとった人がシラミ扱いされることの、ふたつの意味を持つ。

強制収容所はファッションと階級のゆがんだ縮図だった。特権を持つカポはまともな履き物、上等な制服、さらにエプロンやストッキング、スカーフ、下着といった贅沢な付属品を手に入れられるが、下っ端はふつう粗悪な服を身につけていた。ヒエラルキーの最下層は裸の状態で、屈辱や暴行の標的にされやすく、最終的に死ぬこととなった。

ヒエラルキーのいちばん上――いわば収容所のオートクチュール――は看守で、彼らにとって、強制労働で縫われた親衛隊の制服は自分たちが上等な人間であることを示す証だった。アウシュヴィッツにやってきた女性看守のなかには、ドイツ未成年運動の女子支部であるブント・ドイチェル・メートヒェン（ＢＤＭ、ドイツ女子同盟）で過ごすうちに、制服をずっと身につけるようになった者もいた。

親衛隊の制服は入隊者にとって強烈な誘因となっていたが、男性中心のナチスの世界では女性看守は単なる補助者で、男性とちがって立派な階級章もモールもなかった。それでも、制服姿で闊歩すれば権威がもたらされた。男女関係なく、看守は私服と一緒に良心を捨てることができた。制服姿の彼らは、ただ「命令に従って」いたのだ。

憔悴して飢えた囚人たちは、当然ながら、おそろしいまでに威厳をまとった超人的で健康な親衛隊員にあこがれた。そのせいでますます、看守は優越感を募らせ、囚人を〝劣等人間〟にふさわしいと自分たちが思うとおりに扱った。囚人がまっとうな人間に見えなければ、そして害虫、クズ、ブタという侮辱にふさわしい姿であれば、虐待がはるかに簡単になった。重要なのは、看守が囚人と同一視されないことだ。看守と囚人の隔たりが大きければ大きいほど、残酷な行為も、大量殺戮でさえも正当化しやすかった。結局は寄生虫を駆除しているにすぎない、というわけだ。

看守も囚人も裸になればみんな外見は同じではあるが、その事実を指摘するのは的はずれだ。なにしろ、衣服がちがいを作っていたのだから。このちがいには芝居めいた力があった。加害者は、はっきりした黒色と緑色をまとって大股で歩く。その〝観客〟たちの輪郭は、やせてくすんだ色だ。長い点呼のあいだ、囚人たちは寒さに震えているのに、親衛隊女子には分厚い外套とフードつきの黒い防水マントがあった。囚人たちが霜焼けの痛みに耐えているとき、親衛隊女子には革のブーツ、ウールのストッキング、手袋があった。囚人たちが泥、大便、血、シラミに打ちのめされているとき、親衛隊女子は体を洗い、服を洗濯し、身なりを整え、めかしこんでいた。

見た目がすべてだった。

役職階級の囚人のひけらかし――たとえば、特権階級のカポが流行の刺繡入り手製エプロンをつけるといった行為――は、ある程度まで大目に見られたが、〝自然の〟秩序をあまりにもゆがめると、看守たちは不快感を示した。囚人に与える罰のひとつは、衣服の徴発だ。アウシュヴィッツ施設群の軍需工場で労働者が制服にかわいらしいピンクや青の襟を縫いつけだすと、親衛隊女子のひとりがそれを乱暴に引きちぎった。労働者たちは代わりの襟をこしらえ、革命家にして詩人のハンガリー人にちなんで、ペテーフィと名づけた。[39]

アウシュヴィッツが稼働してまだ日が浅く、ユダヤ人第一陣が到着したばかりのころ、ひとりの看守がブラーハ・ベルコヴィッチの見た目に戸惑い、「おまえは、ちっともユダヤ人らしくない。自分はアーリア人だと言ったらどうだ」と勧めた。そうすれば、ましな扱いを受けるかもしれない。なぜなら、ユダヤ人は収容所ヒエラルキーの最下層に位置していたからだ。ブラーハは拒んだ。これからどんなことが起きるにせよ、妹のカトカのそばにいて、イレーネ、レネーら友人たちと一緒に立ち向かうつもりだった。

ブラーハのアウシュヴィッツ最初の縫い仕事は、与えられたひどいロシア軍服を繕ったり仕立てなおしたりすることではなかった。ほかの新参者と同じく、彼女は四つの数字が書かれた布きれを二枚渡された。一枚は上衣の左胸に貼りつけること、もう一枚は身分証明書として、あるいは食糧の配給を受けとるときに、すぐ提示できるようにしておくことが求められた。

目に見えるアイデンティティーを剝ぎ取ったあと、ナチスはそれを数字に置き換えたのだ。

イレーネはすぐに、ラーフェンスブリュックからの移送者たちが、数字の下にヴィンケルと呼ばれる三角形をつけていることに気づいた。やがて、赤い三角形は政治犯を、緑は犯罪者を、黒は〝反社会的な人々〟――たいていは性労働者――を表すことを学んだ。三角形の上の文字は国籍を示す。たとえば、Ｐはポーランド人だ。いまやイレーネも二七八六という番号を与えられ、妹のエーディトがその次の二七八七になった。この集団には、二〇四三を与えられたお針子のマルタ・フフスと二六二二のオルガ・コヴァーチもいた。

ブラーハと妹のカトカは、スロヴァキアからの四本めの移送列車で到着し、四二四五と四二四六になった。マルタのいとこのヘルタ・フフスは五本めの移送列車で、四七八七を受け取った。フランス人女性のアリダ・ド・ラ・サールとマリルー・コロンバンはそれぞれ三一六五九と三一八五三だったが、数字の大きさから一九四三年一月までに収容所の人口が爆発的に増えたことがわかる。フーニア・フォルクマンが同年の七月に到着したころには、アウシュヴィッツ施設群は膨大な人数をのみこんでいた。フーニアは囚人番号四六三五一になった。最終的に、一九四四年五月に番号がまた一からつけなおされ、人間貨物の出入りの規模がいかに大きいかを隠すために〝A〟または〝B〟が番号の前に付された。到着時に死に選別された移送者たちは番号を受け取らず、脱衣所に向かって秩序正しく列を作るよう指示されただけだった。

ユダヤ人移送列車第一陣に乗っていた女性たちは、入所手続きの三カ月後、一九四二年六月に、皮膚にじかに番号をつけられた。あまりにも死者数が多いせいで看守が囚人の身元を把握できなくなったからだ。皮膚に入れ墨しておけば、死体になっても簡単に登録できる。

六月まで生き残っていた女性たちは、二名のスロヴァキア人少年の前に並んで、左腕に入れ墨を施された。二二八二番――かつてヘレン・シュテルンと呼ばれた女性――は、入れ墨担当のラレ・ソコロフという若者に、できるだけ時間をかけてインクを刺してくれと頼んだ。男性収容所にいる親族について何か知らないか尋ねたかったのだ。結果、彼女の番号はおおかたよりも見た目が大きくなった。[40]ブラーハもサイズが大きめの番号を皮膚に染めつけられたが、彼女の場合は、入れ墨を施す少年が女性バラックにいる親族について尋ねようとしたからだ。

番号はすべて、親衛隊スタッフと囚人が収容所のカードファイリングシステムに登録した。ラーフェンスブリュックから第一陣で移送された囚人でコミュニストのアンナ・ビンダーは、事務班に配属された。彼女は各囚人のデータシートを一枚一枚埋めていき、氏名、生年月日、職業等々を記載した。登録した無数のあらたな到着者のなかに、マルタ・フフスもいた。これがふたりの最初の接触で、重要なことに、最後ではなかった。

一九四二年晩冬の雪が降る日に、数千人のうら若い健康な女性が、年齢も性別もほぼ不詳で見分けがつかない震える生き物に変わりはてた。五列縦隊を作り、服を剝ぎ取られ、暴力をふるわれ、毛を剃られ、番号をつけられ、古着の軍服を押しつけられた。

彼女たちはもはや学生でも、主婦、お針子、秘書、恋人、商店員、娘、帽子の売り子、歌手、体操選手、教師、看護師などなど……でもなかった。彼女たちはただのツーガンギ――入所者――で、軽蔑され、番号がふられた、名前のない物体だった。

「さあ」と、イレーネ・ライヒェンベルクは、妹のエーディトやブラチスラヴァの友人たちと列をなしながら言った。「わたしたちの仕事が始まるわよ」[41]

最初の年を生き延びてようやく、彼女たちの仕事は悪夢ではなく救済になった。

第六章　生き延びたい

隣の友人の手がこの世で唯一頼れるものでありながら、たとえその友人が死に選別されても自分は生き延びたいと願う、そんな心の葛藤をだれもが知っていたし、自覚していた――フーニア・フォルクマン[1]

ブラーハは楽天家だった。

数カ月にわたって心を痛めつけられてもなお、ほかの子たち――イレーネ、カトカ、レネー――にがんばろう、耐え忍ぼうと言っていた。「見てなさい。戦争が終わったら、みんなで集まって、コーヒーとお菓子を楽しむんだから」

イレーネは、ばかげた考えだと笑った。「この場所から抜け出すただひとつの方法は、煙突を通ることよ」と、苦々しげに答えた。

基幹収容所で、彼女たちのバラックのすぐ先にある焼却棟から煙が立ちのぼるのを、みんなが見ていた。その煙がときおり、収容所の厨房の前にある点呼広場の上にまでたなびいた。どんな天候であっても、彼女たちは広場に何時間も列をなして立ち、数が合うまで数えられた。煙はときに、所長の妻ヘートヴィヒ・ヘスの庭に羽のような灰を落とし、葉や芝生やバラのつぼみに着地させた。

コーヒーとお菓子は、消え失せた世界の夢だった。ブラチスラヴァにいたころは、アール・ヌーヴォー建築の〈ツァールトン〉コーヒーバーがどこよりもお洒落な集いの場で、優雅な常連客がいて、暗紅色の調度と金めっきされた家具が据えてあった。現状からこれほど遠い存在はないだろう。アウシュヴィッツの囚人には、朝の〝コーヒー〟はただの黒いお湯で、チコリの根かドングリか、なんだかよくわからないものが煎じられていた。昼食は〝スープ〟と呼ばれるカブのお湯だった。これが、三〇分間の休憩中に大きな深鍋から提供された。もし器を持っていなかったら、配給はもらえない。いとも単純明快だ。

収容所に来て最初の数日間、イレーネはそれらを食べるのを拒んだ。「臭いんだもの！」と吐き捨てるように言った。誕生日に卵を丸ごとひとつもらえるのが特別なごちそうという貧しい家で育ってはいたが、愛情たっぷりのおいしい食事に慣れていたので、ブタの餌同然の水っぽい残飯は論外だった。一日分のパンが、永遠とも思える点呼のあとで配給されたが、わずか二〇〇グラムの量だった。膨らんでいないぱさぱさしたパンで、消化によくなかった。これに質の悪いジャムかマーガリンが添えられて一日の献立が完成し、たまにソーセージがついてきた。

ソーセージは馬肉から作られたもので、断じて清浄《コーシャ》であるはずがないと聞かされた。ストレスと嫌悪で、イレーネはすっかり食欲を失った。だが、やがて飢えが勝った。というより、全員が飢えに取り憑かれた。ラビの娘のレネーは、夕食時に灯りのないバラックの暗がりでパンの配給を少しでも多くかすめ取ろうと女性たちが争うさまを見て、ぞっとした。強い女性が弱い女性を餌食にし、食べ物を何も残さなかった。レネーはこの野蛮な争いを容認できず、参加せずにいたが、その背景にある原始的な衝動は痛いほどわかった。

何週間か経つうちに、女性たちは若々しさを、体の丸みを、健康を失った。おまけにドゥルヒファル、つまり慢性的な下痢が、体を衰弱させたうえに屈辱をもたらした。

かたやアウシュヴィッツに着任した親衛隊医師のヨハン・ポール・クレーマーは、鉄道駅近くにある武装親衛隊のクラブハウスで味わった最初の食事を日記で称えていた。トマトを詰めたカモのレバーとサラダだ。「水は汚染されているので、無料で提供される炭酸水を飲んだ」と記している。囚人たちには、二日後、自身の一過性の下痢に、クレーマーは病人用の薄がゆとミントティーを処方した。囚人たちには、そうした治療は施されなかった。[2]

ヘートヴィヒ・ヘスは庭で育てた自家栽培の野菜と、良質の肉を家族に食べさせた。また、召使いの囚人に、収容所の倉庫から食糧をこっそり持ち出して邸の食糧貯蔵庫に入れるよう要求した。

ある日、ブラーハは収容所の大きな通りを歩く痩せ衰えた少女とすれちがった。友人のハンナ、ブラチスラヴァでのかつての級友だ。ハンナの家庭は裕福で、とても洗練されていた。戦前、ハンナの母親は、肉づきのよいわが娘がファッション界でもてはやされるほっそりした体つきになるよう願い、「あと一〇キロほど痩せたら、かわいいのに」としじゅう嘆いていた。[3]こんな骨と皮ばかりのわが娘を見たら、母親はぞっとしただろう。

食べ物をめぐる野蛮な争いを目撃し、自分も餓死寸前の苦しみにさいなまれたラビの娘、レネーは「いまはもう、飢えのせいで罪を犯した人を責められません」と、のちに書いている。[4]

友だちと一緒に自由の身になってカフェでコーヒーとお菓子を楽しむとき、食べ物が争いのもとではなく味わうものになるときを、ブラーハは心に描いたが、それは世間知らずだからか、不屈の精神を持っているからか――いや、その両方か。

母親がコーシャの鶏肉でシチューをこしらえていたり、シュトゥルーデルに干しぶどうをまぶしていたり、といったブラーハの思い出は、とどのつまり、ただの思い出だ。彼女はそうした料理を味わうことができないし、それらをこしらえた女性を抱擁することもできない。収容所生活の苛酷な最初の数カ月は、希望を抱ける要素などひとつもなかった。アウシュヴィッツへの入所手続きが、ユダヤ人女性たちから衣服も尊厳もアイデンティティーも夢想も剝ぎ取っていた。

それでもなお、ブラーハは「いつ家に帰れるのか」と思いをめぐらせた。ナチスの非情な搾取と絶滅の政策にあらがって、必ず生き延びてやると決意していた。さらには、妹のカトカと親友のイレーネを守ろうと心に決めてもいた。イレーネはイレーネで、妹のエーディトをつきっきりで守っていた。

こうした支援の輪は生き延びるために必要不可欠で、自分のことしか気にかけない頑迷な少数派もいるにはいたが、女性囚人の多くがこの人間らしい要素を経験していた。友人や親族どうしが寝棚と毛布をともにした。午前三時の起床らっぱで一緒に手洗い場へ駆けこんだ。何時間も続く点呼では肩を寄せあって立ち、気絶する者がいれば支え、殴打される者には小声で励ましのことばをかけた。夜明けに隊列を組んで行進し、〝働けば自由になる《アルバイト・マハト・フライ》〟の門をくぐった。一日の重労働のあとで互いに捜しあい、わずかなパンの耳やマーガリンのかけらを分かちあった。

一九四二年七月一七日、彼女たちは収容所の道路沿いに並んで、視察に訪れた要人、ハインリヒ・ヒムラーを待っていた。ヒムラーは資産を検分するために訪問し、ヘスとともに黒いメルセデスのオープンカーで収容所の門を通り抜けた。多数のカメラが据えられて、収容所内を見回って談笑するふたりを記録に収め、収容所のオーケストラがヴェルディのオペラ『アイーダ』より「凱旋行進曲」を演奏した。囚人たちは清潔な服と木靴で身なりを整えるよう命じられていた。親衛隊を実物以上に見せる写真を撮ろうとカメラマンたちが待ち構え、将校の黒い制服に勲章、モール、記章が燦然と輝いていた。

親衛隊が主役で、囚人と鉄条網は背景だ。

くすんだロシア軍服を着て気をつけの姿勢で立つ囚人たちに、彼らははたして目を留めただろうか。たとえ留めたとしても、個々の人間として識別してはいなかったはずだ。囚人たちはただの労働者、平凡で取るに足らない存在だった。

囚人のひとりが、女性の列から前に押し出された。ブラーハの友人でお針子の、マルガレート（マルギット）・ビルンバウム、通称マンツィだ。飢え死にしそうな配給量にもかかわらず、体の骨にまだ肉がついていたので、マンツィは頑健な労働者の見本としてヒムラーの前に裸で立たされた。結局のところ、第一に意図されたアウシュヴィッツの機能は工業複合施設なのだ。複数の衛星収容所を要するこの巨大な利益地域《インテレセンゲビート》はもともと、親衛隊に多大な利益をもたらしてハインリヒ・ヒムラーの権力志向の野望をかなえるよう計画されていた。[5] イレーネ、ブラーハ、カトカ、マンツィらユダヤ人囚人の奴隷労働は、アウシュヴィッツ産業に不可欠な要素であり、製品と利益を生んでいた。

こうした経済面からの要請と、ユダヤ人のいないヨーロッパというナチスの最重要目標を、ヒムラーはどうやってすりあわせていたのか。相容れないこの問題に対して、彼はアウシュヴィッツへのユダヤ人移送を精力的に増やし、彼らが死ぬか働けなくなって殺されるかするときまで可能なかぎり長く非人道的な環境で働かせる、という解決策をとった。収容所所長のルドルフ・ヘスには、働けないユダヤ人を抹殺し、ほかのユダヤ人のための空間を作れ、と命じた。[6] お針子のマンツィ・ビルンバウムの裸体を目にしてヒムラーが何を考えたかは、記録に残されていない。この要人視察のあと、彼はルドルフ・ヘスほかナチス高官との食事会に出かけている。

視察があったのと同じ月に、ヘスはディーター・ヴィスリツェニー――アイヒマンのスロヴァキア特使――と会い、ヘスの言う〝高度な熟練労働者〟として選別されたユダヤ人について話しあった。[7] 適切な方針で囚人の職歴と労働能力にもとづく適切な配置をしている、とヘスは述べた。そして「重要かつ希少な職能」、たとえばダイヤモンド加工職人、レンズ研磨職人、工具製作職人、時計職人などを挙げ、「どんな時代でも保護される歴史的財産のようなもの」と評した。[8] ほかには、建設労働者、れんが職人、電気技師、大工、錠前師が貴重な専門職とされた。

これらの職業はどれも、従来、男性のものとみなされていた。女性の移送者には何が残るのだろう。性別が彼女たちに不利に働いた。砂利やれんがやセメントの世界で、母親や帽子店の店員がなんの役に立つ？　針仕事、タイプ、乳搾り、パン生地こね、包帯巻きになじんだ手はいまや、ふつうなら男性の仕事とみなされるつらい肉体労働に取り組んでいた。

わたしはつるはしを受け取った。使いかたを知らなかったし、持ちあげるのにも苦労した。銃床の一撃で、どうやればいいのか学んだ——クローデット・ブロック博士[2]

ブラーハの楽天的思考が報われるためには、女性たちはこのうえなく苛酷な状況下で働いて、親衛隊の壮大かつ無謀な工業および農業計画を満たすという、肉体的、精神的な難題を耐えぬかなくてはならない。ヒトラーが仰々しい美辞麗句で約束した〝千年帝国〟の基礎は、奴隷によって敷かれた。ヒムラーの視察を記念して撮られた写真の背景に、その何人かが見てとれる。不恰好な服を着た、名もなきモノクロの人物たち。内面は女性だが、監視者たちにとっては目的を達する手段でしかない。

午前七時、点呼が完了すると、女性たちは待機して、自分がどの作業班《コマンド》に割り振られるかを聞いた。お針子たちは縫うのではなく、よどんだ池をさらい、排水路を掘り、川岸を補強し、湿地を干拓した。アルタマーネンにいたころ、ヒムラーとヘスは入植と農業開発によって〝純血の〟ドイツ人が東部に深く根をおろす野望を語りあった。いま、彼らの田園生活の夢が実現しようとしているが、アルタマーネンのイデオロギーが描く強健なアーリア人ではなく、〝劣等人種〟のユダヤ人がその重労働を担っていた。

なかば裸で、女性たちは汚染されたぬかるみを裸足で進み、排水路の植物を根から引き抜いた。この草抜きコマンドでは、半数がマラリアで亡くなった。疲労で水中に沈み、救助がまにあわないことも多かった。湿地コマンドの責任者のマルティン親衛隊伍長は、作業でいかに多くの人間が死んだかを自慢げに語った。「パンティしか穿かずに」と、彼はその光景を思い出してにやにや笑った。[10]

看守はただ黙って監視するわけではなかった。トランシルヴァニア出身のユダヤ人のお針子は、ある親衛隊女子が囚人を水たまりで溺れさせるのを目撃した。

カポも暴力行為に荷担した。ブラーハの妹カトカは、ごく体調がよいときでも強健とは言えず、仕事中に傷を負った脚がたちまち化膿した。当然ながら作業ペースが落ち、背中をひどく殴られた。ブラーハはこうした苦難を目撃したし、自分も体験した。それでも確信は揺らがなかった。「わたしは、死なない」と。

湿地コマンドと同じくらい危険だったのは、解体コマンドだ。正当なポーランド人所有者がアウシュヴィッツ利益地域を出るよう命じられてすみやかに明け渡した建物を、女性たちが素手で取り壊した。親衛隊女子のルンゲがこの解体コマンドの責任者だった。彼女は愛犬を訓練してコマンドを襲わせた。たいていは、脅すだけで作業スピードに拍車がかかった。だめな場合は犬が解き放たれ、苦痛や、ときには死さえももたらされた。

ポーランド人の家屋はつるはしで解体された。イレーネはその作業で足がふらついた。モルタルがすべて剝ぎ取られると、馬用の荷車にれんがが積まれたが、馬はいなかった。イレーネら二〇人の女性がその荷車につながれて、建設現場までよろよろと運んだ。れんがなどの廃材は、収容所内のほかの建物を造るために使われることになっていた。利益地域の各ゾーンを結ぶ道路の建設にも、イレーネは駆り出された。すべて、焼けつくような夏の太陽のもとでの作業だった。囚人たちは広大な砂の穴でもがきながら、砂をシャベルで掘ってはトラックに載せ、そのトラックを手で押して採砂場の外へ出した。

生存のための戦いで消耗しすぎて、女性たちは服従拒否や抵抗行動《レジスタンス》を考える余裕がなかった。とはいえ、ときには意趣返し的なサボタージュがあった。たとえば、ポーランド出身の若い女性は、親衛隊員に排泄用バケツの中身を浴びせられて、すぐに崩れる溝をわざと掘った。[11]

毎日、収容所へ戻る女性の隊列は行きよりも人数が減っていた。その死は事務班によって〝アオフ・デア・フルフト・エアショッセン〟――逃亡を図ったさいに射殺――と記録されたが、これは明らかな虚構だ。親衛隊看守はわざと囚人を塀のほうへ追いたてて、たとえば衣服の一部を放り投げて取ってこいと言い、それに従ったら射殺する、ということをよくやっていた。[12]レネー・ウンガーは、ナチスはどう見ても彼女たちの実際の仕事に興味がなく、重要なのは最終的に労働者を抹殺することだった、と述べている。[13]

女性たちが行進する道路はいくつかの村を結んでおり、その村々は平らにならされて、畑、養魚場、温室、家畜や家禽の飼育場が作られた。ルドルフとヘートヴィヒ・ヘスが出会って間もない求愛時代と新婚時代に夢見た農業生活の楽園が、いまや実現していた。

ある道路は、ポーランド語でブジェジンカ、ドイツ語でビルケナウと呼ばれる村の土地に通じていた。女性たちはじきにその土地をよく知ることとなる。一九四二年八月一〇日から、彼女たちはアウシュヴィッツ基幹収容所の第一ないし第一〇ブロックから、その五日前に囚人に開放されたばかりのビルケナウの新しい施設群、B‐Ⅰa区画に移送された。女性たちが出たあと、基幹収容所のブロックはツィクロンBで消毒された。およそ四〇分の道のりを自分の足で歩いた女性たちは、あらたな地獄に来たことを知った。

ビルケナウのバラックはみすぼらしく粗雑な造りで、壁はれんが一枚分の厚みしかなく、窓は密閉されていた。とうの昔に死んだロシア人囚人によって建てられ、人里離れた場所にあった。イレーネは第九バラックに入って、れんがとセメントで造られた三段の寝棚を見つめた。コージェと呼ばれる寝床の板は、それぞれ六人用だった。二メートル四方にも満たない空間に、はたして六人の女性が寝られるのか。尋ねてもむだだ。ほかにどうしようもない。一年近くのちに、フーニア・フォルクマンが同じブロックのバラックに入れられた。そのころには、コージェは最大一五人の女性を収容することになっていた。一〇〇人用として建てられたプレハブの建物は、いまや一〇〇〇人の女性を収容していた。

ビルケナウはシラカバを意味する。銀色の樹皮を持つこの美しい木の林が、周辺地域のあちこちにあった。その木陰に、小屋がふたつ放棄されていた。ひとつは平和な外観の赤い農家で、第一ブンカと改称された。もうひとつは白い小屋で、第二ブンカと呼ばれた。その年の七月に、近くの畑で干し草をかき集めていたスロヴァキア人女性が、小屋のひとつをのぞいてみた。壁と天井にパイプがめぐらされた大部屋があり、パイプの先端にはシャワーヘッドのようなものがついていた。同じ日に、彼女はそれがガス室であることを知った。近くに、人間の死体を埋める穴が掘られていた[14]。

用途転換された建物ふたつの最初の犠牲者は、〝働くのに不向き〟とみなされたユダヤ人だった。そのなかに、基幹収容所からトラックで移送された若い女性全員が含まれていた。彼女たちは死の車に乗せられていたわけだ。一九四二年の夏には、最初から絶滅目的でユダヤ人がアウシュヴィッツに運ばれてきた。彼らはこの地域で農業生活を始めると聞かされていた。

お針子を含む囚人たちは、ビルケナウ第二強制収容所の拡張作業をさせられた。ヒムラーが二万人の囚人を収容すべしと命じたのだ。囚人と親衛隊員の身分のちがいが、そのまま収容所の構造に組みこまれた。専門知識のある者たちは、下水設備や洗い場ではなくガス室の設計と装置の備えつけに割り振られた。ブラーハの妹のカトカは体が弱く怪我をしていたが、あらたな専用焼却棟の建設作業を素手でさせられた。一日の労働のあとは水たまりで体を洗うか、蛇口の前を取りあって押しあうはめになった。囚人には一万二〇〇〇人につきひとつしか蛇口がないのに、焼却棟にはじゅうぶんな供給ができるよう最新の送水ポンプが据えつけられた[15]。

囚人たちはやがて、ウィーンとクラクフを結ぶ鉄道の本線とビルケナウの施設群をつなぐ引き込み線を建設した。二本の軌道にまくら木とバラスを敷いて、一本の列車から荷おろしされる間《かん》にもう一本が到着できるようにした。[16]

アウシュヴィッツでは、あらゆる道が死に通じているように思えた。たとえ病や飢えに殺されなくても、苛酷な労働環境に殺された。外に出る唯一の道は〝煙突を通ることだ〟とイレーネが信じたのも、もっともではないか。

女性たちと並んで仕事の割りふりを待つあいだ、カトカの心は重かった――つねに最悪の仕事を与えられるように思えたからだ。ブラーハはずっとこのままではいけないと考えた。問題は、いつ、どうやれば、もっといい仕事にありつけるのか。さらに言うなら、仕立ての技能を使うことができるのか。やや楽な労働コマンドの噂があり、しかも、そのコマンドの労働者は一九四二年八月二二日からもっとましな場所に収容されると言われていた。シュタープスゲボイデと呼ばれる、親衛隊の管理棟だ。ここに、収容所の登録部で働く女性囚人のほか、親衛隊員の家の召使いに選ばれた女性たち、そしてオーベレ・ネーシュトゥーベ――〝高級服仕立て作業場〟――の精鋭コマンドが住んでいた。

ビルケナウの表門のきれいなれんが造りのアーチ近くに、木造の建物があった――第三ブロックだ。ここは縫製工場だが、高級服仕立て作業場のような、選りすぐりの場所ではなかった。一九四三年、フランス人コミュニストで仕立て職人のマリルー・コロンバンは、アウシュヴィッツ第二強制収容所の縫製コマンドとともに、ここで護送役につきそわれて一カ月間の現場作業を行なった。ビルケナウの拡張区域の護送役は、ベルギー出身でマラ・ジメトバウムという名前の快活な囚人だった。マラはロイフェリン、つまり伝令役として働いていた。不規則に広がった収容所の施設を親衛隊員の用事であちこち動きまわるうちに、彼女は一定の信頼を得た。お針子たちはやがて、全員がこの活力あふれるマラと知りあいになった[17]。

縫製工場で、マリルーはドイツ人の制服を縫った。建物は風通しが悪く、布地の繊維と綿毛で空気がよどんでいた。三〇人ほどの女性が昼夜二交替で働いていた。ドイツの軍服一式を縫い、親衛隊員の靴下をかがり、囚人服に目印の十字を刺繡し、囚人用の下着類をこしらえた。下着の一部はリサイクルされた。あるユダヤ人の少女は、黒い縞がある良質の布でできたパンティを支給された。ユダヤ人にはめったに支給されない下着を手にしたのに、彼女はひどく気分が悪くなった。ユダヤ人の祈りのショール、タリートでできていたからだ。これもまた、ナチスが侮辱のために衣服を用いた事例のひとつだった[18]。

そうした縫製室のひとつのカポは、ボジュカと呼ばれるスロヴァキア人のお針子で、その技能のおかげでガス室を免れた。コマンドの女性をできるかぎり支援し、彼女たちがやむにやまれず自分の衣服を繕っても見て見ぬふりをした[19]。ビルケナウの仕立て作業場の責任者は、親衛隊員のフリードリヒ・ミュンケルだった。彼はけっして囚人を殴らず、ときにはたばこを手渡すこともあった[20]。ある夜勤労働者によると、このコマンドを監視する親衛隊女子たちは残酷というよりも愚かだったという[21]。何よりもありがたいのは、この縫製コマンドが屋内作業で――灼熱の太陽も凍てつく雪もなく――座って作業できたことだ。ときには、歌を歌うのも許可された。

とはいえ、縫製コマンドはやはり、死出の旅のほんのひと休みにすぎなかった。一二時間の交替労働にひどく疲弊させられ、とくに薄暗いなかで目を細めて細かい仕事をするのは苦行だった。飢え死に寸前の女性がミシンの上にどさりと倒れた。発疹チフスにやられて歌声が途切れた。一日のノルマが達成できないと、残酷な親衛隊の職長が逆上して縫い手を殴ることもあった。夜勤中、作業部屋は焼却棟の煙突から立ちのぼる炎に照らされた。トラックがガタゴと通りすぎて死体を焼却炉に運んだ。生きた人間の列が入り口のアーチの下を行進し、ガス室へ向かった。

わたしたち親衛隊女子の何人かは、収容所の作業場で作られた短い鞭を所有し、わたしはそれで囚人を何度か打ちました――イルマ・グレーゼ[22]

「わたしたちみんな、最後にはガス室送りになるのよ」と、フーニアの仲間のひとりが、煙突からここを出ていくというイレーネの悲観をこだまするかのように言った。

楽天的なフーニアは、アウシュヴィッツを出たあと何をしようかと話していた。悲観的な女性たちはそんな夢想につきあう気になれなかった。「じゃあ、賭けをしましょう」とフーニアは言った。「わたしたちが結果的にガス室へ行く列に並んだら、わたしを叩いてちょうだい、だけど生きてここを出られたら、あなたを叩かせてね[23]」

こうした挑発的態度のせいで、フーニアはは からずも困ったはめに陥ることが多く、たとえば疲れすぎて看守の前でポケットから手を出すのを怠って顔を殴られた。幸いにも、そういう面をすばらしいと思う人たちもいて、味方になってくれた。おかげで彼女は屋内のコマンドに配置された。婦人服の仕立てではないが、少なくとも繊維関係の技能を活かす作業だった。ヴェーベライと呼ばれる、紡績班だ。

勤務交替時にゴム製の警棒で頭を叩いて労働者を〝歓迎〟する親衛隊女子のヴェニガーに迎え入れられて、フーニアは整然とした作業部屋に自分の座る場所を見つけた。一〇〇人ほどの女性が布きれを約三センチ幅の紐状に裂いていた。はさみは貴重品で、じょうぶな布には歯を用いた。裂いた布の一部は太さ五センチ長さ一メートルほどの縄に編まれ、手榴弾を投げるさいに使われることになっていた。ぼろ切れや端切れは、戦車のマットや潜水艦の水漏れ防止布になった。

フーニアは鞭を編み、その指は、ビルケナウの女性オーケストラが強制されてあらたな到着者向けに奏でている遠くの調べに合わせて動いた。これらの鞭はリンネルかセロファンで作られ、収容所の看守が自由に使っていた。一九四四年には、三〇〇〇人の労働者が紡績コマンドにいた。働けなくなればすみやかにガス室へ送られ、代わりにビルケナウの囚人から労働者が補充された[24]。

囚人の実力者――ナチスのために労働者を割りふる任務を担う者たち――への賄賂とコネは、特権的な仕事のリストに載る手段のひとつだった。やり手のブラーハですら、まだ高級服仕立て作業場はおろか、縫製コマンドや紡績コマンドに選ばれる影響力もつても得られずにいた。

毎朝、選抜のときが来ると、女性たちはきょうの仕事はなんだろうと考えた。ある日、ブラーハは第一〇ブロックでの謎めいた任務に選ばれた。

屋内の仕事で、清潔だった。にこやかな白衣姿の看護師や医師がいた。女性たちが本物のベッドに横たわっていた。しかも、一台にひとりずつだ。個室を与えられている女性もいた。ちょっとした医学的な処置が施された。最初はたいしたものではなかった。ところが、罪悪感に駆られた人が、ブラーハを脇に連れ出して「ここにいれば快適だけど、子どもを産めなくなる」と言った。

第一〇ブロックは悪名高き医学実験ブロックで、身の毛のよだつ非科学的な方法で女性たちが不妊にさせられていた。幸いにも、ブラーハは二度とこの場所に呼ばれなかった。楽観的な彼女ですら、幸運か悪運かはともあれ、すべては運で決まるのかもしれないと考えた。自分にはどちらの運があるのだろう。はたして自分で決定できるのか。

そうこうするうちに、アウシュヴィッツに来て九カ月ほど経ち、彼女の運は好転した。カナダ・コマンドに選ばれたのだ。

「カナダって何？」と彼女は尋ねた。

積みおろし場《ランペ》には色とりどりの姿があった。毛皮のコートと絹のストッキングを身につけたおし

ゃれなフランス人女、無力な老人、子ども、髪をカールした者、老婆、働き盛りの男、流行のスーツ姿の者、作業服姿の者——親衛隊兵長、ペリー・ブロード

カナダって何?

カナダは宝物があふれる夢の国で、どんどん補充がなされていた。

ヨーロッパ最大の闇市場。

失われた希望の死体置き場《モルグ》。

収容所に伝わる話によると、略奪品集積所群の名称に〃カナダ〃が選ばれたのは、カナダという国が豊かな土地と思われていたからだ。

ブラーハはこのカナダで、コーヒーとお菓子の甘い夢に近いものを見つけた。オリーブとレモネードだ。

いまを遡る一九四二年四月初旬、アウシュヴィッツ収容所の側線で家畜貨車から慌てて飛びおりたとき、ブラーハはスーツケースをちゃんと管理してやると言われた。そのことばは、本質的には嘘ではなかった。移送者たちの荷物は、最初にそれを荷詰めして運んできた人たちよりも価値があり、親衛隊員はそこから利益を得るために大切に扱った。集積所群と労働者の膨大な集合体が、荷物の中身を仕分けて再分配するというたったひとつの目的のために編成されていた。ガス室の脱衣所に持ちこまれた身の回り品や、死ぬために裸になった人たちのまだ温かい衣服も、仕分けの対象だった。

毎日、毎晩、列車から出てくる当惑した人々の持ち運び可能な貴重品すべてが、カナダに収納された。

荷物の処理システムが入念に構築されていた。幹線駅からの電話で、あらたな移送列車の到着が収容所に知らされる。アオスロイムングス・コマンド——〃一掃コマンド〃——が、オートバイに乗っ

た親衛隊員にバラックから追いたてられて鉄道駅へ行進する。二〇ないし六〇両の貨車をつないだ列車が着くたびに、二時間から三時間の折り返し準備時間が設けられる。各貨車には、およそ一〇〇人が収容されている。到着後の処理過程は長いあいだに改良され、完璧になっていた――圧倒し、戸惑わせ、整列させ、選別するのだ。当初、ユダヤ人のアウシュヴィッツへの移送は女性だけだったが、やがて労働者になり、ほどなく家族全員、村人全員が追放されてきた。

さよならを言う間もなく、男女が分けられた。親衛隊の医師が、列車脇の列のひとりひとりを査定し、指をはじいて右、または左へ行けと示す。歩けない場合は？　だいじょうぶ。病人、身体障害者、高齢者は手を貸して木製の可動式昇降段をのぼらせ、トラックの荷台に乗せて、収容所内へ快適に運んでやる。残りは行進する。

移送列車の到着を記録した既知の写真コレクションはひとつだけで、一九四四年五月、ハンガリーのユダヤ人の絶滅が最高潮に達した時期のアルバムに収集されている。撮られた場面に演出はないが、検閲はされている。鎖につながれた犬の写真も、戸惑い顔の市民を殴打する親衛隊員や、家族を失って泣き叫ぶ子どもや、列車から引きずり出される死体の写真もない。

フラウエン・バイ・デア・アンクンフト――到着した女性たち――と題された一連の写真には、黄色い星をつけたカルパティア地方からのユダヤ人の姿がある。彼女たちの服装は、一掃コマンドの上下縞の制服とは対照的で、実社会の名残だ。プリント柄のスカート、ニットのショール、ボタンつきの靴……エプロン、セーラーカラー、カーディガン、注文仕立てのコート……ブーツ、ボンネット、皺のよった靴下……。

アルバムの写真は、個々の人間――たいていは名もなく無力な――が〝ヘフトリング〟すなわち囚人に変えられていく、なんとも痛ましいようすをとらえている。検閲をうかがわせる要素が、もうひとつ――アルバムには、脱衣所で怯えて取り乱す人々を示す写真も、ガス室のパニックや閉所恐怖を示すもないのだ。通常は、移送列車一本につきわずか一〇から二〇パーセントが労働力として命を救われた。そのうちの何人かが、やがてカナダ・コマンドに配属された。[25]

この選別過程のあいだに、一掃コマンドが貨車から荷物を放り出しては大きな山に積んでいく。荷物の処理には、人間の処理よりも時間がかけられる。その間《かん》、機関車の運転手はあたりをぶらつき、どこか修理すべき機械部品はないか探しながら、自分用に何かくすねる機会をうかがう。列車の乗員は、運んでいる貨物の最終目的地の本質をまちがいなく理解していたはずだ。武器を携行した親衛隊員が早くもそこかしこに立って、ウォッカの特別支給――移送列車一台につき五分の一リットル――にありつける瞬間をいまかいまかと待ち受けている。

かばん、箱、枠箱、トランク、スーツケース……車椅子、杖、乳母車……一掃コマンドがすべて荷車かトラックに積んで、貨車から悪臭をすっかり洗い落とし、本線に戻された列車は、ピストンを回して蒸気をもうもうと立ちのぼらせながら、あらたな犠牲者を集めにいく。

こうした動きがすべて終わると、片づけるべきゴミだけになる。はためく新聞紙、空の食糧缶、落としたおもちゃ。[26]雑多な残骸物――祈禱書、ぼろ切れ、家族写真――の焚き火ができる。

一掃コマンドは、最盛期には二〇〇ないし三〇〇人の囚人で構成されていた。そのなかに、若きスロヴァキア人のヴァルター・ローゼンバーグ、歴史上はルドルフ・ヴルバという帰化名で記憶されている人物がいた。ヴルバは筋力を提供し、基幹収容所近くの第一カナダへ略奪品を力任せに引っ張っていった。そこは建物と鉄条網に囲まれた大きな中庭で、四隅に監視塔があり、D・A・Wと呼ばれる親衛隊企業の一部だった。[27]ヴルバはそこを〝墓荒しの倉庫〟と呼んでいた。

箱やかばんや包みの中身は、空けられたあと毛布の上で大ざっぱに仕分けされ、それを男たちが近くの営舎へ引きずっていく。積みおろし場の作業員からカナダの荷物運搬人に昇格したとき、ヴルバはそこでスロヴァキア人少女が作業する光景に目を奪われた。彼女たちを眺めるのは「人生にわずかに差しこむ陽の光」だったと、彼は述べている。[28] カナダのこの区域の女性たちは、ロートケップヒェン――赤帽子――と呼ばれていた。赤いスカーフを頭につけていたからだ。

ブラーハはまずこのコマンドに加わって、ビルケナウのバラックから三キロほどの道のりを行進して行き帰りした。妹のカトカもじきに加わり、イレーネ、マルタ・フフス、ヘルタ・フフスほか多くのスロヴァキアのユダヤ人もあとに続いた。ブラーハと妹は勤務時間が異なり、おかげで朝バラックに戻ったとき昼勤に出かける前のカトカに会えた。コマンドは昼夜を通じて働く必要があった。移送列車がひっきりなしに到着して、荷物がどんどん積まれていくからだ。[29]

ロートケップヒェンはドイツ語で〝赤ずきんちゃん〟を意味する単語でもあるが、赤帽子の仕事には、どことなくおとぎ噺の香りがあった。カナダは、童話の本に出てくる人食い鬼の宝物庫を思わせたのだ。ささやかだが入手した囚人には魔法めいたごちそうの集積所。親衛隊軍曹のリヒャルト・ヴィーグレップは、三〇代なかばの大柄なブロンド男で、基幹収容所のカナダの責任者を務めていた。そして、生きた人食い鬼でもあった。だれであれ盗みを働いた囚人を、ためらいなく鞭で二五回打ちすえた。それでも、あらたな到着者たちの荷物の大半がフレッスバラック――基幹収容所の厨房近くに設けられた、親衛隊員が〝がつがつ食う兵舎〟――に送られる前に、食べ物のかけらをくすねて隠すことはできた。

ルドルフ・ヴルバはヴィーグレップのゴム製の警棒をたくみにかわしつつ、毛布にくるんだレモン、チョコレート、サーディーンを赤帽子たちのもとへひそかに持ちこんだ。イレーネも運よくヴルバと知りあいになって、パンやチョコレートを受け取ることができた。あるとき毛布の包みを開くと、ヴルバがオーデコロンの小瓶を隠してくれていた――うれしい贅沢品だ！　彼女は水で体を洗う代わりにそれを全身に塗りつけた。赤帽子たちはのちに、気前のよさへのお返しとして、彼がチフスにかかったとき――そのせいでガス室送りの危機に瀕したとき――に略奪品の山の上にかくまい、ふたたび仕事ができるくらい元気になるまで薬やレモネードを運んだ。

ブラーハには、カナダのヴィーグレップ親衛隊軍曹を恐れる理由があった。彼がカナダの中庭で男たちに懲罰的な運動を課し、倒れるまで腕立て伏せやスクワットをやらせて、ゆがんだ喜びを見出しているのを目撃したのだ。あるとき、ブラーハが戸外の便所から中庭を横切っていると、ヴィーグレップがとくに理由もなく鞭のゴム製の持ち手で頭を殴ってきた。彼女は目がくらみ、痛みと激しい怒りに襲われた。だが怒りをのみこんで、なけなしの自尊心を心の慰めにするほかなかった。一九四三年のはじめごろ、彼女がカナダのバラックで衣服を仕分けているとき、ポケットのひとつに何かがあるのが感じられ、取り出してみるとスモモだった。それを口に放り入れ、衝撃を覚えた――はじめて食べたオリーブの、驚きの味。ギリシャからの移送列車で収容所へ運ばれてきたものだった。

おとぎ噺につきもののロマンスがカナダにもあり、そこで働く囚人の体力と健康が改善されるにつれて顕著になった。二一歳のブラーハは、恋人を持つにはまだ自分は若すぎると考えた。ほかの女性たちは収容所のスラングで恋人を意味するコハニを選んだ。戯れの逢い引きもあれば、もっと真剣な関係もあった。ヴルバはといえば、ブルーノという名の男性カポと、カナダ・コマンドでスロヴァキア人女性のカポを務める美しいウィーン娘、ヘルミオネーとの仲を取りもちさえした。ブルーノはオーデコロン、石鹼、フランスの香水でヘルミオネーを口説いた。彼女は美しい衣服をくすね、高価なブラウスとスカートにつややかな黒いブーツを合わせて着飾った。

こうしたロマンスを、絶えずつきまとう性暴力の恐れが相殺した。ヴルバは女性囚人に敬意を払い、「どういうわけか、女性らしい温かさであの場所のつらさが少しばかり融解した」と述べている。ほかの男たち――略奪した酒や食べ物を飲み食いする看守やカポ――は、女性を性的な餌とみなして、人目のある洗い場で大っぴらにいたぶり、服の山や箱や羽ぶとんのなかで狩った。性暴力も、収容所生活の恐怖のひとつだった。

ナチスはそれらの衣服で山を作り、吠える犬を一頭、前に走らせながら、鞭を手に自転車で周囲をぐるぐる回った――マルセリーヌ・ロリダン＝イヴェンス[30]

ブラーハの仕事は、ルドルフ・ヴルバら運搬人が引きずってきた包みを仕分けることだった。イレーネも略奪品の山によじのぼって多種多様な衣服、たとえば婦人用下着、きれいな衣服、ぼろ着を次々に引っぱり出す作業をした。慎重にやれば、囚人たちは必要なだけ下着を手に入れて取り替えることができた。イレーネはこのおかげで自尊心が高められたのを心からありがたく思った。

たまに、ブラーハはたばこをこっそり持ち出して、物々交換に使えるようにと、友だちに分け与えた。カナダは異常な経済を生み出し、ダイヤモンドが水と交換され、絹のストッキングがキニーネの錠剤になった。

品物をほかの囚人のために持ち去る、つまり〝オルグ〟するのは、囚人のあいだでは盗みとみなされなかった。親衛隊は欠乏と蛮行をうながしたが、友人との分かちあいが思いやりの輪を広げた。ポケットやハンドバッグに見つけた日用品が、囚人たちの宝物になった。ハンカチ、石鹼、歯ブラシはとくに重宝された。薬は金《きん》よりも貴重だった。

ある日、古い懐中時計を見つけたブラーハは、誘惑にあらがえなかった。自分の時計があれば、時間の感覚を取りもどせて、起床や食事の時間を知らせる怒鳴り声に頼らずにすむ。

ところが、カナダ・コマンドの労働者はいつも仕事場を離れるときに身体検査されていた。ブラーハはあらたな取得品をドイツ人カポに発見され、罰として激しく殴られ、目のまわりにあざを作った。[31]彼女が屋外の仕事に戻されなかったのは、それどころか、死なずにすんだのは幸運だった。カナダの労働者であっても、賄賂でガス室送りのリストからはずされるとはかぎらないのだ。

このように危険をともなったので、品物を持ち出すには度胸と創意工夫を必要とした。女性たちは袖の内側やハンカチや〝ピンクっぽい〟袋のなかに品物をピンで留めた。食糧缶を股にくくりつけて親衛隊の検査役の前を行進することさえあった。抜き打ちで体内検査が実施され、体のなかに品物を隠した女性が捕まった。

とはいえ、検査をすり抜けるいちばんの方法は、単純に、くすねた衣服を身につけることだった。フーニア・フォルクマンはこの方法の恩恵を受けた。まともなブーツを盗られて以来、彼女は足を引きずりながら紡績班で働いた。〝拍子木〟と呼ばれている木靴の大きさが合わず、足が腫れ、傷ができ、膿んだ。あるカナダの労働者――カト・エンゲルという愛らしくておしゃべり好きな少女――が、同じケジュマロク出身という理由で助けてくれた。裸足でカナダに出かけ、フーニアのための靴を履いてバラックに戻ってきたのだ。まさに天使《エンゲル》だ、とフーニアは言った。この贈り物にはそれほど大きな価値があった。

いまや持ち主を失ったアウシュヴィッツの何十万足もの靴は、再生利用ができるものについては靴職人のもとへ送られて修理され、それから市販されて第三帝国の市民の手に渡った。これら市民たちには、住み慣れた町を歩き、友人を訪問し、ときにはカフェに出かけてコーヒーとお菓子を楽しむ自由がまだあった。戦時中にベルリンのサラマンダーの靴工場で奴隷労働をしていたある女性は、持ち主を失った靴を修繕していたが、タグや取扱説明書なしに送られてくる何トンもの履き物が「絶え間ない痛みの世界」を象徴しているのをなんとなく理解していた。[32]

ある日、カナダで婦人用カーディガンを手にしているとき、ブラーハは五つのボタンがひどく分厚いことに気づいた。好奇心が勝った。ボタンフロントの裏を見ると、それぞれ小さな宝石つきの時計が隠されていた。かつての所有者にとって、この場所は携帯可能な貴重品の隠し場だったのだ。今回、ブラーハはひとつでも時計を持ち去る勇気がなかった。

じつは、家の高さほどの服や靴の山からダイヤモンドや金や現金など隠された貴重品を探し出す専門部隊があった。肩パッドに詰めこまれたり、縫い目に忍びこませてあったり、コルセットに重ねれていたり、裾の折り返しに挿入されていたり。見つかった貴重品はどれもまず、シャッツキステ——親衛隊が管理する略奪品箱——に収められた。それがいっぱいになると、近くにある親衛隊管理棟、シュタープスゲボイデの保管室に運ばれた。ここで膨大な富が数えあげられ、そしてベルリンへ送られた。

親衛隊将校のブルーノ・メルマーが、全絶滅収容所の略奪品口座を管理していた。非現金資産は、ヴァルター・フンク総裁の完全な協力のもとライヒスバンクに引き渡されるか、ベルリンの公設質屋で売られた。[33]所長のヘスはアウシュヴィッツのこの商業的な暗部をよく承知していた。彼は戦後の裁判で、死体の歯から取り出した金が溶かされてベルリンに送られていたことを認めた。[34]

カナダ・コマンドの労働者たちは、隙あらば貴重品を土に埋め、ナチスが利益を得るのを阻止しようとした。紙幣も最高のトイレットペーパーになった。ときには、運と手際のよさのおかげで、カナダから貴重品を持ち出すことができた。親衛隊は気づいていなかったが、カナダのカポのひとりベルナルド・シフィエルチナはアウシュヴィッツ地下組織のメンバーで、カナダ・コマンドで特権を持つ数名のひとりでもあった。カナダの貴重品が、数件の逃亡計画と一九四四年秋に収容所で起きた驚くべき反乱の資金源になった。

親衛隊が欲しがったのは、いわゆる財宝だけではない。ドイツ市民に衣服の替えを与え、工場に軍備の余地を持たせ、銃後の士気を高めるために、繊維製品もたいそう貴重だった。ブラーハの妹のカトカは、仕分けした品物の山から衣服の束を作り、種類と質に応じて等級をつける仕事に就いた。担当は、コート——有能な父サロモンからコートの仕立て技術を受け継いでいたことを考えると、じつに適材適所だ。仕分けされた衣服はまずツィクロンBで消毒され、それから一〇枚ずつ梱包された。着用に耐えるものは、署名つきの目録とともに、毎日出発する貨物列車でドイツ本国に送られた。

多いときは、一日に二〇本の貨物列車がアウシュヴィッツを出発していたと、ヘスは述べている。だが、これらが盗んだ品だとは認めていない。それどころか、彼が受けた命令では、死んだ囚人のかつての所有物については強制収容所の管理部が正当な所有者だと明言されていた。[35] 場合によっては、衣服は古物処理部経由でほかの強制収容所に送られた。

カナダの責任者であるヴィーグレップが、束にした衣服の輸送計画を整えた。月曜日には最高品質の男物シャツ、火曜日には毛皮、翌日は子どもの下着、といった具合だ。[36] ユダヤ人の故郷の町で資産を盗んだ悪党どもと同じく、ナチスのハゲタカ連中はいまや、残された最後の所有物――背中から剝ぎ取ったばかりの衣服――で利益をむさぼっていた。

着用に適さないものは、クラモーテン――ぼろ着――に分類された。カナダの反抗的な労働者は、親衛隊の動向に注意しつつ、ひそかに衣服を引き裂いたり傷めたりして、少なくとも戦利品の一部をナチスから奪おうとした。[37] 何ひとつむだにはされなかった。ぼろ着であっても、細長く裂かれて紡績作業場に送られた。鞭を編むフーニアの指は、粗い布目で赤むけになった。ぼろ着はまた、メーメル（リトアニア名クライペダ）の繊維工場に送られ、パルプ状に溶かされて紙になった。あるいは、クラクフ郊外のプワシュフ強制収容所に送られ、そこのユダヤ人囚人によって敷物にされた。

プワシュフの敷物製造業者のひとりは、いま自分が床の覆いに変えている衣服をかつて着ていた人たちはみんな、どうなったのだろうと不思議に思った。[38] ドイツのグリューンベルクの強制労働工場で働く人々は、大きな紡績場で細かく裂かれて織りなおされた古着について、なんの幻想も抱いていなかった。彼らは毎日の古着便がアウシュヴィッツから来ていること、そして、自分たちが病や怪我でもはや働けなくなったときの最終目的地はそこになるだろうことを知っていた。[39]

履き主の足の跡がまだ生々しい靴であれ、特注のスーツや、名前と飾り模様が刺繡された新生児用品一式であれ、カナダで仕分けられた品物はどれも、大量殺戮の証だ。ブラーハ、イレーネ、カトカたちは、この事実をいやというほど痛感して生きざるをえなかった。一九四三年に、カナダの複合施設がビルケナウにあらたにできたとき、そこで働く人たちはガス室での処理過程の目撃証人となった。

当初、ビルケナウの新しいカナダ（第二カナダ）は、第三焼却棟と第四焼却棟のあいだの、B－Ⅱgと名づけられた区域にある巨大な倉庫ひとつだった。それが拡張されてバラック五棟になり、やがて総計三〇棟という信じがたい数に増えた。長さ五五メートルの各バラックが、大型トラック隊が通れる広さの道にずらりと並んでいた。この新しい略奪品マーケットの外には、緑鮮やかな芝生が植えられ、手入れの行き届いた花壇もあった。

短い夏の昼食時間に、若い女性囚人が白いブラウスとおしゃれなスラックスを着てここで日光浴した。一九四四年に、包みや箱を仕分けるようすを親衛隊のカメラマンがとらえたが、彼女たちは健康的に――もっと言うなら、ふつうの人に――見えた。「笑って」とカメラマンが命じ、彼女たちは従うほかなかった。すべてナチスのまやかしの一環で、あらたな到着者や赤十字の視察者をだまし、ここでは何も悪いことが起きていないと印象づけるためのものだった。[40]

これら健康な女性たちは、ヴァイスケップヒェン――白帽子――班で、ガス室の脱衣所からじかに運ばれてきた衣服や手荷物を処理していた。バラックの外の芝生から、ガス室送りにされた人々の列がはっきりと見えた。ブラーハはこのビルケナウのカナダに移されて数カ月働いた。ブラチスラヴァの正統派ユダヤ人小学校の級友がほぼ全員その列に並んでいるのを、彼女はただ見つめるしかなかった――ボブヘアやつけ襟への憧れをともに語りあった女の子たちのことを。

親衛隊員が焼却棟の屋根の上を這って、缶からツィクロンBの結晶を開口部に振り入れるたびに、白帽子たちはそのさまを目にした。このころには、病や暴力による死をあまりに目撃したせいで、ブラーハはもはや死体に動じなかった。

そのコートを見つけたのは、ブラーハの妹カトカ、コートの仕立てが得意なカトカだった。すぐに、わかった——見慣れた自分のコート、移送のため一斉検挙されたとき家に残してきたものだ。彼女はそれを手に取り、また着ることにした。まずは背中に赤い縦線をつけ、囚人の服と認められるようにした。仕分けを待つ山の上にもう一枚、ブラーハのコートもあった。アウシュヴィッツ以前の時代を思い出すよすがだ。

これらのコートを見つけたことが何を意味するのか、カトカははっきりとわかっていた。父と母が死んだのだ。カロリーナとサロモンはおそらく自身の強制移送の準備をするときに娘たちのコートを荷物に詰めたのだろう、着いたら渡そうと考えて。ところが、ふたりは一九四二年六月に連行され、その後ほどなく——たぶんマイダネク絶滅収容所で——殺されて、彼らの所有物は仕分けのためアウシュヴィッツに運ばれた。

コートを発見した悲劇的な意味を消化する時間は、カトカにはなかった。衣服の山が日に日に高くなっていた。あとになれば、嘆き悲しんで、愛する両親の人生最期の数分がどんなだったか考える余裕ができるかもしれない。耳の聞こえないサロモンは、ことばもなく、つきそって慰めをくれる妻もいない、無音の悲痛な世界に閉じこめられた。カロリーナは震える手で服を脱ぎながら、二度と娘たちに会えずに死ぬことを恐れた。ふたりは煙に、灰に、記憶になった——そして焼却棟の煙突から外に出た。

マルタのいとこのヘルタ・フフスは、ガス室の近くを歩いているとき、姉妹のアリスのものだったワンピースと靴を目にした。大切な命がまたも失われたことを示す、声のない証言だ。

イレーネの友だちのレネー・ウンガーは、一九四二年六月に家族がアウシュヴィッツへ強制移送されたことを知った。彼らの衣服をカナダで見つけて、その場で最後のさよならを告げた。

イレーネの場合は、一九四二年六月に殺された姉フリーダの服を発見したとき、絶望の淵へ一歩近づいた。フリーダは既婚で幼い子どもがいた。子連れの母親は、到着時に問答無用で死へ選別されていた。[41]

（上）11. ビルケナウのカナダのバラックの一部。ふだんより秩序だって見える。何千人もの囚人が、手押し車やトラックに山と積まれてきた略奪品をここで仕分けていた。
（下）12. 持ち主にはかけがえのないものだが、ナチスにはまるきり価値のない、写真や手紙など個人的な思い出の品は、がらくたとして燃やされた。この1937年撮影のベルコヴィッチ一家の写真には、ブラーハの両親（左右の端に座っている）、おじたち（後列）、祖父母（中央に座っている）が写っている。ひとりをのぞく全員が殺された。

はたして、前へ進みつづけることはできるのか。あくまで楽観を捨てないブラーハについていけるのか。

だがイレーネは少なくとも、もうひとりの既婚の姉ヨリが収容所に入ってきたとき再会できたし、いまも妹のエーディトと一緒にいる、だから恐怖をはねのけて生きる意味はあるかもしれない。

そこへヨリが病気になった。エーディトも病に倒れた。

発疹チフスだ。

ビルケナウのバラックでは、アウシュヴィッツ基幹収容所にいたころよりも、いっそうシラミが繁殖していた。イレーネは寝台のわら袋を見てぞっとした。女性たちはシラミのコロニーごと動きまわっているも同然で、たちまち髪の毛、皮膚の皺、衣服に侵入された。アウシュヴィッツ最初の夏は発疹チフスが爆発的に流行し、毎日数百人が亡くなった。女性たちは屋外コマンドで汚れにまみれてバラックに戻ると、なんとか気力を奮いたたせ、一日にわずかな時間しか使えない蛇口の細い水を求めて争った。

囚人たちは体が不潔だといって怒鳴られ……体を洗おうとして怒鳴られた。棍棒を握ったカポと人肉の味を覚えた犬が、混乱に火を注いだ。あるとき、ヘルタ・フフスは自分のズボンを洗うために水を使おうとした。ドイツ人看守にそれを見咎められ、むき出しの臀部に鞭を二五回ふるわれて洗い場から蹴り出された。こんな状態で、どうすれば女性たちがシラミとおさらばできるのか。

発熱と栄養失調で弱った体では、免疫がうまく働かない。顔見知りの少女がチフスの脱水症にやられて泥水をすすっているのに気づき、イレーネはぞっとした。ロナ・ベズィ、ベルリンからブラチスラヴァに避難してイレーネと一緒に秘密の裁縫教室に参加していた少女だ。イレーネがロナを見かけたのは、これが最後だった。

一九四二年一二月はじめ、大がかりなシラミ駆除《エントラウッング》の一回めが実施された。親衛隊員に病気が伝染するのを恐れて、親衛隊医師が徹底的な消毒を命じたのだ。ビルケナウはロックダウンされた。労働はなくなり、バラックへの立ち入りが禁じられた。わら袋が燃やされ、建物は燻蒸消毒された。

女性たちは外で裸にされて、着ていた服をバケツに放り入れた。ガスマスクをつけた洗濯女たちがシラミを駆除し、洗った服を屋根の上に広げるか、針金の物干し綱に並べて乾かした――氷点下の気温で乾くなら、の話だが。人の体はまとめて冷たい水に突っこまれ、毛を剃られ、剃り残しには刺すような消毒剤を塗りこまれた。同時に、二〇〇〇人の女性囚人がガス室へ選別された。

フーニアは、もっとあとに行なわれたシラミ駆除を体験した。三万人が裸にされ、毛を剃られ、自尊心を傷つけられ、乾燥場と呼ばれるところをよろよろと歩きまわった。彼女はショックで感覚が麻痺し、太陽の温もりもろくに感じなかった。一部の女性は以前着ていたものよりましに見える服に飛びついたが、フーニアは――ほかの大半と同じく――愛着心から自分の粗末な衣服を必死に捜した。ついに見つけたとき、ほっとするあまり涙がどっと流れ出した。

冬のシラミ駆除では、回収に来る人数よりも多くの服が物干し綱に並べられていた。衰弱した人たちが、寒さで死んだのだ。

数日後、シラミがまた現れた。

イレーネの姉ヨリと妹エーディトは、レヴィア――重病の囚人のために設けられたブロックで、気休めに病院と呼ばれていた――に入れられた。囚人の医療スタッフは患者たちに、ここにシラミがいることに不平を言わないでくれと頼んだ。親衛隊が建物全体を空っぽにして、病人全員を致死的なツィクロンBで消毒することになるから、と。イレーネは姉妹に、毎晩カナダから何か持ってくるねと言った――パンのかけらとか、とにかく持ってこられるものを。ある日、仕事終わりに訪ねて、エーディトの隣のベッドでヨリが死んでいるのを目にした。[42]

　ブラーハの妹カトカも、エーディトと同じ時期にレヴィアに収容され、ずっと治らない脚の怪我の手当てを受けていた。イレーネが蠟燭を掲げ、医学生だった友人――スロヴァキアから二本めの移送列車でアウシュヴィッツへ運ばれてきたマンツィ・シュヴァルボヴァー――が傷を治そうとできるだけのことをした。毎晩、マンツィはカトカの膿んだ脚を切開したが、翌日には腫れと痛みが再発した。医薬品はごくわずかで、紙の包帯しかなかった。みんな互いにできることをやった。適切な医学的処置はなくとも、固い友情が大きくものをいった。

　ある夜、ブラーハがバラックで目覚めると、カトカが寝棚にこっそり忍びこんでいた。

「ここで何してるの？」とブラーハは尋ねた。妹を目にしてほっとしたが、戸惑ってもいた。「あんたは病院にいなきゃだめよ」

「気持ち悪くなったの」カトカが答えた。「窓からこっそり出てきちゃった」

「エーディトは一緒なの？」

「残って、休んでいたいって……」

　翌日、レヴィアの病人が外に運び出され、地面に置かれた。選別のときだ。イレーネはほかの〝働ける〟囚人たちと立って点呼を受けながら、犬を連れた兵士の大部隊が収容所に車で入ってくるのを眺めた。親衛隊報告責任者《ラポートフューレリン》のエリーザベト・ドレシュラーが、行進するコマンドを収容所の出口で監督していた。指で左、右と示しながら。イレーネは合格した。

　〝選別〟は、文脈がなければじつに罪のない単語だ。もっと幸せな時代には、布地を縫うときに右の糸を選んだり、服に合う帽子や、カフェのメニューのケーキを選んだりした。ナチスの強制収容所では、選別は恐怖が重くつきまとう単語だ。死の淵でふらついていることを示し、たいていは落ちてしまう。積みおろし場《ランペ》であらたな到着者の選別があり、左か右か、死かもう少し長い生か、いずれかへ送られた。囚人たちが裸で立って親衛隊の医師に検分され、少しでも病気か怪我の気配があると、有毒のシャワーを浴びに行くことになる。レヴィアにも選別はあった。病人を一掃するためだ。

所長のヘスは、ヒムラーからアウシュヴィッツの収容人数をもっと増やせと命じられていた。祖国が公式に〝ユダヤ人がいない〟状態だと宣言できるよう、ドイツから移送するユダヤ人すべてを収容せよ、と。ヘスはそんな余地はないと抗議した。〝余地を作れ〟とヒムラーは言った。

選別はときに、荒天のなかで何時間も続いた。頑健な女性たちが選ばれ、焼却棟に運ばれて死ぬこともあった。選別はときに、体力テストを装って実施された。疲弊し飢えた囚人が、棍棒を手にした親衛隊女子のやみくもな攻撃を浴びながら、収容所の基幹道路を全力疾走させられた。足が止まったり音をあげたりすると、道路脇に引きずり出された。彼女たちは、自分が文字どおり命を賭けて走っていることに気づいていなかったのかもしれない。いや、たぶん、疲れすぎてどうでもよくなっていたのだろう。[43]

あるサディスティックな体力テストでは、ビルケナウの基幹道路、ラーガーシュトラーセに沿って走る排水溝を飛び越えられない者はすべて死に選別された。ケーニヒスグラーベンと呼ばれたこの溝は、親衛隊の悪名高き殴打と殺害の現場だった。心臓が弱く脚が化膿していたカトカは、とうてい飛び越えられそうになかった。幸いにも、ブラーハともうひとりの少女があいだに挟んで持ちあげてくれた。

「おい！　おまえたち、なんでそんなにくっついて飛ぶんだ？」と看守が叫んだ。

ブラーハがいつもながら機転を利かせて、こう答えた。「あの、あたしたち、きちんとした列を作りたくて……」

看守は合格をくれた。

選別はときに、もっと狙いを定めて行なわれた。囚人の病院ブロックが患者を一掃された。親衛隊医師のヨハン・ポール・クレーマーは日記に、一九四二年九月五日にビルケナウの四人診療所から選別された女性たちが、公の場で裸にされ、トラックに押しこまれて第二五ブロック――死のブロック――に運ばれるようすを記している。「彼女たちは親衛隊員に生かしてくれと懇願し、すすり泣きました」と、彼は戦後の裁判で語った。

アウシュヴィッツで書かれたクレーマー医師のその日に関する日記には、トマトスープ、ジャガイモとキャベツを添えた鶏肉に「とびきりのアイスクリーム」という、すばらしい日曜日のディナーを楽しんだことも記されていた[44]。

恐ろしいあの秋の日、レヴィアの病人が外に運ばれて、イレーネが働ける者として合格したあの日、彼女が夜にコマンドから戻ってくると、レヴィアが無人になっていた。その外に、捨てられた靴の巨大な山ができ、一八歳のエーディトのものもあった。イレーネは空っぽの靴が何を意味するのか知っていた。妹が死んだのだ。悲痛な叫び声をあげ、イレーネは地面に突っ伏した。ひどく打ちのめされて。

わたしはもう生きたくなかった――イレーネ・ライヒェンベルク

イレーネはバラック最上段の寝棚に横たわり、わら袋のマットレスのシラミに刺されるがままになっていた。下に降りたくなかった。仕事に行くつもりもなかった。泣いていると、仕事を終えたブラーハが入ってきた。

「だれかに毛布を盗まれたの」イレーネはすすり泣いた。奪い返す気力などなかった。

ブラーハにはふたり分の気力があり、「あんたは、いつまでもここにいられないの！　起きなきゃ――働くのよ」ときっぱり言った。

バラックには故郷の友人がもうひとりいた。彼女がイレーネにささやいた。「鉄条網に行かない？」鉄条網のフェンスが、収容所の施設群を区域ごとに分けていた。監視塔が点々と置かれ、犬を連れた看守が巡回した。フェンスは高圧線で、ヘンリク・ポレンブスキという囚人の電気技師が維持管理を担っていた。何キロも続く鉄条網を定期的に検査するのが、彼の仕事だ。〝鉄条網に行く〟は、逃亡ではなく自殺を意味した。

絶望した囚人が、電気フェンスの前にある〝死のゾーン〟を渡った。その死体はグロテスクな装飾よろしく鉄条網にしばらくぶらさがっていた。ほかの者たちへの警告だ――いや誘惑か。特殊コマンドの囚人がフックつきの棒で死体を取りはずす前に、政治局の鑑識《エアケヌングスディーンスト》がやってきて、あらゆる角度から写真を撮影した。夜は、青い作業服を着た囚人の女性警官が見回って、自滅を図る者を追い払った。この種の自己決定さえも、アウシュヴィッツに閉じこめられた不運な人たちには認められていなかったのだ。

人々が自分から鉄条網に身を投じて煙をあげるさまを、イレーネは目にしてきた。

「あたしは、鉄条網に行かない」と答えた。

そのスロヴァキアの友人は、バラックに戻ってくると毎日、「鉄条網に行こうよ……」と誘った。

「行ったら死ぬのよ！」とブラーハは叱った。「そうなったら、ファシストたちの思うつぼじゃないの。あんたは生き残らなきゃ、死んじゃだめ。生きるのよ！」ブラーハはアウシュヴィッツから生きて出ようと心に決めていた。ブラチスラヴァでコーヒーとケーキを楽しむために。自分の体験を話すために。

イレーネの心は揺れたが、絶望にあらがうのはむずかしかった。〝こんな状態は、だれも生き延びられない〟と彼女は考えた。〝なんで、そうしなきゃならないの？〟

絶望に屈したのは、彼女だけではない。収容所ではありふれた現象で、身体的、感情的な痛みに抗議して肉体と精神がゆっくりと活動を停止していく。やがて、完全な無気力が根を張る。体を洗うことも、食べることも、自分を奮いたたせることもできず、打ちひしがれた人々はよろよろと歩く骸骨と化した――親衛隊に殺される前にもう死者同然だったのだ。

　事態は好転するどころか悪化した。数日後、イレーネは高熱に襲われた。いまや彼女も病人だ。生きるのをあきらめて煙突から外に出るには、完璧な口実に思えた。

　ブラーハは容赦なかった。「ここにいちゃだめ、あたしと一緒に来るの！」ときっぱり言い、イレーネを引きずって仕事に出た。ふたりが宿舎ブロックをあとにしてほどなく、残っていた人たちを数台のトラックがすべて回収した。そして焼却棟に向かった。

　来る日も来る日も、ブラーハはイレーネをカナダへ追いたてた。そこには、イレーネの友人がもうひとりいた。カポだった。彼女はこのカポにキニーネが欲しいと頼みこんだ。それで熱をさげたい、病気がひどく重いから、と。ブラーハはカナダのスーツケースやかばん類から薬をあさった。その夜、イレーネはひと握りの錠剤を手にした。なんの薬かさっぱりわからなかったが、ブラーハにはありがとうと言った。そしてブラーハが眠ってから、錠剤を全部のむことにした。過剰摂取で二度と目を覚まさなくても、かまうものか。そうなれば、苦しみから解放される。

　イレーネは翌朝、目を覚まさなかった。

　三日三晩意識を失って、その間《かん》、ブラーハは可能なかぎりの看病をした。そして――奇跡が訪れた。イレーネが目をあけたのだ。めまいがして、足がよろめいたが、熱はさがっていた。[45]

　彼女の絶望はなおも強固だった。健康になったからといって、状況が変わるわけではない。妹はもう戻らない。イレーネは最終計画を立てた。第二五ブロックへの移送、ガス室の順番を待つ犠牲者たちが収容されている悪名高き死のブロックへの移送だ。

　第二五ブロックは、ツィルカというスロヴァキア人女性が管理していた。彼女は一六歳そこそこで、まだ学校の制服を着ているときにアウシュヴィッツにやってきた。おぞましいほど親衛隊に染まり、過去の服とともに過去の生活も捨てた。見た目は天使のようだったが、ほぼ例外なくほかの囚人に恐れられていた。彼女は一般囚人向けのぼろ服を、レインコート、華やかなヘッドスカーフ、防水ブーツに取り替えていた。

　あるビルケナウの囚人から、第二五ブロックで死を待つ哀れな女性たちに対して、どうしてそんなに残酷になれるのかと尋ねられると、ツィルカはこう答えた。「たぶん知ってると思うけど、あたしは自分の母親をガス室行きの手押し車に乗せた。だからわかるでしょう、ほかにはもう、あたしができないひどいことなんてないの。この世は過酷なところよ。あたしは、こうやって恨みを晴らしているの」[46]

　イレーネは、このツィルカこそ、自分の死の控えの間の看守になるべきだと考えた。

「なんの用?」と、第二五ブロックの壁にもたれかかった女性が尋ねた。

「なかに入りたいの」イレーネは言った。

「まずは、あんたのバラックのリストからはずしてもらうことね、それから、あんたのカードを持ってきなさい、そうすれば入れてあげる」

　イレーネは、融通の利かない収容所のお役所手続きにがっくりきて戻った。事務処理が適切になされるまで、殺してもらえないのだ。

「カードは渡さないよ」と、宿舎ブロックのリーダーがきっぱりと言った。ジリナ出身のスロヴァキア人で、三〇代だが、まだ二〇歳のイレーネにはおばあさんに思えた。「あたしは何もあげないからね。いいこと、あんたはいつか、ブラチスラヴァのコルソ通りを歩いてるはずよ」彼女のことばは、いつかコーヒーとお菓子を楽しむことができるという、ブラーハの確信と同じ響きがあった。

　絶望がだめなら、楽観はどう?

愛情と献身のネットワークが、イレーネを自殺から遠ざけた。イレーネ、ブラーハ、カトカ、フーニアの運が好転したのは、ある日、聡明な型紙職人のマルタ・フフスが親衛隊軍曹につきそわれて第一カナダに現れたときだった。マルタは穏やかで、自信にあふれ、高々と積まれた山から生地を選んでいた。

彼女には新しい顧客がついていたのだ。

第七章　ここで暮らしてここで死にたい

ヒーア・ヴィル・イッヒ・レーベン・ウント・シュテルベン――ここで暮らしてここで死にたい[1]
――ヘートヴィヒ・ヘス

ブラチスラヴァ出身の才気あふれる仕立て職人、マルタ・フフスは、収容所所長の邸の庭でブランコに座っていた。

その周辺では、バラが木製の格子垣をつたいのぼっている。ハチが花壇の鮮やかな草花の茂みをぶんぶん飛びまわり、庭の巣で蜂蜜をこしらえている。葉を広げた若木はまだ、庭の高い壁の向こうに並ぶバラックの屋根を隠せるほど育ってはいない。ヘートヴィヒ・ヘスの弟で画家のフリッツは、早朝にこの庭に出て朝の光を浴びる花を描くのが好きだった。

同じ空が、ブランコに乗るマルタや、マルタの収容所の友人たちの上にも広がっていた。上を見あげれば、彼女たちも同じ雲と同じ太陽を目にするだろうが、属するのはまるきり異なるふたつの世界だ。

ヘートヴィヒは自分の庭を楽園と呼んだ。

すてきな敷石の小道に誘われて、つる棚の下をそぞろ歩き、観賞用の池を回ってみごとな温室の前を過ぎ、石造りの涼しい東屋にたどり着くと、緑色のフラシ天のソファーが二台あり、寄せ木張りの床にはじゅうたんが敷かれ、必要に応じて暖かいストーブも置かれている。[2] 待ちに待った休日に、収容所の所長はすっかりくつろいで、きれいな青いクロスに覆われた優雅なピクニックテーブルとお揃いのベンチで家族とともに戸外での食事を味わう。

庭の果物を摘むとき、ヘートヴィヒは子どもたちに「そのイチゴ、よく洗ってね、灰がついているから」と念を押した。[3] なにしろ、アウシュヴィッツ第一強制収容所の焼却棟が、壁のすぐ向こうにあるのだ。

さほど遠くない昔、若きヘートヴィヒとルドルフは、アルタマーネンの事業を通じて田舎で家庭生活を営む夢を見た。ハインリヒ・ヒムラーも同じく、アルタマーネンによる農業の理想郷を心に描いた。いま、結婚したふたりはその夢の実現を統轄している。邸の庭には野菜畑があるし、もっと重要なことに、徴発したライスコの村をはじめアウシュヴィッツ利益地域に広大な農業付属収容所が設立されていた。

奴隷労働で実現された夢だった。ヘートヴィヒの楽園とルドルフの農業領地は、本質としては奴隷プランテーションにほかならない。アルタマーネンのイデオロギーが謳う血と土の実直な勤労精神は、奴隷労働者が担っていた。また、おぞましい生物学的共生が、主《あるじ》と犠牲者を結びつけていた。[4] ライスコ村の野菜に施される肥料は、焼却しきれなかった骨のかけらがまだ残る人間の灰だったのだ。

アウシュヴィッツ基幹収容所に沿って広がるヘス邸の心地よい庭は、囚人が設計し、築き、手入れしていた。一九四一年から四二年、ヘス一家が住みはじめたころに、一五〇人の囚人コマンドが庭を改修して、ヘートヴィヒがこよなく愛する楽園に変えた。

緑の安らぎの場を切望する親衛隊員の家庭は、ヘートヴィヒとルドルフだけではなかった。地元のポーランド人から徴発された土地はどれも、入植した親衛隊員のために、牧歌的な趣を加えられた。

草刈り《グラースアプシュテヒエン》コマンドのリディア・ヴァルゴは、ユダヤ人には「緑の芝生を見る権利がない」のを思い知らされつつ、収容所周辺部の芝を剝ぎ取っては手押し車で運び、親衛隊員の家の芝生をこしらえた。園芸《ガーテンバウ》コマンドのロッテ・フランクルはドイツの行進曲を歌わされながら、靴下なしで木靴を履いて、親衛隊員の庭の土を掘り返した。[5]

お針子のマリルー・コロンバンやアリダ・ド・ラ・サールとともにアウシュヴィッツに移送されたシャルロット・デルボは、親衛隊員の庭を造るためエプロンいっぱいに土を載せて走ったときのことを語っている。[6] 糞《シャイセ》コマンドの人糞が、野菜畑の肥料として利用された。イタリア人囚人のプリーモ・レーヴィによると、人灰が親衛隊家族宿舎周辺の小道を覆うために使われた。

囚人番号六〇五九のスタニスワフ・ドゥビエルは、一九四二年四月、マルタ・フフスがアウシュヴィッツに到着したころに、ヘス邸の園芸チームに加わった。一緒に加わった囚人番号#三二六三五のルーマニア人、フランツ・ダニマンは、ヘス邸の果物や野菜の世話をするあいだにマルタと仲よくなった。長年オーストリアで共産主義活動をしていたことから、ダニマンはナチスの刑務所の古参だった。ドゥビエルには先任の庭師がいた。生物学者にして大学教授だったポーランド人のブロニスワフ・ヤルンで、すでに処刑されていた。ヘートヴィヒはドゥビエルの仕事にけっして満足しないように見えた。ひっきりなしにライスコ村に人を遣って、もっと鉢を、もっと種を、もっと植物を求めた。あたかもライスコが私設の園芸用品店であるかのように。当然ながら、すべて無料だった。

ヘートヴィヒはさらに、冬に温室を暖めるため収容所の物資からコークス燃料を横流しさせていた。温室栽培の植物がぬくぬくと育ついっぽう、さほど離れていない場所で、囚人たちが霜焼けの足をさすり、凍てつくバラックで肩を寄せあっていた。まさにこの温室で栽培された花束が、毎年クリスマスに、ベルヒテスガーデンのアドルフ・ヒトラーとエヴァ・ブラウンに届けられていた。[7]

どのプランテーションでもそうだが、奴隷の〝所有主〟は、労働者たちが従順に見えるのでその心も従順だと思いこんでいた。とんでもない。囚人も地元のポーランド人召使いも、その比較的自由な立場を利用して、アウシュヴィッツの地下ネットワークで活動的な人々とのつながりを築いていた。マルタの友人である庭師のフランツ・ダニマンは、秘密組織カンプフグルッペ・アウシュヴィッツ――アウシュヴィッツ戦闘グループ――の主要メンバーだった。[8] 囚人たちは、親衛隊医師エドゥアルト・ヴィルツ――所長のお気に入りだが、医療スタッフの囚人にそれなりに協力的だった――に便宜を図ってもらう必要があるとき、マルタのもうひとりの友人で囚人のヘルマン・ラングバインを頼った。彼もカンプフグルッペ・アウシュヴィッツの一員で、ヴィルツ医師の秘書でもあった――そして、ヘートヴィヒの温室からピンクのバラを盗む手はずを整え、ヴィルツ夫人の誕生日にその花束を贈った。不運なことに、ヘートヴィヒもその誕生日パーティーに招かれていた。彼女が自分のバラだと気づいたとき、場の空気は「ひどく気まずかった」という。[9]

土を耕し、植物を植え、草を刈るうちに、ドゥビエルは庭の風景に溶けこんで、難なく会話を盗み聞きし、その情報を地下ネットワークに流せるようになった。ハインリヒ・ヒムラーが一九四三年にアウシュヴィッツを二回めに訪れたとき、収容所での活動を通じて祖国のお役に立っているものと確信しておりますとヘスが言うのを、ドゥビエルは耳にした。[10]

たとえ自分の仕事を不快に感じていようと、ヘスが強制ではなく服従心から行動していたのはまちがいない。大量殺戮への関与は〝命令に従った〟結果かもしれないが、その命令を発し、権限を与え、罪を黙認した政権を、ヘスは揺らぐことなく支持していた。罪のない大勢の人々を虐殺する命令に従うのは、兵站上むずかしかったが、それでも、ヨーロッパで〝劣等人間〟が崇高なドイツ人に取って代わられるべきだという彼の信念が損なわれた証拠はどこにもない。

マルタ・フフスは、ドゥビエルとダニマンが手入れする庭でブランコに座っていた。強制移送され、権利を剝奪され、囚人服を着てはいたが、くじけてはいなかった。ヘートヴィヒは特権的な自分の生活様式を支えるためにマルタを手に入れた。マルタは多くの命を救うためにその地位を用いることとなる。

いまでは、家族のためにもっと時間をとらなかったことを心から悔やんでいる——ルドルフ・ヘス[11]

「よかったら、漕いでもいいのよ」と、ヘスの小さな娘がマルタに言った。「あたしたち、あなたが逃げないよう見張ってるから」[12]

八歳のブリギッテ——出生名インゲ＝ブリギット、愛称ピュッピ（お人形さん）——は、家と庭に囚人がいてもなんら不思議に思わなかった。「あの人たちはいつもにこやかで、わたしたちと遊びたがりました」と、何十年ものちに語っている。[13] 姉のハイデトラウト——愛称キンディ——は一歳半年上だった。姉妹ふたりはよくお揃いの服を着せられた。兄のクラウスは一九四二年当時、一二歳。五歳のぽっちゃりした弟ハンス＝ユルゲンはお菓子が大好きだった。この子たちの服をだれが縫ったのか、想像にかたくない。

ヘス家の子どもたちにとって、庭は遊び場だった。夏には、滑り台つきの小さな水泳プールで水しぶきをあげた。芝生で愛犬のダルメシアンと遊び、砂場で土をこねた。冬はそりに乗って出かけ、帰宅後に寄り添って熱いココアを飲んだ。囚人たちがおもちゃを作ってくれた——クラウスには動力プロペラつきの巨大な木製飛行機を、ハンス＝ユルゲンには、アウシュヴィッツの駐車場から車を出す親衛隊将校さながら乗りまわせるモデルカーを。

マルタは当初、家事全般を行なう召使いとしてこの邸に連れてこられ、労働のかたわら子どもたちの相手をしていた。高い煉瓦塀の向こうの世界から来た人間と過ごすのが、子どもたちは好きだった。

囚人たちのほうも幸せな子どもたちを見るのが好きで、ときには、慈愛に満ちた関係が育まれることもあった。ある涙を誘う事例では、慕われていた囚人庭師が子どもたちにさよならを言いにきた。ヘートヴィヒはわが子に説明しなかったが、彼は連行され、収容所の第一一ブロック近くの〝死の壁〟の前で射殺された。[14]

ハンス＝ユルゲン、キンディ、ピュッピはマルタが好きで——彼女は生まれつき人懐こかった——庭のブランコによく乗せていた。最年長のクラウスには用心したほうがいいと、マルタは気づいていた。ヒトラーユーゲントのメンバーで、いじめっ子だったのだ。ヘスのお抱え運転手だったレオ・ヘーゲルは、クラウスがぱちんこで囚人を撃ったと話している。町から連れてこられて子どもたちの靴磨きや台所仕事の手伝いをしていたポーランド人少女、ダヌタ・ジェムピエルの記憶によれば、クラウスは囚人を叩いたり鞭で打ったりする意地悪な少年だった。[15]〝ハイニおじさん〟——ほかならぬハインリヒ・ヒムラー——から子どもサイズの青年隊の制服をプレゼントされていたし、こいつは処罰するべきだと自分が判断した囚人について告げ口することもあった。

ヘートヴィヒも、仕事から帰ってきた夫に同様の報告をした。制服を脱ぐと同時に、ルドルフは絶滅センターの所長という立場も脱ぎ捨てた。ピュッピはのちに、彼のことを「世界一いい人」と描写した。[16]

当然ながら、子どもたちは父親の仕事のおぞましい面については何も知らなかった。彼らは責任を負うには幼すぎた。罪がなかった。だが、ヘスの命令で収容所で殺された赤ん坊や子どももそうだったし、そのなかにはブラーハ、イレーネらの若き肉親もいたのだ。

ある日、ヘートヴィヒは、集めた毛皮をコートに作り替える人が緊急に必要だと周知させた。

「わたしができます！」とマルタは言った。

この〝アップサイクル〟のプロジェクトは成功した。マルタはヘス邸で専任のお針子になった。新しい作業場はファッションサロンではなかった。ヘートヴィヒは邸の屋根裏を複数の個室に改装しており、ここに、ドイツ人使用人が寝泊まりした。子どもたちの女性家庭教師のエルフリーダと、ポーランド人召使いのアニエラ・ベドナルスカもそうだった。

エルフリーダは囚人が殴られるのを楽しんで見ていたようだが、アニエラは囚人のメッセージをひそかに取り次いだり、ヘス家の豊富な食料庫からこっそり食べ物を持ち出したりした。ルドルフが邸内の使用人や庭師に良心的に接し、特別な機会には戸外の男たちに食べ物のバスケットや瓶入りビールを差し入れることさえあったと、彼女は認めている。ドイツ人使用人ふたりは、最終的に「怠けすぎる」という理由でヘートヴィヒに解雇された。代わりに、信仰心ゆえにアウシュヴィッツに投獄されたエホバの証人の信者ふたりが雇われた。

エホバの証人の信者は何も盗まないから使用人としてはいちばんだと、ヘートヴィヒは言った。賃金を払う必要がないという、ささやかな理由もあった。とはいえ、公式には、親衛隊の家庭は女性囚人を家事労働させる見返りに二五ライヒスマルクを収容所の管理部に支払うことになっていた。

おしゃれな鍛鉄製の門が、ヘス家の庭と家屋をつないでいた。階段をのぼった先は勝手口で、そこからキッチンに入れた。ヘートヴィヒは日常の料理の大部分を自分で行なっていた。芸術に目がないマルタは、邸のあちこちに飾ってある絵画に興味を抱いた。何点かは、著名なポーランド人芸術家でありながら囚人となったミェチスワフ・コシチェルニャックが飾りつけたもので、すべて略奪品だ。そのほかは、ヘートヴィヒの弟フリッツ・ヘンゼルの作品で、ほとんどはアウシュヴィッツ周辺地域と、邸から道を挟んだソワ川の風景だった。

主寝室を大きな花の油絵が占めていた。ツインベッドを映すガラス張りの扉がついた四区画の衣装戸棚に、ヘートヴィヒの衣装が吊されていた。ランジェリーの引き出しには、殺された移送者の荷物から抜き取った下着類が入っていた。ヘートヴィヒはさらに、使用人に支給された下着も取りあげて、代わりに着古しを与えた。[17]

ヴィルヘルム・クマクというポーランド人囚人がしょっちゅうヘス邸にやってきては、子どもたちがこしらえた傷やいたずら書きをペンキで消した。彼は邸のお針子たちに、壁の落書きをやめさせないでほしいと頼んだ。これが唯一、一般の世界との接点だったからだ。[18]

ヘスの書斎はあくまで私的な空間で、書籍、たばこ、ウォッカが置かれていた。書籍の一冊は、ヘスが住んでいるあいだに書かれたアウシュヴィッツ地域の鳥に関するものだ。子どもたちの教師、ケーテ・トムセンとその夫で愛鳥家のラインハルト――アウシュヴィッツの農学者でもある――に感化されて、ヘスは収容所地域の鳥を撃ってはならぬと命じた。囚人が恰好の獲物というわけだ。

カササギが収容所周辺の高いポプラの木に営巣していた――じつに似つかわしい。このあたりの土地は、気に入ったものを手当たりしだい盗みたがる人間たちが所有しているのだから。

書斎に隣接する食堂のクルミ材の家具は、すべて収容所の作業場で囚人がこしらえた。上階の子ども部屋にある鮮やかに彩色された家具も同じだ。もっと言うなら、ヘスの一家は作業場の斡旋人で元犯罪者のエーリッヒ・グレンケとあまりに親しくなりすぎて、ハンス＝ユルゲン坊やはグレンケがお休みを言いにこないと眠れなかった。

グレンケは、元革なめし工場に設けられたベクライドゥングスヴェルク・ステッテン・レーダーファブリーク――収容所の被服作業場――の責任者で、ヘス邸に日参しては革の椅子、ブリーフケース、ハンドバッグ、スーツケース、靴、さらには燦然と輝くシャンデリアや子ども向けのおもちゃも提供した。ヘートヴィヒはすぐに使える略奪品、たとえばテーブルクロスとタオル数枚、子ども用ドレス数着、グレーのウール製バイエルンベスト一着の受け取り伝票に署名している。ベストはハンス＝ユルゲンのものだ。[19]

アウシュヴィッツの略奪品からヘートヴィヒが手に入れた服は、屋根裏の裁縫室に届けられて直しが加えられた。ボタンは必ずはずしてつけ替えるのが、一家のきまりだった。ユダヤ人が触れた留め具に指をかけると虫酸が走るという理由からだ[20]。

マルタは、ヘートヴィヒのために働く最初のお針子ではなかったし、唯一のお針子でもなかった。だが、最も影響力を持ち、最も長く続いたお針子だった。

ヘートヴィヒの親しい友人に、ミア・ヴァイセボーンがいる。ミアは収容所の看守と結婚していた。きわめて才能豊かなお針子で、ヘートヴィヒのために精緻な金糸の刺繡細工をこしらえた。ヘス家の紋章を紫色のシルクに施したものだ。日常の縫い仕事には、地元のポーランド人仕立て職人、三二歳のヤニーナ・シュチュレクが雇われた。ヤニーナは否応なしに、レギオヌフ通りの邸宅に出頭させられた。無理からぬことだが、占領者であるナチスを恐れていたので、加勢として弟子のひとり、ブロンカ・ウルバンチクを連れて行った。

ヘートヴィヒは気前のよい雇い主ではなかった。ヤニーナはわずか三マルクの賃金と一日にお椀一杯のシチューしかもらえなかったのを理由に仕事を辞めた。彼女の助けを失いたくない一心で、ヘートヴィヒは一〇マルクを提示し、ヤニーナは戻った。そして家政婦のアニエラ・ベドナルスカと結託し、医薬品やメッセージをしかるべき場所へひそかに持ち出した。また、ミシンの修理を口実に男性囚人と話す機会を得て、戦争の進捗状況を知らせた。

見返りに、アニエラから食べ物を渡された。それらは、ヘートヴィヒが気前よくヤニーナに与えた美しいヘス邸の庭の花束に隠して持ち出された[21]。

ある日、ヘス家の子どもたちがヤニーナに駆け寄って、ごっこ遊びの小道具を縫ってほしいとせがんだ。彼女はすなおに従った。所長が帰宅すると、縫いあがったばかりのカポの腕章をクラウスがつけ、囚人役の弟妹たちが、それぞれ色つきの三角形を縫いつけた服で庭を駆けまわっていた。ルドルフは布の腕章を引き裂き、このようなごっこ遊びは今後いっさい禁じると言った。ヤニーナがついにヘス邸を去ったとき、こうした騒ぎを逃れてほっとしたことだろう。ヘートヴィヒは代わりにユダヤ人の奴隷労働に頼り、仕立て職人に払う賃金を節約した。

強制収容所の労働力を濫用したのは、けっしてヘートヴィヒだけではない。囚人の使用人全員の記録は残されていないが、アウシュヴィッツ管理部の書類には、エホバの証人の信者を雇っていた親衛隊家庭の一覧がある。これら約九〇人の女性が、仕立てコマンドや洗濯コマンドとともにシュタープスゲボイデに寝泊まりしていた。一九四三年五月には、子だくさんの家庭を支援するために、エホバの証人の信者をもっとアウシュヴィッツに連行するよう要請があった。[22]どの親衛隊家庭も、囚人労働の恣意的な利用に手を染めていた。アウシュヴィッツの衛生研究所にいたハンス・ミュンヒ医師のことばが、最もよくこれを表しているだろう。だれもがドレック・アム・シュテケン――杖に泥をつけていた（すねに傷を持っていた）――と。彼は「制服そのほかの衣服を縫わせるために、どの家でも仕立て職人を隅に座らせておくのが既定路線だった」とも述べている。[23]

親衛隊員の共犯の事例は数多く存在する。弾薬工場の親衛隊員のひとりは、お揃いのチロル帽とズボンを身につけたテディベアを息子のために縫ってくれと囚人に頼んだ。[24]ある親衛隊女子は優美な手縫いの人形をクリスマスプレゼントとして要求し、人毛の保管所から取ってきた金髪の巻き毛をつけるよう求めた。頼まれたお針子は勇気を出して、代わりに刺繍用の絹糸を使いますと答えた。[25]

親衛隊女子軍属のイルマ・グレーゼはその特権を極限まで駆使し、収容所でお気に入りのお針子を意のままに働かせていた。グレーゼはラーフェンスブリュック強制収容所で訓練を受けたのち、わずか一九歳でアウシュヴィッツにやってきた。並はずれて美しく、囚人から〝金髪の天使〟と呼ばれていたが、その囚人たちのみじめな外観は、グレーゼの注文仕立てのスーツや非の打ちどころのない髪とあまりにも対照的だった。
囚人のお針子――マダム・グレーテ――は、当然の理由からグレーゼを恐れていた。なにしろ、グレーゼは正真正銘のサディストで、とうてい無理な要求であっても応えられないと、烈火のごとく怒って激しくののしったからだ。マダム・グレーテはかつてウィーンで自分のファッションサロンを経営していたが、いまやひとかけらのパンのために縫っていた。グレーゼの衣装戸棚には、パリ、ウィーン、プラハ、ブカレストのデザイナーが仕立てた服がぎっしり詰めこまれ、いずれも略奪品の香水が染みこませてあった、と彼女は述べている。[26]
所長夫人のヘートヴィヒ・ヘスには、いっそう大きな搾取の機会があった。彼女は国家社会主義の優位な立場にしだいになじんでいった。それを最大限に利用するのは、彼女の性分に合っていた。

絶滅の地で私腹を肥やさなかったのは、親衛隊員のうちほんのひと握りだけだった――ヘルマン・ラングバイン[27]

一九四三年一一月に、アンネグレートの誕生を祝う家族写真が撮影された。アンネグレートの出生証明書には、出生地に〝アウシュヴィッツ〟と記載されている。写真では、ルドルフとクラウスが親衛隊の制服を着ている。ピュッピとキンディはお揃いのパフスリーブのスモックドレスを身につけ、ヘートヴィヒはパイピング装飾が施された白い水玉模様のスタイリッシュなアフタヌーンドレス姿だ。ナチスのイデオロギーのフィルターを通してみると、彼らはアーリア人家庭の権化だった。
この写真を撮影するために使われたカメラは、〝ハイニおじさん〟ことハインリヒ・ヒムラーからの贈り物だった。ルドルフたちの制服は奴隷労働によって作られた。民間服はおそらく盗んだ布地でこしらえたか、殺された移送者の所有物を仕立てなおしたものだろう。

マルタはヘートヴィヒのために、完璧なドイツ人一家に完璧にふさわしい衣服を縫った。邸内や庭で遊ぶとき、ヘス家の少女たちはおさげ髪にお揃いの綿のスモック姿でとても愛らしかった。男の子たちはシャツと半ズボンだ。当然ながら、囚人服とはちがって、どれも着る前に洗ってあった。

子どもたちは自分の服の出どころについて何も知らなかった。ヘートヴィヒははっきりと知っていた。召使いをグレンケの仕立て作業場に遣ったり、マルタをカナダの巨大倉庫へ〝買い物〟に行かせたりしていた。

このカナダで、ブラーハははじめてマルタに会った。

ブラーハとカトカは、カナダの親衛隊員のための秘密のお針子になっていた。ブラーハと、スロヴァキア南部出身の姉妹ふたりが、責任者であるヴィーグレップ親衛隊軍曹に引き抜かれたのだ。彼女たちは第一カナダの屋内バルコニーに座って縫った。バルコニーには布地、衣類、裁縫道具を並べた幅の広い棚がいくつもあり、ブラーハが使用するミシンも据えられていた。どれも大量の略奪品から流用され、移送者の手荷物だったものもあれば、アーリア化されたユダヤ人の店から運ばれてきたものもあった。

そこへ、マルタ・フフスがやってきた。彼女はブラーハにハンガリー語で――スロヴァキア人の多くは、ひとつの言語からべつの言語へと難なく切り替えられる――棚の上の必要なものを告げた。ブラーハはジャンプしてその生地を見つけ、引っぱり出した。

「これですか？」

「そうね……いいえ、もう少しちがう色のを」とマルタが言い、こんなふうに会話は続いた。

品物がありあまっていて在庫管理の必要はないし、もちろん支払う必要もまったくなかった。親衛隊員は、アウシュヴィッツの略奪品倉庫に収められた品を手当たりしだいに私物化した。ある区画では、デパートの陳列棚よろしく品々が並べられていた――香水、ランジェリー、ハンカチ、ヘアブラシ。横領は女性だけの悪徳ではなかった。親衛隊の男性将校たちは金銭、万年筆、腕時計を盗んだ。親衛隊医師のヨハン・ポール・クレーマーはドイツ本国の友人たちに定期的にプレゼントの包みを送っていた。

「囚人たちはこれらの物資から、石鹸、歯ブラシ、縫い糸、かがり縫い用の糸、針など、さまざまなものを持たせてくれました」彼は戦後の裁判でそう説明し、それらは「日常生活の使用に必要」だったとつけ加えた[28]。かたや囚人たちは、そういった〝必要〟な品を持つことは、たとえ収容所到着時に携帯していた自分の所有物であっても、許されなかった。

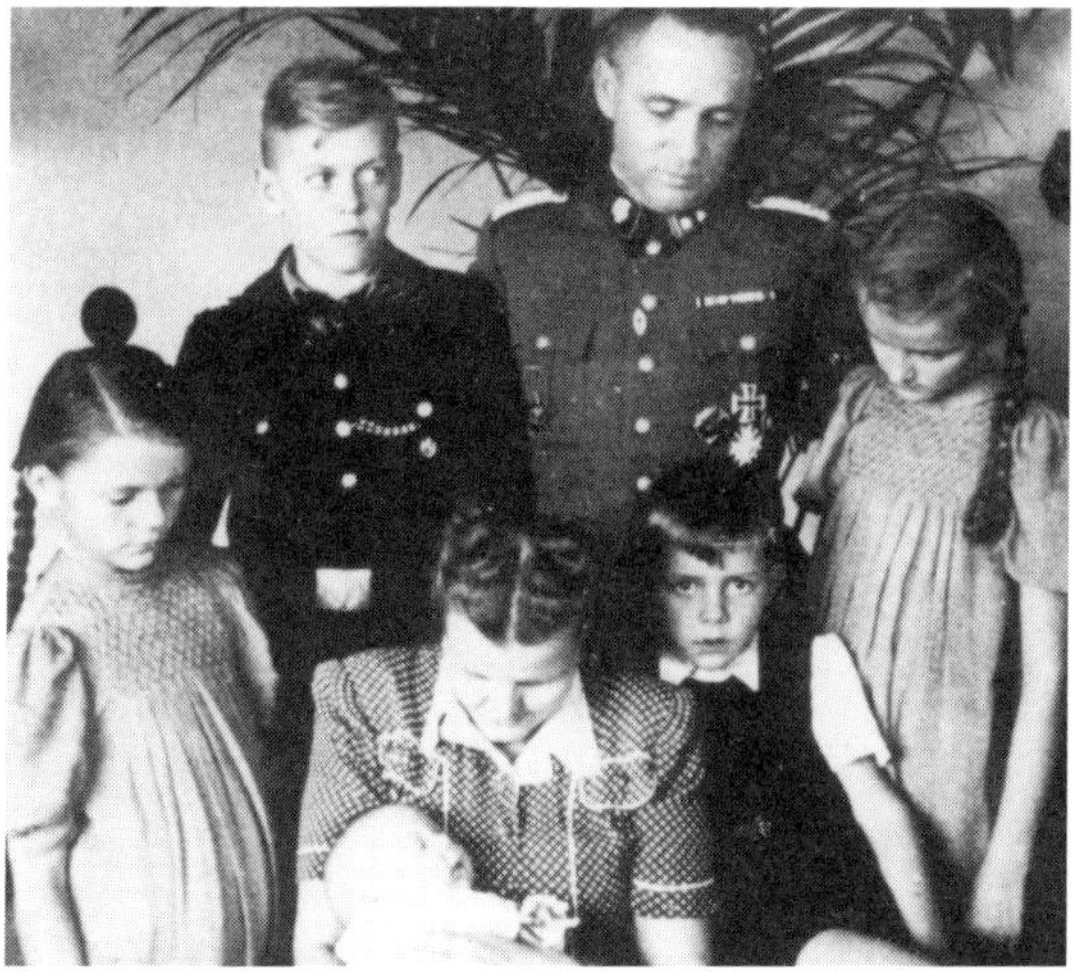

13. ヘス一家の家族写真、1943年。

　親衛隊の家で強制労働させられた地元のポーランド人使用人は、リネン類から宝石にいたるまでユダヤ人の所有物が日常的に使われていたし、貴重品が詰めこまれた頑丈な旅行かばん《スチーマートランク》がドイツ本国に送られるのを目にしたと報告している。ヘートヴィヒ・ヘスは本国の親族にアウシュヴィッツからの小包をせっせと届けていた。

　略奪はあからさまに行なわれていたが、アウシュヴィッツの全職員が署名した宣言文書によれば、これは完全に〝違法〟だった。「わたしは、もしユダヤ人の資産に手を触れたら死刑に処せられるという事実を知っており、本日、そのように説示されました[29]」

民間人看護師のマリア・シュトロームベルガーは、やがてアウシュヴィッツ地下運動でマルタ・フフスの同志になる人物だが、この宣言文書に署名するのを拒み、憤然と「わたしは泥棒じゃありません！」と告げた[30]。ヒムラーはナチスの金庫がユダヤ人の貴重品ではち切れそうなのを知りすぎるほど知っていながら、盗みはよくないと公言し、同時に、彼の部下がヨーロッパ東部と占領下ロシア〔ソ連〕各地の殺戮活動で大勢のユダヤ人を虐殺するあいだ〝慎み深かった〟ことに満足の意を表した。

「われわれには道徳的権利があり、われわれを滅ぼそうとする民族を滅ぼすことはわが民族への義務である。だが、たとえ毛皮一枚、腕時計一個、マルク札一枚、たばこ一本、または、ほかのなんであれ、わがものにして豊かになる権利はない[31]」

言うまでもないが、このように親衛隊の下層部に盗むなと命じる理由は、こうした盗みが、中央に集約されるべき国家資源の望ましくない流出につながるからだ。ベルリンの大物たちは自身の恩恵についてはもっと欲していた。

親衛隊の盗みが目にあまりだしたので、ついに調査団がアウシュヴィッツにやってきた。法務将校のロベルト・ムルカが親衛隊女子の所持品検査を命じ、カナダからくすねた宝石やランジェリーを発見した。処罰は二年ないし三年の投獄だった。いっぽう、権限なしの殺害や残酷な拷問については調査されなかった。これらはすべて、アウシュヴィッツの日常的な仕事だったのだ。

いくつかの事例では、アウシュヴィッツが解放されたかなりのちに、略奪が親衛隊員の身の破滅を招いた。

裁判にかけられたひとりは、親衛隊少尉のマクシミリアン・グラブナーで、彼はサディストであり殺人者だった。グレンケの作業場のカポたちに日用の略奪品を持ってこさせ、ウィーンの家族のもとへそれらを送った(また、妻が新しいキツネの毛皮のコートを持てるよう、部下のピシュニー伍長にキツネを撃たせてもいる)。戦後にアウシュヴィッツの元囚人が、ウィーンのグラブナーという一家が上シレジア――アウシュヴィッツの地域――からたびたび箱を受け取っていたことを耳にした。警察に情報が寄せられ、指名手配中のこの戦争犯罪人は逮捕されて一九四七年一二月に処刑された。小包が彼の破滅と死をもたらしたわけだ。[32]

貪欲さは、親衛隊軍曹ハンス・アンハルトも逮捕へ導いた。彼はカナダの貴重品を多数自分宛に郵送し、戦後、それらを質屋に持ちこんで現金化していた。嫌疑がかけられたのは一九六四年になってからで、彼の家が捜索され、高級な革のかばんや手袋など、カナダの略奪品の残余が見つかった。アンハルトは終身刑を言い渡された。[33]

近年、裁判にかけられたアウシュヴィッツの親衛隊員のひとり、オスカー・グレーニングは、収容所に到着した人々の貴重品を数えて仕分けしていた。二〇一五年、彼は大量殺戮を助長したかどで有罪判決をくだされたが、盗みは「アウシュヴィッツではじつにありふれた行為」だったと証言している。[34]

身命を賭した総統と帝国への忠誠宣誓は、戦後、罪を免れようとする者たちにとって都合のいい口実となり、「自分は命令に従っていただけです」という主張に使われた。アウシュヴィッツの親衛隊員たちは明らかに、どの命令に従って、どの命令を無視するべきかを選んでいた。

ナチス高官の妻だけが招待されていました。その多くはひどく醜悪でしたが、たいそうエレガントな人もいました。わたしたちのファッションは、彼女たちを洗練させるものと思われていました――デトレフ・アルバース、ゲーリング邸で親衛隊員の妻たちと居あわせたベルリンのファッションデザイナー[35]

ある有力な親衛隊判事は、アウシュヴィッツの親衛隊幹部は盗んだ品物を調べられていない、違反行為で逮捕されたのは雑魚だった、と述べている。ルドルフ・ヘスは闇市場での取引はいけないと明言したが、趣味よくしつらえた邸内や手入れの行き届いた庭がどうやってできたのか疑問に思わなかった。品物をわがものにしている点や、それらを調達してきた親衛隊スタッフ——たとえば、収容所管理部の買付で〝アーリア化された〟布地を彼のために選んだスタッフ——を保護していた点から、彼が共犯だったことに疑いの余地はない[36]。地位には特権がつきものなのだ。

第三帝国では、権力構造を維持するために地位の相違を強調する必要があった。ヘートヴィヒ・ヘスは女主人として、影響力のある著名な客人をもてなした。たとえば、親衛隊大将で経済部門責任者のオズヴァルト・ポールは、一九四二年九月、アウシュヴィッツの彼女の邸の正餐でふんだんなベークドポーク、本物のコーヒー、爽快なビールを味わった[37]。ヘートヴィヒは個人的な好みに合った衣服をマルタに作らせただけでなく、所長の妻という地位を反映する衣服も必要としていた。宝石で飾られたエミー・ゲーリングの燦然たる輝きや、マクダ・ゲッベルスのこのうえなく整った身だしなみには太刀打ちできなかったが、ヘートヴィヒは政府高官や産業界の大物とその妻たちを温かくもてなした。

第三帝国の政治と軍事の分野は男たちが牛耳っていた。ナチスのイデオロギーに沿ったヘートヴィヒの役割は、あくまで家庭的なものだった。舞台裏で、彼女はエプロンにすっぽりと体を包み、収容所の闇市場の食べ物——砂糖、ココア、シナモン、マーガリン——で食料庫を満たすよう囚人に強いて、この命懸けの行為の見返りにたばこを与えた。食堂では優雅なイブニングドレスをまとい、客人を最高のご馳走でもてなした。戦時配給や食料クーポンは気配すら感じられなかった。ヘートヴィヒの弟フリッツは、その歓待ぶりについて「アウシュヴィッツでは快適だった、何もかも豊富にあった」と述べている。[38]

さほど遠からぬ場所で、ブラーハ、イレーネ、カトカ、フーニアはカブのスープをすすり、硬いパンをかじっていた。ルドルフ・ヘスは収容所でフリッツを案内しながら、アウシュヴィッツ＝ビルケナウは「べつの惑星」だと言ったが、その表現はじつに的を射ていた。[39]

一九四三年一月にヒムラーが二回めの訪問をしたとき、ヘートヴィヒは極上の朝食を提供し、おかげで彼はガス室の稼働の実演に遅れて到着した。選ばれた犠牲者たちは、偽のシャワーヘッドがついたセメントの部屋に閉じこめられたまま、じっと待たされていた。凍てつく寒さのなかで収容所を見学したあと、ヒムラーは最新式セントラルヒーティングが備わった邸で暖まることができた。アドルフ・アイヒマンは訪問時に、ヘートヴィヒの支配下にある空間を「家庭的で心地よい」と表現した。[40]

邸のゲストブックは賛辞にあふれていた。「ありがとう、ヘスおかあさん」「あなたの健康と幸福と心の安らぎをお祈りします」「旧友たちと心ゆくまでくつろぎの時間を過ごしました」[41]

ナチスの妻は、子どもを産んで夫を支えるために存在していた。ヘートヴィヒは優等生で、ルドルフが大量殺戮の促進というつらい仕事のあとでくつろげるよう、旧友や収容所の同僚を邸に招いて泊めた。ピクニックを催し、もよりの川の堤で馬を走らせ、近郊の親衛隊員向け保養地ゾーラヒュッテに小旅行に出かけた。そこでは、親衛隊将校や親衛隊女子軍属がテラスでゆったりと日光浴を楽しみ、アコーディオンの伴奏に合わせて歌い、牧草地を散歩し、新鮮なブルーベリーを摘んでいた。[42]

親衛隊員たちは舞台劇や生のオペラ、にぎやかな歌の集い、映画上映会、カジノ、図書館といった気晴らしを享受できた。近くの町には、〈ラツォフ〉や〈ガストホフ・ツァ・ブルク〉をはじめ、たくさんのレストランがあった。

アウシュヴィッツでは最重要人物だったヘートヴィヒとルドルフは、どの舞台の催しでも最前列の席につき、それにふさわしい正装に身を包んでいた。音楽は親衛隊員にとって収容所生活の最も楽しみな時間だった。日曜日には、ヘス邸と焼却棟のあいだの広場で男性囚人のオーケストラが演奏した。ビルケナウには女性のオーケストラがあった。彼女たちは夏の特別コンサートでウィンナ・ワルツやリストの『ハンガリー狂詩曲』を演奏した。ある親衛隊高官の妻はたっぷりしたギャザーのダーンドル風スカートをはいて、家族連れで出席し、わが子がユダヤ人の子どもとまちがわれてガス室送りにされないよう、収容所指導者《ラーガーフューラー》シュヴァルツフーバーの息子であることを示すしるしを首につけさせていた。[43]

夜のコンサートでは、カナダから見繕った襟ぐりの深い夜会服がオーケストラの独奏者に与えられた。オーケストラの主要メンバーの衣装はビルケナウの作業場で縫われた。ハンガリー人お針子のイローナ・ホーフフェルダーは、黒か濃紺のスカートと合わせる白と赤のブラウスをオーケストラのために縫ったのを覚えている。角砂糖ひとつとリンゴ一個が報酬だった。イローナは以前、パリの輝かしきシャネルの店のために仕立ての仕事をしていた。オーケストラの音楽を聴いて彼女はたいそう感動し、指揮者と話しにいった。[44]

フーニア・フォルクマンには、そんなふうにオーケストラにうっとりした記憶はなかった。ライプツィヒにいたころは、あんなにコンサートが好きだったのに。アウシュヴィッツとビルケナウでは、演奏家たちが、仕事場への行き帰りに行進する囚人たちのために陽気な音楽を演奏させられていた。フーニアはそのようすをおぞましいほど不調和だと感じ、「あの世から来た亡霊みたいな」演奏家たちを頭に浮かべた。[45]

ヘートヴィヒが担わされたもうひとつの役割は、収容所女性看守の母親的存在だった。女性看守たちの平均年齢は二六歳。まだ一〇代の少女もいた。人間性を排除する訓練を受けてはいたが、それでもたいそう人間的で、大なり小なり悪徳にふけって美徳を抑圧しがちだった。彼女たちはヘートヴィヒのもとを訪れては、自分が抱える問題を吐露した――やらなくてはならない残酷な仕事のせいでいかに苦しんでいるかを。ヘートヴィヒが提供できる唯一の〝慰め〟は、戦争が終結したらあなたたちの問題も終わりますよ、ということばだった。そのころには、ユダヤ人はみんな死んでいるから、と。[46]

ヘートヴィヒとルドルフは晴れ着をまとってアウシュヴィッツから小旅行に出かけるさい、収容所《ラーガー》女性指導者《フューレリン》のマリア・マンデルに子守りを頼むことができた。マリアは暴力的でユダヤ人を激しく嫌悪し、女性オーケストラの後援者にして、大の子ども好きだった。ヘス家の家族写真には、ソワ川の水泳用桟橋で華やかな水着を着た彼女がヘス家の娘たちを水に浸けようとしている一葉がある。看護師のマリア・シュトロームベルガーは、マンデルを〝悪魔の化身〟と描写した。[47]

ある夜、ヘートヴィヒとルドルフは将校の会食会でカジノに出かけた。お針子のヤニーナ・シュチュレクが語った囚人ごっこ遊びの変形版と言うべきか、ヘートヴィヒの友人で刺繍の上手なミア・ヴァイセボーンが、子どもたち全員に、囚人を殴るカポ役を演じられるよう腕章と記章を縫ってやった。今回の標的は、本物の囚人で料理人のゾフィー・スティペルだった。ゾフィーはこの〝ごっこ遊び〟で椅子に縛りつけられ、石鹸を重しにしたタオルで殴られた。帰宅したヘートヴィヒとルドルフは、この場面を目にして、あまりいい顔をしなかったようだ。[48]

わたしがやっていることを知ったあと、妻はめったに性的な関係を求めなかった――ルドルフ・ヘス[49]

容赦ない殺人行為により精神的にひどく不安定になった親衛隊員にとって、家は安息の場だった。モール夫人はヘートヴィヒのもとを訪れ、夫のオットーが睡眠中にしょっちゅう叫ぶことを打ちあけた――この会話は、邸内のお針子が小耳に挟んでいる。数多くの暴虐のなかでもとくに、煮えたぎる人間の脂にオットー本人の手で生きた赤ん坊が放りこまれたことを、モール夫人は知っていたのだろうか。収容所きっての残酷な拷問者と結婚したマリアンネ・ボーゲルは、食事時に夫がひどく疲弊して帰ってくることが多く、精神状態が心配だったとのちに話した。[50]

ランジェリーとネグリジェが、男たちを慰める役割を果たした。夫婦間の性行為は親衛隊員の心を癒す効果があるとされていたのだ。親衛隊医師のハンス・デルモッテが大量処刑に対して強い良心の呵責を覚えたときには、妻のクララ――愛犬のグレート・デーンとお揃いになるよう白黒の衣装を着た稀有な女性――が、心を静めるための性的はけ口としてアウシュヴィッツに連れてこられた。[51]

精神的に頼るものもなく、指揮官としての重圧にしばしば苦しめられたルドルフ・ヘスは、非ユダヤ人の囚人でカナダの貴重品を仕分ける責任者だった〝ダイヤモンド〟・ノーラ(エレオノーレ)・ホディスに性的なはけ口を見出したと言われている。ヘートヴィヒの調度品へのこだわりが、彼女をヘスに引きあわせた。ホディスはタペストリーを繕うために邸へ連れてこられ、その後は針仕事の腕を駆使して、新しいタペストリーを二枚、シルクの枕をいくつか、ベッド脇の敷物一枚とベッドカバーを何枚かこしらえた。略奪品倉庫から宝石をヘス一家に調達してもいた。

一九四二年八月、ホディスは四〇歳の誕生日のお祝いにヘス邸の庭に招かれた。残存する家族写真の一枚に、ハンス゠ユルゲン坊やを膝に乗せてピュッピのかたわらにいる彼女の姿がある。豊かな太い巻き毛が、華やかなスカーフでまとめられている。前ボタンのドレスは清楚で慎ましやかだ。所長は囚人と性的な関係を持った下級看守にきわめて批判的でありながら、ホディスを口説くのにためらいを覚えなかった。

抱きあうふたりを、庭師のスタニスワフ・ドゥビエルが目撃した。彼はまた、ヘートヴィヒが夫と〝あの女〟のことで口論するのを耳にしたと主張している。ヘートヴィヒはルドルフが家を留守にするとすぐホディスをお払い箱にした。ホディスによれば、収容所の牢に収監されているときに所長がやってきて、有無を言わせず性行為におよんだ、その後ほどなく無理やり堕胎させられた、という。ヘス家では、彼女の名前を口にすることが禁じられた。何年も経ってから、ヘートヴィヒはホディスとの情事に関する書籍の記述を次のことばで抹消した。「こうして、だれも真実を知ることのないロマンスが作られた[52]」

ヘートヴィヒ本人のアウシュヴィッツでの性生活については、近隣のヘウメクにある靴工場の売店責任者とあずまやで激しく抱きあっていたという噂はあったものの、完璧なナチスの妻にして母親というイメージが保たれていた。ルドルフは妻がアウシュヴィッツの本質を――絶滅収容所であると――知ってから、自分たち夫婦の性生活はめったになかったと主張した。ここで疑問が湧く。親衛隊員の妻たちは、激化する大量殺戮についてどこまで知っていたのか。そしてもっと重要なのは、どこまでそれを気にかけていたのか。

ヘスはヒムラーに、絶滅計画を帝国の秘密事項にしておくと約束した。当のヒムラーも、この計画は「われわれの歴史に記録されていないし、けっして記録されることのない栄光のページ」になると明言した[53]。ヨーロッパ東部の殺戮現場を視察しながら、ヒムラーは妻のマルガレーテと娘のグドルーンにたびたび手紙を書いて、自分の健康状態や膨大な仕事量など近況を知らせ、機会があるごとにみやげものを送った。たとえばブランデー、本、石鹸、シャンプー……チョコレート、クッキー、コンデンスミルク……布地、刺繍細工、ワンピース、毛皮などなど。

マルガレーテ・ヒムラーはアルタマーネンとナチスのイデオロギーに傾倒して、ユダヤ人を〝下層民〟と呼び、彼らが「鉄格子の向こうに閉じこめられて死ぬまで働かされる」よう願っていた。それでも夫は、自分が命じて立ち会った絶滅行為について手紙にひとことも書かなかった。マルガレーテはダッハウ収容所の囚人を邸で働かせていたが、むごい現実は知らされずにいたのだ[54]。

かたやヘートヴィヒは、アウシュヴィッツを含む上シレジア地区の大管区指導者、フリッツ・ブラーハトとの社交行事がきっかけで、この件に関心を抱いた。ブラーハトとその家族は近くの都市、カトヴィツェに住んでいた。ハインリヒ・ヒムラーが一九四二年七月にアウシュヴィッツ利益地域の視察旅行をしたさいに、ブラーハトが接待役を務めた。ヒムラーたっての要請で、ヘートヴィヒ・ヘスも招かれた。こうした正餐では、男たちが政治や事業について話しあえるよう、婦人たちは食堂に〝退く〟のが通例だった。あるとき、ブラーハトはヘートヴィヒの前で、死の収容所の本質についてあからさまに話しすぎた。彼女はあとから、大管区指導者のことばは本当かと尋ね、ルドルフはそうだと認めた。[55]

ヘートヴィヒはナチスのヘイトスピーチと無縁ではなかった。アルタマーネンの人種差別的な信条を進んで受け入れていた。ダッハウとザクセンハウゼンの〝再教育〟収容所の近辺で子どもたちを育てた。正当な所有主から奪った家に住み、死者から剝ぎ取った服を着て、元の生活や家族から強制的に引き離した奴隷労働者を使っていた。なのに、反ユダヤ主義のプロパガンダの毒が、密閉された部屋に撒かれるツィクロンBの結晶の毒に変わったことは、それほど思いがけない新事実だったのだろうか。

もし、ヘス家の屋根裏部屋で縫い物をするマルタが、収容所の上空を見て仲間の囚人たちがどんな扱いをされているのか悟ったのなら、どうしてヘートヴィヒの目はそんなにまで何も見えずにいたのか。もし、地元のポーランド人が薪の山の煙や煙突の炎が意味するものを、そして到着したあと消えてしまった人々が意味するものを認識していたのなら、どうしてヘートヴィヒはそんなにまで何も知らずにいられたのか。もしかしたら、ヘートヴィヒは自分の見たいものだけを見ていたのかもしれない――自分の美しい庭、自分の絵画、自分のタペストリーとドレスを。

ほかの親衛隊員の妻たちは、夫が犯している罪をはっきり認識するのを避けて心の平安を保っていた。帰宅した夫の親衛隊ブーツから女中が糞便を取りのぞき、制服の血を洗っていた。では、収容所から漂う臭いは？　「ただの、ソーセージ工場のニンニクの匂いよ」と、エルフリーデ・キットは言った。彼女の結婚相手は、おぞましい実験の数々を囚人に行なった収容所の医師だった。キット夫人は夫の助手を務めていた。非番のときは、収容所からくすねた布地と香水を享受した[56]。

　ヨーゼフ・メンゲレの新妻イレーネは、もっと率直に夫に尋ねた。

「あの臭いはどこから来るの？」

「わたしに尋ねないでくれ」と彼は答えた。

　妻は気を利かせてその話題を避けたが、夫の医学的な職務と、死ぬ人間を選別する役割について知っていた。さらに、焼却棟の向かいにある親衛隊病院でジフテリアの治療を受けてもいた[57]。

「あなたのところの人たちが、ここで女性や子どもをガスで処理していると聞いたわ。あなたがそんなことにかかわっていないといいんだけれど」と、フリーダ・クレーアは夫に言った。

「ぼくは殺さない、治してるんだ」と彼は妻を安心させた[58]。

　クレーア医師は、白衣またはピンクのゴム製エプロンとゴム製手袋を身につけ、囚人の心臓に手ずからフェノールを注射して何千人も殺害していた。一九四三年からは消毒コマンドの責任者となり、ツィクロンBで衣服やバラックからシラミを駆除し、囚人たちをガスで殺した。

　美人のエーリカ・フィッシャーは、ベルベットのシーツとモノグラムの刺繍入りランジェリーを堪能していた。夫のホルスト・フィッシャー医師は、ビルケナウの積みおろし場《ランペ》で選別する責任者だった。フィッシャー夫人はポーランド人女中に誘惑的な服で着せ替えごっこをさせた。夫人が親衛隊病院に入院しているあいだに、ビルケナウの〝ジプシー収容所〟が一掃された。夫はこの行為を隠そうとせず、ジプシー〔シンティ・ロマ〕は「煙になって昇っていった」と話した[59]。

　ユダヤ人、ポーランド人、戦争捕虜、ロマ、シンティ、同性愛者ほか大勢の大量殺戮を知っていたからといって、親衛隊員の妻たちは共犯者になるのだろうか。彼女たちは傍観者なのか、それとも、犯罪者とごく親密だったから同じ罪にまみれていると言えるのか。ナチスの女性たちは政治、軍事上の積極的な役割から徹底的に排除されてはいたが、さまざまな政策を策定して実行した男たちを支えてきた。だが、ゆゆしいことに、これらの行為は第三帝国では犯罪ではなかった。おそらく、より妥当な問いは、これらの女性は同胞の男たちが迫害した人々の運命を気にかけていたか、だろう。

アウシュヴィッツの赤十字の理事、ファウスト夫人は、ユダヤ人の囚人にパンを請われると悲鳴をあげて警察を呼んだ。

カナダでブラーハに縫い物をさせていた親衛隊軍曹の妻、ヴィーグレップ夫人は、家や庭へ働きに来た囚人たちにケーキを与えていた。

レジスタンスから「アウシュヴィッツ一いやなやつ」と呼ばれた男と結婚したパリッチュ夫人は、ポーランド人女中によるとやさしい心の持ち主だった。だが、自宅のある囚人の働きぶりがお粗末だとパリッチュ夫人が不平を漏らし、その囚人は拷問された[60]。

アウシュヴィッツ看守の妻グレタ・シルトは、クリスマスにお金や菓子やエプロンをポーランド人女中に与えた。赤ん坊を産んで母親がその世話を手伝いに来たとき、グレタは窓際に立って外の砂利穴で働く囚人たちを見ながらすすり泣き、「こんなこと、あってはいけない」と繰り返し言った[61]。

身だしなみのよいケーテ・ローデは、おいしい食べ物や布地をポーランド人女中に惜しみなく与えた。彼女はパーティーと美しいものをこよなく愛した。カナダから調達した品物は過マンガン酸カリウム溶液で丹念に洗われた。一九四四年夏にハンガリーからユダヤ人の大量移送が到着したと聞いて、彼女は大喜びした。「宝物の山」が運ばれてくるからだ[62]。

では、ヘートヴィヒはどうだったのか。

祖母は意地悪な欲の深い女性で、恥知らずにも所長の妻としての地位を濫用しました――ライナ

ー・ヘス[63]

ヘートヴィヒは自分の邸や庭で働く囚人たちに親切だったと言われている。彼らに食べ物やたばこ、花束を与えていた。彼女も夫も、囚人の配置換えや処罰、ときには処刑さえも中止するよう取りなした。ほかならぬマルタの命も、ヘートヴィヒとルドルフに助けられたことがある。ヘス家の庭師、スタニスワフ・ドゥビエルは三度も命を救われたが、反面、ヘートヴィヒが夫のことを〝ヨーロッパのユダヤ人絶滅のための特別全権代理人《ゾンダーベアウフトラークター・フュア・ユーデンフェアニヒトゥング・イン・オイローパ》〟と呼ぶのを耳にしている。ヘートヴィヒは「いずれイギリスのユダヤ人の番も来る」と断言してもいた[64]。

所長とその妻はおそらく自分たちに都合がいいから私用の奴隷労働者を救ったのだろうが、いっぽうで、アウシュヴィッツに到着した大勢のユダヤ人移送者はただちに殺されるか、想像を絶する苦しみのなかで働かされたのちに死んだ。

ヘートヴィヒ・ヘスのお針子として働くあいだ、マルタは勤労者と避難所というふたつの役割のバランスをとらなくてはならなかった。ある側面から見れば、彼女は仕事ぶりが重宝されて、邸ではよく知られた顔だった。べつの側面では、自分のつらい経験から収容所で囚人がいかに苦しんでいるか知っていたので、自分の守られた立場を使ってほかの人々を助けようと心に誓っていた。彼女はふたりめのユダヤ人お針子を屋根裏の作業場へ引きいれることに成功し、結果的に、ひとりの女性をビルケナウの地獄から救出した[65]。

ある日、ヘートヴィヒは屋根裏の階段をのぼって、ふたりの女性が縫うさまを眺めた。そして、ふいに口を開いた。

「すいすいと上手に縫うのね。どうして、そんなふうにできるの？　だって、ユダヤ人は寄生虫で詐欺師だし、何もせずにカフェでだらだら過ごしてきたんでしょう。どこでこんなふうに働くことを覚えたの？[66]」

ヘートヴィヒの称賛のことばには、反ユダヤ思想が染みこんでいた。彼女の目に、マルタはユダヤ人として映っていたのか、それとも人間として映っていたのか。

マルタの裁縫の腕を称賛したのは、ヘートヴィヒだけではなかった。ほかの親衛隊員の妻が、マルタの個人的な奉仕をうらやましがるようになった。彼女たちもユダヤ人の才能を搾取して手持ちの衣装を増やしたがった。ヘス夫人に恩恵を独り占めさせてはなるものか、と。ヘートヴィヒはこれを機に、屋根裏の裁縫作業場を拡張しようとした。そして新しい施設を思いついた。ナチスのエリート階級のために、強制収容所内に設けた秘密のファッションサロンだ。

傍観者か、同情者か、共犯者か、いずれの立場にせよ、アウシュヴィッツの親衛隊員の妻たちは、やがてこのサロンでマルタの顧客となった。彼女たちの気まぐれなファッション熱に、ほかの大勢の運命がかかっていた。アウシュヴィッツの搾取のシステムは、囚人を窮乏させて殺すよう設計されていた。マルタはそのシステムを利用して囚人たちを救うこととなる。

第八章　一万人の女性のうち

ビルケナウの一万人の女性のうち、少なくとも五〇〇人は腕のいいお針子がいたと断言できますが、彼女たちは幸運に恵まれませんでした——ブラーハ・ベルコヴィッチ

「あなたの番号が出てたよ」——日常の会話で無造作に使われる表現だ。

収容所にいる囚人にとって、自分の番号を示されるのは、終わりへの最後の一歩になりかねない。

一九四三年初夏のある日、イレーネ・ライヒェンベルクの番号が呼ばれた——二七八六番、と。

集団の外へ出されてしまったら、ふつうは、どうあがいても問題を抱えることになるので、親衛隊看守の関心を引かないに越したことはないのだが、イレーネは自分の番号を耳にし、最悪を覚悟しながら前に進み出た。どうなろうと、かまうものか。彼女はいまなお、三人の姉妹、フリーダ、ヨリ、エーディトの死を悼んでいた。いまなお、死は逃げ道だという考えに誘われていた。

今日では悪名高いれんが造りの収容所入り口の横にある、ビルケナウ管理棟にイレーネは送られた。ここで服を脱がされ、医師の検査を受け、こう尋ねられた。「職業は?」

「お針子です」彼女は答えた。

この簡単な答えによって、彼女は命と心を救われることとなった。

ヘートヴィヒ・ヘスがアウシュヴィッツにあらたに設立したファッションサロンの、選ばれし仕立て職人の仲間に加わったのだ。そのサロンはオーベレ・ネーシュトゥーベ、高級服仕立て作業場と呼ばれた。イレーネが選ばれたのは、腕前がずば抜けていたからでも、専門分野の経験が豊かだったからでもなく、このサロンの秀でた新任カポ、マルタ・フフスの姻族だったからだ（イレーネの兄ラチが、マルタの姉トゥルルカと結婚していた）。マルタはサロンを監督する親衛隊女子――報告責任者《ラポートフューレリン》のルパート――に、服の注文が多すぎて働き手が足りないと告げた。

「だれか、これという人はいるの？」ルパートは知りたがった。

「はい。ライヒェンベルク、イレーネ、二七八六番です」

ぶじ作業場に加わると、イレーネはマルタにせがんだ。「あのね、親友がいるの――ベルコヴィッチ、ブラーハ、四二四五番。すごく優秀なんです――彼女も要請してもらえませんか？」

マルタの説得にはさほど苦労しなかった。イレーネが来て二カ月後、ブラーハがサロンに迎え入れられた。そして、すぐさま告げた。「わたしには妹がいて……」

二週間後、カトカ・ベルコヴィッチ、四二四六番が、コートとスーツを仕立てる新任の専門職として呼ばれた。

一九四三年秋には、高級服仕立て作業場は女性ふたりから一五人にまで拡大し、さらに数が増えようとしていた。

死ぬ人間を親衛隊が選んでいるこの場所で、マルタは助手を選ぶことによって、生きる確率が高くなる道へと彼女たちを導いた。当然ながら、まずは自分の知っている女性を指名した。収容所ではこんなふうに特権が働くのだ。縁故の、いや〝庇護の〟ネットワークが鍵を握っていた。マルタのお針子の集めかたから、ユダヤ人の囚人にしろ、ほかの囚人グループにしろ、アウシュヴィッツでは家族や民族のきずながいかに緊密だったかがうかがえる。家族が引き裂かれたときは、イレーネがそうだったように、激しい悲しみがおのずと絶望に結びついた。健全な精神を保つにはなんらかの形のつながりや協力関係が必要不可欠で、精神面での強さがひいては肉体的な回復力をもたらした。

所長のヘスは、ユダヤ人家族のきずなの強さをあざ笑って「連中はヒルみたいに互いにくっつきあっている」と述べている。ところが、すぐあとでこれと矛盾した見解を示し、ユダヤ人の連帯感の欠如を嘆いてみせた。「こういう状況では、互いにかばいあうものと思うだろう。ところがどうして、まるきり反対なのだ[1]」

ヘスは囚人の精神構造がよくわかるとたびたび自慢していながら、連帯感にしろ内輪のいざこざにしろ自分が収容所内に生み出してきた責任を放棄したばかりか、アウシュヴィッツの囚人が抱える複雑な人間らしい感情になんら共感を示さなかった。もし、愛情、献身、自衛といったあたりまえの本能があると認めたら、囚人はちゃんとした人間だと認めることになってしまう。

これこそは、ヘスが何がなんでも認めまいとしていたことだ。もし囚人が人間であるなら、彼らに対する自分の扱いは非人間的にほかならない。ヘスにとっては、偏見という防護壁をこしらえるほうが、自分——就寝前の子どもたちにおとぎ噺を読んで聞かせる、うわべは愛情深い家庭的な男性——を人でなしと考えるよりも楽だったのだ。

特権を持つ囚人が依怙ひいきをしていることにヘスは気づいていたが、多すぎる人々が乏しすぎる資源を奪いあう、こんなぎすぎすした環境を生み出したのは彼と彼の政権だという事実は、あえて無視していた。そして、収容所でいい仕事をもらおうと争う女性たちを批判した。

「その地位が安全であればあるほど、いよいよ激しく、それを求めて争った。他者への思いやりなどなかった。すべてをかけた争いだった。そういった地位に空きを作るため、あるいは、それにしがみつくためなら、いかなる手段をも辞さず、いかようにも邪悪になれた。たいていは、不道徳な者が勝利した[2]」

アウシュヴィッツには正真正銘の犯罪者――殺人や性暴力を行なった者など――もたくさんいたが、かたや人種、宗教、政治的見解、性的志向、文化を理由に逮捕された一般民間人もいた。どんな背景を持つにせよ、生き残った者は、当然ながら、相対的に高い地位と権力を勝ち取っていた。収容所の古参、つまり、逆境にめげず何カ月も何年も生き残ってきた人たちは、尊敬されたし、たいていは恐れられた。

早い時期にアウシュヴィッツへ来た人には、低い番号群が入れ墨されていた。ここで長く耐え抜いてきた彼らは、〝低番号〟と呼ばれた。アウシュヴィッツ体制の〝古参者〟である低番号のスロヴァキアのユダヤ人たち――第一陣の女性移送列車で収容所に来た人たち――が、可能なかぎり自分に有利に状況を変えるすべを知っていたのは当然のことだ。みんなが望む仕事に就いた人々のなかには、その地位を利用して少数のお気に入りをひいきし、半犯罪者の徒党を組む者もいたが、ほかの人たちはもっと慈しみあえるグループを形成した。ヘスが見ようとせず、認められずにいた、協調と思いやりの精神に突き動かされたグループだ。

ヘスはアウシュヴィッツの囚人を、あたかも野蛮な動物園の檻に入った異なる種であるかのように扱い、ほかならぬ自分の組織が落ちぶれさせて動物的な生存戦術に訴えるしかなくなった人間だとは考えなかった。〝他者への思いやりなどなかった〟という冷たい非難のことばは、大量殺戮をなす超然たる権力を彼が持っていたことを思うと、ひときわ背筋が凍りつく。そしてまた、カポのマルタ・フフスに当てはめた場合、このことばはどう考えても事実に反していた。

そう、マルタは他者を助けるために自分の特権を使った。新設の女性服仕立て作業場は、できるかぎり多くの女性をビルケナウから救出する避難所となったのだ。

従来女性の仕事とされてきた裁縫が彼女たちの救済手段になったように、書記の仕事の世界でも性差が反映され、支えあいが可能になっていた。親衛隊の管理体制では、仕事の配置に関する記録をタイプし、ファイリングし、保存するのは、ユダヤ人の女性囚人だったのだ。彼女たちは親衛隊の管理棟、すなわちシュタープスゲボイデで働いていた。

カーチャ・スィンゲルは、アウシュヴィッツ管理棟で二年間、囚人台帳――ラーガーブッフ――の仕事に従事していたチェコのユダヤ人だ。彼女はあからさまに自分のコネを用いて仲間の便宜を図っていた。ある親衛隊の将校に、どうして特定の囚人を助けるようせがむのかと尋ねられ、率直に「わたしと同じ国の人ですから」と答えた[3]。

シュタープスゲボイデの書記スタッフは、複雑なファイリングシステムを収容所のレジスタンスに利用するようにもなった。カーチャが管理していたラーガーブッフは、労働者の統計データの分析に必要不可欠だった。労働登記部《アルバイツデイーンスト》が、特定の職務に何人の囚人が使えるかを記録した。労働配置部《アルバイツアインザッツ》は、必要な場所に囚人労働力を供給することを目的としていた。

経済管理本部のDII部に、一カ月に一度、特定の職業に何人の囚人を配置できるかが知らされた。さまざまな職業コマンドのカポたちが毎週本部に要望を送り、必要な労働者の数と技能を伝えた。しかるべき労働者を囚人の書記が推薦した。彼女たち書記は、友人がましな仕事に就けるよう取りはからったり、気に入らない囚人をつらい労働部隊に送って恨みを晴らしたりできた。

こうして、マルタは綿密なカード式の索引を調べ、どの友人が収容所にいて、どの番号を呼ぶべきなのか確かめることができた。

ビルケナウの悪夢に閉じこめられていた囚人も、彼女たちなりにコネを作ろうとできるかぎりのことをした。ささやかな改善を望むというより、生か死かの問題だった。ラビの娘でイレーネの友人のレネー・ウンガーは、いっとき事務の仕事に就いていたが、一九四二年一〇月に一般の労働部隊に戻された。そしてチフスの高熱とマラリアのせいで衰弱し、自分がもう長くは持たないのを悟った。昼も夜もいかに自分を救うか考えた。彼女は自分が書記またはお針子の仕事ができることを周囲に広め、もうこれ以上持ちこたえられないと思えたとき、高級服仕立て作業場のマルタのコマンドに受け入れられた。

レネーは自分の幸運を率直に認めた。ビルケナウにはフランス出身のオートクチュールの裁縫師もいるのに、自分はまだプロの仕立て職人ですらないのだ。マルタは、仕事をしながら学べるから、と彼女を安心させた。比較的安全な場所にたどり着いても、レネーはほかの何千人もの少女が死にかけていること、自分の友だちもそこにたくさんいることを忘れられなかった。

カナダで働いていたイレーネに親切にしてくれたスロヴァキア人、ルドルフ・ヴルバは、低番号のスロヴァキア人女性の特権が、高い代償を払って手に入れたものだと認識していた。「たとえいま、彼女たちがある程度の特権を享受していようと、その前におそろしくつらい思いをしたのだ」と彼は述べている。[4]

一九四二年にアウシュヴィッツに到着した第一陣のユダヤ人移送者のうち、九〇パーセント以上が最初の四カ月で死んだ。スロヴァキアから移送されたユダヤ人女性一万人のうち、家に戻ったのはわずか二〇〇人ほどだった。[5]

あんたが縫えるか調べてやる。もし嘘だとわかったら、第一〇ブロックに送るからね！——ラーガーフューレリン、マリア・マンデル[6]

フーニア・フォルクマン、四六三五一番は、生まれつき自尊心と不屈の精神の持ち主だが、それでもやはり絶望の淵へ追いやられていたときに、番号を呼ばれた。彼女は低番号の強みを持っていなかった。紡績コマンドでの重労働で疲弊し、高熱で朦朧とし、強い痛みをともなう細菌性の膿瘍で衰弱して、なすすべもなく病人リストに番号を記載された。囚人用レヴィアの不潔さに、彼女はぞっとした。ベッドは糞便だらけ。寝具はなく、体を洗う機会もなかった。裸体をシラミが這った。ベッドをともにした人が次々に死体になった。

　フーニアは友情とまごころに救われた――ナチスがあらゆる虐待を尽くしても一掃できなかったものだ。かつてライプツィヒのユダヤ人病院で働いていた友人、オッティ・イツィクソンがレヴィアで介抱してくれた。医療面でできることはたいしてなかったが、ユダヤ人の患者が残らず死に選別される日に、建物内の非ユダヤ人区域にフーニアを隠すよう手配してくれた。四六三五一番は、生ける屍が乗ったガス室行きの荷車に放りこまれはしなかった。

　生にしがみついて四週間過ごしたのちに、フーニアは解放された。よろよろとバラックに戻ると、友人たちが信じられない知らせで出迎えた。なんと、シュタープスゲボイデの仕事――伝説的な職務――に彼女が呼ばれていた、というのだ。ところが、レヴィアにいたせいで、フーニアは機会を逃してしまった。病人はだれひとり、親衛隊の近くにいることを許されていない。

「だいじょうぶ」と友人たちは慰めてくれた。「きっと、また呼ばれるから」

　フーニアの配置転換要請の鍵となったのは、カナダだった。故郷の町ケジュマロクの若い女性数人が、カナダの略奪物から書類を仕分けていたときに、フーニアのパスポートを見つけた。彼女たちはすぐさま、フーニアのいとこ、マリシュカに知らせた。マリシュカはシュタープスゲボイデで親衛隊高官の書記として働いていた。そしてマルタ・フフスに相談し、今回の召喚となった[7]。

　フーニアは二回めのチャンスがあるとは期待していなかった。そのチャンスが訪れても、まだ不安でぴりぴりしていた。というのも、第一〇ブロックに送られたからだ。収容所内に広まっていた第一〇ブロックにまつわる恐怖の物語は、どれも事実だった。ここは医学的な拷問所で、ヨーゼフ・メンゲレに率いられた親衛隊医師たちが、生きた人間に実験を行なっていた。

フーニアはほかのお針子候補者数人とともに、医学的検査を受けるのを待っていた。だれであれ親衛隊の近辺で働く者は、健康で伝染病にはかかっていないと示される必要があった。フーニアの傷は治りかけていたが、病気のせいでまだ熱っぽく、合格しない可能性が高かった。だが、またもや幸運と人の親切心がひと役買った。第一〇ブロックの看護師のひとりが、フーニアの家族の知りあいで、医師が高熱を読み取る前に体温計をさっと振って表示をさげたのだ。

フーニアはシラミを駆除されていた。それでも、親衛隊の医師は彼女の近くへ寄りたがらなかった。自分の椅子に座ったまま、やれこちらを向け、あちらを向けと指示し、本人をろくに見もしないで所見を書いた。彼にとって、フーニアはただ単にもう一体の肉体にすぎなかった。彼女にとって、これは人生が大きく変わりうる判定だった。

結果を待つ苦悶のときが訪れた。ようやく、フーニアは自分の名前を耳にした。合格したのだ。

高揚感と不安を抱きながら、フーニアは次に指示された職業面接に急ぎ向かった。ほかの候補者たちはすでに縫っていた。ひとり、またひとりと試験官の前に四人が呼ばれた。わずかふたりが、そのグループから選ばれた。うちひとりが、フーニアだった。四六三五一番はいまや、正式にシュタープスゲボイデに配置転換された。

わたしたちは完全に地獄を抜け出しました――カトカ・ベルコヴィッチ[8]

ビルケナウの汚い大気のなかから出て、およそ二キロの道を行進するのは至福だった。鉄道の側線を越え、町はずれを抜け、各施設を結ぶ道路を進み、アウシュヴィッツ基幹収容所に向かった。フーニアの目的地――マクシミリアナ・コルベゴ通り八番地のシュタープスゲボイデ――は、収容所のたいていの建物より大きく、全部で五フロアあり、感じのよい左右対称の切妻屋根が載っていた。ドイツ軍があらたな強制収容所施設を作るために土地建物を接収したとき、この均整の取れた建物は、ポーランドのたばこ公社から没収された。そして第二次世界大戦の勃発後から、アウシュヴィッツ官僚機構の心臓部として利用されていた。

ヒムラーはアウシュヴィッツ利益地域を農業および工業の中心地にして、戦争の遂行を全面的に支えさせると同時に、親衛隊の権力増大にも貢献させる腹づもりだった。多数の企業が大勢のスタッフと適切な管理体制を必要としていた。シュタープスゲボイデはこうした施設群の中核をなした――「ユダヤ人の女囚人がうようよいる」とヘスは嘲笑したが、そのじつ彼女たちの無報酬労働を濫用していたのだ。シュタープスゲボイデには、親衛隊の女性看守、親衛隊員の家庭で使われていた囚人（もっぱらエホバの証人の信者）、さらには洗濯や繕い物といったさまざまなコマンドがいた。また、弾薬庫、看守用の理美容室、三〇〇人の囚人労働者が寝泊まりする地下の宿舎、そしてヘートヴィヒ・ヘスのファッションサロンがあった。

ヘートヴィヒの居心地のよい邸は、アウシュヴィッツ基幹収容所を取り巻く壁からわずか徒歩一〇分だった。仮縫いに訪れるにはさほど遠くない距離だ。マルタはこの道のりをよく知っていた。というのも、高級服仕立て作業場のカポの任務に加えて、いまも邸で仕事をするために戻らなくてはならなかったのだ。

シュタープスゲボイデに到着したフーニアは、手入れされた庭も、電気柵も、監視塔もろくに目に入らなかった。アウシュヴィッツ収容所史上最初の点呼があった庭を自分が横切ってきたことも、まさにこの建物にアウシュヴィッツ最初の囚人たちが収容されていたことも、彼女は知らなかった。また、数十年後の未来に、この建物が地元のポーランド人生徒向けのさわやかな職業学校になっていることも予想だにできなかった。到着した瞬間、彼女の頭に浮かんだのはただひとつ、これは夢ではないかということだった。

護送役がふたりの新人お針子を地下の戸口へ案内して、叫んだ。「あらたな荷物の到着！」洗濯物をぴしゃぴしゃ叩きつける音と、厨房から漂う食べ物の匂いがした。素朴でささやかながら、日常生活を思い起こさせるものだ。

かわいらしい少女が駆けてきて、フーニアを見あげ、眉根を寄せた。それからぱっと顔を輝かせて喜びの声をあげた。「あなたなのね！」

袋状の寸胴型ドレス、紐で留めたストッキング、げっそりした顔、白髪交じりの頭、痩せこけた体をひどく気にしていたので、フーニアは顔をゆがめて答えた。「何を期待していたの？ ケジュマロクにいたときと同じ姿だとでも？」

戦前、ふたりは知りあいだったが、フーニアはビルケナウでひどく容姿が変わってしまい、ほとんどそうとわからなくなっていた。少女は何度も非礼を謝って、まずはフーニアを洗い場に案内し、それからシュタープスゲボイデの最下層の地階に降り、繕い物の作業場《フリックシュトゥーベ》でほかのスロヴァキア人囚人たちに引きあわせた。

ビルケナウの惨状を抜け出して、これほど温かく幸せな仲間に迎え入れられるのは、フーニアにとっておそろしくシュールレアルだった。だれもが彼女を目にして喜んだ。この再会は少しばかり騒々しくなり、ブロックリーダー——全体の秩序と清潔さと食糧分配に責任を負う囚人——の注意を引いた。

シュタープスゲボイデのブロックリーダーは、ドイツ出身の政治犯でキリスト教徒のマリア・マウルだった。熱烈なコミュニストだったせいで、彼女はナチスが一九三三年に権力の座についてから刑務所や収容所を出たり入ったりしていた。[9] 公正で物わかりがよく、尊敬されていた。そうであっても、彼女はこの騒ぎはいったいなんなのか知りたがった。

「フーニアです」案内してきた少女がにこやかに答えた。「わたしたち、長いこと会ってなかったんですよ！」

肩に手が置かれるのを感じて、フーニアがふり向くと、高級服仕立て作業場のカポ、マルタ・フフスが目に入った。マルタはにっこり笑って自己紹介した。

「上階の仕立て作業場に行きたいですか？」

命令と暴力の数カ月を過ごしたあとで、自分の意向を尋ねられたことにびっくりした。フーニアは自尊心がいくらか戻った気がした。

「いえ」と答えた。「きょうはもう遅いので、あしたの朝から仕事を始めたいのですが」

こんなちょっとしたことでも、自主性がとことん剝ぎ取られていた人間には、大きな回復をもたらした。

マルタが去ったあとで、ほかの女性たちがことばに気をつけなさいとフーニアに言った。べつのカポが相手だったら、口答えひとつするだけでひどく罰されたはずだから、と。


親衛隊は、自分たちに接する囚人が清潔であること[10]、自分たちの服が非の打ちどころのない見た目であることを求めました――エリカ・コウニオ

シュタープスゲボイデでの生活は、収容所施設群のほかの場所にくらべると天国だったが、宿舎の窓にはやはり鉄格子があった。シュタープスゲボイデにでかでかと掲げられたことばが、ここで働く囚人たちの不確かな地位を要約している。
アイネ・ラウス・ダイン・トート
シラミ一匹、おまえの死

親衛隊が発疹チフスほかの病気を恐れたおかげで、この管理棟では、囚人たちは水道水、ちゃんと水の出るシャワー、水洗トイレを使えた。そのいっぽうで、伝染病の徴候が少しでもあればシュタープスゲボイデを追い出され、ほぼ確実にビルケナウで死ぬこととなった。シュタープスゲボイデの環境はすばらしすぎて失うわけにはいかなかった。

巨大な地下宿舎には、全員に行き渡るほどベッドの数がなく、女性たちは交替で眠った。とはいえ、ひとり一台はちゃんと確保できた。日勤の人間が起きて仕事に出かけたあとで、夜勤の人間が暖かい寝床にもぐりこんだのだ。フーニアは、親衛隊員の汚れたリネン類を夜通し洗って疲れきった洗濯係とベッドを分けあった。世間一般の基準からすると、木製の二段ベッドは粗悪で寝具も不十分だった――わらを詰めたマットレスにシーツを一枚広げただけで、上掛けは毛布が一枚きり。だがアウシュヴィッツの基準では、五つ星の豪華さだった。最終的に、フーニアは自分の寝床用の掛け布団をオルグした。

シュタープスゲボイデの最初の数日間、フーニアは毎朝体を洗って着替える時間が持てる新鮮さを噛みしめた。起床ラッパは、午前五時。点呼は午前七時に、照りつける太陽や暴風雨や雪のなかではなく地下の広い廊下で実施された。それもすぐに終わり、みんなそろって仕事を開始できた。女性たちがヘッドスカーフの端を揺らし、「水から出て尾を振る小さなガチョウの群れよろしく」廊下を走るさまを、フーニアは楽しんだ。[11]

下の階の洗濯コマンド、ヴェッシェライの設備をこっそり使って制服を洗うことも、やろうと思えばできた。シュタープスゲボイデの書記たちは縞のワンピースと白いヘッドスカーフを身につけていた。お針子はグレーの綿ワンピースに白いエプロンと茶色いオーバーオールだ。親衛隊の洗濯物は、一九四四年に収容所が拡張されて機械が導入されるまではすべて手洗いで、一〇〇人の女性が昼夜交替で作業していた。汚れ物を浸ける水の桶と、煮沸用の桶、ごしごし洗うための洗濯板と平らにならすためのローラーがあった。洗った服は屋根裏に干された。

ビューゲルシュトゥーベ、すなわちアイロン室では、四〇人の女性が汗を流しながら、やはり昼夜交替で働いていた。ヘス所長は店から買ったばかりのように清潔でぱりっとしたシャツを好んだ。フーニアと同じ宿舎だったミュンヘン出身のゾフィー・レーヴェンシュタインは、メンゲレ医師、女性看守のイルマ・グレーゼ、ラーガーコマンドのヨーゼフ・クラーマー——全員がサディスト——の下着を洗うという、ありがたくない名誉にあずかった。[12]

食糧は全囚人に出されるものと同じで、不十分な内容だった。代用茶と代用コーヒー、たまにおまけとしてジャガイモの皮が入るカブのスープ、マーガリンつきのパンとソーセージ。道の真向かいにある基幹収容所の厨房から運ばれ、ときどきコックが追加でパンに脂肪分を塗ってくれた。ビルケナウの水っぽい残飯食でデリケートになりすぎたフーニアの胃は、ややましなシュタープスゲボイデの食べ物をうまく消化できなかった。どの女性にも共通する症状だが、彼女は長期的な栄養不良に悩まされていた。

とはいえ、食べ物をめぐって争う必要はなく、ビルケナウの食事時間の野蛮さからすると大きな進歩だった。本物の陶器で提供された食べ物を、地下の廊下か各自の寝棚で食べた。高級服仕立て作業場には、昼食のスープを温める加熱板すらあった。親衛隊女子が、感謝のしるしか罪悪感からか、たまに角砂糖やチョコレートバーをお針子たちに持ってきた。

もっとありがたいのは、シュタープスゲボイデの囚人には年に四回、郵便物の保管庫から包みをひとつ配られたことだ。これらはもともとアウシュヴィッツのほかの囚人宛の包みだが、本人に届けられることはけっしてなかった。再分配されるころには極上品はすでに親衛隊にくすねられ、食べ物の大半が傷んでいたが、たまに幸運に恵まれることもあった。女性たちはなんであれ手に入ったものを分けあった。

驚いたことに、シュタープスゲボイデの女性たちはときどき手紙を送ったり受け取ったりでき、また、極秘ルートを通じて情報のやりとりもしていた。現存するはがきの記述を見ると、彼女たちが故郷の友人から小包を受け取っていたことがうかがえる。シュタープスゲボイデでマルタと親しかったひとり、潑剌とした小さなエラ・ノイゲバウアーは、ブラチスラヴァのリプトフスカ通り五番地のジデル・ノイマン宛のはがきに、チーズふたつ、チョコレート、ベーコン、ソーセージ、トマト数個、ジャム、クリーム、アーモンド——大変なごちそうだ！——を送ってもらったお礼のことばを綴っている。[13]

マルタも潜伏中の家族宛にはがきを書き、食べ物の小包——とくにベーコンとレモン——への感謝を表すとともに、愛する人々へ〝何百万回ものキス〟を送った。[14] はがきに貼られた切手には、当然のように、アドルフ・ヒトラーの横顔が描かれていた。

シュタープスゲボイデで働く囚人とビルケナウの囚人との最も明らかなちがいを、フーニアは身をもって体験した——見た目だ。最下層の服からややましな衣服に着替えられたおかげで、選ばれし幸運な女性たちはみんな印象ががらりと変わった。ところが、そのせいで、看守は強大に、囚人は害虫のように見せるという、ナチスが確立させた演出を乱すことにもなった。〝超人〟と〝劣等人間〟の区別を維持するために、シュタープスゲボイデで働く囚人はやはり髪を短く刈られた。かたや親衛隊女子は四人の美容師を使って特権を増強できたし、髪結いサロンも利用できた。

清潔でまともな衣服は、人間であるという感覚を回復させてくれた。シュタープスゲボイデでは、囚人が〝制服ではない〟ものを身につけることに対して、ほかの場所よりはるかに寛容だった。管理棟にいたブラーハの友人のひとり、ギリシャから移送されてきたエリカ・コウニオは、カナダから〝オルグ〟したピンクのブラウスを縞の囚人ワンピースの下に着ていた。着るだけで贅沢な気分に浸れたし、彼女は大胆にも襟ぐりにピンク色をほんの少しのぞかせさえした。一九四四年夏には、親衛隊はシュタープスゲボイデのスタッフとの交流を大幅に正常化させ、これら囚人に小洒落た服を支給するよう決定した。当然ながら、そうした贅沢品には金銭的な手当てはなかった。新しい衣服はカナダで調達された。

そのシーズンは、水玉模様のワンピースが流行していた——一九四四年夏にビルケナウに到着して〝入所手続き〟を受けるユダヤ人たちの写真に、それが見てとれる——ので、移送者の旅行用かばんのなかから、あるいは移送者の体からじかに剝ぎ取られたものから、水玉模様がよりどりみどりだった。青とグレーの制服が、白い斑点つきの青いワンピースと取り替えられた。優美な新しいワンピースの肌触りにうっとりしながらも、これを最初に着ていた不運な女性はどうなったのだろう、とエリカ・コウニオは考えた。だが、心を鬼にしてこれを着るのよ、そしてシュタープスゲボイデで見聞きしたすべてを記憶しておくの、と自分に言い聞かせた[15]。

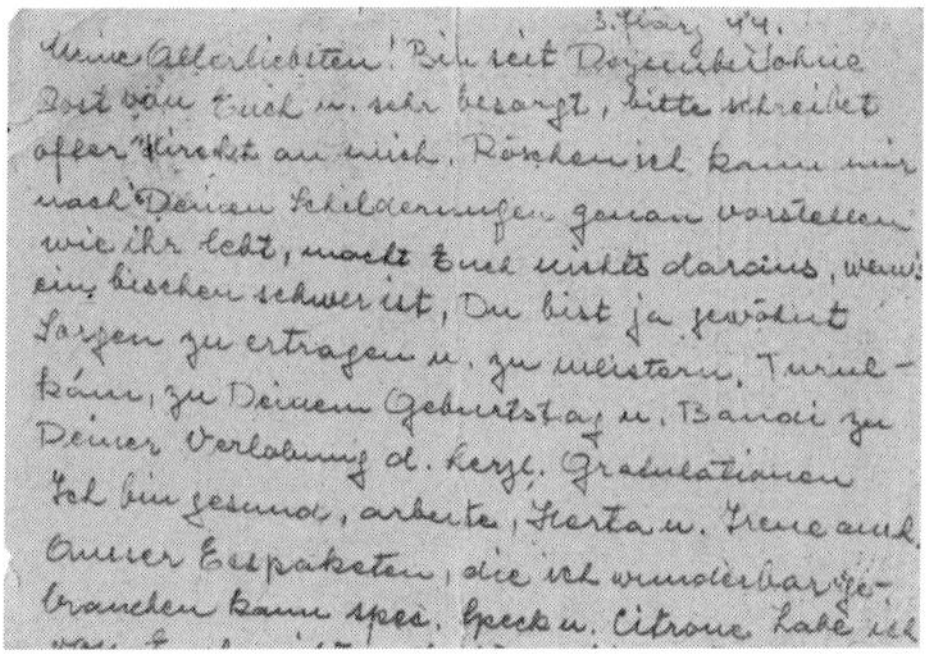
3. März 44.
Meine Allerliebsten! Bin seit Dezember ohne Post von Euch u. sehr besorgt, bitte schreibt öfter direkt an mich. Römchen ist kaum mir nach Deinen Schilderungen genau vorstellen wie ihr lebt, macht Euch nichts daraus, wenn's ein bischen schwer ist, Du bist ja gewöhnt Sorgen zu ertragen u. zu meistern. Turul-kám, zu Deinem Geburtstag u. Banai zu Deiner Verlobung d. herzl. Gratulationen Ich bin gesund, arbeite, Herta u. Irene auch Unser Esspaketen, die ich wunderbar gebrauchen kann spez. Speck u. Citrone.

14. マルタ・フフスからのはがきの細部、1944年 3 月 3 日。

見苦しくない清潔な衣服のおかげで人間性と尊厳が回復されただけでなく、シュタープスゲボイデには、高い技能と知性を持つ囚人が親衛隊員の近くで働くという側面もあった。必然的に、親衛隊員は囚人たちの人間性をいくばくか認めざるをえなかった。たとえば、管理棟近くの農業実験室で科学的な仕事をするフランス人囚人たちは、アウシュヴィッツ農場群の責任者で親衛隊中佐のヨアヒム・ツェーザル博士から、同僚とほぼ同じ扱いを受けていた。

ルドルフ・ヘスはそうした寛大さをことごとく遺憾に思っていた。「一般の雇い人と囚人との区別がつきにくい」と不満を漏らした。さらには、女性の囚人が人間らしく見えれば見えるほど、親衛隊看守がユダヤ人労働者と密通する危険性が増えると考えた。「親衛隊の兵士がかたくなに退けようとしても、彼女たちはその美しい目でひたすら働きかけて、自分の欲しいものを手にした」と彼は述べている。[16]

ヘスは親衛隊員と奴隷労働者の品格の差を保とうとした。ヘートヴィヒをはじめ親衛隊員の妻たちは、身なりのよい選ばれし女性としての品格を保とうとした。シュタープスゲボイデのファッションサロンにいるマルタのチームは、自分たちにうってつけの仕事をすることになる。

わたしたちは意義深い仕事をしていました——イレーネ・ライヒェンベルク[17]

フーニアにとって、シュタープスゲボイデでの最初の数週間は、到着した翌日に仕事を開始したあとも休暇のように感じられた。労働一日めはたまたま安息日だったが、ナチスは奴隷労働者のいかなる宗教的なしきたりも意図的に無視していた。ユダヤ人らしい生活の要素は何ひとつ許されず、仕事があらゆることに優先された。

ルドルフ・ヘスの見解では、仕事は囚人の生活を耐えやすくする。〝囚われの日々のいとわしさから気を逸らしてくれるからだ。アウシュヴィッツ基幹収容所の門にアーチ状に掲げられた悪名高き〝働けば自由になる《アルバイト・マハト・フライ》〟は、ヘスが作らせた。この標語はもともと、ナチスが最初に設けた強制収容所、ダッハウで生まれた。ヘスはその意味——仕事によって自由になる——を心から真剣に受けとめていた。一九二〇年代に、暴力的な殺人に加わって彼自身も囚人となった経験があり、怠惰な生活を強制されたせいで自尊心と意欲を失った。収監されているあいだ、彼は仕立ての仕事を与えられていた。

自身の回想録のなかで、ヘスは仕事の価値について延々と説き、仕事は文字どおり自由へ導くのだと主張した。たしかに、強制収容所の初期には、ゲシュタポや親衛隊のきまぐれで解放される囚人もいたが、彼らの仕事ぶりと解放とのあいだに立証しうる関連性はない。戦時中、収容所の囚人の大半は戦時産業を支えるために容赦なく働かされた。望める唯一の自由は、死による解放だった。それでも、ヘスの見識には、高級服仕立て作業場で働く女性たちの共感を得られそうなものがあった。囚人が「自分の職業に即した仕事、または自分の能力にふさわしい仕事を見つけたら、どんな不快な状況にあっても揺らがない精神状態にたどり着く」と、彼は主張している。[18]

アウシュヴィッツ政治局の囚人書記は、尋問や拷問のあいだ速記で議事録を取らなくてはならない。それを思えば、ファッションサロンはいいコマンドだった。フーニアはビルケナウの重労働とくらべて〝楽園〟と呼んだ。この場所で守られていると感じたのは、彼女だけではなかった。皮肉にも、外の世界では、男性が支配的なファッション業界においてお針子の地位がきわめて低かった。なのにいま、彼女たちは労働者の特権階級にのぼりつめたのだ。

仕事の初日、マルタはフーニアにほかの二〇人の女性を紹介した。これら古参者はみんな――イレーネ、レネー、カトカ、ブラーハも――すぐさまうちとけて歓迎してくれた。お針子の大半はユダヤ人女性だった。

スロヴァキアのレボチャ出身のミミ・ヘフリッヒとその姉妹がいた。ミミはスカーフの下から金髪の巻き毛をのぞかせていた。得意なのは、シャツと下着類だ。

スロヴァキア北部出身のマンツィ・ビルンバウムは腕のいいお針子で、その姉妹のヘダはカナダでの仕事に就き、ユダヤ人の荷物から略奪された貴重品を記録していた。マンツィは一九四二年七月、ハインリヒ・ヒムラーがアウシュヴィッツ基幹収容所を視察したとき、その前を裸で歩かされた女性だ。

三〇代なかばでハンガリー出身のオルガ・コヴァーチは、若い女性たちにはいい意味で年配の女性に見えた。おっとりして、落ち着きがあり、信頼できる人柄だった。自分の姉妹がガス室へ行進していくのを見守った経験があり、アウシュヴィッツはまちがいなく地獄だと思っていた。

スロヴァキア人のルル・グリュンベルクとバーバ・タイヒナーはいつも一緒で、姉妹のように仲がよかった。ルルはバーバの兄と婚約していた。いたずらっぽい目をした華奢な女性らしい少女で、ストラパチュキー（ジャガイモの団子とザワークラウトのシチュー）をお腹いっぱい食べたいとしじゅう言っていた。「あたしが死ぬ前には、ストラパチュキーを食べさせてね！」という名言を生み出し、友人たちにそのことでよくからかわれた。バーバはもっとがっしりした体つきだが、〝人形〟を意味するニックネームをつけられていた。彼女はスロヴァキアのユダヤ人移送列車第一弾で運ばれてきた。

スロヴァキア出身の若いシャリは、近くのイー・ゲー・ファルベンの工場労働から異動させられ、つねに不満を言っていた――なかには、うなずける理由もあった。[19]

コシツェ出身のカトカという美しい女性は、縫い物がちっとも得意ではなかったが、おそらくはその容姿のおかげで守られることになった。ブラーハの妹カトカとの混同を避けるために、金髪のカトカと呼ばれていた。

たぶん、チームのなかでいちばん技能がないのは、いちばん若い子でもある、一四歳のロージカ・ヴェイスだろう。愛称はチビ。ハンガリー語の鶏《チルケ》が由来の、ひよこちゃんという意味だ。ロージカのおばのベルタは、マルタが高級服仕立て作業場を設立するのを手伝ったが、その後ほどなく亡くなった。マルタは〝ひよこちゃん〟の面倒を見ると約束し、弟子に採用して、ピンを拾うとかいった簡単な作業をやらせた。ひとりきりでは、ロージカは長く生きられなかっただろう。彼女もまた、命を救われたひとりだ。

スロヴァキアのトルナヴァ出身のヘルタ・フフスもトップクラスのお針子ではなかったが、マルタのいとこであり、いつもにこにこして感じがよかったので、作業場の人気者だった。

ほかには、エステルとツィリというポーランド人女性がふたり、それからエラ・ブラウン、アリス・シュトラウス、レンツィ・ヴァルマン、エレーネ・カウフマン、おそらくはドイツ人女性のルート。彼女たちの経歴やその後の運命にまつわる詳細は、いまももどかしいほどわかっていない。

15. アリダ・ド・ラ・サール。1943年1月に到着し、入所手続きののちに撮影された。“Pol. F.” は、政治犯でフランス人であることを意味する。この写真は収容所の証明書局で撮られた。同じ1943年に、写真撮影は中止された。入所手続きをする囚人が多すぎたからだ。写真乾板の多くは収容所の撤退時に破棄されたが、およそ3万枚が残存している。

さらには、非ユダヤ人でコミュニストの囚人がいた。フランス出身のアリダ・ド・ラ・サールと、マリルー・コロンバン。アリダは年配で、若い女の子たちにとっては母親的な存在だった。同胞のマリルーが気落ちしていると元気づけてやっていた。

サロンで最も古参の囚人ふたりは、まちがいなく最も才能があり、そしてふたりとも型紙職人だった。ひとりは、スロヴァキア北部ポプラト出身のボリシュカ・ゾベルで、おそろしく腕がよく、きわめて聡明。もうひとりは、もちろん、ボリシュカの親友でカポのマルタ・フフスだ。

マルタは一九四三年当時わずか二五歳だったが、すでにお針子として、またカポとして絶大なる尊敬を集めていた。繊細な美人ではなかったが、その固い意志と行動力はひとえに思いやりからもたらされ、ゆえに公正で親切だった。

裁縫室では、きれいな普段着だけでなく、優美なイブニングドレス、親衛隊の婦人たちがおそらく夢想だにしなかった衣装も作られていました——フーニア・フォルクマン[20]

当初の裁縫技術がどのレベルであっても——熟練者であれ、見習いであれ——マルタの指導のもと、高級服仕立て作業場の女性たちは精鋭のプロという評判を得た。置かれた環境を考えると、彼女たちがプロとしてなし遂げた仕事はいっそう驚異的に感じられる。

作業場はシュタープスゲボイデの地下上階にあった。ヘートヴィヒ・ヘスほか親衛隊上位の顧客が到着して、まず目にするのは、長い作業テーブルを囲んだこざっぱりしたお針子たちがふたつの窓と電灯の明かりで手作業をする光景だ。あたかも、ふつうのサロンで無邪気に型を直すかのように、顧客はマルタと相談を始める。

一九三〇年代から四〇年代にかけて、新しく服を仕立てる顧客はたいてい、ブティックの狭い通路から選ぶか、『ディー・ダーメ（淑女）』『ドイチェス・モーデン・ツァイトゥング（ドイツ・ファッション・タイムズ）』といったファッション誌に掲載されているデザインに目を通した。

自宅でみずからこしらえる人には、大衆向けの〝主婦〟雑誌が各号ごとに無料の型紙を提供していた。ウニオーン・シュニットの縫製型紙など、独創的な型紙おこしのシステムも入手できたが、使いこなすには緻密な数学的才能を必要とした。戦争が進むにつれて、ドイツ帝国じゅうで紙の供給が大幅に制限され、縫い手は両面に複数の型が重ね書きされた薄い一枚の紙を解読するはめになった。

一九四三年三月、『ディー・ダーメ』誌が刊行を持続できず廃刊になった。『デア・バザール』誌と並んで、最も長い歴史を誇るファッション誌だった。その破綻は、戦争がいかにファッション業界に影響をおよぼしたかを如実に物語っていた。

　アウシュヴィッツのファッションサロンには、持続できないという問題はなかった。顧客が目を通せる雑誌はふんだんにあり、デイドレス、コート、イブニングドレス、ネグリジェ、ランジェリー、ベビー服などが特集されていた。特選のデザインを収めた書類ばさみもあった。フーニアをはじめ美的センスがあるお針子は、衣服の実物か、ときには写真を目にするだけでそれを再現することができた。マルタは才能豊かな芸術家で、必要ならフリーハンドで型紙をおこせた。マルタとボリシュカのふたりが二次元の型紙をこしらえ、それを用いて布が裁断され、縫いあわされて三次元の衣服になった。顧客は布地と装飾を選び、マルタが〝買い物〟に出かけた。

　カナダに調達に出かけるときは、ファッションサロンの責任者である親衛隊女子、ラポートフューレリンのエリーザベト・ルパートがつきそった。血色が悪く物静かと描写されたルパートは、ファッションサロン時代には驚くほど親切な看守だった。シュタープスゲボイデでの彼女の言動は、親衛隊といえど邪悪な自動人形たちの均質的な集団と断じられるべきではないことを気づかせる重要な事例だ。彼らは人間であり、人間の悪徳と美徳を抱えていた。だからこそ、収容所でどうふるまったかは、よかれ悪しかれ本人たちの責任なのだ。

　ルパートはおおむね親衛隊の規則に従っていたが、お針子たちに好意的に接すれば恩恵があった。仕事の合間に、すべて無料で服を縫ってもらえたのだ。ルパートの部屋は作業場と同じ並びにあった。彼女は繕い物を自分で持ちこんで、お針子たちの手間を省いた。ほかの親衛隊女子から、ルパートは親切すぎる、任務が楽すぎる、と不満の声があがって、最終的にビルケナウへ異動させられた。

　シュタープスゲボイデの女性たちは、ルパートに行かないでと懇願した。思いやり深い女性だと思っていたからだ。なのにビルケナウへ移ると、彼女は周囲の環境にふさわしく堕落した。BⅡbブロックのハンガリー人生存者たちには、威張りちらす残忍な人間と記憶されている。高級服仕立て作業場でルパートの後任に就いた女性はポーランドの民族ドイツ人で、ずんぐりして動きが鈍かった。お針子たちは彼女には服を縫わなかった。

家庭の縫い手とちがって、高級服仕立て作業場のお針子たちには、戦争に疲弊した世界各地の一般市民にかけられていた禁欲の圧力がなかった。古い袋や靴下やパラシュートを再生利用して新しい衣服をこしらえる必要もなければ、糸不足のせいでしつけ糸を繰り返し使う必要もなかった。ふんだんにあるカナダの資源で必要な布地や各種の裁縫道具――ボタン、刺繍用の絹糸、はさみ、ファスナー、スナップ、肩パッド、巻き尺――をまかなえた。どの品も、かつてべつの仕立て職人やお針子が所有していたものだ。

ミシン――シンガー、パフ、フリスター&ロスマンといった会社が製造した機械――すらも、徴発されていた。アウシュヴィッツの作業場には道具類があふれていたので、アリアンツ、ヴィクトリアをはじめとするドイツ保険会社がコンソーシアムで保険を引き受けていた。どうやら、強制収容所の搾取と強制労働を自分たちが間接的に支えていることに、良心の呵責を抱かなかったらしい[21]。

高級服仕立て作業場に最新の設備が揃っていたという事実を、べつのユダヤ人お針子、レジーナ・アプフェルバウムが裏づけている。

レジーナは一九四四年五月末にトランシルヴァニア北部からアウシュヴィッツに到着した。A一八一五一番を入れ墨され、重労働に就かされた。そして、高級服仕立て作業場のようすをひそかに垣間見ることとなった。じつは、ひとりのドイツ人看守によって、夜にこっそりシュタープスゲボイデに送りこまれていたのだ。この将校――氏名不詳――は、リリーと呼ばれる美しい金髪のハンガリー人囚人を愛人にしていた。この将校に対するリリーの感情は記録されていない。彼女には選択の余地がなかった。生き残るためにやるべきことをやっただけだ。

この親衛隊将校が〝恋人〟にきれいなドレスを着せてやろうとし、結果として、レジーナは昼に戸外で長時間働いたあと、夜はリリーのために仕立て服を縫って過ごすはめになった。布を裁断しては縫い、ブラウスやワンピースから分厚いロングコートにいたるまで、衣装一式をこの作業場ですべて秘密裏にこしらえた。引き換えに、将校は彼女を親衛隊の厨房に連れていき、食べ物を余分に与えた。

レジーナはこの褒美を、ビルケナウの宿舎で木製の寝棚を共有する一二人の親族――姉妹ふたりと母親、おばたち――と分けあった。彼女の行動が全員を飢えから守った。ここでもまた、裁縫が命を救ったわけだ。レジーナの行動には、とくに心を揺さぶられる。というのも、家族からお針子は家柄にふさわしい職業ではないと思われていたせいで、プロとして訓練を積むのにたいそう苦労したのだ[22]。

マルタ・フフスは夜間の侵入者に気づいていたのだろうか。もしそうだとしても、けっして口にはしなかった。彼女の仕事上の関心は昼間の任務にあり、注文はひっきりなしに入ってきた。仕立ての工程は、まずデザインの決定に始まり、型紙おこし、生地選び、平織り綿布《キャラコ》での試作品《トワール》を経たのちに、完成品となって、さらに試着と直しがある。

16. レジーナ・アプフェルバウム。戦前、自作のドレスを着用している。

戦時中に人気の高かったデザインは、膝下すれすれでさらさら音を立てるデイドレスや、レース柄の半袖ニット、体の曲線をなぞるようなバイアスカットのランジェリー、〝アンサンブル〟と呼ばれる上品なツーピースのスーツだ。ナイトガウンやイブニングドレスは丈が長かった。夜、親衛隊の女性たちは襟ぐりの深い薄手の生地をまとっても体が冷える心配をせずにすんだ。毛皮のストールやコートが徴発されていたおかげだ。

注文で仕立てるほかに、フーニア、イレーネ、ブラーハらお針子たちは、カナダの一般品の山から選び出した上質の衣服を、新しい着用者の体に合うよう直した。カナダの倉庫でどんな世界的オートクチュールのラベルが目撃されたのか、いまとなっては記録はない。〈シャネル〉〈ランバン〉〈ウォルト〉〈モリニュー〉……どれも戦前のファッション界で垂涎の的だった名称で、そのほかにも、ナチスが侵攻した国ごとに一流ブランドが多数存在した。

一九三〇年代から四〇年代には、中流階級の顧客でさえも、既製服を会社お抱えのお針子や仕立て職人に直させるのがごく一般的だった。とはいえ、アウシュヴィッツの親衛隊看守のように、ふつうの女性が最高級ファッションを入手でき、気分にまかせて欲しいものを選べる状態は、およそ一般的ではなかった。

お針子たちのあいだで、だれがどのプロジェクトを担当するか決めるのは、マルタとボリシュカだった。各お針子のノルマは、最低でも週に二着は注文のドレスを仕立てることだ。作業の多く、なかでも〝しあげ〟はとくに、手作業で行なわれた。端がほつれて汚れでカピカピになった、シラミが這う粗い黄麻布の代わりに、お針子たちは絹、サテン、やわらかな綿、ぱりっとしたリネンの感触を楽しんだ。仮縫いをし、縁をかがり、はぎあわせて、実用的ながらも魅力的な衣装をこしらえていった。刺繍、スモッキング、縁飾り、モール刺繍を施した新しい衣装は、着る人の品位を下げて非人間的に扱うためではなく、魅力を高めるようデザインされていた。陰惨きわまりない収容所でそこだけ美しく輝く花だった。

何よりも驚かされるのは、カポとしての権限内で、マルタ・フフスが収容所の鉄条網をはるか越えた場所から――なんと、第三帝国の中心地から――婦人服の仕立てを引き受けていたことだ。「ナチスドイツ高官の名前」が記載された秘密の注文簿が存在することに、フーニアは気づいていた。[23] その注文簿にだれの名前があったのか、アウシュヴィッツでユダヤ人の囚人が請け負っていることを発注主が知っていたのかは、推測の域を出ない。いま、アウシュヴィッツ＝ビルケナウ博物館の幅広い記録文書には、ファッションの注文簿は一冊もない。おそらく、一九四五年一月、アウシュヴィッツで犯罪の証拠になりうる文書が処分された大混乱のさなかに失われたのだろう。

ベルリンの大物顧客がだれであろうと、たいていは注文品ができあがるまで六カ月待たされた。アウシュヴィッツの親衛隊の女性に優先権があり、その注文はただちに満たされなければならなかった。ヘートヴィヒ・ヘスはだれよりも優先された。

ヘートヴィヒが作業場を通り抜けて試着室に入る姿を、ブラーハは見かけていた。お針子の目からすると、ヘートヴィヒは平凡な容姿だった。中年にさしかかった年齢と母親業のせいで、体つきは丸かった。意外にも、ブラーハはこの女性に、いや、どの親衛隊員の妻にも憎しみを抱いていなかった。自分と同じ戦時環境の囚われ人に思えたからだ。ブラーハの最大の関心事は、仕事をして安全な立場を守ることだった。

親衛隊看守が油断なく見守るなか、マルタがすべての試着を監督した。〝ひよこちゃん〟のロージカが助手としてついた。完成までに注文服を何回か直すこともあった。土曜日の正午きっかりに、親衛隊の大物たちが妻の注文品を受け取りにきた。暴力、圧制、大量殺戮と同義語となった名前を持つ男たちだ。

フーニアは安全なシュタープスゲボイデでしばらく多幸感に浸ったあと、とりわけ若い女性たちが、重いプレッシャーのもと大量の仕事をこなす緊張感でぴりぴりしていることに気づいた。仕事そのものは訓練を受けて慣れていたが、そうは言っても、親衛隊看守や親衛隊員の妻たちのために縫う緊張はつねに存在していた。自分の敵に衣服をこしらえていることを、お針子たちはけっして忘れなかった。

顧客とのやりとりには、奇妙な親密さがある。お針子は半裸の体を巻き尺で採寸する。そして、あらゆる肉体的な欠点に気がつく。ときには顧客の自信のなさを感じ取り、心ならずも虚栄心をくすぐることもある。一般的に、試着は会話をともなう打ち解けた場になる。仕立てる服について顧客とお針子が相談するからだ。アウシュヴィッツのお針子にとって、そうした会話には何重もの緊張がつきまとった。親衛隊のほうは、〝劣等人種〟と呼ばれる囚人たちから肉体的にも象徴的にも可能なかぎり距離をとろうと苦心した。

だが、ここは、ユダヤ人の囚人がナチス中枢の女性たちの体に手を触れ、裾をピンで留め、ダーツをチェックし、縫い目をなめらかにする場所だ。いつなんどき、囚人の馴れ馴れしさを顧客が不快に感じ、処罰がくだされるか、羨望の的である仕事から追放されるかもしれない。逆に親衛隊のほうは、このやりとりを通じて、いやでも囚人が人間であると認めるはめになった――この認識は、これまで受けたさまざまな訓練や教化に相反することだった。

あるとき、そうした危ういやりとりのひとつが交わされた。スーツとブーツをまとった親衛隊看守、エリーザベト・ルパートが、並んで作業する女性のあいだを大股で歩いていた。フーニアは針と指ぬきに頭をかがめて服従の姿勢をとってはいたが、この作業場に来るまでに、ビルケナウで服を剝ぎ取られ、殴打され、侮辱された日々があった。

ルパートは足を止めて、フーニアの針の運びをほれぼれと眺め、「戦争が終わったら、ベルリンであんたと一緒に大きな仕立てサロンを開くわ。ユダヤ女に仕事ができるだなんて、しかも、こんなにみごとにできるなんて知らなかった！」

「やなこった」と、フーニアはハンガリー語でつぶやいた。

「いま、なんと言った？」親衛隊女子は鋭く尋ねた。

「身にあまる光栄です」しおらしい返事が、ドイツ語で出てきた。[24]

〝戦争が終わったら〟……看守にとって、従順なユダヤ人スタッフがいる夢のファッションショップを思い描くのは簡単だった。囚人にとっては、生きて戦争の終結を迎えられない可能性がきわめて高かった。サロンの作業場の雰囲気がいかに明るかろうと、この安息所の向こうでは、収容所が健康な人々を不気味な骸骨に変えるおぞましい過程が続いている。生きた人々を煙と灰と骨のかけらに変える過程が。

ブラーハの妹カトカは、ファッションサロンの危うい仕事の本質に幻想を抱いてはいなかった。賄賂を払って仕立ての優先権を得た親衛隊女子のひとりに、彼女は見覚えがあった。アウシュヴィッツ到着時のいまわしい脱衣の過程で、カトカがはずそうとしていたイヤリングを激しい平手打ちで壊した、あの看守だ。

いまや力学が変わって、看守はカトカの専門技術を必要としていた。注文仕立てのコートを欲しがっていたのだ。とはいえ、カトカは顧客と職人の関係性をはっきりと理解しており、「わたしたちはあの人たちにとって人間ではありませんでした。わたしたちは犬で、あの人たちは飼い主だったのです」と述べている。[25]

すべて無料でありながら、高級服仕立て作業場の仕事はきわめて質がよく、マルタの品質管理の目が行き届いていた。長年の経験を持つフーニアでさえ、技能を向上させた。たまに、お針子たちがノルマをはるかに超えて作業したとき、親衛隊の顧客が見返りとして食べ物の余りや、パンや、ソーセージを持ってきた。これらと最低限の宿泊設備以外に、彼女たちに与えられる報酬はといえば、もう一日生きる権利だけだった。

わたしたちは運命がもたらす悲しみと喜びで緊密に結ばれた、大家族になりました——フーニア・フォルクマン[26]

「あんたたちは恵まれすぎてるわよ！」ある日、屈託のない笑い声を耳にして、親衛隊の看守が作業部屋に駆けこんできた[27]。

お針子たちは毎日一〇時間から一二時間せっせと働いてノルマを達成するかたわら、互いに支えあう強いきずなを育んでいた。日中は、故郷の生活や愛する人々の思い出に会話がはずんだ。夜は、二段ベッドのまわりに集まって、シュタープスゲボイデのほかの友人たちとの時間を――ささやき声で――楽しんだ。

友愛、安全な居場所、意義のある仕事が、イレーネに自尊心を取りもどさせた。高級服仕立て作業場のやや文化的な環境のおかげで、名前のない番号だけの下等な身分だと感じなくなった。姉妹のフリーダ、ヨリ、エーディトの死をまだ悼んではいたが、いまは友という新しい家族ができた。もはや自殺を試みること、〝鉄条網に行く〟ことはない。彼女は絶望から立ちなおったのだ。

立ちなおりは反抗心をもたらす。お針子たちはもはや、怯える名もなき犠牲者ではなかった。自分は人間だと感じていた。

ある日、ヘートヴィヒ・ヘスが末息子のハンス＝ユルゲンを連れて試着に訪れた。この六歳の男の子は作業場に来るのが好きなようすだった。母親の手が塞がっているあいだ、女性たちがこの子と遊ぶのを楽しんだのはまちがいない。おそらく殺された弟妹を、あるいは、いつの日か欲しいと願うわが子を思い起こさせたからだろう。

ある日、いたずらっぽい目のお針子、ルル・グリュンベルクが緊張に耐えきれなくなった。ヘートヴィヒがマルタと一緒に試着室にいるとき、ルルはふいにさっと立ちあがり、男の子の首に巻き尺を巻きつけて、ハンガリー語で「じきに、あんたたちみんな絞首刑になるよ、あんたの父親も、母親も、ほかのみんなもね！」とささやいた。

翌日、べつの服の試着に訪れたとき、ヘートヴィヒはこう言った。「うちの坊や、どうしちゃったのかしら。きょうは、どうしても一緒に来たがらなかったのよ！」[28]

ルルは大胆な行為のしっぺ返しを食う危険があった。どうにか逃れたが、彼女が自分の境遇にあらがったのはこれが最後ではなかった。

マルタ・フフスも同じ反抗心を抱えていた。そして深い思いやりの井戸の持ち主でもあった。この強力なふたつの要素の組合せが、やがて彼女をアウシュヴィッツ地下レジスタンスの危険な世界へ引きこむこととなった。

第九章　連帯と支援

わたしたちの日々の生活は、自分よりつらい思いをしている人たちへの連帯と支援が中心でした
——アリダ・ド・ラ・サール[1]

マルタ・フフスには計画があった。

針を刺しては抜き、刺しては抜き、高級服仕立て作業場のほかの女性たちが縫っている。マルタは訪問客を迎える。べつの囚人だ。お針子たちは彼の名前を知らず、番号も見ていない。マルタは低い声で話し、やがて彼が去っていく、次の連絡場所へと。

針を刺しては抜き、刺しては抜いて、何週間も、何カ月も過ぎていった。

アウシュヴィッツ利益地域のあちこちで、囚人と一般民間人が親衛隊の統治にあらがう秘密のネットワークを作っていた。レジスタンス活動はおおむね秘密保持が不可欠なので、レジスタンスの動きに関しては、当然ながら大まかな情報しか残っていない。記録をつけるのは不可能に近く、生存率はあてにならず、地下にいた人の多くは戦後になっても自分たちの活動について話したがらなかった。

マルタもたくさんの秘密を墓場へ持っていった。

とはいえ、彼女の庇護のもとでアウシュヴィッツの仕立てサロンは避難所となり、お針子も、そう

でない者も等しく救ってきた。マルタのレジスタンスへの関与は、銀糸さながらアウシュヴィッツ生活の暗い織布を貫いて、しだいに範囲を広げていった。

強制収容所の宇宙では、どんな形の抵抗を示すにも勇気を必要とする。捕まったら、ふつうは罰として死がもたらされる。レジスタンスにはさまざまな形態があり、自発的な反抗から、思いやりと連帯の静かな意思表示にいたるまで多種多様だった。すばらしいことに、衣服がレジスタンスにおいて果たす役割は多く、その暖かさで命を救ったり、贈り物として相手の心をほぐしたり、隠れ場所や変装道具となったりした。

ある日、水着姿の少女が恐怖に震えながらビルケナウのレヴィアに姿を現した。パニック状態で語ったところによれば、彼女はパリからのユダヤ人移送列車に乗せられていた。女性たちは暑さに耐えられず水着姿になった。そのうちのひとり——踊り子だった——が、水着も脱ぐよう命じられた。彼女は拒否した。そして親衛隊員のリボルバーをひったくると、まず彼を撃ち殺してから自殺したという。信じられないことに、この証言者はドイツ兵のひとりにガス室の脱衣所からこっそり連れ出された。レヴィアにいたブラーハの友人で医学生のマンツィ・シュヴァルボヴァーは、この少女が暖をとれるよう、一枚しかない自分のセーターを惜しげもなく提供した。[2]

組織的なレジスタンスはさまざまな障害に直面した。収監する側の脈絡がない気まぐれもそのひとつだ。ある日、ブラーハたちお針子は宿舎から階段をのぼって作業場へ向かう途中、見知らぬ若いユダヤ人女性に出会った。

「どうやってここへ来たの？」お針子たちは尋ねた。

「親衛隊軍曹《シャールフューラー》のバイクのうしろに乗って」と女性は答えた。「裸で」

女性は事情を説明した。彼女は移送列車でアウシュヴィッツに着いたばかりだった。死に選別されて、ガス室送りのため裸にされた。とっさの反抗心に突き動かされ、責任者の親衛隊軍曹にドイツ語で話しかけた。

「ねえ、あたしは強くて若いから、こんなふうに殺したらあんたたちの損になるわよ。逃げられるよう手を貸して」

女性のなまめかしい体に目をやって、彼は答えた。「よし、一緒に来い」

彼女はバイクのうしろに乗り、ビルケナウからメインの道路を走ってシュタープスゲボイデに到着した。ブロック指導者のマリア・マウルが起こされ、あらたな到着者がいると告げられた。彼女は裸の女性をファッションサロンのマルタ・フフスに引き渡し、マルタが衣服を調達《オルグ》した。この若い女性は管理棟で働いてお針子たちと宿舎をともにし、戦争を生き延びた[3]。

同じように罪のないほかの大勢が殺されているなかで、この親衛隊員がどういうつもりで彼女を助けたのかはわからない。バイクに裸で乗せられた女性の話は、死の収容所で起きた数多くのシュールレアルなできごとのひとつだ。アウシュヴィッツという場所は、気まぐれで人の命が救われ、損なわれ、絶たれるグロテスクな世界だった。

ビルケナウから移ってくる前、ブラーハはトラックにぎっしり乗せられたユダヤ人女性がガス室へ運ばれていくのを目にした。うちひとりは、チェコスロヴァキアの建国者にして初代大統領の妻と親友だった女性で、「わたしは死にたくない！　死にたくない！」と叫んでいた。ブラーハにしろ、選ばれたほかの犠牲者たちにしろ、できることは何もなかった[4]。

親衛隊の権力は完全無欠に見えたが、それでも、アウシュヴィッツ収容所群には多種多様な信仰、政治的背景、民族を横断する大胆でひたむきなレジスタンスのネットワークがあった。

お針子たちはそれぞれ、迫害者たる親衛隊員や人間性を摩耗させること全般にあらがうすべを自分なりに見つけだした。幸いにも、ほかの多くの囚人よりも自尊心やアイデンティティーを培う機会を持てたし、こうした気構えには伝染性があった。ささやかな行為が大きな波及効果をもたらした。

一九四四年のある日、フーニア・フォルクマンは収容所の古参たちと並んで、シュタープスゲボイデにあらたに到着した一団を見守っていた。すると新顔のひとりがフーニアを乱暴に小突き、スプーンをよこせと要求した。生まれつき親切なフーニアは、収容所生活では器とスプーンが貴重な必需品で、食べ物を受け取るのに不可欠だったにもかかわらず、あっさりと手放した。その女性は急に謝罪し、ビルケナウのつらい経験のあとでふつうの人間として扱われるとは思ってもみなかったと言った。フーニアはこの出会いに人間味をもたらし、敵意むき出しだった女性をがらりと変えた。彼女はやがて、フーニアの親友になった[5]。

お針子たちは、レイシズムや反ユダヤ主義ほかあらゆる政治的分断に抵抗する、シュタープスゲボイデで育まれた国際色豊かな友情の中核を担っていた。この中核は、ユダヤ人と非ユダヤ人、信仰心の厚い者と無神論者、職人と知識人とで構成されていた。ある程度まで特別扱いされていたので、彼女たちは夜に、地下の宿舎で寄りあってさまざまな勉強グループを作ることができた。みんなで知識を蓄え、芸術愛を分かちあった。イレーネとレネーはフランス語を学ぶことにした。ドイツ語を習う女性もいれば、才能豊かな囚人、ラヤ・カガンからロシアの言語と文化を学ぶ女性もいた。若い女性の多くは、故郷の教育のはるかに上をいく旺盛な学習意欲を抱いていた。

文学や科学をひっそりと楽しんでいた彼女たちは、懐疑的な人たちにあざ笑われ、あなたたちは月に住んでいる、現実とかけ離れたおとぎの国の住人だ、と言われた。たぶん、だからこそ魅せられたのだろう。ともあれ、この勉強グループは、精神を鉄条網に閉じこめることはできないのを証明した。

マルタの親友のひとり、アンナ・ビンダーは、科学的、哲学的な議論を生きがいにしていた。嘲笑的な風刺詩をこしらえるのも好きだったが、それが見つかって懲罰用の穴蔵に三週間閉じこめられた。ある親衛隊女子は「ビンダーは黙っているときでも不遜だ」と言ったという[6]。

シュタープスゲボイデの正統派ユダヤ教徒のレジスタンスは、禁制の祈禱書とカレンダーをこしらえて、過越の祭の食べ物や、宮清めの祭《ハヌカー》の蠟燭をこっそり持ちこむことだった。さすがに安息日を守ることはかなわなかったが、何人かは可能なかぎり断食日を守ろうとした。ほかの女性たちは強制移送される前か、収容所で過ごすあいだに信仰心を失っていた。ブラーハはアウシュヴィッツでは一度も祈らなかった。

かたやナチスは、クリスマスを祝うことにおそろしく情熱を注いでいた。ある一二月、シュタープスゲボイデの女性たちが洗濯物の乾燥部屋でクリスマスの催しを計画し、歌ったり踊ったり風刺絵を飾ったりした。この音楽はフーニアにとってほろ苦い経験で、在りし日のライプツィヒで親しい友人や夫のナータンと楽しんだコンサートを思い出さずにいられなかった。

ヘス所長はこの催しに許可を与えたうえで、再演には親衛隊員の家族が前列に招待されるべきだと主張した。その家族たちは、マルタのお針子チームが縫った服を着ていたにちがいない。

わたしたち裁縫コマンドは、なんであれ盗める物は盗んで、それをいちばん必要としている人々に渡しました――アリダ・ド・ラ・サール[7]

友愛が文化的なレジスタンスを可能にした。女性囚人の一部が結んだきずなは、強制収容所で親衛隊に叩きこまれた〝適者生存〟の教義とはおよそ対照的だった。仕立てサロンのカポであるマルタの自尊心と思いやりは周囲の空気を醸造し、人々が生まれ持つ相互扶助の本能をうながした。マルタは何かの拍子に、イレーネが子どものころブラチスラヴァのジドヴスカー通りで誕生日プレゼントとして卵一個を丸ごともらった話を耳にした。そして困難にもめげず、収容所での誕生日祝いとして鶏卵をひとつ〝オルグ〟してきた。卵の滋養は、そのプレゼントの背景にある深い配慮と同じくらいありがたく、また、幸せだったころへの象徴的な架け橋でもあった[8]。

シュタープスゲボイデの囚人たちは、ライスコの畑から果物や野菜をぶかぶかのズボンに隠して持ちこみ、分けあうことができた。紙くずの籠をあさったり、囚人たちには禁制品の鉛筆の残り芯を探したりした。本――やはり禁じられていた――を見つければ飛びついて、非公式の図書館よろしく友人に貸し出したり、読み聞かせたりした。ごくささやかな品でも宝物のように扱い、マットレスのなかに隠すか、服の下の〝ピンクっぽい〟袋にしのばせて持ち歩いた。櫛、割れた鏡、裁縫道具といったものだ。

お針子たちはまた、たとえ親衛隊向けに長時間縫って疲れきっていようと、友人のために腕をふるって縫っていた。ある日、フーニアのもとに、親衛隊高官の書記を務める囚人のリーナがやってきた。そして白い布を差し出し、パジャマを作ってほしいと頼んだ――これも禁制の贅沢品だ。フーニアは喜んで引き受けた。その布はどう見てもシュタープスゲボイデの倉庫から取ってきた寝具だったが、そのことにはあえて言及しなかった。一週間後、彼女はブロック指導者に呼ばれて詰問された。

「女性のひとりにパジャマを縫ったか？　どんな布を使った？　枕カバーの形をしていたか？」

フーニアは冷静に答えた。「いいえ、とんでもない。ただの布きれでした……出どころは尋ねませんでした」

どういうわけか、彼女は罰を逃れた。リーナはきびしく罰された。枕カバーのパジャマがどうなったかはわからない[9]。

友人ネットワークは、お針子のひとりが病気になったときとくに必要とされた。フランス人コルセット職人のアリダは、赤痢、発疹チフス、敗血症、殴打後の心臓発作そのほかの病を患い、五回入院させられた。イレーネは片目にばい菌が入って手術を受けたが、傷が膿んで毎日排膿しなくてはならなかった。感染と戦うには免疫系が弱すぎて、九週間病欠するはめになった。ブラーハは慢性ビタミン欠乏症が深刻化し、基幹収容所の病院に移された。カトカは負傷した脚の包帯をたびたび替える必要があった。マルタでさえ、発疹チフスで危険な状態に陥った。

どんなときも、人間らしい親切な心と固い友情が彼女たちを快復させた。マルタのもとにはレモンが一個持ちこまれた。カトカのつらい状況に同情した親衛隊の看護師がリンゴをくれた。イレーネの寝間着と包帯を洗濯コマンドが夜ごと煮沸した。アリダのフランス人同胞が牛乳を調達してきた。

ブラーハは病院での思いやりに満ちた手当てに心が慰められ、病気のあいだはなぜかよく眠れて、子どものころ結核療養所で目にした美しいクリスマスツリーを夢に見た。

フーニアはビタミン欠乏症で意識を失ったあと、九週間死の縁をさまよった。ほかの囚人と同じく、免疫系が弱りすぎて抵抗力が衰えていた。フーニアを救ったのはけっして、囚人看護師による身体的な手当てや、病院にこっそり持ちこまれた闇市場の食べ物や、清潔な寝間着だけではなかった。これらが愛情と連帯によってもたらされたという事実も大きかった。人間らしいやさしさが、栄養価の高い食べ物やベッドでの療養と同じくらい快復力を高めてくれたのだ。

手を貸した人は全員、そのせいで殴打されるか死ぬ危険があった。

フーニア、ブラーハ、イレーネ、アリダらお針子たちは、シュタープスゲボイデの病人用の小さな療養部屋またはレヴィアで過ごすあいだ支援を受けられて幸運だった。思いやり深い囚人医療スタッフが必死に頑張ってはいたが、アウシュヴィッツの病院ブロックは、親衛隊医師が生きた人間を解剖する恐ろしい場所、あるいはガス室への控えの間として、当然のように囚人たちに恐れられていた。

だが、収容所の各病院は、組織的なレジスタンス活動の中核にもなっていた。たくさんの医師や看護師が、危険を顧みず地下活動に積極的に加わった。活動の一部は、たとえば囚人への個人的な手当てなど、本質的に医学的なものだった。食べ物や薬が、アウシュヴィッツ周辺地域の同情的なポーランド人のもとから収容所へひそかに運びこまれることもあった。[10]
囚人のヤニナ・〝ヤンカ〟・コシチュシュコヴァは、シュタープスゲボイデに設けられた軽症囚人向けの小さな九床の医務室で医師をしていた。大柄な女性で、その体つきにふさわしい大きな心を持ち、こっそり持ちこんだ薬で患者を治療し、伝染病にかかった患者にわざとうその診断をくだして、あっさりとビルケナウに帰されて死ぬはめに陥らないようにした。こうしたレジスタンス行為がついに見つかって、彼女自身がビルケナウに送られるはめになった。恩義を感じていたシュタープスゲボイデのお針子たちは、毛布で縫った大きなニッカーボッカーをプレゼントした。

大勢の命を救ってきたこの医師は、ニッカーボッカーに救われたと語っている。「寒さで死にそうになって、このズボンを身につけたら生き返った気がしました。自分は疲れきった囚人ではなく医師なのだと、ふたたび感じられたのです」[11]

病院にいるあいだ、フーニアはマリア・シュトロームベルガーというすばらしい看護師に個人的に助けられた。友人たちに〝マリア看護師〟と呼ばれていた彼女は、プロの看護師にして、敬虔なカトリック教徒だった。東部での残虐行為の噂を耳にし、アウシュヴィッツでの勤務に志願した。一九四二年一〇月、四四歳で到着したとき、「前線はアウシュヴィッツにくらべたら子どもの遊びだ」と告げられた。〝ユダヤ民族の浄化〟が行なわれていることをはっきりと知らされたうえで、親衛隊の病院に看護師として送られた。[12]当時、親衛隊の病院は政治局《ポリーティシュアプタイルウング》と同じ建物にあった。彼女はたびたび、尋問中に拷問される囚人の悲鳴を耳にした。その声は、アウシュヴィッツのセイレーンと呼ばれていた。

マリア看護師は、収容所の地下活動でマルタ・フフスの連絡員を務めてもいた。ユダヤ人を含む囚人たちを可能なかぎり助けるのが、みずからの人道上の使命だと考えていた。彼女のシュタープスゲボイデへの訪問は、親衛隊員が入ってこない時間帯に設定され、おかげでマルタと自由に話したり、報せとともに禁制品を渡したりできた。ときには、親衛隊の倉庫から取ってきた医薬品、チョコレート、果物、シャンパンなどの贅沢品もあった。[13] マルタはこのマリア看護師から、一九四四年六月の連合軍によるノルマンディー上陸のことを知らされた――希望の持てるニュースで、彼女は嬉々としてほかの女性たちに教えた。

高級服仕立て作業場の下層階の繕い物部屋で夜勤する女性たちは、穏和な親衛隊看守が眠りこんだあと、ときどき部屋のラジオをBBCニュースに合わせることができた。ほかには、管理部のオフィスから宿舎へひそかに持ちこまれた新聞で最新情報をひろい集めた。危険な作戦行動だった。シュターブスゲボイデのある地下工作員は、親衛隊女子に呼びとめられ、身体検査をされた。たぶん、禁制の新聞をワンピースの下に隠していることを感づかれていたのだろう。幸いにも、身体検査はポケットで終了した。というのも、ひどい鼻風邪でぐっしょり濡れた使用済みハンカチが、どのポケットにも詰めこまれていたからだ。[14]

愛するみんなについて詳細を知らせる四月二八日付のはがきを受け取って、とてもうれしく思いました。ことばでは感謝の気持ちを表しきれません……たくさんのキスを送ります、わたしの心はいつもあなたのもとにあります――マルタ・フフス、はがきに書かれたことば、一九四三年六月五日[15]

鉄条網の向こうにも世界があることを思い出すと、囚人たちはつながりを感じられた。ナチス敗北の報せを受け取ったときはとくにそうだった。ブラーハがおのずと抱いていた楽観は、ドイツの戦況が思わしくないという報せで強まった。彼女は絶えず、いつか自由になるのを夢見ていた。

そうするあいだも、故郷の家族や友人たちとの奇跡的なはがきのやりとりがあった。勇敢なマリア看護師以外にも、手助けしてくれる親衛隊スタッフがいたおかげだ。

ブラーハは戦前にブラチスラヴァで知りあった若い男性と、収容所で遭遇した。彼はスロヴァキア軍に加わったが、その後、ドイツ軍に強制召集された。子ども時代のきずなが、看守と囚人という立場の相違にうち勝った。ハンガリーに住むブラーハの祖父母へ手紙を投函することを、彼は承知した。次には、休暇で帰省中に、エルンスト・レイフ――ブラチスラヴァの若者グループ、ハショメル・ハツァイルで彼女が知りあったユダヤ人で、友人――にメモ書きを渡してくれた。〝一九四三年六月、ビルケナウ〟と日付が記されたはがきだ。わたしは元気で、カトカと一緒に働いています、とブラーハは書いた。「ここへ来て一四カ月になりますが、心はずっとわが家にあります……過去に戻りたい……」[16]

エルンスト・レイフは潜伏中だったので、彼の姉妹が返事を書き、サラミ、チョコレートなど贅沢な食べ物をかき集めて一緒に送ってくれた。このスロヴァキア人看守はそれらを収容所に持ち帰り、ブラーハは大喜びした。

囚人を助けたのは、この看守だけではない。管理棟にいたイレーネの友人のひとりは、布地を〝オルグ〟してシャツをこしらえ、アウシュヴィッツで何が起きているか説明する手紙をその襟に縫い入れて、ブラチスラヴァ出身の親衛隊員に外へ持ち出してもらった。[17]ほかにも、たとえばリリ・コペツキー、エラ・ノイゲバウアーが、ルダスフと呼ばれるスロヴァキア人親衛隊員の協力で家族からの手紙と、写真までも受け取ることができた。ルダスフは、まだ自由の身だったブラチスラヴァ在住のユダヤ人たちにガス室や選別[18]について警告したが、彼らは信じようとしなかった。恐ろしすぎて真実を受け入れられなかったのだ。

意外にも、ほんの短いあいだ、アウシュヴィッツのユダヤ人囚人たちは自宅に手紙を書くのを大っぴらに許された。そのための官製はがきが配られさえした。

マルタ・フフスほかファッションサロンのお針子たちは、この機会を活用した。

マルタは、姉トゥルルカの夫、ラチ・ライヒェンベルク——イレーネの兄——について問いあわせた。ふたりともパルチザンに加わってナチスに抵抗していた。お針子のマンツィ・ビルンバウムはブラチスラヴァのジドヴスカー通り在住のエーディト・シュヴァルツに宛てて書いた。「郵便物が配られてあなたからの手紙を受け取ったときの、ことばにならない喜びはたぶん想像もつかないでしょう……」彼女は収容所でのつらい体験にはひとことも触れなかった。[19]

アウシュヴィッツのような場所が、はがきに鉛筆でしたためた数行でどうして説明できようか。裸の女性がバイクで運ばれてきたことや、自分たちが親衛隊員の妻に流行の服を縫っていることを。たとえ収容所からの便りに真実を書くことが許されたとしても、ひとりひとりの苦悶とナチスの非道ぶりを描写するには数え切れない枚数のはがきが必要になっただろう。

かぎられた期間の文通をナチスが許したのは、けっして慈悲心からではない。出されたはがきは、いまなお潜伏中のユダヤ人を突きとめるために監視された。返信の宛先はアルバイツラーガー・ビルケナウとなってはいたが、すべてベルリンに送られ、そこで分析された。また、強制移送者がごくふつうの労働収容所でうまくやっているものとユダヤ人の受取人に信じさせるために、検閲を通過するのは明るい報せにかぎられていた。

アウシュヴィッツ゠ビルケナウ施設群の真の残忍な目的を知っている書き手は、暗号化された警告を送ろうと最善を尽くした。一九四三年のはじめ、マルタは愛する人々に〝ミセス・ヴィジャーズ〟を招待するよう勧めた。「彼女はいつもあなたたちと一緒にいるべきです、家にいればとても役に立ちます」と。ヴィジャーズは、ハンガリー語で〝気をつけて〟〝注意して〟という意味だ。[20]

これらアウシュヴィッツからの鉛筆書きのはがきで、なんとかして家族の死の報せを伝える必要があった。検閲を通すには、ごまかさなくてはならない。イレーネは父親にはがきを送るとき、三人の姉妹は母親と一緒にプリンチェキーという町を旅していると書いた。母親は一九三八年にすでに死んでおり、プリンとはスロヴァキア語で〝ガス〟を意味する。このメッセージは届けられ、理解された。靴職人のシュムエル・ライヒェンベルクはおかげで、娘のフリーダ、エーディト、ヨリは死んだが、少なくともイレーネはまだ生きていて、マルタの庇護下にあることを知った。

　収容所からマルタが出したはがきの一枚の表側、アドルフ・ヒトラーの肖像が描かれた切手の対角線上、一九四四年四月六日の〝ベルリン〟の消印の下に、マルタのいとこのヘルタがメッセージを走り書きしている。

「ヘルタからよろしくの挨拶とたくさんのキスを！　わたしたちの親族と連絡をとっていませんか？」

　ヘルタの家族はひとりも戦争を生き残れなかった。

17.　マルタ・フフスから1944年３月３日に送られたはがき、消印は４月６日で、ヘルタの鉛筆書きがある。

　収容所に届けられたメッセージは残存していない。愛する人々の思い出の品としてそれらを大切に保管するわけにはいかなかった。罪に問われそうなあらゆる書類はビリビリに裂いて下水に流すか燃やすかされた。

　フーニアは、パレスチナに逃れていた両親と文通できなかった。毎週月曜日と木曜日に両親が断食して、〝困難に陥った娘〟のために特別な祈りを捧げていたことを、彼女は知るよしもなかった。[21]

わたしたちはあの地獄からけっして出られないと確信していましたが、いつか世界にすべてを知ってほしいと願っていました――ヴェーラ・フォルティーノヴァー[22]

戦後、親衛隊看護師のマリア・シュトロームベルガーは、自分の助力が取るに足らないものに思えたと証言しているが、実のところ、受けた側にはこの助力は途方もなく大きかった。彼女はレジスタンス関与の嫌疑を二回かけられた。二回めに、収容所所長ルドルフ・ヘスの関心を引いた。いずれの場合も、彼女は事実無根を主張した。いずれの場合も、警告のうえ釈放されて、マルタ・フフスを含む共謀者の名前は明かさなかった。

一九四三年九月に、難産だったヘートヴィヒ・ヘスの末子アンネグレートの出産を手伝ったことは、マリア看護師に不利に働かなかった。出産後、ヘートヴィヒは仕立てサロンで縫われたマタニティードレスを着て療養した。お抱えのお針子グループがいて、略奪品がぎっしり詰まったカナダの倉庫群を利用できるおかげで、彼女には新生児用品一式を揃える苦労はなかった。

マルタの連絡員だったマリア看護師――コードネーム〝S〟――は、収容所施設群の外を自由に動きまわることができ、地下活動にきわめて貴重な存在だった。自身を大きな危険にさらしながら、彼女はメッセージや個人的な荷物を収容所の外へひそかに持ち出した。極秘情報は、秘密のポケットをつけた衣服に隠した。ポーランドの鉄道駅や街角で外部の連絡員を待って合いことばをささやくとき、糊のきいた白衣が隠れ蓑の役割を果たした。

マリア看護師はたくさんの情報に加えて、写真乾板――被写体はだれなのかわからない――や病院の医療記録もひそかに運んでいた。彼女が参加したネットワークは動きが活発で、命を賭してアウシュヴィッツの残虐行為の証拠をポーランドのレジスタンスに渡していたが、それらの証拠はお針子たちが故郷宛のはがきで慎重に知らせた個々の死の情報をはるかに凌駕していた。
シュタープスゲボイデに滞在して親衛隊中央建設局で働く囚人書記たちは、ビルケナウのガス室と焼却棟の設計図をひそかに複製した。これらは瓶に隠してブロック内の洗い場のセメントに埋め、最終的にベルトに縫い入れてポーランド国内軍のもとへ持ち出した。[23]
後世のために、いっそう重要な証拠が記録された。殺された人々の死体を処理するゾンダーコマンド——特殊部隊——の任務を撮影するため、カメラとフィルムがビルケナウにこっそり持ちこまれた。囚人のアルベルト・エレーラが第五焼却棟の西入り口で慌ただしくスナップ写真を撮った。当のエレーラは逃亡に失敗して拷問にかけられたのち殺されたが、一九四四年九月、カメラのフィルムがクラクフのポーランド人写真家ペラギア・ベドナルスカにぶじ渡された。仲介したのは、マリア・シュトロームベルガーの連絡員のひとり、レジスタンス組織のテレサ・ワソツカだった。[24]
おそろしく危険な状況下で撮影された画像のうち、ベドナルスカは三枚しか救い出せなかった。既知のものとしては唯一、アウシュヴィッツの絶滅工程を実際にとらえた写真だ。それらには、殺される前に第五焼却棟近くの木立で服を脱ぐ女性たちや、焼却炉を全面稼働させても追いつかず墓穴で焼却される裸の死体が写っていた。[25]

針を刺しては抜き、刺しては抜き、アウシュヴィッツのお針子たちは、この三枚の秘密の写真がとらえた恐怖の世界を形成、監督している親衛隊員の妻のために縫いつづけた。マルタもいまなお、ナチスの犠牲者たちが怯えて混乱しながら脱ぎ捨てた衣服をカナダで〝買い物〟する任務を負っていた。

カナダの倉庫は死者たちの所有物を保管するだけでなく、地下レジスタンスの中核を担ってもいた。ヘートヴィヒ・ヘスの代理でマルタが出かける調達の旅は、情報を交換し、計画を立てるための完璧な煙幕の役割を果たしていた。

カナダのカポのひとりに、クラクフ出身の勇敢なベルナルド・シフィエルチナ、レジスタンス・コードネーム〝ベネク〟がいた。一九四〇年七月からアウシュヴィッツに収容され——本物の低番号で——まちがいなく略奪品倉庫のカポという地位のおかげでこれほど長く生き延びていた。衣服倉庫の労働者たちが彼の庇護下でイヤーマフ、セーター、手袋を編み、それらは収容所の外へ持ち出されて、過酷な状況下で活動するポーランド国内軍のもとへ届けられた。囚われの身であっても他者の助けになれたことで、編んだ者たちはおおいに勇気づけられた[26]。

情報、衣服、食べ物、医薬品のひそかな分配を支援するほかに、カナダは究極の資源を提供してくれることを、シフィエルチナは認識していた。究極の資源とは、逃亡のための賄賂、書類、変装用衣服だ。マルタも同じ資源を利用することができた[27]。

逃亡は、ただ本人の命を救うだけの行為ではない。〝最終的解決〟という隠語とアウシュヴィッツの本質を、早急に広く周知させる必要があった。個人的な警告がはがきで送られた。ぞっとする残虐行為の証拠が運び人によって届けられた。それでもまだユダヤ人の移送は続けられ、まだ世界は無関心に見えた。

一九四四年、状況はいっそう緊迫した。ドイツ国防軍が同盟国であるハンガリーを占領したのだ。乗っ取りはすみやかに行なわれ、反ユダヤ的な施策がそれに続いた。もともとハンガリーの国民だったユダヤ人も、第三帝国各地の迫害を逃れてハンガリーに入っていたユダヤ人も、その対象となった。ユダヤ人をハンガリーから死の地へ移送する作戦には、ルドルフ・ヘスにちなんだ名称がつけられた。一九四四年五月、何度めかの兵站視察でハンガリーを訪れたとき、ヘスは帰宅後に自分で楽しむために、ワインの木箱をいくつかヘートヴィヒに送った——一日一万人の絶滅を手配するという大仕事をなし遂げたご褒美だ。

ビルケナウの囚人たちは、さらに大がかりな大量殺戮が準備されていることを痛いほど察知していた。なにしろ鉄道の本線から引きこみ線を建設して、収容所内の焼却棟へほんの少し歩くだけですむようにしたのは、彼らなのだから。アウシュヴィッツ地下活動のメンバーたちは、情報の信頼性をもっと高めるためには、囚人自身が逃げて証言する必要があることを認識していた。一般のユダヤ人市民が労働収容所で生活するものと信じこまされて移送列車にどんどん乗せられる状況は、どうあっても食いとめなくてはならない。

逃亡はむずかしいが、不可能ではなかった。アウシュヴィッツ利益地域からは八〇〇件を超える逃亡の試みがあった。成功事例ははるかに少なかった。そのうち女性の割合はごくわずかだ。[28] マルタはその一件になるつもりだった。

収容所を脱出するには、重警備をくぐり抜けるための入念な計画、手助け、幸運が必要になる。日中は、武装親衛隊の見張りの鎖が広がって、戸外の労働コマンドを監視していた。夜には、高電圧の有刺鉄線のフェンスを煌々と照らすアーク灯の光が、全囚人をくっきりと浮かびあがらせた。監視塔には機関銃を抱えた見張りがいたし、定期的なパトロールもあった。ビルケナウ収容所はさらに、広くて深い水堀に守られてもいた。親衛隊は必要に応じて三〇〇〇人の看守と二〇〇〇匹の犬を召集できた。

逃亡する前から、計画者はべつの囚人に裏切られる恐れがあった。収容所では密告者がはびこっていたが、その動機は遺恨や報酬欲しさのほかに、逃亡を知らせるサイレンが響いたあとでたいてい取らされる連帯責任への恐怖もあった。マルタは周囲から好かれ尊敬を集めていたが、だからといってグループ外のだれかが裏切り行為に走らない保証はない。

たとえこれらの障害を克服し、収容所をなんとか抜け出せたとしても、その後はナチスの占領下をさまようことになる。出会った見知らぬ人が好意的な手を差し伸べてくれるかもしれないが、ナチスの報復を恐れた密告もめずらしくはなかった。ユダヤ人の囚人の場合はとくに危険性が高く、ふつうの一斉検挙やユダヤ人狩りで捕まる恐れがあった。逃亡を阻止した親衛隊員への報酬も大きかった。大量のウォッカと、ゾーラヒュッテのにぎやかな親衛隊娯楽施設での楽しい休暇だ。

マルタは捕まったときの罰を承知していた。友人の囚人書記たちが、拷問兼尋問のあとにその記録をタイプさせられていたからだ。また、シュタープスゲボイデのほかの女性たちと肩を寄せあって、逃亡失敗者たちの処刑に強制的に立ち会わされたこともあった。

マルタの仕事仲間のフーニアは、男性三人と女性ひとりが絞首刑に処されたとき、自分たち立会人の無力さと、四人の犠牲者の悲惨さにひどく打ちのめされた。だが、絞首台に向かう四人は背筋をぴんと伸ばし、あごをぐっとあげていた。フーニアは不屈の精神の表れと解釈した。「われわれは失敗した、きみたちはきっと成功する。果敢に挑戦せよ！」と。[29]

アハトゥング！　レーベンスゲファール！　注意！　生命の危険！——**アウシュヴィッツ利益地域を取り巻くフェンスに掲げられた警告サイン**

逃亡の試みにおいて、見た目は重要な要素だ。やせ衰えた体、髪を剃られた頭、腕に彫られた入れ墨で、アウシュヴィッツの囚人だとすぐに見破られる。ちゃんとした服は、ナチスの分類上の〝下等人間〟ではなく〝人間〟であると認められるために必要不可欠だった。アウシュヴィッツ当局は、縞模様の、あるいは背中に印のついた囚人服が、逃亡者の特定に役立つことを承知していた。彼らは民間人が囚人に衣服を渡すのを繰り返し明確に禁じてきたし、親衛隊スタッフに制服から目を離さないよう警告してもいた。

一部の逃亡者は、ドイツ人の制服の威力を借りようと、親衛隊の倉庫に侵入して必要な物を入手した。ふたりの男性がこの方法を用い、盗んだトラックに乗って収容所の外へ出た。ほかにも、囚人ふたりが親衛隊の制服を着て列車に乗り、はるばるプラハまでたどり着いた。四人の男性が民間の高級車に乗ってさっそうとアウシュヴィッツの外へ脱出し、喝采を浴びた。政治局で働くツィラ・ツィブルスカが逃亡したときは、恋人で囚人のイェジ・ビェレッキが親衛隊将校の制服を身につけ、彼女を尋問に連れ出すふりをして建物の外へ歩かせた[30]。

一九四四年四月、ハンガリーからの強制移送を止めようとして、ふたりの男性がアウシュヴィッツからの逃亡を計画した。彼らが失敗したら、マルタ・フフスがあとに続いて脱出することになっていた。

最も有名なアウシュヴィッツからのこの逃亡劇は、イレーネがカナダで知りあった男性が企てたものだ。その男性はヴァルター・ローゼンバーグ、囚人番号四四〇七〇、収容所から脱出後はルドルフ・ヴルバと呼ばれた。

ヴルバが最初に逃亡を試みたのは、スロヴァキアを出発した移送列車からだった。機転が利く母親のヘレナが、イギリスまでの旅行代金と安全確保の資金として、彼のズボンの前あき部分に一〇ポンド紙幣を縫い入れていた。一九四二年春のことで、ちょうど同じ時期に、イレーネ、ブラーハ、マルタほかスロヴァキア人お針子たちが収容所生活に放りこまれていた。ヴルバは旅の着替えを着こんで運ぶことにした。これが運の尽きだった。暖かい日に靴下を二足履いているのを怪しまれて呼び止められ、逮捕された。ほかの逃亡の試みもことごとくくじかれて、アウシュヴィッツが最終目的地となった。

ヴルバは苦い体験から「逃走中の人間には衣服が必要である」ことを学んだ[31]。一九四四年四月に逃亡したときは、カナダから入手した服を着ていた。彼と仲間のアルフレート・〝フレッド〟・ヴェッツラー――二九一六二番の囚人で、かつて地下活動でイレーネの義兄レオ・コフートとともに身分証明書を偽造していた――は、暖かいオーバーコート、羊毛の乗馬ズボン、頑丈なブーツとオランダ製の粋なスーツといういでたちだった。ヴルバはそのほかに、尊敬する囚人のひとりから士気高揚のために白いセーター一枚と革のベルトを贈られたが、その囚人は不幸にも逃亡に失敗したのち処刑された。

ヴェッツラーとヴルバは、三日間の非常線が解かれるまで、ビルケナウの建設現場に積まれた材木の下に隠れていた。四月一〇日の夜に這いだして、ふたりは自由の身になった。四月二五日にスロヴァキアのジリナに到着したが、逃走中にかろうじて射殺を免れていた。そのときにブーツがひどくすり切れて、途中ふたりを匿ってくれた寛大なポーランド人のひとりから、ヴルバは古いスリッパをもらった。

ヴルバとヴェッツラーはユダヤ人組織からべつべつに尋問された。大量殺戮の状況やハンガリーのユダヤ人に差し迫る危機について、ふたりとも明確で要点を押さえた情報を提供できた。アムステルダム仕立ての高級ジャケットがヴルバに威厳を添えてくれたのも幸いした。オランダからそれを着てアウシュヴィッツに向かった最初の持ち主は、世界情勢に自分の服が果たしたささやかな役割を知るよしもなかっただろう——たとえ、この哀れな男性がまだ生きていたとしても。

ジリナから、タイプされたヴルバ＝ヴェッツラー報告《レポート》が世界じゅうに送られた。[32]外の世界はいまや、産業規模の殺戮の証拠を与えられた。世界がそれを知って具体的な処置をとる、またはとりうるかは、この時点ではまだわからなかった。報告に対する連合国の反応は、おしなべて不十分だった。イギリスのウィンストン・チャーチル首相は、ハンガリーでのユダヤ人の迫害は「おそらく世界史上で最も規模が大きく最も身の毛のよだつ罪だろう」と書いている。[33]

ピウス教皇からハンガリー摂政のホルティ海軍大将に気のない書簡が送られ、ほかの国々から、昼夜を問わずアウシュヴィッツに到着している移送列車を止めるよう外交圧力がかけられた。ホルティがようやく移送の停止を了承したころには、すでに四〇万人を超すユダヤ人がハンガリーから移送されていた。そのうち少なくとも八〇パーセントがまっすぐガス室送りにされた。

ヴルバとヴェッツラーはアウシュヴィッツに関する国際通信の大きな流れを誘発した。大量殺戮の証拠が積みあがっていることをだれも否定できなかった。ともあれ、ハンガリーに残っていたユダヤ人には、移送停止後に生き延びる可能性がもたらされた。

焼却棟の高い煙突の上空を煙が渦巻き、お針子たちはいまなお縫いつづけていた。彼女たちはビルケナウで容赦ない絶滅が実施されていることを知っていたのだろうか。

「わたしたちは何もかも知っていました」とカトカ・ベルコヴィッチは語った。[34]

お針子のレネー・ウンガーは「一九四四年の夏の数カ月は、血にまみれていました」と述べている。[35]

マルタは顧客の注文を受けてカナダに材料を調達しにいったとき、ぐしょ濡れの衣服の腐りかけた山を見つけた。ハンガリーからの略奪品は、人の手で仕分けられる量を超えていたのだ。

レジスタンスはいつだって価値がありました、いっぽうで無抵抗は死を意味しました――ヘルタ・メール[36]

一九四四年五月二二日、シュタープスゲボイデの囚人たちはポーランドの旧たばこ公社の建物を出て、基幹収容所の作業場群からさほど遠くない場所に囚人労働で建設されたブロックへ移った。お針子の多くにとって、この移動は数カ月ぶりに外に出る――空をまた目にする――機会となった。彼女たちはこの収容所拡張区域の〝6〟と記されたブロックに入居した。二〇棟の建物が五棟ずつ四列に並んでいた。

洗濯、アイロンかけ、繕いもののコマンドは、近くの玉石敷きの庭を囲む納屋群を改装した作業場に移されたが、精鋭集団のお針子たちはシュタープスゲボイデの高級服仕立て作業場で縫いつづけた。彼女たちはかつてないほど忙しかった。フランス人女性のアリダ・ド・ラ・サールとマリルー・コロンバンが一九四四年八月にラーフェンスブリュック女子強制収容所へ移され、マルタは代わりの新しいお針子を迎え入れた。

外目には美しくなかったが、新しい住居区画はアウシュヴィッツの基準からするとこのうえなく贅沢だった。食堂にはテーブルと椅子、さらにピアノ用ステージもあって、マルタやフーニアのような音楽好きが楽しめた。織物が敷かれた床、タイル貼りのシャワールーム、寝棚の羽布団。これら文明の象徴は、囚人のために導入されたのではない。収容所の拡張区域はあくまで、アウシュヴィッツは恐怖の収容所ではないと国際赤十字の視察団に〝証明〟するための、見せかけのモデルケースだった。

窓に格子はないが、囚人たちはやはり鉄条網に閉じこめられていた。ブロックの外の大広場は処刑場で、違反行為への処罰や、逃亡の試みの大半が行き着く末路が、見せしめとしてさらされた。マルタは自分が逃亡を図ってあえなく捕まったら、まさにこの場所へ処刑のために連れてこられるのだと痛切に認識していた。

九月のある霧に包まれた夕方、お針子たちは並んで立ち、友人のマラ・ジメトバウムが絞首台めざして歩くのを見守った。いつも襟が白いこざっぱりした粋な服を着ていたマラは、収容所の施設のあちこちで姿を見かけられていた。快活で、心から親切な女性だった。親衛隊女子のマリア・マンデルにすら信用され、ラオフェルカ——親衛隊の使い走り、運び人、護送役——として自由に歩きまわり、この自由を利用して地下レジスタンスにニュースや禁制品を渡していた。

やがて、アウシュヴィッツのポーランド人囚人、エデク（エドヴァルト）・ガリンスキーと出会い、深く愛しあうようになった。一九四四年六月、エデクは親衛隊の制服をまとって収容所を脱出し、マラも一緒に逃げた。一説には、男物の作業着で変装していたとあり、べつの説では親衛隊のレインコートに身を包んでいたとある。

マラの友人たちはみんな、この恋人ふたりが安全な土地にたどり着けますようにと心から願った。

二週間後、基幹収容所の悪名高き懲罰棟、第一一ブロックの洗濯物を扱う女性たちから、報せが広がった。マラとエデクが捕まったのだ。政治局にいる囚人でフーニアの友人のラヤ・カガンはふたりの拷問の最中いやいやながら通訳を務めたが、その拷問は過激で長々と続いたという[37]。マラの気力はけっして失われなかった。

エデクがまず吊された。絞首台にあがる番が来たとき、マラはもはやこざっぱりした粋な姿ではなく、傷だらけでぼろぼろになっていた。最後まで反抗的な態度を崩さず、レジスタンスに渡されていた剃刀で自分の手首を切った。血だらけの手で、近くにいた親衛隊将校と戦った。彼女は殴られ、手押し車に投げ入れられて、ほかの者たちへの警告として死体をさらされた。

シュタープスゲボイデの女性たちはマラの処刑に怯えるどころか、なんとしても迫害にあらがって生き残り、いつかこの悪行の証人になろう、とさらに決意を固めた。ブラーハはマラの最後のメッセージに胸を打たれた――「逃げなさい、わたしよりも運がよければ、逃げられるはず……[38]」

その年の九月、爆弾が投下されはじめ、チャンスが訪れるかに思えた。

五月から連合軍の飛行機がアウシュヴィッツ周辺の上空を偵察飛行し、第三収容所モノヴィッツの近辺にあるイー・ゲー・ファルベンの工場施設を撮影していた。連合軍はドイツの武器生産施設の破壊を狙っていたが、ガス室と鉄道の引き込み線は標的にしていなかった。それでも、カメラをモノヴィッツのほうへ向けるさいに、偵察機がはからずもアウシュヴィッツ＝ビルケナウをとらえていた。

上空から見た収容所施設はいかにも小さく、おもちゃの立体模型さながら建物が整然と並び、木々が点在している。一九四四年五月三一日の写真には、脱衣所へ行進する人々の列がはっきりと写っていた。八月二三日午前一一時の写真では、ビルケナウの第四焼却棟に隣接する第二カナダのバラック三〇棟が見える。まぎれもなく、穴で燃やされる死体から白い煙がもくもくと立ちのぼっている。

収容所の上空を飛ぶ同盟軍機の乗員はぶじ基地に帰還したが、まだ収容所にいる人々にはそんな自由はなかった。お針子たちはピンタックやプリーツやボタン穴に目を凝らしながら、針を刺しては抜き、刺しては抜きしつづけた。そこへサイレンが鳴り響いた。

九月一三日の任務は偵察飛行ではなかった。空中カメラはいまや、本来の標的のイー・ゲー・ファルベン周辺にばらばらと無差別に落ちていく爆弾の写真をとらえている。総計一〇〇〇個の爆弾が、七〇〇〇メートルの上空から落とされることになっていた。空襲警報の発令でファッションサロンのお針子たちは縫うのをやめ、収容所の拡張区域へ——姿を完全にさらけ出しながら——走って、宿舎ブロックの地下室に隠れた。

混乱のなか、女性たちは泣き叫び、カポたちが怒鳴り、友人どうしが互いに名前を呼びあった。フーニアはライプツィヒ時代の習慣から、緊急時でも冷静を保っていた。ほかの女性たちは彼女を取り巻くように集まった——パニックの波にもまれながらも平穏を保つ島だ。爆音で耳がふさがれ、頭がくらくらした。第六ブロックが直撃されたのだ。壁が揺れ、粉塵があたりに充満して息が詰まった。「外に出なきゃ！」だれもがまっ先にそう考えた。生き埋めになるなんて、まっぴらだ。突如として、男女の囚人が自由に交ざりあい、境界を越えて逃げる人たちもいた。

ブラーハは破壊されたフェンスをまじまじと見つめたが、逃げ出しはしなかった。「どこへ行くというの？」と、彼女は自問した。[39]

意気消沈し、虐げられた者たちは、なんらかの形で反抗した——イスラエル・ガットマン[40]

九月一三日の空襲で、総計四〇人の囚人が近くの作業場で殺された。マルタのお針子のひとりが、第六ブロックに落ちた爆弾で負傷した。いたずらっぽい目をした大胆なルル・グリュンベルクで、入院して傷を治すことになった。友人たちはなんとかストラパチュキーの材料をかき集めた。彼女がずっと欲しがって、「あたしが死ぬ前には、ストラパチュキーを食べさせてね！」と冗談めかしてよく言っていたからだ。幸いにも、ルルは回復し、ナチスの支配下から抜け出す決意をあらたにした。

　同じ爆撃で、宿泊ブロックにいた親衛隊員一五人が死亡し、八人が重傷を負った。ほかの爆弾でもちょっとした事件がいくつか起き、ジャムの瓶が吹っ飛んで看守のイルマ・グレーゼの部屋のカーテン一面に飛び散ったりした。何よりも囚人たちが喝采したのは、親衛隊員たちがふいに無防備に見えたことだ。制服と鞭は爆撃から守ってくれなかった。死が降り注いでみると、彼らは思っていたほど超人ではなかったのだ。

18. 1944年８月23日午前11時に撮影され、キール大学の空中偵察記録保管所で発見された写真。ビルケナウのカナダのバラック30棟と、第四、第五焼却棟が写っている。

　この認識が、シュタープスゲボイデの囚人たちの反抗心に火をつけ、ひそかなサボタージュを生みさえした。たとえば、糸くずや裂いた布きれでトイレを詰まらせた。注文をすべてこなすには生涯座って縫わなくてはならないのだから、仕事のほんの一部を配水管に流してもいいではないか、と考えたのだ[41]。

　夕方の点呼で五時間ほど気をつけの姿勢で立たされても、このサボタージュはやる価値があった。ブロック監督者は「そうか、これが、おまえたちの生活をよくしてやろうと尽力したわたしへの答えなのだな。ようくわかった！　二度と手助けはしないぞ、どんな小さなことでもな！」と叫んだ。このサボタージュでブロックのトイレは水があふれ出た。「答えろ！　だれがよくも、こんなことを……」

女性たちは無言だった。体の外側は震えていたが、内側では笑っていた。

九月一三日に第六ブロックに落ちた爆弾で、ひとりだけ、シュタープスゲボイデの女性から死者が出た。犠牲者は政治局のヘディ・ヴィンターで、姉であるカポのエーディト・ヴィンターの密告者として知られていた。ヘディの死因は、めがねのガラスの破片が爆風で脳に入ったことだった。

残念ながら収容所にはスパイや通報者がうようよいて、そのせいでレジスタンス活動が二重に危険になった。マルタは信頼できる連絡員——たとえば、友人でコミュニストのアンナ・ビンダー——とにしか、レジスタンス活動の情報をやりとりしなかった。マルタの人を見る目は確かだった。さほど幸運に恵まれなかった人もいた。悲しいかな、愛情深いボーイフレンドのふりをした通報者が、アウシュヴィッツ最大の驚くべき反乱に貢献した四人の女性囚人の逮捕と拷問をもたらした。

マルタ、フーニア、ブラーハたちは、近くのヴァイシェルメタル・ウニオーン・ヴェルケ弾薬工場で働くウニオーン・コマンドの女性の多くと知りあいだった。一九四四年の夏、火薬や信管を扱う女性たちは、濃紺に白い水玉模様のワンピース、白いスカーフ、白いエプロンという装いだった——目の保養になる光景だ。共謀者以外は知らなかったが、彼女たちのグループのひとつが工場から火薬を少しずつ持ち出していた。紙包みを衣服や頭髪に隠したり、脇の下に結わえつけたり、二重底のスープボウルに挿入したりしていた。

この密輸作戦のかなめは、情熱的なロージャ・ロボタ。ポーランド出身の若きユダヤ人女性囚人で、カナダのコマンドで働いていた。ブラーハと同じく、ロージャはかつて若者グループ、ハショメル・

ハツァイルのメンバーだった。いまはカナダを拠点に、収容所のレジスタンス活動に関与していた。カナダの略奪品は、違法な物資を手に入れるため、あるいは腐敗した親衛隊員にレジスタンス活動を見逃させるための、賄賂として必要不可欠だった。

ロージャはナチスに家族全員を殺され、その復讐のためなら代償として死を受け入れる覚悟があった。まずはみずから地下活動を組織したが、やがてゾンダーコマンド――死体を処理する任務の人々――につながりがある男たちに引き抜かれた。ゾンダーコマンドは定期的に殺され、入れ替えられていた。ゆっくりと、ひそかに、彼らは反乱を計画しはじめた。成功には爆発物が必要で、弾薬工場の労働者たちの参画が求められた。

ロージャは彼らに言った。「わたしがなんとかしてみる」[42]

そして、自分と同じく熱心な抵抗者を引き入れた。アラ・ゲルトナー――おしゃれなポーランド人で、大胆にも自作のリボンやベルトや帽子を囚人服の上につけていた――が、カナダでロージャと知りあったあとウニオーン・コマンドに異動させられ、そこでほかの女性たちを勧誘したのだ。レギーナ・サフィルシュタインは、やはりナチスに家族を皆殺しにされていた。エステルとハナのヴァユスブルム姉妹はワルシャワ・ゲットーから移送されてきた。

反乱は失敗する運命にあった。たとえ六〇〇人いようと、捨て鉢のゾンダーコマンドが機関銃を携えた親衛隊を相手にどう戦えると言うのか。それでも、一九四四年一〇月七日に響いた爆発音は、囚人たちのあいだに高陽感の津波を、ナチスには同盟軍の爆弾と同じくパニックを引き起こした。第二カナダに隣接する第四焼却棟が破壊された。囚人たちはライスコの農業地帯の畑や納屋に散らばった。あるいは、カナダで働く女性たちの助けを借りて衣服の山に隠れた。全員が捕まって殺されたが、彼らの劇的な反乱はユダヤ人の勇気と闘志に火をともす遺言となった。

政治局の囚人書記たちは、ロージャ・ロボタとゾンダーコマンドの共謀者たちが収容所の密告者に裏切られたあと、彼らの尋問記録を忠実に作成した。所長のヘスは拷問の音で昼寝が妨げられたと不満を漏らした。[43] ロージャは何度めかの尋問を受ける前に目撃されている。政治局の廊下の椅子に、粗末な綿のパンツとブラだけで、体じゅうの傷を隠しようもなく座っていた。ぼろ切れのようになるまで殴られたにもかかわらず、ロージャはなんの後悔もないと伝えるメモを外へ持ち出させた。ハザーク・ヴェ・アマーツ、と彼女は書いていた――強く、勇敢であれ、と。[44]

火薬を密輸した四人は、収容所の拡張区域の外にある絞首台に送られた――アラ、レギーナ、エステル、ハナ。シュタープスゲボイデで働く者全員がその絞首刑を見届けるよう召集された。最初に死んだのはアラとレギーナで、一九四五年一月五日の夕方のことだ。彼女たちを裏切ったのは、アラの恋人だった。翌朝、ハナとエステルが同じ運命をたどった。彼女たちは糸で吊られた操り人形みたいな姿になった。

「わたしたちは見届けたくなかった」お針子のカトカ・ベルコヴィッチは、姉のブラーハらお針子仲間と収容所の拡張区域の広場に立っていた。[45] 見届けたくなくとも、彼女たちは証人になった。フーニアは、四人の女性があくまで平然と威厳を保っているのを見て、何百人もの心臓が誇りに高鳴るのを感じた。

連合軍の爆弾は一九四五年一月初旬まで降りつづけた。

寒く、厳しい冬だった。フーニアは手が凍えてほとんど縫えなくなっていた。針を刺しては抜き、刺しては抜いていた頭が、いっせいにあがった。ロシア〔ソ連〕軍の大砲の音が、わずか六〇キロほどの距離のクラクフで響いている。

マルタはカトカを脇へ呼び、彼女とブラーハにファッションサロンの最年少の娘、ロージカ・〝ひよこちゃん〟の面倒を見てほしいと頼んだ。マルタの逃亡計画が実施に移されるときが来たのだ。[46]

第一〇章　紙の燃える臭いを嗅ぐ

肉の燃える臭いではなくて、紙の燃える臭いを嗅ぐ――レナ・コルンレイフ[1]

お針子たちは縫いつづけたが、シュタープスゲボイデの残りの人間は右往左往していた。

管理棟の労働者たちは腕いっぱいに台帳やファイルボックスを抱えて廊下を急いだ。リスト、索引、記録簿……処刑が行なわれた証拠となるものは、紙切れ一枚も残さず処分しなくてはならない。これはルドルフ・ヘスの命令であり、大量殺戮の規模を示す不利な証拠はいっさい残すな、というヒムラーの指令を受けて出されていた。整然と作成されていた記録のすべて――氏名、番号、日付、死――は、記録された人々の死体と同じく、炎に包まれて空へのぼることとなった。

オフィスの暖炉ではじきに大量の紙がくすぶって燃えなくなり、やむなく管理棟の外で燃やされた。収容所施設のあちこちにこうした焚き火がたくさんできた。作業班の記録、病院の記録、略奪品の記録……。燃やしてしまえば、犯罪はなかったも同然になる。この混乱のどこかで、高級服仕立て作業場の秘密の注文簿が失われた。燃やされたのか、どこかのアーカイブに埋もれているのか、とにかくそのあとだれも目にしていない。記録された顧客がだれだったのか、いまとなっては不明だ。マルタはけっして話さなかった。

この混乱のさなかでも、官僚制度が機能を果たそうとしていた。一九四五年一月八日、シュタープスゲボイデの親衛隊管理部は、前年一一月の衣料の供給と配給が精査された結果、収容所の衣料管理に深刻な欠陥があると知らされた。[2]

こんな悪環境でもまだ生存している囚人に関する書類は、トラックに積みこまれ、ロシア〔ソ連〕軍の銃声の届かない西方へ送られた。では、囚人たち自身は？

一九四五年一月一七日水曜日、お針子たちはきょうの仕事で最後だとあっさり告げられた。ほかの情報はなかった。目のくらむような瞬間だった。彼女たちは縫い物――もはや完成して試着されることのない衣服――を脇へ置き、どんな可能性があるか議論した。

噂では、収容所全体を爆発させる、残された囚人を機関銃で一掃する、いや、その両方が計画されている、などと言われていた。また、西へ向かう列車がどんどん増えていた。もはや親衛隊の顧客のためにあくせく働かなくていいのは喜ばしかった。とはいえ、仕立てサロンを去ることすなわち、これまで自分たちの命を守ってくれたコマンドを去ることを意味する。はたして、次はどうなる？

みんなの一致した意見は、今後数日のあいだに何が起きようと、暖かい衣服をまとうに越したことはない、だった。とはいえ、これは支給品以外の衣服を持つことを厳重に禁じた公式の命令に反している。[3]マルタのコネがカナダにあるおかげで、全員が下着と上質の靴とコートを調達《オルグ》できた。さらに、親衛隊から縞の囚人ジャケットが支給された。

マルタは物資を詰めこんだ小さなリュックサックも持っていた。前年の一一月、親衛隊病院にいる連絡員――看護師のマリア・シュトロームベルガー――がグルコース、つまりブドウ糖を持ち出してくれていた。ブラーハとカトカは自分の分を残しておき、包みにしてネックレスよろしく紐状につないで、緊急時にその数珠玉の中身を吸ってエネルギーを得られるようにしてあった。フーニアはわずか二週間前まで病気で入院しており、ビタミン剤をいくつか隠し持っていた――金塊と同じ価値だ。

女性たちは可能なかぎり、それぞれ毛布を手に入れた。

アウシュヴィッツ＝ビルケナウの囚人だけが、出発の準備をしていたのではなかった。カナダのバラックでは、親衛隊が略奪品を夢中であさっていた。クリスマスから新年にかけて、親衛隊の家族が不正に入手した品物をせっせとトラックに積みこんでドイツ本国へ送った。ヘートヴィヒ・ヘスは一九四四年の終わりごろにアウシュヴィッツを去り、新任地のラーフェンスブリュック強制収容所にいる夫と合流していた[4]。彼女の衣装戸棚や引き出しは空っぽになり、邸から家具が運び出され、庭の楽園は厚い雪に埋もれた。

燃料をくべる者がいないせいで、温室の暖炉は冷えきった。

ヘートヴィヒは手ぶらで去ったわけではない。ある親衛隊員は、ヘス家の所有物を西へ運ぶのに貨車が二両まるまる必要だったと不満を漏らした。ヘス家の庭師を務めたスタニスワフ・ドゥビエルは、四両だったと主張した。ヘートヴィヒは革製の高級旅行用かばんに、きれいに畳んだファッションサロン仕立ての衣服を詰めて旅をした。その服を縫った人たち、旅行用かばんを提供した人たちが体験してきた旅とは、大ちがいだった。


そして、なんとも驚くべきことが起きました——フーニア・フォルクマン[5]

一九四五年一月一八日、降りしきる雪の日に、お針子たちは起こされて集まるよう命じられた。目的地を知らされないまま徒歩で出発するためで、気温はマイナス二〇度にまでさがっていた。親衛隊の看守は二派に分かれ、禁制の民間服を所有する囚人を罰する者もいれば、いずれ進軍中のロシア人に不利な証言をされるのを恐れて囚人に寛大にふるまう者もいた。

ある看守はブラーハにこう尋ねた。「ロシア軍が来たら、おまえは何を話す？　わたしはおまえに親切だっただろうか」

　ブラーハは用心深く「あなたは悪い人たちの仲間ではなかったと言います」と答えた[6]。

　何十万人もの囚人が夜明け前の薄闇のなか集まった。数カ月、数年の別離のあとで突然、男女が入りまじった。あちこちで夫、妻、友人、親族が捜され、ときには喜ばしい再会もあった。

　朦朧とした弱々しいビルケナウの女性のなかに友人のルート・リンガーを見つけたとき、フーニアは自分の幸運が信じられなかった。ライプツィヒで過ごした最後の数カ月とアウシュヴィッツへの移送列車のなかでは、ルートが心のよりどころだった。生き残るためにフーニアとずっと一緒にいなさいと夫から忠告されたのは、このルートだ。収容所に着いた初日に離れ離れになったが、ふたりの女性は今後ずっと一緒にいようと心に決めた。

　混乱のさなかで、友だちや愛しあう人々は落ちあう場所の情報を懸命に記憶し、戦争終結後に再会できるという希望に燃えた。ただし、来るべき行進を生き残れたら、の話だ。

「あたしたち、ここに残って隠れるべきかしら?」イレーネとレネーは考えた。「あの連中が何をするかわからないもの――あたしたちを殺すか、撃つか、燃やすかして、とにかく証人を残さないようにするかも」最終的に、仕立てコマンドの人たちと一緒に収容所を出るほうが安全だと結論づけた[7]。

　午前一一時ごろ、怒鳴り声の命令が響いた。五〇〇人のグループごとに、囚人たちは基幹収容所をあとにした。ビルケナウからの合流者を含めた三万人以上が移動する予定で、退去には何時間もかかった。どこかに茶釜とパンの配給があるはずだが、とくに屈強な囚人しかたどり着けそうになかった。

　マルタが動いた。静かに睨みを利かせて道をあけさせ、運べるかぎりのパンを抱えて戻ってきた。マルタのコマンドが収容所の出口にさしかかったのは、もう黄昏時だった。フーニアは本当にここを立ち去るのが信じられなかった。行進して門の外へ出る瞬間は名状しがたい至福に包まれた。たとえ銃口を突きつけられ、どこへとも知れず歩いているとしても。

イレーネやレネーと連れだって外へ出たとき、ブラーハとカトカは一〇〇〇日間におよぶアウシュヴィッツ生活を耐え抜いていた。悲観的な女性たちはまちがっていた。ふたりは焼却棟の煙突から収容所の外へ出ているのではない。だが、ブラチスラヴァのコルソ通りのコーヒーとケーキに向かって行進しているのでもなかった。いま重要なのは、とにかく離れ離れにならず歩きつづけることだ。

重い病気で撤退できない者はあとに残された。知らない目的地へ行進するより収容所にいるほうが生き残れそうだと考えて身を隠した者もいた。彼らのうち一部は、なおも収容所内を散発的にパトロールしていた発砲魔の親衛隊員に撃たれた。栄養不良、きびしい寒さ、病気で死んだ者もいた。運に恵まれた者、頑健な者は食べ物と衣服を探して、なかば廃墟となった収容所内を早足で歩きまわった。あちこちの倉庫がすでにこじあけられ、服があたりに散乱していた。

収容所最後の日々には、列車が次から次へと略奪品を西へ送り、カナダ・コマンドの労働者たちは空っぽの広場やバラックのなかをあてどなく歩いた。ビルケナウの三〇棟のカナダ・バラックは、詰めこまれた略奪品が多すぎて、期限までに完全に撤収できなかった。火をつけられたバラックもあり、何日も燃えつづけた。

収容所に残った推定七五〇〇人の囚人のなかに、レジーナ・アプフェルバウムがいた。親衛隊看守が愛人のリリーに流行の服を与えたがったせいで、ファッションサロンに忍びこんで服を縫っていた、あのトランシルヴァニア出身のお針子だ。レジーナの親族——彼女の違法な針仕事で命を救われた人たち——は衰弱しすぎて歩けず、バラックで肩を寄せあっていた。彼女がつきそっているときに、バラックの扉に錠がかけられ、被服倉庫と同じくここにも火を放つ予定だと告げられた。

しばらくして、ひとりのロシア人兵士がバラックの扉をこじあけた。彼はたどたどしいハンガリー語で、収容所が解放されたこと、ここに残るも去るも自由なことを説明した。レジーナに服を縫わせていた親衛隊看守は、アウシュヴィッツが解放された翌日に、リリーに毒を飲ませたうえで拳銃自殺した。[8]

ロシア軍は一九四五年一月二七日の昼下がりに到着した。彼らはすでにマイダネクの絶滅収容所を解放していたが、それでも、前線の古参兵ですら、アウシュヴィッツ収容所の鉄条網の内側で目にしたものに心の準備ができていなかった。身の毛のよだつ発見のなかに、カナダの略奪品の残骸があった。総計で一〇〇万点を超える品々だ。分厚い冬用戦闘服を着こんだロシア兵のひとりが、頭よりはるかに高い靴の山のそばで写真を撮った。それらの靴をかつて履いていた人たちは、とうの昔に灰と骨のかけらか、生きた屍か、のちにトーデスメルシェ、すなわち死の行進と呼ばれる西への旅で震える人影になっていた。

この行進では、革靴はぐっしょり濡れた。木靴はもっと悪かった――重いし、冷えた。水ぶくれができて破れた。赤むけの皮膚から流れる血が足跡に滴った。だれもが雪で凍えていたし、第三帝国生まれのドイツ人の車列に道路脇へどかされるときには水を跳ねかけられた。怯えたドイツ人たちは、荷物を山と積んだ車やトラックで安全の地と思える本国に向かっていた。囚人はみんな、冬の悪天候に苦しめられていた。

ときおり、行進グループの身分証明が求められた。フーニアは張りあげられる声を耳にした。まずは男たちが叫ぶ。「仕立て職人のコマンドであります」「靴職人のコマンドであります……」それから女たちが叫んだ。「洗濯コマンドです」「女性服の仕立てコマンドです……」

お針子たちは、行進の隊列がいつしか必然的に乱れてまとまりを失っても、可能なかぎり一緒にいつづけた。フーニアはまだ病みあがりで弱々しかったが、奇妙なほど冷静だった。いまは、面倒を見るべき友人のルート・リンガーがいる。ビルケナウでひどい経験をした彼女は、シュタープスゲボイデで守られていた人たちよりもはるかに状態が悪かった。

行進隊の一部が分かれて北西に向かった。お針子たちは、さらに西へ向かう不運な人の流れに加わっていた。あとどのくらい行進するのだろう？　とりわけ強靭な者でも片足をもう一方の足の前へ動かすのがやっとだった。それでも彼らは列をなし、ヘビのようにくねくねと田舎の小道や村道を行進しつづけた。

よろけた者は、友人たちに体を持ちあげられて、なかば運ばれ、なかば引きずられていた。手を貸す友人がいない者は、横たわったその場で射殺された。囚人の長い隊列が過ぎ去ったあと、地元のポーランド人が外に出て死体をまじまじと見つめ、そして埋葬した。何千体もあった。彼らは名もないまま埋められ、身元なり個性なりを示すものといえば、入れ墨の番号とわずかな衣服だけだった[9]。

最初の夜に――実のところ、翌日の明け方だったが――疲れきったお針子たちは休めという命令で豚小屋に倒れこんだ。

フーニアの足はひどく膨らんでいたが、靴を脱ぐのはよくないと知っていた。脱いだが最後、二度と履けなくなってしまう。ブラーハはすでに「靴を脱いじゃだめよ、足が凍えちゃうから！」と警告されていた[10]。無防備な履き物は夜に強奪されるか盗まれた。裸足で歩けばたちまち凍傷にかかり、まちがいなく死ぬはめになる。

イレーネは豚小屋にもたどり着けなかった。もはやこれまで。進む力が尽きた。止まれの命令を耳にすると、道に倒れて正体なく眠った。

レネーがイレーネを揺り起こした。

「あたしたち、逃げられるかしら……？」

ブラーハは危険すぎると考えたが、レネーは怖いもの知らずだったし、イレーネはロシアの解放軍からどんどん離れていくかと思うと耐えられなかった。最終的に、レネーとイレーネは近くの豚小屋でわら俵に隠れた。これ以上、西へ行進しつづけない決断をくだしたのだ。お針子のグループは分裂することとなった。

ブラーハ、カトカらは別れを告げ、苛立つ親衛隊看守にせきたてられて行進の次の区間を歩きだした――「急げ、急げ！ 遅れたやつは容赦なく撃ち殺すからな！」[11]ただの脅しではなかった。隊列がくねくねと去っていくと、看守たちは銃剣をわら俵に突き刺した。若きお針子ふたりは、いったいどうなったのか？ わからないことが、死の行進を再開したブラーハたちにはひどくつらかったが、寒さと疲労と、とぼとぼ歩きつづけるしかない状況に、じきにあらゆる思考が麻痺した。民家や農家の前を通って食べ物の器を差し出したら、兵士たちに背中を殴られた。混乱した恐ろしい雰囲気にのまれ、ポーランドの村人たちは、たとえ囚人に哀れみを感じていたとしてもろくに施しをしなかった。だが、行進する人々の受難に立ち会ってはいた。彼らは動くアウシュヴィッツを目撃したのだ。

囚人たちは森、丘、雪からなる単調な風景を行進した。進めば進むほど雪が増えた。前方のどこかで、退却する国防軍の隊列めがけて連合軍の飛行機が爆弾を落としていた。囚人と親衛隊は身を伏せた。恐怖でめそめそ泣く友人のルートを、フーニアは安心させようとした。看守のひとりが近くの林を示し、うながした。「ほら、逃げろ。森がある。撃たないと約束するから」

一瞬、ふたりは心をそそられたが、フーニアの良識がすぐに頭をもたげた。ほかの兵士に見咎められたら、どうする？ 爆弾の投下がやむと、彼女はルートを引っぱり起こし、ふたりは歩きつづけた。

二回めの休憩で、お針子たちは寝るために農家の庭へなだれこんだ。フーニアは不潔な小屋の空間を求めて戦った。囚人でいっぱいの納屋からはすでに、「ユダヤ人の居場所はないよ！」と怒鳴られて追い払われていた。[12]長いあいだ苦しみをともにしてきてもなお、反ユダヤ主義に凝り固まっている囚人もいたのだ。

そして――やっと！――目的地らしき場所に着いた。大勢の囚人が、炭坑町のヴォジスワウ・シュロンスキ、ドイツ名レースラウの鉄道拠点に集まっていた。ここでマルタは、長いあいだ温めてきた逃亡計画を実行することにした。収容所からではなく、人の群れから逃げるのだ。

わたしたちは雪まみれの直立したイワシでした――リディア・ヴァルゴ[13]

三年近くのあいだ、マルタは自分の腕を頼りにアウシュヴィッツで生き残り、思いやりでほかの人の命も助けてきた。いま、彼女は小さなロージカ――ファッションサロン最年少の娘――の世話をほかのお針子に託し、ついに自由になる機会をとらえようとしていた。

ひとりで行くのではない。高級服仕立て作業場から計画に加わったのは、型紙職人のボリシュカ・ゾベル、いたずらっぽい目のルル・グリュンベルク、がっしりした体つきのバーバ・タイヒナー。さらに、シュタープスゲボイデのもうひとりの親しき友、シュタンデサムトと、人口登録部の書記、エラ・ノイゲバウアーだ。エラはとことん楽観主義者で、いつも励ましと支援の輪を広げていた。脱出チーム最後のひとりは、逃走中の案内役として選ばれたポーランド人女性だ。

撤退中の囚人がレースラウの鉄道駅に大勢集まってくるなか、これら共謀者たちはてぎわよく着替えて地元のポーランド人に溶けこみ、収容所の制服の痕跡を隠した。民間服は、前もってしかるべく準備してあった。

逃亡者たちは北へ向かい、ラドリンの町の駅で、一般の旅客列車のコンパートメントに席を見つけようと待機している群集に加わった。そのまま咎められることなく、ポーランドとスロヴァキアの境界にほど近いジヴィエッツの町までたどり着いた。ちょうど、ロシアの赤軍がその地域に集中攻撃をしていた。だが最大の危機はやはりドイツ軍がもたらし、一月二三日の朝、疲弊した女性たちに銃を向けた。彼女たちはこの地まで果敢にやってきた。いま、その体に銃弾を浴びせられている。ボリシュカ、バーバ、ルル、エラはその場で死んだ。マルタとポーランド人の案内役は命がけで走った。マルタが次にやられ、背中を撃たれた。

これが、のちにフーニアが聞かされた話だ。ブラーハとカトカも同様の話を聞いた。マルタ、バーバ、ルル、ボリシュカ、エラは隠れていた納屋から追い立てられ、近くの民家に避難しようと散らばったはいいが、全員が背中を撃たれた、と。

残されたお針子はひとりも、何が起きたのかその目でちゃんと見ていない。彼女たちはまだレースラウにいて、彼女たちなりの困難を抱えていた。

撤退の次の行程は鉄道を利用することになったが、旅客列車ではないし、雨風をしのげる閉じた家畜車でもなかった。悲鳴と殴打と銃声にともなわれ、お針子たちは凍って滑りやすくなった無蓋の石炭車に乗りこんだ。なかには、一八〇人もの女性がぎゅうぎゅうに乗せられた貨車もあった。彼女たちは食事用の器で雪をなんとか掻き出そうとした。立っているのがやっとの空間しかなかった。直立したニシンみたいに詰めこまれたと、ひとりの生存者は言っている。イワシのように、とべつの生存者が言った。

列車が走り出すと事態はいっそう悪化した。女性たちが押しあったり喧嘩したりするたびに、酔っ払った親衛隊員が集団の中心めがけて機銃掃射した。無蓋の貨車では、身を切るような風に顔が凍りつき、脚が寒さでひりひり痛んだ。ブラーハとカトカはいまも一緒で、フーニアとルートは肩を寄せあっていた。夜が昼に変わり、囚人たちはそれぞれの地獄に沈んで、発熱ときびしい寒さと飢えと渇きでなかば乱心し、または完全におかしくなった。

山地を過ぎ、低地に入った。国境を越えてドイツへ入るとき、フーニアは見覚えのある地名が書かれた標識をぼんやりと眺めた。フランクフルト・アム・オーダーとベルリンだ。ある地点で、ブラーハは貨車の板壁の隙間越しに、空襲で建物が破壊されて煙突だけが並んでいるさまを目にした。かつて夢に見た光景とうりふたつだった。あれは予兆だったのか？

列車が止まり、死者が放り出された。ドイツ市民たちが、べつの宇宙から来た野蛮な氷まみれの生き物を見つめた。その生き物がかつては学生、お針子、妻、母、教師、医師……いや人間だったとは、とうてい信じられなかっただろう。

新しい標識が見えた――ラーフェンスブリュック。

女性の囚人はゴミ箱に投棄されるがらくたさながら、ラーフェンスブリュック強制収容所に放りこまれた。凍える列車の旅を生き延びた人たちがよろよろと入所したとき、収容所はすでに人があふれていた。午前三時だった。アーク灯に目がくらんだ。女性たちは新雪に倒れこみ、食糧としてそれを舐めはじめた。ブラーハが地面から顔をあげると、親衛隊看守のマリア・マンデルが見おろすように立っていた。マンデルはひややかに告げた。「おまえたちはみんな、生きる権利がないことをわきまえなさい[14]」

アウシュヴィッツから来た囚人たちは、巨大なジーメンスヴェルケの建物の床に倒れこみ、あるいは、すでに八〇〇〇人の女性を収容しているテントに潜りこんだ。そこは尿と糞便と絶望の沼地だった。

ラーフェンスブリュックの古参があらたな到着者を取り囲み、なんでもいいから掛け布団や毛布と交換してくれと迫った。交換するものがない者は、手当たりしだいに盗んだ。ひどい臭いがあたりに漂っていた。

「あたしたちをガスで殺すつもりよ！」テントに入ったフーニアのいとこのマリシュカが、悪臭にあとずさって叫んだ。「あたしたち、朝が来ても目が覚めないんだわ！」

フーニアは相変わらず冷静で、とにかく眠って心を落ち着けなさいとマリシュカに言った。どのみち目が覚めるか、覚めないかどちらかなんだから、と。[15]

朝、彼女たちは臭いを嗅いだ。ガスではなく、石油の蒸気だった。

収容所の警察がゴム製の警棒で飢えた女性たちを追い立てていっせいに外へ出したところへ、スープの大樽が現れた。フーニアは近くに行こうとしたが失敗した。友人のルートは歩くことすらできず、食べ物のために戦うなど論外だった。

フーニアはなんとか、ほかのアウシュヴィッツのお針子コマンドがいる場所を突きとめた。ここでもまた、団結が命を救った。シュタープスゲボイデの元ブロック指導者、コミュニストのマリア・マウルも彼女たちと一緒にいた。マウルは食べ物と、さらには仕事も手配していた。縫い物だ。フーニアはルートとともにこの避難所にたどり着いて、コマンドの食糧を分配する役割を与えられた。巻き尺で仕立て客の寸法を測る代わりに、いまや物差しと鉛筆でパンの割当ての厚みを測ることとなった。

だれもが知りたがった。「マルタはどこ？」

だれも答えられなかった。

アウシュヴィッツのサロンにいたフランス人たちも姿が見えなかった。アリダ・ド・ラ・サールとマリルー・コロンバンはすでにほかの政治犯とともにオーストリアのマウトハウゼン強制収容所に移され、鉄道駅でレールの清掃をしていた。[16]

ブラーハは、ラーフェンスブリュックのメインストリートで驚きの再会をした。放置された大勢の囚人でごった返すなか、イレーネの姉、ケーテ・コフートに遭遇したのだ。ケーテの夫レオは地下組織の印刷職人として働き、かなりの期間、ふたりとも強制移送を免れていた。レオが逮捕されると、ひとりではどうにもできず、ケーテは秘密警察に自首した。彼女の唯一の〝罪〟は、ユダヤ人だったことだ。いまや飢えと発疹チフスで抜け殻のようになっていた。

「あたしたちのところへ来て」ブラーハは誘った。けっしてあきらめない性分なのだ。

ケーテはあとずさって言った。「あたしはここで死ぬつもりよ、きっとレオも死んでるから。こんなところ、あの人には耐えられないもの」

ブラーハは彼女を説得しきれなかった。この遭遇からほどなく、ケーテはことばどおり死んだ。ナチスの犠牲者が、またひとり。わずか二六歳だった。

平和がじきに訪れた——フーニア・フォルクマン[17]

あるうららかな日に、フーニア、ブラーハ、カトカをはじめ仕立てコマンドはひとつに集められ、ラーフェンスブリュックを出ることになったと告げられた。これからよくなるのか悪くなるのか、さっぱりわからなかった。ブロック指導者のマリア・マウルに監督され、彼女たちはもよりの鉄道駅めざして歩いた。収容所を離れたら、大気は信じられないほどさわやかだった。彼女たちは本物の旅客列車の席をあてがわれ、パン、ジャム、マーガリンの配給も与えられた。尋常ではない扱いに、喜びで頭がおかしくなりそうだった。

長い列車の旅のあと、彼女たちは並木道を歩いて、ラーフェンスブリュックの衛星収容所のひとつ、マルヒョウに入った。計画的な欠乏と、秩序正しい飢餓の収容所だ。彼女たちのバラックは緑色に塗られた木造の小さな建物で、およそ五〇〇〇人の女性にわずか一〇棟しかなかった。うっそうとした暗い森がぐるりを取り巻いていた。ほどなく、マルヒョウの囚人たちは森の野草や樹皮を食べはじめた。食糧の供給をしだいに減らされたからだ。

女性たちの一部は、森の続きとして偽装された近くの弾薬工場に働きに出かけた。そしてワンピースの下にジャガイモやニンジンを隠し、収容所のほかの人々のもとへ運んだ。ブラーハは幸運にもシュトゥボヴァーとして屋内の雑用係を務め、バラックが清潔に保たれ、食糧がきちんと分配されるようにした。

フーニアは、冗談めかして〝おばあさん〟と呼ばれていたが、若き友人たちに世話を焼かれるのはありがたかった。それでも、森の材木コマンドの重労働に苦しみ、もう少し軽い病院コマンドの仕事でも四苦八苦した。運が向いてきたのは、工場の職長のひとりでシュテティーン（ポーランド名、シュチェチン）出身のドイツ民間人、マットナー氏がフーニアを呼んで、あれこれ質問しはじめたときだ。彼女がお針子だと答えると興味を示され、妻のために働きに来てくれないかと言われた。またもや、彼女は裁縫の腕に救われた。

　マットナー夫人はまず、肉とフライドポテトの食事をふるまってくれた。胃がひどく縮んでいるときにこってりしたものをたらふく食べてはだめだとわかっていたが、猛烈な飢えに負けた。フーニアはひと晩じゅう激しい腹痛にさいなまれ、翌日はずっとふらついて気分が悪く、縫い物どころではなかった。マットナー夫人は穏やかにお茶を――本物のお茶を――淹れてくれた。まるで、フーニアが本物の人間であるかのように。フーニアが回復して縫い物とアイロンかけができるようになるまで、ふたりは一緒に座っていた。

「ハトのローストは、四人の食べ物に向かないですね」と、フーニアは苦笑いして言った。その後はあっさりした食事に留めたが、マットナー夫人に砂糖を入れた本物のコーヒーを出されるとありがたくいただいた。

　マットナー家でまた針を手に取ると、喜びでぞくぞくした。ぐっしょり濡れておらず、凍ってもなく、血がついたり、汚れでがびがびになったり、害虫が湧いたりしていない布地の、心地よい肌触り。フーニアの尊厳が、このドイツ人の思いがけない厚意で戻ってきた。お返しに、彼女は完璧な服を縫いあげた。マットナー夫人から、もっと暖かい服を受け取ってほしいと言われたが、フーニアは固辞し、「ひどくひもじいので、食べ物は喜んでいただきますが、いま着ている服がだめにならないかぎり、服は受け取れません」と答えた。[18]

一九四五年四月まで、爆撃音が延々と続くように思えた。赤十字のトラックが収容所の門に現れ、囚人宛の包みがおろされた。食べ物だ！

大半を親衛隊が盗んだ。

ある日、ブラーハはマルヒョウ収容所の所長が民間人の服を着て正門から自転車で出ていくのを目にした。

「いったい、どうしたんですか」と彼女は尋ねた。

「ロシア軍が来る！　わたしは西の隣村へ向かって、アメリカ軍に解放してもらうつもりだ……」[19]

ロシア〔ソ連〕軍、イギリス軍、アメリカ軍がこの地域に集まっていた。

五月二日、ベルリン陥落と同じ日に、マルヒョウの囚人は自由に外を歩きまわれるようになった。親衛隊看守がフーニアたちを収容所の外へ行進させてからあっさり見捨て、「ロシア軍が来る、われわれは自分の身を守る、おまえたちがどうしようが知ったことではない」と告げた。

お針子たちは呆然とし、新しい可能性をこわごわと探って、一部はアメリカ軍のいる西へ向かい、一部は東のロシア戦線へ向かった。

マルタのいとこのヘルタ・フフスは結果的にイギリス軍の占領地域に入り、やがてリューネブルクの難民キャンプで健康を取りもどした。このリューネブルクでは、悪名高き親衛隊看守のイルマ・グレーゼがアウシュヴィッツから移送後に収監され、裁判にかけられている。多くの親衛隊員と同じく、グレーゼも同盟軍の到着を見越して、民間人か囚人のふりができるよう民間服一式を与えられていた。それ以前、彼女は配属先のベルゲン＝ベルゼン強制収容所で、クラーマー所長のもと、ぞっとするような不潔な場所を監督していた。最後の最後まで、囚人のお針子たちに注文仕立ての服を要求した。彼女が呼び寄せたイローナ・ホーフフェルダーは、かつてパリでシャネルの高級服を縫い、ビルケナウの縫製工場でアウシュヴィッツ生活を耐え抜いていた。最後にグレーゼに縫ったのは民間人のスカートで、イローナはこの忌まわしい女のために縫うひと針ひと針がいやでたまらなかった。[20]
収容所の外に出たフーニアは、白旗が近くの町にはためき、ビラが同盟軍の飛行機からひらひら落とされて空が埋めつくされるのを目にした。彼女は同行者とともに、食べ物と避難所を探す難民の群れに加わった。早々に森で道に迷い、足にまめができてひどく飢えた。疲れはてて気力を失い、とぼとぼと足を運んでいたがやがて歩けなくなった。休もうと腰をおろしたとき、道端の枝の山に袋がひとつ載っていることに気づいた。

「爆弾よ！」だれかが警告した。解放された囚人がすでに、ドイツ人が農村部に撒いた地雷で殺されていたのだ。

フーニアはちがうと思った。袋を開いてみると、パンの塊、バター、ソーセージ、燻製肉という奇跡のようなごちそうが出てきた。マルヒョウのマットナー家で食べすぎて苦しんだ経験を思い出し、たらふく詰めこんじゃだめよとみんなに助言した。のちに、ほかの囚人たちと小屋で身を寄せあって夜を明かすときに、このごちそうがさらに分配された。みんな礼儀正しく、冗談を交わしていた。自由の身となったいま、食べ物のかけらをことごとく野蛮に奪いあう必要はなかった。

たいまつが暗がりを照らした。ロシア軍の兵士数人がドイツ語で呼びかけた。「そこにいるのは、だれだ？」

「囚人です！」彼女たちはいっせいに答えた。

たくさんの腕が、アウシュヴィッツの番号を示すために挙がった。

ロシア兵は彼女たちの解放を告げた。

劇的ではないにせよ、この解放はユダヤ人生存者たちの心を大きく揺さぶった。彼女たちは略奪され、奴隷労働させられ、殺されるために、ナチス占領下の町という町、村という村から組織的に狩り出されていた。

翌日、フーニアは牧草地に座ってこれからどうしようかと考えた。突然、三台のジープがべつべつの方向からやってきた。乗員が外へ飛び出し、握手してたばこを分けあった。彼らはロシア軍、イギリス軍、アメリカ軍の兵士で、長年の戦いのすえにドイツで歴史的な集結を果たしていた。この出会いを目にして、フーニアは感動にぞくぞくしながら悟った――自分たちは自由なのだ、と。

ブラーハとカトカは東へ向かって近くの村にたどり着き、農家で雨露をしのぐ場所を貸してくださいと頼んだ。年取った女性が家のなかから、息子たちは前線にいて生死すらわからないのだと叫んだ。それでも、疲れきった囚人たちが屋根裏部屋のわらの上で眠るのを許可してくれた。翌朝、彼女たちが目覚めると、庭にロシア兵がひとり入りこんで拳銃を振りまわしていた。噂では、ロシア兵は見かけた女性を片端から辱めるという。ひとつには、ロシア人女性に残虐行為を働いたドイツ人への復讐のためで、ひとつには、性的暴力がおそろしく蔓延していたからだ。

ブラーハはいつもどおり楽観的だった。理性的に、自分に言い聞かせた。「あたしたちが何をされるというの……入れ墨があるのに?」

アウシュヴィッツの元囚人という立場が、うまくいけばある種の防護として働くだろう、それを見せればファシストが共通の敵だとわかるから。たしかに、その事実が、女性たちのげっそりと痩せた外観とともに抑止力になることもあった。だが、たいていは、何ものも暴行を抑止できなかった。多くの女性が、このさらなる惨事に見舞われた。収容所のなかでも、もっと広い外の社会でも、暴行の被害者は恥辱をひとりで耐えるしかなかった。戦後の報告には、襲われた〝ほかの〟女性の話がたくさん登場する。暴行されたのは自分だと生存者たちが認める気になれた事例は、ごくまれだ。

ブラーハとカトカは、農家の庭にいる武装ロシア兵に、入れ墨された囚人番号を見せた。相手はその意味を理解し、いまどこで寝ているのかと尋ねた。返事を聞いて、彼は激怒した。

「わらの上？　ドイツ人こそ、わらの上で寝るべきだ……おまえたちはベッドを使え！」彼はその家を荒らし、やがて立ち去った。[21]

のちにブラーハとカトカが出会ったロシア兵のひとりは、ユダヤ人だった。自分がユダヤ人だと言ってはだめだ、と彼は忠告した。反ユダヤ主義は弱まってなどいないからだ。「家をめざせ」と彼は助言した。「何が起きるかわからないから」

家をめざす。

言うほど簡単ではなかった。彼女たちの持ち物はすべてナチスに奪われた。いま身につけている服はあるが、それだけだ。

フーニアのグループは、ひとりのロシア軍将校に率いられて、あるドイツ人の家に着いた。その家の持ち主はできるかぎり所有物をしまいこみ、鍵の束を肌身離さず持って、どこも荒らさないようにと懇願した。

「あたしたちは、こいつらのせいで、いやというほど苦しんだのよ」と、収容所の生き残りの何人かが言った。「いま略奪を楽しんだからといって罰は当たらない」[22]

女性たちは家を占拠し、戸棚を隅から隅まであさって、おいしいコーヒーを味わった。家のなかでまた過ごせるとは、入浴して汚れを落とせるとは、なんとすばらしいことだろう。フーニアのいとこのマリシュカは、奪った白い綿のナイトガウンの感触を堪能した。

「あんまり男心をそそらないほうがいいわよ」ほかの女性たちが忠告した。

ドアをノックする音が響いた。グループをあずかる責任感から、フーニアがドアを開いた。すらりとしたロシア軍将校四人が目の前にいた。この家を探索に来たのだ。気づくと、マリシュカがいまや皺だらけになった白いナイトガウン姿で、自由になろうともがきながら抗議の声をあげていた。

「あなたたち、だれに復讐してるの？」フーニアはロシア人たちに叫んだ。「あたしたちをごらんなさい！　空腹で、疲れきってるのよ！」
彼女のことばが、どういうわけか上級将校の心に響いた。彼は肩をすくめて譲歩した。「その女が望まないのなら、放してやれ！」

フーニアはみごとに勝利を収め、将校たちは去った。風を入れようとして窓をあけると、不運な女性たちの遠い悲鳴が夜の空気をつんざいた。

例によって大胆不敵なフーニアは、翌日、ヘッドスカーフとショールを身につけて町へ歩いていき、新設されたロシア軍司令部に乗りこんで、権限を持つ人間に会いたいと要求した。会って話した将校は、彼女の心配ごと、つまり八人の無防備な女性であるという事実に同情的だった。だが、自分にできることは何もない、最善を尽くしてわが身を守りなさいと彼女を諭した。

占拠中の家に戻ると、解放されたほかの囚人たちが押し入って略奪していた。フーニアはなんとか押しとどめたくて、ドイツ人と同じふるまいをするのは品位を落とすことだと言った。現実問題として、彼女も自分で着る服をせめて何枚か奪う必要があるのはわかっていた。すり切れた羊毛のワンピースをまともなブラウスとスカートに取り替えたほうがいいと、ほかの女性たちが勧めた。ドイツ人家主からそれは泥棒だと抗議され、フーニアはついに堪忍袋の緒が切れて「あたしたちをあんな目に遭わせておきながら、誠実で品行方正であるよう求めるなんて、恥ずかしくないの？」と尋ねた。[23]

衣服を着替えるのは、解放の重要な要素だ。収容所の縦縞、収容所のぼろきれ、収容所生活のあらゆるしるしを捨て去り、もう一度まっとうな服を身につけると、劇的な変化がもたらされた。番号から女性へ、囚人から人間へ。ぼろきれを脱ぎ去れば、屈辱も脱ぎ去れる。シュタープスゲボイデのブラーハの友人のひとり、エリカ・コウニオは、のちに「わたしたちは服を替えました、また人間になるために」と述べている。[24]

まっとうな靴を手に入れるという問題もあった。フーニアのグループはどうにか、ステパンという親切な若いロシア兵に守ってもらえることになった。彼はフーニアの履きつぶした靴をばかにした。

「相当な距離を歩いてきたんですからね！」彼女はぴしゃりと言った。

「サイズは？」彼は尋ねた。しばらくして、ゴム底のズック靴とスリッパを一足ずつ持って現れた。

フーニアはどこでそれらを手に入れたのか知りたがった。

「靴店を見かけて……」彼は説明しかけた。

「店は閉まってるわよ！」彼女は切り返した。

ステパンは意味ありげに笑った。「たしかに、表は閉まってたけど、裏口のドアを見つけたんだ[25]」

フーニアはさすがに文句を言えなかった。まだ家までの長い旅が控えているのだ。その旅は、ひとりきりでするのではなかった。いまなお収容所の仲間数人と一緒だ。彼女たちがようやく出立したとき、なんだかドイツじゅうが移動しているように思えた。一九四五年五月八日以降、加害者も、傍観者も、被害者も、だれもかれもこの国の無条件降伏に、そして同盟軍による報復に適応しようとしていた。

わたしたちは多くを語りません——ヘートヴィヒ・ヘス[26]

元囚人が新しい衣服に象徴される自由な生活を再開するいっぽうで、親衛隊はちがう形の変貌を遂げていた——権力と富から隠喩的なぼろ切れへと、運命が逆転したのだ。

敗北した第三帝国のあちこちで、むしり取られた記章や捨てられた制服が道端に散乱していた。ドイツの家庭では、衣服の非ナチ化《エントナーチフィツィールング》が始まった。機甲部隊の軍服がパジャマになった。ヒトラーユーゲントの制服から切り取られた布が、ワンピースの継ぎ当てに使われた。赤い旗から鉤十字の記章がほどかれた[27]。

革の長靴《ちょうか》や鞭とも、おさらばだ。親衛隊女子は花模様のフロックドレスのボタンを留め、民間服のスカートのファスナーをあげた。制服をまとっているとき、彼女たちはひとかどの人物であり、組織の一部だった。それを脱いだとたん、自分の意志に、そしてたぶん自分の良心にゆだねられることとなった。

同盟軍は、加害者と名指しされた者たちを一斉検挙した。かつてアウシュヴィッツ仕立てサロンの看守だったラポートフューレリンのエリーザベト・ルパートは、親衛隊に加わっていたかどで逮捕された。そして、囚人に肉体的な危害を加えたこと、またビルケナウの死の選別に関与していたことで起訴された。

ルパートは最終的に、ダッハウ強制収容所にあらたに設けられた親衛隊刑務所に収監された。一九四六年五月に撮影されたアメリカ軍のフィルムには、ほかならぬ親衛隊看守のマリア・マンデル――ラーフェンスブリュック強制収容所でブラーハたちに、おまえたちには生きる権利がないとひややかに告げた女性――と同じ監房にルパートがいるさまがちらりと映っていた[28]。フィルムでは、襟に色がついた半袖ブラウスを着たマンデルは、いかにも害がないように見える。彼女はクラクフで裁判にかけられたあと一九四八年一月二四日に絞首刑に処せられた。フィルムで彼女の隣にいるルパートは、ゆったりした服を重ね着して屈託なく微笑んでいた。裁判では、死の選別に関与した罪状には証拠がないとされ、囚人に肉体的な危害を加えた罪状についてはすでにじゅうぶんな刑期を務めたあとだった。ルパートは自由な女性として刑務所を出た。戦後の人生については詳細がわかっておらず、アウシュヴィッツとファッションサロンの奇妙な併存について彼女がどう考えていたのかも不明だ[29]。

可能なかぎり、同盟軍はナチス高官の妻も捕まえて尋問しようとした。

ドイツ降伏時にはすでに、優美なマクダ・ゲッベルスはわが子を殺して夫のヨーゼフとともに自殺していた。ヒトラーとその新妻のエヴァが一九四五年四月三〇日にベルリンの隠れ家で自殺したすぐあとだった。マクダが死にぎわに何を着ていたにせよ、それは死体とともに石油をかけられ火をつけられた。ヘルマン・ゲーリングの妻エミーは、同盟軍に逮捕されるとき手早く貴重品をまとめて帽子箱に入れた。そして、パリで購入したバルマンのコートを着て刑務所へ向かった。

マルガレーテ・ヒムラーと娘のグドルーンは当初収監されたが、その後、繊維工場に仕事を見つけた。ハインリヒ・ヒムラーが長年せっせと送ったたくさんの衣服は、いまや失われていた。ヒムラー本人は、片目の眼帯と偽の制服で変装しているところを逮捕された。敗北の現実に直面するのをよしとせず、砕け散った野心をすべて抱えたまま自殺した。

アウシュヴィッツのファッションサロンを創設したヘートヴィヒ・ヘスは、終戦後数カ月のあいだ当局の手を逃れていた。ゲッベルス夫妻と同じく夫と心中する計画も立てていたが、子どもたちのことを思って取りやめた。ルドルフは回想録で、死んでいればヘートヴィヒにあれほどつらい思いをさせずにすんだだろうと嘆いている。

〝つらい〟というのは、およそ相対的な感覚だ。なるほど、ヘートヴィヒは夫と離れ離れになったし、たしかに、ラーフェンスブリュックから北西へ逃げるとき財産の多くを置き去りにせざるをえなかったが、大勢のほかの難民とちがって徒歩ではなかった。ナチスの支援ネットワークのおかげで要人待遇を受け、都市空襲で焼け出された民間人罹災者のかたわらを、運転手つきの高級車で通って避難先に向かった。

車はザンクト・ミヒャエリスドンの小さな町に入り、クリの木の並木道を抜けて、ズーダーディットマールシェンAG精糖所に到着した。アウシュヴィッツのヘス邸で一時期子どもたちの家庭教師を務めていたケーテ・トムセンが手配した避難所だ。車のうしろからついてきた大型トラック一台に、所有物がぎっしり積まれていた――食糧の入った籠や、フランスの高級コニャックと衣服で膨れあがった立派な革のスーツケースなどだ[30]。ヘートヴィヒは五人の子どもたちを車の外に集め、工場の経営者とその家族に迎え入れられた。それから、荷物がおろされた。

彼女は特権を失ったこと、そして夫がいないことを見るからに悲しんでいた。夫はヒムラーから「国防軍に紛れこむ」よう命じられていた。[31]受け入れ先の一家にアウシュヴィッツの邸と庭の写真を見せたあと、ヘートヴィヒはそのアルバムを暖炉にくべて燃やした。

「わたしは夫を誇りに思っています」と彼女は女主人に語った。[32]

アウシュヴィッツ収容所の所長をなんとしても発見、逮捕するために、ヘートヴィヒの新しい家を捜索したイギリス軍のナチハンターたちは、彼女が「服、毛皮、繊維製品ほか高価な物」に囲まれていたと述べている。[33]ヘートヴィヒは彼らにルドルフは死んだと告げたが、じつはザンクト・ミヒャエリスドンで夫と逢瀬を重ねていた。イギリス軍は最終的に、彼女の身柄を拘束してやや長い尋問にかけた。そのあとの報告書では、彼女は汚いブラウスと農婦のスカートを身につけていながら尊大さを保っていた、と書かれている。ヘートヴィヒかその弟フリッツのどちらかが圧力に屈し、ルドルフがフレンスブルク近郊で農場労働者に扮していることを暴露した。だが、どちらも自分が裏切ったとは認めていない。

一九四七年四月のある日曜日、イギリス軍の使者が、ルドルフの別れの手紙と結婚指輪が入った封筒をヘートヴィヒに届けた。ルドルフ・ヘスはポーランドで裁判にかけられた。そして有罪判決をくだされ、人生最後の夜に、アウシュヴィッツのシュタープスゲボイデがあった建物の地下室に閉じこめられた。高級服仕立て作業場からそう遠くない部屋だ。アウシュヴィッツ基幹収容所の旧焼却棟の横、旧ヘス邸のいまは荒れはてた庭の隣接地で、彼は絞首刑に処された。

ヘートヴィヒとルドルフが夢見た東部の農業楽園は潰えた。彼らの子どもたちは、いまや父親を失い、ぼろ切れで結わえた靴や、つま先が霜焼けになる木靴を履いて遊んでいた。彼らが置き去りにした収容所の囚人たちと、さほど変わらなかった。[34]

大勢の人が言っていました、家族を失ったのに、なぜ自分が生きつづけなくてはならないのか、と――ブラーハ・ベルコヴィッチ

お針子たちを家から連れ去ったのは列車で、曲がりなりにも家に連れもどしたのも列車だった。友人のルート・リンガーと別れたあと――ルートはあまりに泣きすぎて、みんなから濡れた猫みたいだと言われたが――フーニアのグループは、陽気なチェコ人男性の一団とともにドイツをあとにした。彼らは二五台の大型トラックで本国へ引きあげるところで、そのトラックは道端で摘んだ果樹や野草の花に飾られていた。プラハに帰還した囚人たちは、笑顔とプレゼントと同情に迎えられた。実のところ、プラハの鉄道駅は帰還者でごった返し、数が多すぎて混沌としていた。だれもが、ほかにだれが生きているのか突き止めたがっていたし、陰うつな死者数を数えあげようとしていた。

フーニアは次に、普通列車に乗ってスロヴァキアのポプラトに向かった。車内では、無愛想な顔と無関心に迎えられた。列車はがたごと揺れながらポプラトの駅に到着した。友人と別れて見知らぬ人の波にもまれていたフーニアは、ふいに、あるものを目にして列車から飛びおりた。かつて大勢のスロヴァキア人がそこから強制移送されたプラットホームに、義理の兄弟のラディスラフがいたのだ。彼女を出迎えて故郷のケジュマロクに連れ帰るために来た、到着の報せは受けておらず、あくまでその日に馬車で駅へ行って待つべきだと予感したという。彼の楽観的希望は、喜ばしい再会で報われた。

ケジュマロクには大勢の人がいたが、ユダヤ人はほぼいなくなっていた。フーニアは忍び足で、姉妹のタウバの家に入った。眠っている子どもたちを起こしたくなかったからだ。子どもたちは隠れ家で怯えながら数カ月過ごしたあと、いまは自分のベッドでぬくぬくと寝ていた。

何年も前にライプツィヒで仕立てサロンを開くために去った故郷へ、彼女は戻ったのだ。

ブラーハと妹のカトカと小さなロージカは徒歩と荷馬車のヒッチハイクで故郷へ向かい、やがて鉄道駅にたどり着いた。アウシュヴィッツの入れ墨が、乗車券になった。列車は、収容所の生き残りをはじめとする難民でぎゅうぎゅう詰めだった。収容所の縞の制服、盗んだ民間服、不揃いの軍服など、多種多様の衣服が入りまじっていた。停車するたびに、ショールとヘッドスカーフをまとった農婦が、卵かジャガイモを売りにきた。買うお金はだれも持っていなかったが、幸運な何人かが布きれ、ストッキング、靴下と物々交換した。

衣服はどんな品目でも貴重で、ヨーロッパは売買、物々交換、略奪の狂乱市場と化した。フランスとベルギーからの略奪品を満載したドイツの貨物列車が、フランクフルト近辺に放棄され、大喜びする外国人強制労働者やドイツ民間人によってたちまち空っぽになった。無尽蔵の帽子やスカートや布地の束を目にして、彼らはすすり泣いた。アメリカ軍の憲兵は見て見ぬふりをし、「連中にいい思いをさせてやろう」と言った[35]。

ブラチスラヴァはスロヴァキアの帰還ユダヤ人の拠点であり、ハンガリー、ルーマニア、ポーランドのユダヤ人難民がウィーンのアメリカ軍占領区域に向かうときの乗り換え地点にもなっていた。あらたな到着者たちは顔見知りを捜した。ブラーハとカトカはじきに親族がほぼすべて死んだことを知らされるが、ブラチスラヴァの鉄道駅では、このうえなくすばらしい出迎えを受けた。なんと、親友のイレーネ・ライヒェンベルクが、あれこれ語りあおうとうずうずしながら待っていたのだ。

ブラーハが最後にイレーネとレネーを目にしたのは、彼女たちがわら俵に潜りこんでアウシュヴィッツからの死の行進を免れようとしたときだ。聞けば、幸いにも銃剣に刺されるのを免れたらしい。犬と兵士がたてる騒々しい音が静まると、ふたりの若い娘は近くの森へ走り、やがて墓地を見つけて雪をかぶった墓碑の裏に隠れた。飢えと寒さに耐えきれず、ポーランドの村道にさまよい出たが、何度めかの空襲中で人影がなく、たまたまある女性が塀に寄りかかって前線の赤く染まる空を眺めているのに出会った。

「あんたたち、だれ？」と女性は尋ねた。ふたりは収容所の縞の上衣を雪に埋めてきたが、イレーネの紺色の羊毛ワンピースの背中には、囚人のしるしの赤い線がまだあった。固まったペンキをこそぎ落とせなかったのだ。

「クラクフからの難民です」イレーネは嘘をついた。

「あんたたちがだれなのか知ってるよ、似たような人たちが行進していくのを見たから。あんたたち、ここに来るのをだれかに見られた？」

「だれにも」

この村人は納屋のほうへうなずいてみせ、そこに隠れなさいと言った。

彼女は人目を盗んで、バケツに隠した食べ物とコーヒーを持参し、「ロシア人が来たら、あたしが助けたと話して。ナチスが来たら、何も話すんじゃないよ」と告げた。[36]

安全が確認されるとすぐに、イレーネとレネーはこのポーランド人女性の家に招き入れられた。ふたりの存在は一種の保険で、いずれドイツ軍が敗走し、このポーランド人農婦がおまえはどちらの味方だったのかとロシア軍に尋ねられたときの備えだった。イレーネとレネーはこの女性のために、いや、それどころか村人全員のために、もてなしのお礼として縫った。またもや、仕立ての腕が彼女たちを救ったわけだ。

その後、ロシア軍と戦っていたスロヴァキア人兵士が、イレーネとレネーの長い帰郷の旅に加わった。彼女たちは一九四五年二月に到着した——強制移送されたユダヤ人最初の帰還者だった。ふたりはだれにも会わなかったし、知りあいもだれひとりいなかったが、ある日、ポプラト近郊の小さな村に逗留しているとき、ドアを開くとイレーネの兄のラチ・ライヒェンベルクがいた。

「どうやって、あたしたちを見つけたの？」イレーネが驚いて尋ねた。

一九四四年八月の失敗に終わった民衆蜂起のあと、ラチと妻のトゥルルカ――マルタ・フフスの姉――は山中でパルチザンと行動をともにしていた。ラチがポプラト市内を通過していると、ある人から妹のイレーネが道のすぐ向こうにいると知らされた。信じられない幸運だった。

イレーネはマルタに関してなんの情報も持っていなかった。レースラウでの逃亡の試みも、マルタ、ボリシュカ、バーバ、ルル、エラの背中に向けられた発砲も、つゆ知らずにいた。

ブラチスラヴァがファシストから解放されると、イレーネはジドヴスカー通りに戻った。一八番地の自宅はべつの一家に占拠されていた。一九四〇年にブラチスラヴァに住んでいたおよそ一万五〇〇〇人のユダヤ人のうち、戦争で生き残ったのはわずか三五〇〇人だった。

イレーネは次に、ブラーハと再会しようと決意した。毎日、西から到着する列車を残らず出迎えた。その粘り強さが実を結んだ。六月に、友人たちは再会した。

彼女たちはいまや、戦後の生活に順応しなくてはならなかった。深い悲しみや絶望に浸る暇はなかった。またもや、生き残るために働くことを余儀なくされた。さまざまな機関ができるかぎりの生存者支援をしていたが、それだけでは日々の糧を贖うのもままならなかった。

そこへ、カトカがミシンを手に入れた。

戦前の財産を取りもどすのは簡単とは言いがたかった。ブラーハとカトカの場合、じつに幸運なことに、カトリック教徒の隣人が家族写真を何枚か保存してくれていた。写真のなかの愛しい顔の大半が亡くなったことを知ったあとでは、かけがえのない品だった。

アウシュヴィッツ＝ビルケナウ強制収容所で、囚人たちはたちまち、生活にどうしても必要な私物はさほど多くないことを学んだ。衣服、靴、食べ物の器。それ以外では、友情とまごころが大きな意味を持った。財産を取りもどすことは、その所有権よりも、収容所のいびつな現実のあとで家庭生活をいくらか回復するという意味あいのほうが大きかった。

とはいえ、強制移送されたときに盗まれたか分散した家庭用品は、一般の道具類よりもはるかに貴重だった。カーテン、寝具、編み棒といった日用品は、思い出の品でもあった——亡くなった愛する人々、かつてそのカーテンを引き、寝具の下に横たわり、暖炉脇で手袋や靴下やセーターを編んだ人々を思い出すよすがなのだ。

ヨーロッパ各地で、帰還したユダヤ人が失われた資産や身の回り品を取りもどそうとしては、あからさまな敵意を向けられた。フーニアが隣人に預けた陶器類を返してもらいに行くと、相手の女性はとうの昔になくしたと答えたが、その舌の根も乾かないうちに、まさしくフーニアの皿の一枚に軽食を載せて提供した。

かつてシュタープスゲボイデで働いていたべつの女性は、自宅の正面玄関をノックしたとたん、「おやおや、ガス室に穴があいていたようだ……」と言われた。[37]

ブラーハも、あるユダヤ人医師から、その同僚が「ヒトラーについて、ひとつだけ気に食わないことがある……ユダヤ人を皆殺しにしなかったことだ」と不満を漏らしていたと聞かされて、ぞっとした。[38]

トランシルヴァニア出身のお針子レジーナ・アプフェルバウムは、親切な警察官につきそわれて、敵意むき出しの隣人たちに預けておいた所有物を取りもどしに行った。家々を回りながら「これはわたしのです、これはわたしのです……」と主張し、取りもどしたミシンですぐさま、ビルケナウで命を救った親族や自分自身のために服をこしらえはじめた。[39]

アウシュヴィッツの仕立てサロンの生き残り全員が、働ける健康状態だったわけではない。フランスでは、アリダ・ド・ラ・サールとマリルー・コロンバンが、マウトハウゼン強制収容所からパリへ帰還した当初は祝福された。一九四五年四月三〇日に列車で首都に到着し、オテル・ルテシアに連れていかれ、本物のベッドで清潔な白いシーツに包まれて眠った。強制移送された二三〇人のフランス人女性政治犯のうち、生き残ったのは彼女たちふたりを含めてわずか四九人だった。

五月一日——仕事仲間だったお針子たちがマルヒョウの収容所から解放される前日——に、パリでパレードが行なわれた。だが、これでめでたし、めでたしとはならなかった。ふたりは解放後の補償としてワンピース、肌着、ストッキング、ハンカチと交換できる繊維製品ポイントを二〇〇点与えられたが、フランス社会は英雄的な男性のレジスタンス闘士という神話イメージをたちまち確立し、事実上、女性は忘却のかなたに追いやられた。

精神的にも肉体的にも、生存者たちはひどい痛手を負っていた。比較的若いマリルーは、また職業として仕立てを始めた。年かさでさほど体が強くないアリダは、強制収容所で罹患した病気のため長期入院を強いられ、二度と常勤で縫うことができなかった[40]。

高級服仕立て作業場の年配のスロヴァキア人お針子のひとり、オルガ・コヴァーチは、戦後もずっと障害が残った。一九四七年に結婚して息子をひとりもうけたが、「受け取った物質的な支援は、アウシュヴィッツ強制収容所での歳月の代償にはならない」と苦々しげに述べている[41]。


物は重要ではありません、美が重要なのです——エディス・エガー

チェコスロヴァキアのファッション産業は、ユダヤ人専門職の投獄と殺害、ドイツ占領下でのナチスによる業界いじめと発展妨害のせいで、戦時中に壊滅的な損害をこうむった。終戦後の数カ月間に、古いブティックが復活し、新しいサロンが開かれた。ブラチスラヴァに帰還して数週間後、ブラーハはプラハのそうした新しいサロンで働かないかと誘われた。どうして、これを断れよう？　かつてのすばらしいカポからの誘いなのに。そう、マルタ・フフスは生きていたのだ。

ユダヤ人帰還者の中心地、プラハでマルタに会うのは、これまた戦後の奇跡のひとつだった。

マルタはたしかに、その年の一月、自由を賭けた果敢な企てのさなかに撃たれた。二三日の朝、ドイツ兵の銃弾でバーバ・タイヒナー、ルル・グリュンベルク、ボリシュカ・ゾベル、エラ・ノイゲバウアーが倒れた。マルタも背中を撃たれたが、銃弾はリュックサックのなかの本に当たって止まった。彼女は走りつづけ、安全なポーランド民家にたどり着いた。ドイツ兵は彼女を深追いする勇気がなかった。この地域ではポーランドのパルチザンが活発に動いていたからだ。

マルタのポーランド人の案内役もこの逃亡を生き延びた。ふたりはさっそく針を手にし、食糧や避難場所のお礼として、あちこちのポーランド人家庭のために服を縫った。ときには、発見される恐れから身を隠さざるをえなかった。ときには、ロシア軍の砲撃に耐えた。一月二九日から二月一二日までの一五日間、マルタは地下壕で過ごした。おともは一頭のウシだった。この地域がほかから遅れてようやく解放されると、マルタはクラクフとブダペスト経由で困難な帰路についた。

緊張に満ちたこの数カ月——一月から五月まで——のあいだ、安全が確保されるたびに、おそらくはシュタープスゲボイデから持ち出した事務用紙に日記を書きつけた。四月二八日には、ブダペストへの途上で「オオカミみたいに腹ぺこなのに、きのうは盗んだベーコンをのみこめなかった」と書いている。[42] 両親と姉のクラーリカはアウシュヴィッツからのはがきのやりとりを最後に消息不明になっており、彼らが生きてぶじに過ごしているのか、マルタは知りたくてたまらなかった。

旅の途中、アウシュヴィッツの元囚人仲間が、マルタがうそ偽りなく収容所にいたこと、コミュニストの地下運動に加わっていたことを証言してくれたのは幸運だった。解放された囚人のふりをしているナチスを、ロシア軍が狩っていたのだ。勇敢なレジスタンス実績がほかのコミュニストたちに認められ、マルタは故郷に戻る許可証をクラクフのポーランド労働者党から与えられた。彼女の保証人となった元囚人のひとりは、ほかならぬフランツ・ダニマン、かつてヘス邸の庭師をしていた男性だ。[43]

奇跡的に、マルタはその後たくさんの親友や親族と再会できた。一九四五年五月八日〔ナチス・ドイツが降伏文書に署名した、ヨーロッパ戦勝記念日〕の日記には、「セイレーンの声が平和を告げた」とある。ブダペストから、彼女はなんとかプラハに帰還した。

生存者たちにとって、プラハで過ごすこと自体がこのうえない体験だった。ショーウインドーに展示された流行の服や、販売用にずらり並べられた商品を目にすると、たとえ購入する金銭的余裕がなくても、文明社会にいるのだと実感できた。アウシュヴィッツのカナダの倉庫という異様な体験のあとでは、ふつうの店が存在することすらなかなか信じられなかった。

戦後のプラハで繊維関連の事業をあらたに確立するのは、生やさしいことではなかった。なにしろ、ユダヤ人迫害を歓迎していた可能性がある、いやそれどころか、収用と強制移送で利益を得ていたであろう顧客や仕入れ業者と、職業上のつきあいをすることになるのだ。アウシュヴィッツの略奪倉庫とちがって、ふんだんな供給もなかった。針はたいそう品薄で、贅沢品とみなされていた。良質の布地の生産は、チェコ経済の復興資金を作るため輸出用に限定されていた。

マルタはいまなお機知に富んで有能だった。戦後の、手ごろな価格で実用的かつ良質の衣服を製造する流れに順応した。見栄えがいいのはもちろん、楽に着られて、楽に洗えて、忙しい勤労生活に適した服を、女性たちは求めた。ポケットが一般的になった。いままでと同じく、最新流行の服を買えるエリート層もいて、戦後のパリでクリスチャン・ディオールが発表した華麗な最新スタイルを取り入れたりした。新創刊のファッション誌が、創作意欲をかきたてる新しいデザインを載せた。

当然ながら、よいサロンにはよいお針子が必要になる。サロン〈マルタ〉の人材を確保するために、マルタは収容所の友人たちの技能を求めた。フーニアはケジュマロクからプラハへ赴いた。高級服仕立て作業場のもうひとりのベテラン、マンツィ・ビルンバウムもやってきた。そしていま、ブラーハ・ベルコヴィッチがブラチスラヴァを発つ列車に乗った。

遠出をするとよく、戦前の幸せだったころや、失った命を強烈に思い出させられた。あるとき、ブラーハがブラチスラヴァでバスに乗っていると、見覚えのある人物を目にした。「ボリシュカなの？」アウシュヴィッツのサロンのボリシュカ・ゾベルが、バーバ、エラ、ルルと一緒に撃たれたがなんとか生き延びたのではないか、そんなはかない期待を抱いて、ブラーハは尋ねた。「いいえ、その姉妹です」と答えが返ってきた。「彼女がどうなったのか、ご存じでしょうか？」[44]

一九四五年六月、プラハのマルタのもとへ行くための旅で、ブラーハはいっそう運命的な出会いをした。ブルノで列車を乗り換えるさい、レオ・コフートという名前の男性を見かけたのだ。戦前、彼女はブラチスラヴァ出身のレオに会っていた。当時の姓であるコーンを名乗り、イレーネの姉ケーテに求婚していたころのことだ。いま、ブラーハは、ラーフェンスブリュックで彼の妻ケーテに最後に会ったときの話をしなくてはならなかった。

二八歳のレオは、戦前にシオニスト青年団体に参加したのち、スロヴァキア軍とともに戦い、ユダヤ人コミュニストの組織を作っていた。そのメンバーには、アルフレート・ヴェッツラーもいた。ハンガリーのユダヤ人を皆殺しにする計画を世界に知らせるため、ルドルフ・ヴルバとアウシュヴィッツから逃亡した人物だ。レオは軍需産業に必要不可欠な労働者に分類され、ブラチスラヴァのスロヴァキア国営印刷工場で働き、そこでひそかにレジスタンスのために偽の身分証明書をこしらえていた。一九四五年一月、セレトの収容所に収監され、それからザクセンハウゼン、ベルゲン＝ベルゼン、さらにはダッハウの付属収容所へ移され、生きるか死ぬかという状態になったところで、アメリカ軍がバイエルン州を解放した。全家族のうち、兄弟ひとり、姉妹ひとりしか生き残らなかった。[45]

ブラーハはその日はレオと別れたが、この出会いは頭に残りつづけた。プラハで二週間過ごしたのちに、彼女はブラチスラヴァに戻った。そしてカトカ、イレーネ、小さなロージカほかと一緒に、イレーネの兄ラチが所有する大きなアパートメントでまた暮らしはじめた。人々がこのアパートメントを立ち寄り先や再会の場として利用し、訪れては去っていた。マルタの姉でラチの妻のトゥルルカは、なんとかみんなの衣食が足りるよう最善を尽くした。ほかに近親者がいない若者たちは、このきずなにしがみついたが、いまや彼らは自分で自分を養う必要があった。[46]ブラーハにとって、家庭生活とは愛する人々を中心に回るものだった。戦後、自分が望むものはただ、ベッドがひとつきりの部屋と、キッチンと呼ばれる片隅だけだと彼女は話している。

　ブラーハとレオの仲は、友情からしだいにもっと親密なものへと変化した。生存者の多くがそうだったように、孤独をやわらげるため、新しい世代を生み出すための、相互扶助の良識的な選択肢として、ふたりは結婚へと引き寄せられた。そして一九四七年に結婚した。[47]ブラーハは青いスーツと白いブラウスを着て、レオの姉妹から借りた結婚指輪をつけた。唯一の結婚祝いはテーブルクロスだった。こうして、彼女はミセス・コフートになった。

　レオはブラーハを説得して、アウシュヴィッツの囚人番号の入れ墨を消させた。「きみの人生の物語を、この入れ墨でみんなに知らせなくたっていいだろう？」と彼は言った。

　入れ墨を消した左腕の傷は、心の傷と比べるべくもなかった。結婚式に両親も、祖父母もおらず、一九四七年と五一年に息子を出産したときも手伝ってくれる母親はいなかったのだ。長男はトマシュ。次男は、マイダネクで殺された彼女の兄にちなんで、エミールと名づけられ

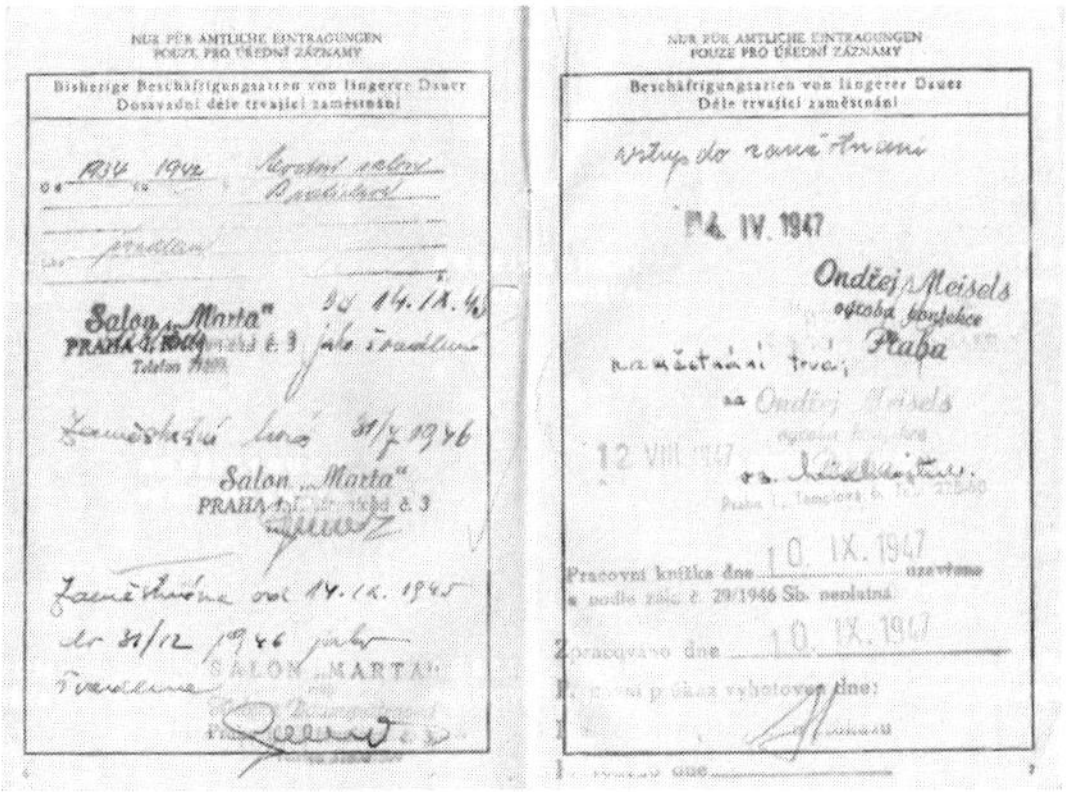

19. マルタの戦後の就労票、サロン〈マルタ〉の詳細が載っている。

た。生活のたしにするため、家族に衣服を着せるためにブラーハは縫いつづけたが、手仕事をやめて出版業界で働くべきだとレオに言われ、その分野で知性と才能を発揮して成功を収めた。

生活必需品のうち、食べ物の次に重要なのは衣服だ──『ジェナ・ア・モーダ（女性とファッション）』誌、一九四九年八月号

一九四五年九月から四六年一二月まで、マルタはプラハでサロン（マルタ）を経営していた[48]。戦後、彼女は姓をフフス──女性形はフフソヴァー──から、ブラチスラヴァ出身でスロヴァキア屈指の芸術家、リュドヴィート・フラにあやかってフロヴァに変えた。これは芸術への愛の再確認であると同時に、過去との決別でもあった。彼女の姓は、結婚でふたたび変わることとなる。

アウシュヴィッツのカナダでルドルフ・ヴルバと接触していたおかげで、マルタは会う前から未来の夫とつながりを持っていた。ヴルバはアウシュヴィッツから逃亡後ほどなく、スロヴァキア山間部のゲリラ部隊に加わり、ラディスラフ・ミナーリクという名のパルチザン医師とテントをともにした（ラディスラフはべつのアウシュヴィッツ逃亡者、アルノシュト・ロージンの友人でもあった）。ラディスラフは負傷した同志の世話をしていたが、ナチスが追放されるとプラハの病院の仕事に戻り、一九三九年の大学閉鎖で中断を余儀なくされていた医学研究を完了した。彼とマルタは一九四七年九月六日に結婚した。ふたりとも仕立てのよいスーツを着て、たいそう魅力的なカップルだった。それぞれ戦時中のトラウマを抱え、ほかの人々を援助することに身を捧げつづけた。やがて家族が増え、マルタの裁縫の腕がベビー服をこしらえるために発揮されることとなった。

一九四八年にコミュニストがチェコスロヴァキアを支配した結果、サロンの所有者たちは私有事業の閉鎖か国有化を迫られた。マルタは一九五三年に、スロヴァキアの高タトラへ夫と三人の子ども

——ユライ、カタリーナ、ペテル——とともに移住する決断をくだした。[49] ラディスラフが結核の専門家として働くいっぽうで、マルタはその並はずれた才能を活かし、療養中の患者が理学療法や健康増進の一環として裁縫や手工芸を学ぶ手伝いをした。

アウシュヴィッツで結ばれた家族のきずなと友情は、国境や海を越えて広がっていった。お針子たちの何人かは、戦後のヨーロッパに定住できなかった。つらい過去を思い出させるものが多すぎたし、

(上) 20. ブラーハとレオ・コフート、1950年代はじめ、息子のトマシュ、エミールとともに。彼女は自分のブラウスと子どもたちの服を縫った。
(下) 21. マルタ・フフスとラディスラフ・ミナーリクの結婚式。

反ユダヤ感情もいまだたくさんありすぎた。マルタのいとこのヘルタはドイツの煩雑な手続きをくぐり抜けてアメリカへの移民ビザを手に入れ、結婚してニュージャージーに定住した。収容所のトラウマも精神的な重荷として彼女とともに旅をし、つらい肉体的な影響もついてきた。

イレーネの友だちでラビの娘のレネーは、パレスチナに行くことにした。一九三〇年代にそこへ移住した弟シュムエルのおかげで、貴重な移民ビザが手に入ったのだ。ハイファで、レネーはドイツ系ユダヤ人難民にして戦争捕虜だった農業労働者、ハンス・アードラーと出会った。ふたりは結婚し、三人の男の子――ラフィ、ラミ、ヤイール――を育てた。

イレーネは、長年ドイツで過ごしたのちに、レネーよりかなり遅れてイスラエルへやってきた。一九五六年に、彼女はべつの生存者と遅い結婚をした。偶然にも、夫のルートヴィヒ・カッツもかつてアウシュヴィッツ゠ビルケナウのカナダ倉庫で働いていた。略奪品のバラックでスーツケースを引きずるあいまに、ユダヤ人の列が続々とガス室へ向かう果てしない悲劇を目撃した。移送されたときにはわずか一七歳で、苛酷な状況に耐えたのちに、カポの役割を与えられ、その権力をありがたく乱用してもいた。

戦後、ルートヴィヒは自分が告発されるのではないかという恐怖につきまとわれた。同じくトラウマを抱えていたイレーネは、この結婚を〝第二のアウシュヴィッツ〟と呼んだ。ルートヴィヒは自分が目撃した光景による心の傷や、収容所のカポとしてふるった暴力への罪悪感を抱えきれなかった。抑うつと健康障害に耐えられなくなり、痛ましくも一九七八年に自殺した。

イレーネはイスラエルへ移住した。息子のパヴェルは子ども時代に、アウシュヴィッツから逃亡したアルフレート・ヴェッツラーのほか、当然ながら、イレーネのお針子の友人たちが訪問してくれたのを覚えている。[50]

ブラーハの妹カトカは、故郷から何百キロも離れたキプロス島の抑留施設で、生き残った家族とも離れ離れになったまま結婚した。彼女は当初、パレスチナに住もうと考えた。移住を目的に乗船したが、パレスチナはまだイギリスの委任統治下で、ごく少数の移民しか許可せず、不法入国を阻止するために地中海をパトロールしていた。カトカの非合法の船は、こうしたイギリス巡視船に拿捕された。キプロス島の有刺鉄線に囲まれて、カトカはまたもや生き延びるために縫いはじめ、今回は抜け目なくイギリス軍のテント生地で衣服をこしらえてはほかの被抑留者に売りつけた。彼女の結婚は、いわば〝カルペ・ディエム（その日を摘め、いまを楽しめ）〟的なものだった。夫のヨーゼフ・ラーリアンは一九四八年、新生イスラエル国家に合法的に到着するやすぐさま兵役につき、この結婚は破綻した。次のヨーゼフ・ランツマンとの結婚は、大いなる喜びの種、娘のイリットをもたらした。三回めにして最後の、ナータン・ミュラーとの結婚で、カトカはようやく幸せを見つけた。

カトカの指はけっして動きを止めなかった。自由の身になると、ナチスの高官向けの最新ファッションではなく、こよなく愛する娘のため、そしてのちに生まれた孫たちのため日常の普段着を縫った。

さて、次は、自信に満ちた気丈なフーニアの話だ。

フーニアが乗った船、汽船ケドマ号は、イギリス軍の封鎖を避けて東へ向かい、一九四七年九月にハイファの港に着いた。ちなみに、ケドマは〝前に進む〟を意味する。この名称には、アウシュヴィッツ行きのユダヤ人を乗せて東へ進んだ列車とは、大きく異なる含意があった。〝東へ進む〟はいまや、最終的解決が残虐の極みに達する前にヨーロッパから逃亡していた彼女の家族と再会することを意味した。

「とにかく、おばさんに会ってごらんなさい」と、イスラエル在住のフーニアの姪は言われた。「マニキュアをしてるんだから[51]」

テルアビブ到着後、フーニアは姉妹のドラのもとでしばらく暮らした。そこはケジュマロクとも、プラハやライプツィヒとも大きくちがっていた。当時、テルアビブ――一九三〇年代のみごとなバウハウス様式の建築のおかげで〝白い都市〟と呼ばれていた――は、地中海沿岸の砂地にそびえ立つ新しい町だった。死の行進を生き延びたフーニアは、いまや、余暇にテルアビブの美しい遊歩道を散歩し、風にそよぐヤシの木を眺め、金色の砂浜に打ち寄せる青い海の波音に耳を傾けることができた。

新生国家イスラエルでの生活は、しかし、休暇にはほど遠かった。ドラとその家族は、フーニアとの暮らしに順応しようと精いっぱい努めた。彼らはヨーロッパでユダヤ人に悲劇が起きたことは知っていたが、どうがんばっても、収容所生活をくぐり抜けた人間しか、その強烈な体験をほんとうの意味で理解することはできない。これほど意志の強い女性を、ただでさえ広くはないアパートメントに迎え入れるのは容易ではなかった。おまけに、フーニアが裁縫の仕事場として居間を、顧客の試着室として主寝室を占領したので、なおさらだった。

フーニアは家族にも喜んで服を作った。新しい服は過越の祭のときとくに重宝されたし、彼女は結婚衣装もこしらえた。その厚意への代価はといえば、彼女の助言、意見、批判を受けいれることで、それらはつねに自信たっぷりに提供された。

新しい国での生活になじむのに苦労していたせいか、フーニアはよく癇癪を起こしたが、深い愛情とまごころを掻きたてることもできた。彼女はパン職人のオットー・ヘフトと結婚した。夫の死後は自分の住まいを手に入れて、そこを彼女の父親がたびたび訪れたし、姪たちもやってきては戦前のヨーロッパやアウシュヴィッツの生活について際限のない話に耳を傾けた。

フーニアはテルアビブの一流ブティックのいくつか、たとえばアレンビー通りの高級店〈ジッツィ・イラッシュ〉や、〈エラニット〉〈イングランダー・シスターズ〉で仕事を得た。イスラエルは強力な敵に囲まれて国境を争っている新興国で、一九四〇年代から五〇年代にかけて紛争と緊縮財政に苦しんだ。強い国と強い経済をめざして努力する人々の苦難と勤労が、衣服に反映されていた。地位を誇示する衣服は、キブツ労働者や、軍務に服す人々には用なしだった。黒っぽいスカート、無地のブラウス、ヘッドスカーフが一般的な平日の女性の服装で、安息日や特別な行事には慎ましやかな花柄のワンピースをまとうこともあった。節約の要請や配給制度もあり、国際的なエリート以外はだれもがファッションへの出費を切りつめていた。

大量生産が家庭での手縫いや自営の仕立て業にじわじわ取って代わりはじめると、フーニアは賢明にも工場の手法を身につけた。ドイツを再訪し、一九五六年にリー・ゴットリープが設立してイスラエルに本拠を置くゴテックス社向けに工業縫製を学んだ。テルアビブに戻るころには、高級なレジャーウェアや水着の製造に精通していた。これら憧れのレジャーウェアは、彼女の小さなアパートメントでの慎ましい生活とは大きな隔たりがあった。なにしろ、雨降りの日に近所の売春婦たちがバルコニーの下へ雨宿りに来たし、避難階段でフーニアが野良猫――プツァと名づけた――に餌をやっていたのだ。

あなたは生きている。不可能なことは何もない――レジーナ・アプフェルバウム[52]

新しい生活、新しい家族、新しい国。二〇世紀後半から二一世紀にかけて、ファッションは輝かしい変貌を遂げた――ナイロン、アクリル、ポリエステル、すぐに着られて、使い捨て可！　これらの女性たち、お針子たち、母親たちが、自分たちの戦時中の体験や生涯も、かつてアウシュヴィッツで縫った服と同じくかりそめで名もない存在であり、使い捨てられ、歴史に忘却されて当然だと考えたとしても無理のない話だろう。

幸いにも、探せばたどれる歴史の糸があった……。

第一一章　わたしたちに、ふつうになれと言うの？

なのに、わたしたちに、ふつうになれと言うの？——フーニア・フォルクマン＝ヘフト[1]

ブラーハ・コフート、旧姓ベルコヴィッチは、しばし口をつぐんだ。わたしは待った。カリフォルニアの家が静寂に包まれた。

周囲のさまざまな物——花束、スロヴァキアの刺繡、本、陶器——のうち、コーヒーテーブルの上の写真が絶えず彼女の視線を引きつけている。拡大してカラー化した家族写真、一九四二年に彼女がアウシュヴィッツへ移送される少し前に撮られた写真だ。いまや、このイメージが彼女の記憶の中心にあった。彼ら——会ったことがなく、けっして会うことができない人たち——の凝視に、わたしもからめとられた。写真のカトカとブラーハを見つめ、それから、いま横に座っているブラーハに目をやった。彼女はスラックスの縫い目に細い指を走らせている[2]。

最初に会ったとき、ブラーハは一〇〇歳まであとわずか二年だったが、いまも自立して暮らし、きわめて頭脳明晰だ。もちろん、年相応に弱ってはいるけれど。現在は、レオ・コフートとの長く幸せな結婚生活ののち寡婦となり、自分のため、訪問客のために料理をこしらえている。わたしは小さなキッチンに招き入れられ、おいしい揚げ肉団子《リッソール》、ホウレンソウのクリーム和え、カリフラワーのスープをふるまわれた。彼女は何十年も前にスロヴァキアの実家で教えられたとおりに、清浄《コーシャ》の鶏肉料理とマッツォー団子を作る。長年培われてきた、キッチンでの身のこなし。それらは、わたしの祖母を思い出させた。成人後の人生では、毎日、料理してパンを焼いていた祖母を。

ブラーハは黙々と、精神を集中して食事をとっている。わたしはふと、収容所での食事の時間に思いを馳せる。そこでは、せっぱ詰まった女性たちが提供されるわずかな量を争っていた。目の前の落ち着き払ったおとなの女性と、想像がおよばないほどの経験を耐え抜いた二〇歳。両者の隔たりを、わたしは埋めようとした。わたしが調査研究してきた時代を、彼女は生きたのだ。

「アウシュヴィッツで一〇〇〇日過ごしました」と彼女は言う。「毎日、一〇〇〇回死んでもおかしくありませんでした」

ある日、わたしは彼女の家に予定より早く、家族のだれも来ていないときに到着し、ブラーハはそのまま戦前の友人たちについて話してくれた。彼女の経験は記憶の小部屋に分けられているが、その部屋は完全防水されてはいなかった。ときどき感情がこぼれ出て、怒りと悲しみを垣間見せた。日常生活の習慣的な行為は、不穏な記憶を体系化して秩序立てる手段のひとつだ――ブラーハの義理の娘ヴィヴィアンが、流行の破れたジーンズをはいて来たとき、ブラーハは無邪気にその破れを縫ってあげると言った。

記憶と忘却の長い過程はひと筋縄ではいかない。最近、ブラーハは収容所でのできごとを率直に話すようになった。ひとつの言語からべつの言語へとよどみなく切り替え、自分の記憶がいちばんよく伝わる表現を探りながら。だが、ふたりの息子、トマシュとエミールが幼かったころ、ホロコーストは禁じられた話題だった。沈黙を貫けば、表面上はふつうの生活を育む余地が増える。これは、賢明な生き残り戦術でもあった。息子たちが自分はユダヤ人であると知らなければ、反ユダヤ主義に悩まされることもないはずだ、という親心が働いていた。社会主義国家のチェコスロヴァキアでは、反ユダヤ主義が根強くはびこっていたのだ。

両親がホロコーストの生存者だと息子たちが知ったのは、叔母のカトカがこの話題について話すようになってからだ。以降、息子のひとりは家族の過去について知ったことがらを受け入れ、もうひとりは家族の苦難について考えるのも耐えられないようすだった。

過去について沈黙するのは、生存者のあいだではめずらしくない。戦後、彼らはひたすら前を向いて、個人的、職業的な充足感を追求しようとした。死の行進からイレーネ・ライヒェンベルクとともに逃げたお針子のレネー・ウンガーは、一九四五年に真情を激しく吐露した長い手紙を書いて戦時中の惨禍を詳述したが、息子たちとは収容所について話そうとしなかった。[3]「そこで起きた悲劇はとうてい理解できませんし、人間の頭では受け入れられません」と、手紙で述べている。そう、問題はここにある。たとえ生存者がその体験を語ったとしても、返ってくる反応はたいてい嫌悪か、無関心か、完全な不信だった。

ブラーハのシュタープスゲボイデの友だちのひとり、エリカ・コウニオは、語りはじめた当初の困難を回顧録のなかで綴った。「みんなわたしの話を聞きたがらないか、信じたがらなかった。まるでちがう惑星から来たとでもいうように、彼らはわたしを見つめた」[4]

イレーネは入れ墨を消した。見るに堪えないし、とても醜いから、と。番号はなくなったが傷は残った。記憶を抑圧しようが人に話そうが、傷は生々しく残りつづけた。イレーネの息子のパヴェルは家でアウシュヴィッツの話を聞かされながら育ち、当然の結果として、両親の痛みの一部をわがものとして取りこんでしまった。

イレーネの知的好奇心は、シュタープスゲボイデの秘密の授業で刺激されてから生涯ずっと続いた。ホロコーストや、ナチ政権、ファシスト心理について、彼女は独学した。知って理解したいという、抑えがたい衝動に駆られていた。これらがテーマの、ずらりと並んだ書籍は、過去を思い出させるよすがというより、忘れられないことの象徴だった。アウシュヴィッツについて話すとき、彼女は感情をなるべく排除し、あふれ出る思いにのみこまれないよう努めた。

イレーネがとくに何度も話すできごとが、ふたつあった。ひとつは労働から戻って病院のバラックから妹のエーディトがいなくなった――ガス室へ送られた――ことを知った話、もうひとつはカナダで衣服の仕分け中に、殺された姉フリーダのコートを見つけた話だ[5]。

無理もないことだが、生存者のなかには、第三世代つまり孫たちにあれこれ尋ねられるようになって、はじめて収容所について口を開いた人もいる。彼らの長い沈黙は、記憶からの一時的な解放にはならなかった。制服、犬の吠え声、煙突から立ちのぼる煙、玄関扉をどんどん叩く音、さらには縞模様の布地を見たり聞いたりするだけで、過去がよみがえった。

生存者の多くにとって、不安がなかば常態と化した。彼らは苦い経験から、信頼していた隣人、同僚、級友がいかにたやすく味方ではなく傍観者に、ときには積極的な加害者にもなりうるか知っていた。居心地のいい家、清潔な服、誠実さは、迫害から守ってはくれないことを知っていた。彼らは出会った人々の顔をまじまじと見ては、収容所の環境に身を置いたらこの人たちはどうふるまうだろうかと考えた。

記憶は体と心に刻まれて、一生続く抑うつ症状と肉体的な病を引き起こした[6]。目が覚めているときにはそれなりに効果があった感情の防護策も、睡眠中の悪夢に破られた。一九八〇年代に、ブラーハとイレーネは、ブラーハの息子トマシュと義理の娘リルカが運営するすばらしい教育機関、カルチュラル・ホームステイ・インターナショナル（ＣＨＩ）の大使として、ふたりで日本を訪れた[7]。日中、あたりを観光した。最初は、雨降りでもないのにみんなが雨傘や日傘をさしていることに驚いたが、やがて、それは穏やかな火山の噴火で降ってくる柔らかい灰から身を守るためだと気がついた。夜、イレーネは恐ろしい夢を見て、眠りのなかで叫んだ。ブラーハは横に座り、友人の腕をやさしくなでて落ち着かせた。目を覚ましたとき、イレーネは意識下で追体験した恐怖を覚えていなかった。

比較的〝安全な〟立場のおかげでアウシュヴィッツを生き延びた元囚人は――たとえ、ほかのだれかを搾取していなかったとしても――大勢の人々が死んだのに自分が特権によって生きていることに罪悪感を覚え、そのせいでいっそうつらい思いをした。高級服仕立て作業場のお針子たちは、親衛隊のために働かされていたこと、いやいやながら収容所所長の家族に衣服をこしらえていたこと、そのおかげでガス室送りを免れていたことを、心に抱えて生きなくてはならなかった。

ルドルフとヘートヴィヒ・ヘスは、一度ならずマルタ・フフスの命を救うために私的な介入をした。戦後、マルタがアウシュヴィッツについてあまり話さなかった理由には、この件もあるのだろうか。ブラーハの妹カトカは、あると考えていたようだ。[8]

マルタは収容所番号の二〇四三という入れ墨について冗談を飛ばしたことがある。孫たちに「それ、なあに？」と訊かれて、「神様の電話番号よ」と答えたのだ。

彼女は入れ墨を隠さなかったし、世界情勢から逃げないで、生涯ずっと新しい情報に触れていた。夫も、一九四四年の対ドイツ占領軍スロヴァキア民衆蜂起のパルチザン同志や、アウシュヴィッツからの逃亡に成功したルドルフ・ヴルバと連絡をとりつづけていた。マルタはこのヴルバから、一九四七年にクラクフで行なわれた裁判で、ルドルフ・ヘスに不利な証言をしてほしいと頼まれた。だが行こうとはせず、秘密を守りつづけた。

マルタは慈愛のひとつの形として、みんなにおいしい食事をふるまった。家族による思い出でよく話題にのぼるのは、チキンスープ、ジャムとホイップクリームを載せたケーキ、どっさりのチョコレートプディングだ。彼女は夫のラディスラフとともに高タトラのヴィシュネ・ハーギ周辺の森を散歩して、キノコ、ローズヒップ、イチゴ、ラズベリー、ブルーベリーを摘んではジャムにし、みんなにプレゼントした。

マルタはアウシュヴィッツの悲惨な飢餓体験をじかに語ってはいないとしても、彼女の食料庫が代弁していた——いつも小麦粉、砂糖、米、蜂蜜がふんだんに貯蔵されていたのだ。アウシュヴィッツのひどく不衛生な状態を体験したからか、暇さえあれば沐浴し、もよりのスパやプールをよく訪れていた。その事実も、多くを物語っている。

マルタは針と糸でも意思の疎通をした。貪欲な親衛隊の顧客のためにカナダの倉庫で材料を手に入れていた日々は、遠い過去のことだ。プラハのサロンが閉鎖されたあとは、家のバルコニーや車庫に保管してあった布地と服飾雑貨を使って愛する人々のために縫った。「裁縫に命を救われたのよ」と彼女はみんなに言った。「だから、ほかのことはしないつもり」[9]

フーニアはといえば、戦後もずっと縫うのをやめず、それに関して話すこともけっしてやめようとしなかった。彼女に沈黙はありえない。若き姪のジーラとヤエルは毎週彼女のアパートメントを訪れた。数時間滞在して、姪たちが帰ろうとすると、フーニアは必ず異を唱えた。「ゲースト・デュ・ショーン?(もう帰るの?)」[10]

ジーラは叔母のフーニアに、ハイスクールの作文コンテストの題材として話を聞かせてくれと頼んだ。フーニアが自宅アパートメントの裁縫室でアイロンをかけたり縫ったりするあいだ、ジーラはとめどない記憶に耳を傾けてはせっせと書き留め、針に糸を通す手伝いをするときだけ中断した。ジーラの学校研究課題はコンテストで一等賞を獲ったが、それは内容よりも、彼女の抜きん出た筆力によるものだ。一九五〇年代には、収容所生活の話はさほど重んじられておらず、イスラエルの学校ではホロコースト教育がほとんどなされていなかった。[11]

夜ひそかに親衛隊員のために縫って親族の命を救ったトランシルヴァニア出身のお針子、レジーナ・アプフェルバウムは、わざわざ過去をふり返らなくとも、新生国家イスラエルの現在の緊張下で暮らすだけでじゅうぶん大変だった。アウシュヴィッツの経験について進んで話そうとせず、自分を哀れむのもよしとしなかった。持ち前の負けん気から、生存を勝ち取ったことを誇り、もっとがんばれと次世代の尻を叩いた。

ところが、一九六〇年代になって、イスラエルが過去の戦争の歳月に関心を向けはじめ、また、アドルフ・アイヒマン――ホロコーストの兵站策定者のうち最も大物で、お針子すべての強制移送に最終責任を負う人物――が裁判に引きずり出されるさまを、世界じゅうが慄然と見守った。

一九六一年、検察側の証人が次々と証人台に立った。彼らのことばが翻訳され、文字に書き起こされ、テレビで流された。彼らは傾聴され、注視され、信じられた。シュタープスゲボイデのマルタの友人のひとりで、仲間の若い女性に言語と文学を教えていたラヤ・カガンは、アウシュヴィッツでの経験を滔々と語った。マルタは沈黙を貫いた。こうした政治と文化の変化で、司法がナチスの戦争犯罪をさらに追及する気運が高まった。アウシュヴィッツでの加害者に対する裁判が、一九六三年から六五年にかけてドイツでいくつも開かれた。親衛隊の制服の威力を失ったいま、被告人席にいる彼らは権力があるようにも、超人的存在にも見えなかった。

一九六〇年代に証言を求められた人々のなかに、ほかならぬヘートヴィヒ・ヘスがいた。彼女はそれまでの歳月を、ナチス栄光時代の友人たちに自分の喪失を嘆いて過ごしていた。もはや贅沢品も、権力も、地位も、召使いもない、と。フランクフルト・アム・マインの裁判所に到着したときに撮られた写真では、ヘートヴィヒはフラワーポットハットとニュートラルカラーのコートを身につけていた。いかにも貴婦人らしく、黒っぽいバッグに手袋と靴がしっかり合わせてあり、シルクっぽいスカーフと折りたたみ傘で、みごとなアンサンブルが完成されていた。[12]

孫息子のひとり、カイ・ヘスは、ヘートヴィヒを「物静かでとても礼儀正しい」「本物の淑女」だと言った。[13] べつの孫息子、ライナー・ヘスは、祖母が家族にジェネラリシマ（大元帥）と呼ばれていた、というのも家で背筋が凍るような暴君ぶりを見せていたからだ、と述べた。ライナーによると、ヘートヴィヒの友人たちは「ガス室の話は完全な作り話で、ユダヤ人が金をゆすり取ろうとして広めたうそだ」、そしてアウシュヴィッツに飢餓などなかったと聞かされていたという。また、ヘートヴィヒはライナーに、戦争の「つらい時代」は「忘れ去られるのがいちばん」だと語った。[14]

悪名高きその姓も、ナチス時代に対する考えも、ヘートヴィヒはついぞ改めなかった。生存者が何を話そうが耳を傾けようとしない人々のひとりだった。後年、インタビューを求めた歴史家に、過去の恐ろしい話に繰り返し向きあう強さはありませんと、彼女は話した。[15] かたや、その恐怖を現実に生きぬいた生存者たちは、後遺症と向きあうことを余儀なくされていた。

わたしたちはもっと前に証言するべきでした、でも、いつだって遅すぎることはないと信じています――ローア・シェリー博士[16]

一九八一年の家族写真で、ヘートヴィヒ・ヘスは庭の鮮やかなオレンジ色と茶色のサンチェアでくつろいでいる。パーマをあてた髪、真珠のネックレス。花柄の緑色のテーブルクロスには、開いたままの本が一冊ある。彼女の頭上からぶらさがった風鈴と、陽光に照らされた赤いゼラニウム。背後に熊手とパラソルが立てかけられ、彼女はカメラから顔をそむけている。

同じ年に、エルサレムでホロコースト生存者の世界集会がはじめて開催された。生存者のひとり、ローア・シェリー博士、旧姓ヴァインベルクも参加していた。彼女の学者としての業績と献身があったおかげで、この集会は、お針子たちの話を記録して語るにあたってじつに大きな意味を持つこととなる。

一九八〇年代には、加害者を際限なく調べることよりも、生存者の証言の重要性のほうに関心が高まっていた。一九四三年四月二〇日にリューベックからアウシュヴィッツへ移送された若きドイツ系ユダヤ人、ローア・ヴァインベルクは、あの勇敢なマラ・ジメトバウム――恋人のエデクとアウシュヴィッツから逃亡したのち捕まって絞首刑に処せられた収容所の使い走り――によって、幸運にもビルケナウから救出され、シュタープスゲボイデに連れてこられて仕事をした。ローアのこの短い旅の道連れが、フランス人のお針子、マリルー・コロンバンだった。

マリルーは高級服仕立て作業場でマルタたちに加わったが、ローアは親衛隊の人口登録部で書記の仕事に就いた。お針子たちと同じく、ローアも一九四五年一月にアウシュヴィッツからラーフェンスブリュックへ撤退し、マルヒョウ収容所でかろうじて生きているところを解放された。長い療養期間中に、べつの生存者であるズハー・シェリーと結婚した。ふたりはやがてサンフランシスコに移住し、時計店を営んだ。彼らの家には本があふれ、ローアはほぼいつもペンを手にしていた。

仕事、旅行、娘の養育の合間に、ローアは修士号ふたつと博士号ひとつを取得した。学問への情熱と受難が生んだ深い共感から、シェリーは生存者の情報を集めて分析しはじめた。彼女の学問は、ホロコースト否定論がじわじわ広がるのを食いとめたいという強烈な願いが動機になっていた。生存者仲間にして作家のヘルマン・ラングバインに語ったところによれば、三〇年におよぶホロコースト生存者への「無頓着、無感動、無関心」とも、彼女は戦っていた。[17]

一九八一年のホロコースト生存者世界集会で、シェリー博士は質問票を参加者に手渡した。話すことには気乗りしないとしても、ひょっとして〝書く〟気にはなれるかもしれない、と。最終的に、彼女はイスラエル、ヨーロッパ、アメリカで一九〇〇枚の質問票を手渡した。

回収、分析された数百件の証言のなかに、お針子のヘルミネ・ヘフト、旧姓ストルフがいた。フーニアだ。[18]

わたしは、サンフランシスコのタウバー・ホロコースト図書館の茶色い記録文書フォルダーに何時間も目を通したあとで、フーニアの回答書を見つけた。ブラーハ・コフートに会うためにアメリカを訪れたとはいえ、このとき、車窓の景色のほかはまだ街をほとんど観ていなかった。わたしの世界はぐんと狭まって、静寂に包まれた図書館の閲覧室と、二〇一二年の死後にこのアーカイブに寄贈されたローア・シェリー博士の心引かれる文書箱だけになっていた。マニラ紙のフォルダーそれぞれに、記憶された人生と物語が包まれていた。フォルダー番号六二四に到達し、最後に見覚えのある名前を目にしたとき、わたしは大きな衝撃を覚えた。

シェリー博士は英語、ドイツ語、ヘブライ語の三カ国語で質問票を作成していた。[19] フーニアは青いボールペンを使い、ドイツ語のしっかりした美しい筆跡で回答を記していた。

九四個の核となる質問への答えに、フーニアの収容所体験の基本的な記録が展開されていた。職業については、シュナイダリン、女性仕立て職人とあった。夫のナータンが一九四三年に死んだこと、彼女自身は移送され、最終的に収容所から撤退させられたことが、途切れ途切れながら詳しく書かれていた。また、〝慢性的な体調不良〟〝過去を忘れられない〟〝人生の目的を失った〟という項目に印がついていた。

償いに関しては、ナチス政権が可能にした貪欲な行為を、彼女は批難せずにいられなかった。「今日、ドイツ人の多くは、イスラエルや生存者に賠償として数十億マルクが支払われていることを知っているが、ドイツ人がユダヤ人から盗んだ数十億をだれも覚えていない気がする」という印刷された見解に、〝深く同意する〟と答えている。

フーニアはテルアビブの遊歩道からさほど遠くない自宅アパートメントで質問票を完成させた。わたしはのちにその住所を訪れ、風が吹きすさぶ冬の日にアパートメントのバルコニーの下に立った。この回答書は、シェリー博士のアーカイブに発見したものの始まりにすぎなかった。

ローア・シェリーは、アウシュヴィッツの機構と親衛隊員の日常生活というシュールな代替〝文明〟を経験していた。シュタープスゲボイデの書記、お針子、美容師たちに加えて、ヒムラーの情熱が注がれた収容所近くの農業プロジェクトで働く生物学者や化学者たちも知っていた。次の研究テーマでは、管理ブロックの男女の完全な証言を取り、営利事業および絶滅組織としてアウシュヴィッツがいかに機能していたか独自の見識を確立することを中心に据えた。最終的に、調査結果は四冊の本になった。インターネット登場前の時代、大西洋間の電話が法外なほど高価だった時代には、こうした調査は往復書簡で行なわれていた。それも、おびただしい数の往復書簡で。

記録文書を扱うのは、骨董品やヴィンテージの繊維製品を扱う感覚に似ている。わたしの指は、透かし模様の入った高級便箋の重みを感じ、半透明のタイプライター用紙や、紫色に縁取られた複写写真や、薄青色の航空郵便の皺をなぞった。紙の一枚一枚が物語を語っていた。そのなかに、お針子たちの姿が垣間見えた。オーベレ・ネーシュトゥーベ（高級服仕立て作業場）と表題がつけられた鉛筆書きの名簿、郵送先リストに書かれた住所、手紙でのちょっとした言及。わたしが知っている名前もあれば、見覚えのない名前もあった。結婚前の姓、結婚後の姓、ヘブライ語の名称、愛称が入れ替わり立ち替わり出てきた。

マルタ、ミミ、マンツィ、ブラーハ、カトカ、イレーネ、フーニア、オルガ、ヘルタ、アリダ、マリルー、ラーヘル……時間をかけて、わたしはお針子たちのリストを当初の数名から二五名へと広げた。

ローア・シェリーのアーカイブでは、走り書きや本の構想やメモに交じって、いっそう意義深い文書、たとえば、フーニアやそのお針子仲間のオルガ・コヴァーチ――マルタ・フフスと同じ移送列車でアウシュヴィッツに着いた女性――のタイプされた証言を見つけた。美しい黄色と赤紫色で装飾された航空便の封筒には、アリダ・ド・ラ・サール、現アリダ・ヴァセランからのフランス語で書かれた感じのよい手紙と、収容所登録時のアリダの写真と、メッセージがあった。「親愛なるローア、わが家でお会いした記念と友情のしるしに、アリダ」

やりとりされた手紙を通じてお針子たちに出会うのは、じつに心揺さぶられる経験だった。彼女たちのその後の人生についてあまりにも情報が少なかったので、なおさらだ。シェリー博士は生存者の経験を記憶に刻むという意味で、自分の研究がいかに重要かを認識していた。一九八八年一〇月五日——アウシュヴィッツ＝ビルケナウの大規模選別の記念日——に、彼女はイスラエルのフーニアに宛てて「……ルルほか、いまは亡くなった人たちに、あなたはそう言ったのですね……おかげで、彼女たちの名前や行動が過去の忘却から救い出されるのです」と書いている[20]。

シェリー博士のアーカイブのおかげで、わたしはいまや、たどるべき複数の手がかりを得た。そこでシェリー博士と同じく、世界じゅうの関係者にあたってみた。ひとつの名前がべつの名前につながり、そこからまた、べつの名前につながった。シェリー博士と同じく、質問しても返事がもらえない研究者の挫折感を味わった。一九八七年、彼女はあるイスラエルの関係者に長々と手紙を書き、お針子に関して情報をくださいと懇願している。

その質問一覧は、わたし自身の問いのこだまだった。

彼女たちはどんな種類の衣服を縫っていましたか。ドレス、スカート、コート、スーツ、ブラウス、といったものですか。型紙はありましたか。だれが裁断していたのですか。
だれが採寸や仮縫いをしていましたか。
このコマンドを監督していた親衛隊女子は、だれですか。
注文のドレスなりスーツなりが期限までに用意できなかったり、体に合わなかったりした場合、どうなりましたか。罰がありましたか。具体的な事例を教えてください[21]。

シェリー博士は手紙の結びに「あらかじめ、あらゆるご尽力に心より感謝いたします。お返事をすぐにいただけるよう期待しております」と書いていた。この関係者がたとえ返信していたとしても、それはアーカイブにはなく、質問の答えがまとめられることも刊行されることもなかった。これらの問いに答えを見つける仕事はわたしが担うことになったが、シェリー博士の研究のこの領域を引き継げるのは大変な光栄だった。

おそらく、シェリー博士のアーカイブで最も目を引くのは、やりとりされた書簡からあふれる〝友情〟の証だろう。子ども時代に培われた結束、移送列車のなかで、ビルケナウで、シュタープスゲボイデで培われた結束は、数十年経ってもなお強固かつまごころにあふれ、配偶者、子どもたち、孫たちも包みこんでいる。

シェリー博士の一九八一年の意識調査を見ると、質問六一で次の意見への反応を求めている。「ふたりの人間が互いに抱く友情と信頼は、収容所で生き残るための基本要素である」フーニアはこの項目で〝強く同意する〟に印をつけていた。

シェリー博士の意識調査のなかの、答えにやや幅を持たせた項目では「あなたが生き残った要因はなんだと思いますか」と尋ね、答えの例として、〝信頼〟〝友だち〟〝対処能力〟〝幸運〟が示してあった。わたしが目を通した回答のうち大半が〝幸運〟に印をつけ、次に〝信頼〟〝友だち〟が続いていた。自由回答欄の空白もあった。そこには「すごく若かったこと」「内面の強さ」「ふたりの妹の面倒を見るために生きるという意志」「妹がまだ生きていると思い、ひとりぼっちにしたくなかったから」などの意見があった。

当然ながら、わたしは姉妹を亡くしたときのイレーネの苦悶と、妹のカトカに対するブラーハの献身的な愛情を頭に浮かべた。

生き残った要因を書いたとき、フーニアのペンは紙に深く食いこんでいた。「よい腕と善良なカポ」

22. ブラーハとカトカの姉妹、戦前のものと、80代で戦前と同じポーズをとったもの。

つまり、裁縫の技能とマルタ・フフスのおかげだと、彼女は考えていたのだ。

何も知らずに耳を傾けたら、これらの女性は若いころのすばらしい思い出を語りあっているように見えるだろう――ヘルマン・ラングバイン[22]

ローア・シェリー博士の書類のなかに、名前も日付もない写真が一枚あった。髪型をばっちり決めて着心地のいい服に包まれた、中年女性の一団。ほぼまちがいなく、シュタープスゲボイデの生存者だろう。彼女たちの手には、ハンドバッグとワインのグラスがある。全員が肩を寄せあい、全員がにこにこしている。

フーニアの姪のジーラは、アウシュヴィッツ時代の友人どうしが家に集まって、サマーキャンプに参加した少女みたいにきゃあきゃあ笑いあっていたのを覚えている。イレーネの姪のタリアは、イレーネがヨーロッパから訪問したときに、〝女子たち〟が家に集まったのを覚えている。レネーも顔を見せ、一団はポーチに長々と座っておおいに楽しんだ。ジーラもタリアも当時はティーンエイジャーで、思い出がどうしてこんなに笑いを引き起こすのか理解できなかった。

フランスでは、お針子のアリダ・ド・ラ・サール――再婚してアリダ・ヴァセランになった――が、健康状態の許すかぎり、毎年一月に行なわれる元アウシュヴィッツの囚人たちとの再会の場に出席していた。その友情にあふれる雰囲気が大好きで、「わたしたちは途方もない喜びと大いなる精神的慰めを得られます」と書いている。[23]

子ども時代、そして収容所時代に培われた友情のきずなは、再会の場の高揚した喜びよりも深かった。戦後のつらい時期、お針子たちには、世界じゅうにめぐらされた強力な支援ネットワークがあった。晩年、ブラーハは妹のカトカとほぼ毎日話をした。マルタの姪のエヴァがチェコスロヴァキアでの弾圧を逃れてドイツに避難先を必要としたとき、イレーネがエヴァを自宅に迎え入れた。[24] ブラーハとその家族が同様の経路でヨーロッパを横断したのちアメリカへ渡ると、高級服仕立て作業場で一緒だったマンツィ・ビルンバウムが支援を申し出て、ブラーハの家や仕事を見つける手伝いをした。ブラーハがついにイスラエル旅行を実現させたときは、喜ばしいことに、高齢者向け施設に入っていたフーニアを訪問できた。

「フーニアが大好きだったんですよ」ブラーハは笑顔でわたしに言った。

わたしたちは、ローア・シェリーの労力のおかげ、そしてお針子たちの物語を収集してきた親族やインタビュアーのおかげで、彼女たちのことばを知ることができた。だが、これで終わりではない。

あのころは、葉っぱも木も花もいっさいなかったのよ——イレーネ・カンカ、旧姓ライヒェンベルク[25]

アウシュヴィッツ＝ビルケナウの建物群の多くはいまも存在するが、お針子たちが悪夢の光景に耐えたころとは大きく状況が異なる。ブラーハはアウシュヴィッツを二度再訪した。一度は一九五〇年代、もう一度は一九六〇年代で、いずれもチェコスロヴァキアの反ファシズム戦士同盟《ズヴァーズ・ブロチファシスチツキーフ・ボジョヴニーコヴ》が主催したツアーの一環だった。彼女は夫のレオとともにこの組織のメンバーになっていた。[26]

残された建物の配置に、彼女の記憶が重なった。

現代の訪問者は、一九四四年以降に新着の移送者が入所手続きを実施されたれんがの建物群を通って、アウシュヴィッツの基幹収容所に入る。いま、ここにはチケット売り場の窓口、土産物店、自動販売機がある。現代の訪問者は、金切り声の命令や犬の吠え声やシュールレアルなオーケストラの音楽ではなく、ほかのツアー客のひそひそ声と足音だけを聞きながら、〝働けば自由になる《アルバイト・マハト・フライ》〟の門の下をくぐる。アウシュヴィッツ最初の女性囚人がそこでわらの上に眠って薄いスープを飲んだ、れんがのバラックにも入ることができる。そして、その建物が懲罰ブロックと最初の焼却棟にいかに近いかを自分の目で確かめられる。

塀の向こうに、かつてのヘス邸の鈍いグレーの壁が見えるかもしれない。ヘートヴィヒの美しい邸――収容所から家具が調達され、囚人たちが室内の装飾や掃除をしていた――は、ドイツ軍の撤退後、ロシア〔ソ連〕軍に占拠された。ポーランド人の元所有者が戻ってきたとき、一家の九歳の娘が、寄せ木張りの床のかき傷と動物の排泄物の山を子どもの目で描写している。少女はそのあと、春に花が咲き乱れるヘートヴィヒの庭の〝楽園〟に目を見張った。のちに、この邸を所有した人々は、屋根裏にあったマルタのかつての裁縫室から外を眺めないようにしていた。収容所の景色が見えたからだ。[27]

アウシュヴィッツ基幹収容所とヘス邸から数分歩くと、美しい白い建物がある。親衛隊管理ブロック――シュタープスゲボイデ――の建物だ。一九四五年の一月から二月にかけて、ソビエトの内務人《エヌカー》民委員部《ヴェーデー》が、ナチス時代に破棄されずにすんだ文書箱を数百個、ここで押収した。囚人書記がこつこつと記入した定型文書や、入念にタイプした書類は、親衛隊員の戦争犯罪裁判に用いられた。やがて、この建物は職業訓練学校になった。床数を数えれば、高級服仕立て作業場のマルタのお針子たちがどの窓から明かりを得ていたのか、観光客は推測することができる。

シュタープスゲボイデから数キロ先の、お針子たちが到着時に貨車から飛びおりた鉄道側線を越えた場所に、強烈な感情を呼び起こすビルケナウの景観がある。残されたバラックの建物にはまだ、コンクリートと木の寝棚が存在する。ブラーハ、イレーネ、フーニアたちが飢えと病と渇きとシラミに苦しめられた寝棚だ。側線沿いにしばらく歩くと、ビルケナウのカナダの倉庫群が見えてくる。野の草と花のなかの爆破されたコンクリートは、ガス室と地下の脱衣所の唯一の残存物だ。有刺鉄線の向こうには、アウシュヴィッツの農業事業で人間の灰と骨を肥料に施されていた畑が何キロも広がっている。

アウシュヴィッツ基幹収容所の観光経路からはずれた場所に、ナチスの作業場や倉庫として使われていたれんがと木の建物群がある。その近くの、かつて収容所の拡張区域《ラーガーヴァイテルウング》だったところに、一九四四年五月から死の行進で撤退するまでお針子たちが寝泊まりしていた。現在、これら二〇棟の建物は、アウシュヴィッツ地下組織の最重要囚人のひとり、ヴィトルト・ピレツキ大尉にちなんで名づけられた住宅団地になっている。ピレツキは早期に移送されてきたスロヴァキア人女性たちの窮状に心を痛めていたが、最終的には、収容所のレジスタンスに加わった勇敢な人々みんなを称賛した。

ロシア軍の兵士は、一九四五年一月二七日にアウシュヴィッツにたどり着いたとき、東欧のユダヤ人から強奪した品々や、一〇〇万点を超す衣服をはじめカナダの倉庫に残された略奪品の山を見つけてたじろいだ。それらの品——一四万人の女性から刈り取られたと思われる毛髪の梱二三九個を含む——は、選別されて収容所の拡張区域の建物に保管された。殺害されたユダヤ人の衣服の残りは、もはやただのスーツ、フロック、靴、シャツではなくなった。ドイツファシスト侵略者の犯罪を調査するソビエト連邦特別国家委員会のもとで、戦争犯罪と資本主義の邪悪さの証拠とされた。

アウシュヴィッツ＝ビルケナウ博物館に入ると、衣服が数点と履き物の山が入念に展示され、かつてそれらを身につけていた人々を痛烈に思い起こさせる。履き主のいないスリッパ、ダンスシューズ、ガロッシュ、サンダル、ブーツに、ことばは必要ない。革はゆっくりと腐蝕し、絹、綿、亜麻布はぼろぼろに崩れかけている。[28]

アウシュヴィッツに展示された衣服や靴は、いまや大半が殺されたか自然死した名もなき人の手で縫われている。では、高級服仕立て作業場で作られた最新流行の服は？

長い歳月のあいだに、ヘートヴィヒ・ヘスは着古した時代遅れの服を処分してきた。困窮する友人に譲られたのか、古着商人に売られたのか、裁断されてぞうきんになったのか、だれにもわからない。

成長途上のヴィンテージ服市場に流れたり、オンラインのオークションサイトの商品になったりした可能性すらある。確かめるのは不可能だ。なにしろ、マルタの作業場の作品にはラベルが縫いつけられていなかったのだから。

アウシュヴィッツの略奪品でいまも残存する衣服に、グレーのウール製バイエルンベストがある。第一カナダからヘス邸に持ちこまれ、ヘートヴィヒ自身が受け取り署名をしたもので、まずはヘートヴィヒの幼い息子ハンス＝ユルゲンが、その後は彼の息子のライナーがこれを着た。

ヘートヴィヒは一九八九年九月、ワシントンD・Cに住む娘ブリギッテを年一回の訪問中に亡くなった。ブリギッテはいまも、クリスマスには母親のヘートヴィヒが編んだ飾りをつるしている――過去の生活へつながる小さな繊維製品だ。

カリフォルニアでブラーハ・コフートと過ごしているとき、わたしは収容所時代の思い出の品が何か残っていないかと尋ねた。彼女は激しく首を横に振った。何もない。彼女に残されたのは、記憶と何枚かの写真だけだ。

ある日、わたしはフーニアの姪のジーラから小包を受け取った。その中身はおそらく、わたしのアンティークやヴィンテージ服の蒐集品のなかでもとくに大きな意味を持つこととなるだろう――フーニアが自分の絹のドレスを使ってジーラに縫った衣装二点だ。そのデザインの細部や縫い目を眺めるたびに、フーニアの器用な指がケジュマロク、ライプツィヒ、アウシュヴィッツ、そしてその後に住んだ土地でミシンをかけるさまが目に浮かんでくる。

カトカの娘のイリットをイスラエルに訪ねたとき、カトカが縫って着ていたがその死後もまだ衣装戸棚にずっとしまわれている服を出してくれた。見た目には、特別なところも、並はずれたところもなかった。だが、カトカが住んでいた家――これまでに三世代が住んだ家――は、いまも彼女の手仕事のおかげでなごやかな雰囲気に包まれている。彼女のタペストリーが壁を彩っているし、椅子の背もたれカバーと、漆喰や塗装を傷めないためのドアノブカバーも彼女が編んだものだ。カトカがショアー財団のために行なったビデオ証言の背景に、それらタペストリーの一枚が見える。証言中、カトカの声は、身につけたきれいなブラウスと同じようにやさしくゆらめく。たびたび口ごもって「どう説明したらいいのか……」と言う。

ことばでは足りないのだ。

わたしはイスラエルに滞在中、イレーネの息子、パヴェルの自宅に招待された。妻のアミーのすばらしいテキスタイルアートと写真で埋めつくされた家だ。パヴェルはイレーネの裁縫箱を取り出した。糸、巻き尺、小間物が、彼女が最後に触ったときのまま詰めこんである。アミーは、彼女が撮ったイレーネの肖像写真のなかでいちばんだと思うものを見せてくれた。四月二三日、イレーネの誕生日の写真だ。何十年も前に、ブラチスラヴァで、イレーネの母親はなんとか卵をひとつ娘にプレゼントし

23. アウシュヴィッツ＝ビルケナウ博物館の靴の展示の細部。

た。のちに収容所で、マルタがこの逸話にちなんでゆで卵をひとつ調達する奇跡を起こした。写真の日はイレーネ最後の誕生日となったが、アミーがふざけて、前日の過越の祭の正餐から卵をひとつ彼女にプレゼントした。イレーネがそれを掲げて――そして、カメラのシャッターが押された。

愛情とやさしさに満ちた三世代。ことばでは表しようがない。

二〇一七年二月に、イレーネは亡くなった。

なぜ、最後のひとりとして運命がわたしを選んだのかわかりません。わたしより年下の女性はたくさんいたのに。きょう、あの呪われた時代と場所について自分が知るすべてを伝えることができてうれしく思います――ブラーハ・コフート、旧姓ベルコヴィッチ[29]

日当たりのよい家で一緒に過ごすひとときに、高級服仕立てサロンのお針子の最後の生き残りになったことをどう感じていますか、とわたしはブラーハに尋ねた。

「あなたは一〇年前に来るべきでした」と彼女は答えた。「もっとたくさんの人が生きているうちに」

ああ、それができていたなら。

年月が過ぎ去るごとに、生存者も去る。お針子の何人かは、人生最後の数カ月に、入念に封じこめてきた感情の箱が崩れるのを感じた。子ども時代の楽しい思い出や収容所の恐ろしい思い出が次々によみがえった。愛情と苦痛はあざなえる縄のごとし、だ。

彼女たちのことば、彼女たちの縫い目、彼女たちの物語は、けっして忘れられてはならない。

お針子のひとりひとりが、それぞれの体験をふり返った。アリダはナチスへの怒りを抱きつづけ、「わたしの心は許すことができません」[30]と書いている。同時に、「世界じゅうの人々の平和と不滅の友情」に心を注ぐことを誓ってもいた。同胞のマルルー・コロンバン――結婚してマリルー・ロゼにな

24. イレーネの裁縫箱。

った——の場合は、戦時中のレジスタンスの戦いが、反ユダヤ主義とのひたむきな戦いに形を変えて生涯続くこととなった。

イレーネは外国人嫌悪、民族間の分裂、ありとあらゆる人種差別への反対意見を熱心に語った。アウシュヴィッツで恐怖を耐え忍ぶあいだも、彼女はお針子たちとの友情を通じて、愛情とまごころはけっして消え失せないことを認識していた。のちに、「地上の地獄だったけど、まだ人間の顔を保っている人たちもいたのよ」と語って、友人たちを称えている。[31]

ブラーハは人間愛への信頼を失ったと率直に認めながらも、若い世代に対し、個性を受け入れて多様性を重んじ、ひとつにまとまった共同体を築くようながしてきた。

カリフォルニアの小さな家のポーチに立って、きらめく目で微笑みながら手を振るブラーハに、わたしはさよならの手を振った。この小柄で快活な女性は、剝奪、移送、飢餓、屈辱、残虐行為、死別に直面してきた。そしていま、カルフォルニアの山火事、政治的な大変動、新型コロナウイルスによるロックダウンに黙々と耐えている。二〇二〇年の春、ビデオ通話で調子はいかがですかと尋ねると、彼女はひとこと「生きています」と答えた。

二〇二一年二月

深い悲しみとともに、ブラーハ・コフート、旧姓ベルコヴィッチ——家族にはベトカと呼ばれていた——が、二〇二一年バレンタインデーの早朝に亡くなったことを、ここに記す。その活力、まごころ、不屈の精神によって、彼女は長いあいだ記憶に留められることだろう。いまは、安らかに眠っている。彼女と知りあえたのは栄誉であり喜びでもあった。

謝辞

本書の執筆は、単独ではなしえませんでした。たくさんの人々が惜しみなく提供してくださった時間、専門知識、経験に感謝します。とくに、生存者のご家族は心温まる記憶だけでなく、貴重な記念品も分かちあってくださいました。また、ヤド・ヴァシェム（ホロコースト記念館）、アメリカ合衆国ホロコースト記念博物館、タウバー・ホロコースト図書館、ウィーナー・ホロコースト図書館、南カリフォルニア大学ショアー財団の映像歴史アーカイブ、大英図書館、ゲットーの闘士の家博物館、ユダヤ人遺産博物館といったアーカイブの膨大な資産もありがたく活用しました。

これほど重要かつ悲惨な歴史の一面を調査するのは、たやすいことではありません。調査および執筆の期間を通じ、辛抱強い友人たち、洞察に満ちた著作権エージェント、そして最終段階には、すばらしい出版社の有能な編集者にも支えていただきました。大変な作業でしたが、これほど不当に迫害された女性たちの体験を後世に伝え、世界じゅうをつなぐ人生の織物に加えていただくのは、鼓舞されることの多い体験でもありました。

当然ながら、本書中に過ちがあるとしたら、それはすべてわたしの責任です。わたしがお針子たち——とくに、自分の口で話すことのできなかった女性たち——の思い出を正しく描写し、その親族のかたがたの信頼に応えられたのであればいいのですが。いまは、新型コロナウイルスの世界的流行の終息後にアーカイブが再開されてもっと多くの事実を発見すること、本書が世に出ることを心待ちにしています。

現時点では、特段の感謝を以下のかたがたに捧げます。

ヤエル・アハロニ、リルカ・アレトン、トム・アレトン、エミール・アレトン、アヴリ・ベン・ゼエヴ、カタリーナ・ブラトナー、ローザリンド・ブリアン＝シュリムプフ、ヒラリー・カンハム、アンジェラ・クレア、ヴィヴィアン・コーエン、クレメンタイン・ガイズマン、オシュラット・グリーン、イリット・グリーンスタイン、アヴリ・グリーンスタイン、アリソン・ヘレガーズ、リチャード・ヘンリー、ライナー・ヘス、イエディダ・カンファー、パヴェル・カンカ、アミー・カンカ＝ヴアラダルスキー、エレン・クラーゲス、ブラーハ・コフート、ジーラ・コルンフェルト＝ヤコブス、ルパート・ランカスター、エリーザ・ミルケス、ユライ・ミナーリク・シニア、ユライ・ミナーリク・ジュニア、アリス・ナタリ、セアラ・ネルソン、フレッド・パーカー、ジャン・パーカー、ロザリンド・パーカー、タリア・ライヒェンベルク・ソフェア、ラフィ・シャミール、ケイト・ショウ、ガブリエラ・シェリー、エヴァ・ヴォーゲル、ヘレン・ウエストマンコート、ジョン・ウエストマンコート、マキシーン・ウィレット。

訳者あとがき

アウシュヴィッツ。

この名称を目にしたとき何が頭に浮かぶのであれ、けっして気持ちのいいものではないでしょう。大量虐殺、ガス室、死への選別、強制労働、劣悪な環境、残酷な看守たち……。当時そこへ送られた人々にとっても、のちの世代のわたしたちにとっても、まさにホロコーストの象徴と言うべき陰惨な場所です。

本書『アウシュヴィッツのお針子』（*The Dressmakers of Auschwitz――The True Story of the Women Who Sewed to Survive*, Lucy Adlington, 2021）は、そのアウシュヴィッツ強制収容所に設けられたファッションサロンで、生き残るために高級仕立て服をこしらえていた女性囚人たちの話です。

アウシュヴィッツにファッションサロン？　本書の著者は、この場所の存在を知ったときにひどく驚きました。強制収容所を人道的な施設群に見せかける一環として囚人のオーケストラが組織されていたのはよく知られた話ですし、戦争遂行に必要なさまざまな物資が強制労働で作られていましたが、それでも、死の収容所のおぞましい世界、看守の黒っぽい制服と灰色を基調とした縞の囚人服というモノトーンに近い世界で、流行の華やかな衣服が次々に生み出されていたとは、シュールすぎてにわかには受け入れがたい事実です。そのサロンがどんな場所で、どういう人たちが働いていたのか。その人たちはいま、どうしているのか。わずかな手がかりをもとに、著者は調べはじめました。

著者のルーシー・アドリントン（Lucy Adlington）は、イギリスの服飾史研究家。長年にわたって服飾と社会のかかわりについて研究し、服飾史関連の講演やヴィンテージおよびアンティーク古着の蒐集に精力を注ぐいっぽうで、社会史分野のノンフィクションと、史実に着想を得たフィクションを多数執筆しています。そうした著述活動のための資料を読んでいるときにアウシュヴィッツのファッションサロンの存在を知って、著者は調査を開始しますが、手がかりが少なすぎて行き詰まり、架空のお針子たちを主人公にしたヤングアダルト小説（*The Red Ribbon*, 2017）を書きました。その本が、現実にお針子だった女性たちの親族の目に留まり、有益な情報が寄せられはじめました。唯一まだ存命していたお針子、ミセス・コフートに会って話を聞くこともでき、これら関係者へのインタビューと、膨大なアーカイブの資料から得た情報を、最終的に一冊の書籍にまとめました。それが本書です。

前半は、お針子たちがどのような経緯でアウシュヴィッツにたどり着いたかが、当時の政治的、社会的情勢という大きな視点と、それぞれの生い立ちや人となりなど個人的な視点の両方から描かれています。高級服仕立て作業場《オーベレ・ネーシュトゥーベ》と呼ばれるこのファッションサロンで働いていたお針子たちは、おもにスロヴァキア出身のユダヤ人女性で、その多くが一九四二年にアウシュヴィッツへ移送されました。なぜスロヴァキア出身のお針子が多かったかについては本書を読んでいただければわかりますが、ホロコーストを語るうえで、一九四二年はとても重要な年です。この年の一月に、いわゆるヴァンゼー会議でユダヤ人問題の最終的解決が話しあわれ、ヨーロッパを完全にユダヤ人のいない土地にすることが明確にされて、そのための手段が〝経済的な排除、ゲットーへの隔離、外国への移住〟から〝強制移送、強制収容、強制労働、計画的な殺害〟へ転換されました。そして、ナチスドイツ支配下の地域から各強制収容所へ向けてユダヤ人の移送が開始されました。

スロヴァキアからアウシュヴィッツ＝ビルケナウ強制収容所へ送られたユダヤ人女性の第一陣に、本書に登場する中心的なお針子、マルタ、ブラーハ、イレーネたちがいて、一九四二年三月から四月にかけて移送列車に乗せられました。フーニアは、少し遅れて一九四三年六月です。移送にいたるまでの彼女たちの描写を通じて、当時の東欧のユダヤ人、とくにスロヴァキアのユダヤ人女性を取り巻く状況と、本人たちも気づかないあいだにひたひたと危機が迫っていくようすがまざまざと伝わってきます。なぜ逃げ出さなかったのか、なぜ移送されるがままだったのか。あとづけの知識でそう問うのは簡単ですが、刻々と変化する状況を渦中の人間が的確に把握するのはむずかしいですし、たとえ把握できたとしても、受け入れ先や金銭的な問題などいくつもの障壁がありました。それらをなんとか解決して国外に逃れたり、人目につかない場所に潜伏したりできた人たちも、もちろんいます。でも、のちにイレーネが「そんなことは不可能でした。できっこなかったのです」と語っているように、おそらく彼女たちと同じ立場に置かれていたら、たいていの人はどこへも逃げることができずアウシュヴィッツへ送られてしまっていたでしょう。

本書の後半では、アウシュヴィッツへ到着したお針子たちが悲惨な環境下で虐待され、侮辱され、酷使され、心身ともにもう限界かと思われたときに、安息所となる高級服仕立て作業場に迎え入れられたこと、アウシュヴィッツがソ連軍によって解放される前に徒歩で撤退させられ、のちに死の行進と呼ばれるようになった苦境をなんとか生き延びたこと、戦後は収容所生活のトラウマを抱えながらも懸命に人生を立てなおそうとしたことが綴られています。

どのエピソードも胸に迫るものがあり、アウシュヴィッツを題材にしたほかの多くの本と同じく深い悲しみとやるせなさを覚えさせられますが、本書がひとつ特徴的なのは、服飾史が専門の著者だけあって、衣服がもたらす影響に着目していることです。ナチスドイツが自分たち（いわゆるアーリア人）とユダヤ人を区別するために、制服が生み出す所属意識の力をたくみに利用したこと。威厳のある制服に身を包んだ収容所の看守が自分たちは上級な人間だと優越感を抱き、みすぼらしい囚人服を着た被収容者を劣等人間として蔑んで虐げていたこと。入所手続きで衣服を剝ぎ取られて尊厳を失ったお針子たちが、高級服仕立て作業場に移って清潔でまともな衣服を身につけたときに人間であるという感覚を取りもどせたこと……。着るものひとつで相手に対する評価や自分の心の持ちようが変わることは、わたしたちのふだんの生活でもありますが、ホロコーストのさまざまな側面で衣服が大きな役割を果たしていた事実をこうして突きつけられると、「衣食住」ということばにあるように、衣服は食物、住居と並んで生活の基本的な要素なのだとあらためて痛感させられます。

もうひとつ本書が特徴的なのは、加害者側の女性についても言及していることです。たとえば、アウシュヴィッツ強制収容所所長の妻で高級服仕立て作業場を創設したヘートヴィヒ・ヘスや、収容所看守の妻たちは、ドイツ軍が徴発したアウシュヴィッツ周辺の牧歌的な家で、囚人を使用人として働かせ、ふんだんな食事や衣服や休暇を楽しんでいました。かたや、収容所の施設内でぼろぼろの服を着て飢えと不潔な住環境を耐え忍んでいた囚人たち。なんとも極端な対比で、芝居めいた印象さえ受けますが、現実にこうした対照的な世界が隣りあわせに存在していたわけで、狂気めいたものすら感じられます。

ブラーハ、カトカ、イレーネ、レネー、マルタ、フーニア……たくさんの名前が登場するので、お針子たちをひとりひとり追っていくのは大変かもしれません。群像劇的に描かれているせいで、個々の人物に感情移入がしにくいという感想もあるでしょう。けれども、少し視線を引いて俯瞰してみると、年齢も生まれも経歴もさまざまな女性たちが、ただユダヤ人であるというだけで、各地を出発する移送列車に次から次へと乗せられて、死への入り口とも言える強制収容所へ送られていた絵が浮かびあがってきます。本書で描写されなかった何千、何万もの女性たちひとりひとりが人生の物語を抱えていたのに、その多くは計画的、組織的にあっけなくこの世から消されてしまいました。お針子たちの存在も、著者が関心を抱かなかったら歴史に埋もれてしまったかもしれません。

第一一章で、著者はお針子たちにつながる細い糸をいかにたどっていったかを述べています。サンフランシスコのタウバー・ホロコースト図書館のアーカイブで、ローア・シェリー博士がホロコースト生存者から回収した膨大な質問票を丹念に掘り起こして調べ、世界各地に散らばっている関係者の話をじかに、あるいは手紙やメールで聞き、得られた断片的な名前や記憶や記録を紡いでは、歴史の織物をこしらえていく。想像しただけで、気の遠くなる作業です。ブラーハが言ったように、著者がもう一〇年早く彼女を訪問できていれば、もっと多くの有益な情報が得られていたかもしれません。けれども、こうして著者が掘り起こしてくれたからこそ、いま、わたしたちは彼女たちの物語を知ることができたのですし、知ることができてよかったと心から思います。

ところで、アウシュヴィッツ＝ビルケナウ強制収容所には、ヨーロッパ各地の人々が収容されていました。たくさんの言語が入り交じるなか、囚人たちはどうやって互いに意思の疎通を図っていたのでしょう。本書には、イレーネたちがもともと多数の言語を操っていたという記述があります。必要なときには通訳を買ってでる人もいたでしょう。また、隠語もたくさん生み出されていたようです。

たとえば、本書に「オルグ」ということばが出てきますが、これはおそらく「組織化する」「(うしろめたい方法で)調達する」という意味のドイツ語の organisieren、チェコ語では organizovat、ポーランド語では zorganizować がもとになっていると思われます。このオルグについて、三一七ページにちらりと登場したヴィトルト・ピレツキの『アウシュヴィッツ潜入記』に、興味深い記述があります。

> われわれはアウシュヴィッツ以前に広く「オルグ」と呼ばれていたものにはいっさい言及せず、私はその言葉の使用を禁止した。
>
> 代わりに、その言葉の新しい意味を喜びとともに把握し、それを収容所全体に「広めた」結果、この概念は広く受け入れられるようになった。
>
> われわれにとって、それはある程度まで避雷針の役割を果たした。

収容所では、「オルグ」は「裏の調達」という意味になった。

（中略）

こうして「オルグ」という言葉は公然と広まり、多方面で用いられるようになった。万一、われわれの地下組織に言及するとき、この言葉が思いがけず、あるいは不用意に使われ、それを不適切な人物に聴かれたとしても、何かを盗む、またはくすねること以外の意味に受けとめられるおそれはなかった。（杉浦茂樹訳、みすず書房）

つまり、アウシュヴィッツに潜入したピレツキは地下運動を組織化（オルグ）するさいに、だれかに聞きとがめられても言い逃れができるよう、一部の人々のあいだで「調達する」「くすねる」という意味に使われていた「オルグ」ということばを収容所全体に広めたというのです。隠語ひとつとっても、そのなりたちと広がりの背景にはさまざまな人の思惑があったわけで、アウシュヴィッツの生活の複雑さと底知れない恐ろしさが感じられるエピソードです。（ちなみに、ピレツキは一九四三年にアウシュヴィッツから脱走後、この潜入記を書き、四四年のワルシャワ蜂起で戦って勇者と称えられましたが、戦後、親ソビエトの政権下で逮捕され、処刑されています）

本書では、おもに東欧のユダヤ人女性がホロコーストでいかに悲惨な境遇をくぐったかが描かれていますが、〝歴史は繰り返す〟ということばがあります。現在の不穏な世界情勢を見るに、どうか同じ悲劇が繰り返されませんようにと心から祈らずにはいられません。

二〇二二年三月

宇丹貴代実

に住む彼らを、ヘートヴィヒとルドルフの孫息子、ライナー・ヘスが、ドキュメンタリーの撮影中に訪問している。'Życie codzienne w willi Hössa'.

［28］アウシュヴィッツ博物館には、優秀な保全チームがいて、衣服の膨大な収蔵品のうち、ユダヤ人の祈りのショールなど、重要で傷みやすい繊維製品の変質を防いでいる。生物由来のものは、どうしても劣化する……これら大量殺戮の遺物は、どの時点で朽ちることを許されるのだろう。証拠の役割を果たしつづけるために、自然な存在期間を超えて保全されるべきなのか。

［29］著者との往復書簡。

［30］アリダ・ヴァセランの証言。Nazi Civilisation. 人間の行動について、フーニアは "神は大きな動物園を持っている(デア・リーベ・ゴット・ハト・アイン・グローサー・ティーアガルテン)"、つまり世界は多種多様な人に満ちている、と表現した。フーニアの姪のジーラは、「おばのフーニアはこの表現を使いましたが、アウシュヴィッツの生存者として、神の動物園の深淵を知っているはずです」と述べた。著者との往復書簡。

［31］パヴェル・カンカとの会話、2020年1月。

かけがえのない対抗手段だ。

[8] トヴァ・ランズマン、ショア財団のビデオ証言。

[9] ミナーリク一家とのメール通信、2019年から2020年。

[10] ヤエル・アハロニとの会話、テルアビブ、2019年1月。

[11] ジーラのハイスクールの研究課題は、直系親族にその複製が渡されたあと、長年忘れ去られていた。彼女のいとこのヤエルが、タイプされた複製を見つけた。知人ネットワークを通じて、わたしはジーラと接触する名誉にあずかった。彼女は惜しみなく時間を割いて、Memory Book と題されたそれをヘブライ語から英語に翻訳してくれた。おかげでいま、フーニアの話を、その価値にふさわしく、より広い読者に伝えることができている。

[12] Fritz Institut, Frankfurt-am-Main.

[13] エルダド・ベックのインタビュー、'The Criminal Grandson of the Commander of Auschwitz', Israel Hayom, 28.7.20.

[14] Das Erbe des Kommandanten.

[15] 歴史家のトム・セゲフは、著名な親衛隊員の妻数人にインタビューした。Eine Frau an seine Seite.

[16] ローア・シェリーからアン・ウェストへの手紙、1987年4月26日。ローア・シェリー・アーカイブ、タウバー・ホロコースト図書館。

[17] Post-Auschwitz Fragments, Lore Shelley.

[18] フーニアの最後の結婚相手は、イスラエルのオットー・ヘフト。最終的に、ふたりは離婚した。

[19] 'Jewish Holocaust Survivors' Attitudes Toward Contemporary Beliefs About Themselves', Shelley, Lore PHD, The Fielding Institute 1982, reprinted from Dissertation Abstracts International, vol. 44, No. 6, 1983.

[20] フーニア・ヘフトとローア・シェリー間の書簡、タウバー・ホロコースト図書館。

[21] ヘナヘム・ラファロヴィッツへの1987年11月30日付の手紙、ローア・シェリー・アーカイブ、タウバー・ホロコースト図書館。

[22] ヘルマン・ラングバインは、かつてシュタープスゲボイデで働いていた人々が1968年にイスラエルのラムラで再会したときのようすを描写している。この再会はおそらく、親衛隊兵長ペリー・ブロードの秘書だったレジーナ・シュタインバーグが主催したものだろう。ブロードはビルケナウのジプシー楽団の音楽をこよなく愛していた。なのに、ビルケナウのジプシー収容所にいた全員をガス室へ送る手配もした。この再会の集いでは、出席した20人の女性の大半が、スロヴァキアからの移送第一陣だった。ラングバインは自著のために情報が得られるものと期待していたが、女性たちがいっせいに口を開いて互いに楽しい逸話を語りあうさまを、目をみはってひたすら眺めるだけだった。People in Auschwitz.

[23] アリダ・ヴァセランの証言、Auschwitz — The Nazi Civilisation.

[24] エヴァはマルタの姉トゥルルカとイレーネの兄ラチ・ライヒェンベルクの娘。

[25] タリア・ソフェア、イレーネの兄アルミン・ライヒェンベルクの娘との会話。

[26] ブラーハは社会主義体制下のチェコスロヴァキアから"西側"へ異例の旅をしたこともある。オーストリアのマウトハウゼン強制収容所を訪れ、その後ウィーンで1日過ごして、はじめてコカコーラを飲んだ。イレーネ・ライヒェンベルクはアウシュヴィッツを再訪しなかった。ブラチスラヴァを訪れ、ジドヴスカー通りの建物のほとんど——18番地の彼女の家も含めて——が近代的な道路を作るために取り壊されているのを見ただけで、大きな打撃を受けたからだ。

[27] ソユ一家が1972年までこの邸に住み、それからユルチャク一家に売った。そこ

自分の保証人になってくれそうなコミュニスト同志の名前を提示した。たとえば、アンナ・コピッフ医師、ツィカ・シャピラ、ガボル・ディッタ、フランツ・ダニマン、ハンス・ゴールドバーガー、エーリヒ・コサク、クルト・ハッカー、エーミール・グマイナー。

［44］著者との会話、2020年5月。

［45］Dr Leo Kohút Oral History testimony, Tauber Holocaust Library. Accession Number: 1999.A.0122.708 | RG Number: RG-50.477.0708.

［46］ロージカ、またはチビ——ひよこちゃん——は、ラーヘル・ヴェイスの名でも知られているが、最終的に、生き残ったおばのひとりを見つけて一緒に住んだ。イスラエルに移住し、そこで結婚して子どもをもうけた。ブラーハはイスラエルの彼女のもとを訪ねている。

［47］結婚生活は67年続いた。

［48］サロンの所有者は、Praha 1, Křiževníká 3 在住のヘレナ・バウムガルトネロヴァー。1947年4月、マルタの就労票には、výroba konfekce, Praha 1, Templova 6 のオンドレージュ・メイセルに仕立て職人として雇用されている、と記されていた。

［49］マルタの3人の子どもはユライ、ペテルとカタリーナ（双子）で、それぞれ1949年と1950年にプラハで生まれた。

［50］カッツ一家は1963年に姓をカンカに変えた。カッツはいかにもユダヤ人らしい名前だからだ。同様に、ライヒェンベルク一家は、リベレツに姓を変えた。これは、ライヒェンベルクのチェコ名だ。

［51］ヤエル・アハロニとの会話、テルアビブ、2020年1月。

［52］アヴリ・ベン・ゼエヴのインタビュー、テルアビブ、2020年1月。

第一一章

［1］ヤエル・アハロニとの会話、テルアビブ、2019年1月。

［2］強制移送された娘たちからなんの便りもなかったので、カロリーナ・ベルコヴィッチは一家全員にとって悲劇的な結末が訪れるのを覚悟した。そして、写真のアルバムや書類をブラーハの友人でカトリック教徒のヴラド・キンチュイクに託した。スロヴァキアのフリンカ警備隊を“暴徒”と呼んで、加わるのを拒んでいた人物だ。彼はこれらの貴重品を大切に保管し、戦後、ブラーハとカトカに返還した。

［3］1960年代に、レネーは長男のラフィにヘブライ語で「マルタの縫い物工房」と題された小冊子——アウシュヴィッツのシュタープスゲボイデの高級服仕立て作業場に関する説明——を渡した。ラフィはそれが大切なものだと認識してはいたが、いまはもう内容を思い出すことができない。現在のところ、この冊子は一冊も見つかっていない。

［4］From Thessaloniki to Auschwitz and Back.

［5］イレーネの息子パヴェルが本書の執筆に協力して、彼女のビデオ証言をドイツ語から英語に翻訳し、文字に書き起こしてくれた。それまで、彼はこの記録映像をどうしても観ることができなかったが、観たあとで、つらいけれどもカタルシスをもたらす過程だったと感じた。愛する人のトラウマを心から受けとめるには、大変な勇気が必要になる。

［6］マルタ・フフスのいとこのヘルタは、ぶじアメリカへ移住してそこで結婚したが、彼女の私的な文書からは、収容がもたらした肉体的、精神的な重い後遺症を認識してもらうために長らく戦ったことがうかがえる。

［7］この40年間に、100万人以上のアメリカ人、40万人の外国の学生とこれら学生の数百万人にのぼる外国の両親や親戚が、CHI のプロジェクトにかかわって、世界じゅうで友情の架け橋を築いてきた。偏見、分断、不寛容、人種的憎悪への、

ッツに送り返すべきだと言う反ユダヤ主義者もまだいたので、1950年代に夫のラズロ・ケネディとともにウィーンへ逃れ、そこからイギリスへ渡った。ヘレナ・ケネディとしてリーズに高級仕立てサロンを開き、ウェディングドレスと地元の上流家庭の特別な衣装を専門にした――ヘレナ・ケネディの死亡記事、『ジューイッシュ・クロニクル』紙、2006年10月27日；Threads of Life, Hilary Brosh.

[21] 著者のインタビュー、2019年11月。

[22] Memory Book.

[23] Memory Book.

[24] From Thessaloniki to Auschwitz and Back, Erika Amariglio Kounio.

[25] Memory Book.

[26] Das Erbe des Kommandanten.

[27] Glanz und Grauen.

[28] 'SS bunker, Dachau SS compound' — catalog. archives. gov. Department of Defense. アメリカ合衆国陸軍省。1946年5月14日。2019年12月15日に著者入手。

[29] Vgl Rgensburg-Zweigstelle Straubing I Js 1674/53（früher München II Da 12 Js 1660/48), StA Nürnberg, GstA beim OLG Nürnberg 244.

[30] これらの衣服のなかに、おしゃれなバイエルンベスト――グレーのウールで、緑色の縁取りがあり、金属製のボタンが5つついている――があった。アウシュヴィッツのカナダから持ち出されたあと、ヘス家の末子ハンス＝ユルゲンが着ていたもので、ゆくゆくはその末子のライナーが着ることとなる。

[31] Death Dealer.

[32] Das Erbe des Komandanten.

[33] Hedwig Höss interrogation Stg of the 92 Field Security Section（Southern Sub-Area）Yad Vashem Archives file 051/41, 5524 Hoess. Eine Frau an seine Seite で引用。

[34] Hanns and Rudolph. 1950年代はじめ、かつてヘートヴィヒのお針子であり友人だったミア・ヴァイセボーンが、彼女にルートヴィヒスブルク市のアパートメントを見つけてやった。

[35] Dear Fatherland,. アメリカ人ジャーナリストのバーク＝ホワイトは、1938年のドイツによるオーストリア併合（アンシュルス）のあと、ボヘミア、モラヴィア、スロヴァキアを回っている。彼女はまた、アメリカ軍がドイツ人の所有物を略奪するさまもその目で見た。彼女が戦後ベルリンで一時的に仲よくなったひとりは、純然たる反ユダヤ主義を示し、強制収容所の生存者たちがいわゆる"生存者の特権"を振りかざして、ドイツ人の店でまっさきに応対するよう要求しシャツ、ストッキング、下着を奪っていくことをあざ笑った。

[36] イレーネ・カンカのインタビュー、南カリフォルニア大学ショアー財団の映像歴史アーカイブ07138。

[37] アランカ・ポロック、旧姓クラインの証言。Secretaries of Death.

[38] 著者のインタビュー、2019年11月。

[39] レジーナは結婚してイスラエルに移住したあとも子どもや孫たちのために縫いつづけたが、普段着も高級な流行の服もお手のものだった。

[40] 彼女は故郷のフェカンに着いたとき、べつの戦争捕虜、マックス・ヴァセランと駅で出会った。ふたりは互いに支えあって32年間同棲したのちに結婚した。The Nazi Civilisation.

[41] シェリー・ローアとの書簡、タウバー・ホロコースト図書館。

[42] 解放後にマルタ・フフスが綴っていた日記、家族所有の私文書。

[43] マルタは自分の逃亡劇とその後の旅について、おそらくシュタープスゲボイデのオフィスから調達（オルグ）した文房具を使って簡潔に書き留めている。ロシア占領下のポーランドで内務人民委員部（エヌカーヴェーデー）に尋問され、

hVmA&feature=youtu.be&utm_source=newsletter&utm_medium=email&utm.

［43］The Union Kommando in Auschwitz.

［44］イスラエル・ガットマンの証言。The Union Kommando in Auschwitz. ガットマンは、オイゲン・コッホという名前の囚人がこの女性の逮捕を招いたと信じている。コッホはアラ・ゲルトナーを誘惑したとされている。

［45］トヴァ・ランズマンのビデオ証言。ヤド・ヴァシェム VT10281。ゾンダーコマンドの反乱に荷担して処刑された若き４人の女性を記念する銘板が、１枚はドイツのフロイデンベルク（ヴァイシェルメタル・ウニオーン・ヴェルケの本拠地）に、もう１枚はエルサレムにある。

［46］フーニア・ヘフト（フォルクマン）のメモ、ローア・シェリー・アーカイブ、タウバー・ホロコースト図書館。

第一〇章

［1］Rena's Promise: A Story of Sisters in Auschwitz, Rena Kornreich Gelissen and Heather Dune Macadam.（『レナの約束』レナ・K・ゲリッセン／ヘザー・D・マカダム著、古屋美登里訳、中央公論新社、2011年）

［2］Auschwitz Chronicle.

［3］Auschwitz Chronicle.

［4］ヘス家に雇われていたエホバの証人の信者に関する最後の記録は1944年11月６日で、出発はこのころだったことが示唆される。Auschwitz Chronicle.

［5］Memory Book.

［6］著者のインタビュー、2019年11月。

［7］イレーネ・カンカのインタビュー、南カリフォルニア大学ショアー財団の映像歴史アーカイブ07138。

［8］レジーナ・アプフェルバウムとアヴリ・ベン・ゼエヴの往復書簡。およそ4000人の病気の女性がアウシュヴィッツに残された。解放後、とことん不屈の精神の持ち主だったレジーナは、「ぐずぐずしてはいられない、自分たちの手に所有物を取りもどさなきゃ」と言い、ドイツ人ひとりを説き伏せて、馬と荷車で収容所からもよりの鉄道駅まで自分たちを送らせた。ブダペストにたどり着いたとき、彼女の体重はわずか29キロだった。

［9］推計9000人から15000人が、アウシュヴィッツからの徒歩による撤退で命を落とした。戦後、無名の死者に名前を与えて埋葬地に墓標を据えるイニシアティブが発足された。

［10］著者のインタビュー、2019年11月。

［11］リリー・ヘーニグ、旧姓ライナーの証言。Secretaries of Death.

［12］Memory Book.

［13］リディア・ヴァルゴの証言。The Union Kommando in Auschwitz.

［14］著者のインタビュー、2019年11月。

［15］Memory Book.

［16］アリダとマリルーは、1945年４月22日、マウトハウゼン強制収容所でロシア〔ソ連〕軍に解放された。このとき、マリルーは夫がマウトハウゼンの付属収容所のひとつで亡くなっていたことを知った。

［17］Memory Book.

［18］Memory Book.

［19］著者のインタビュー、2019年11月。

［20］解放後、イローナの才能は、イギリス人医療スタッフと、ベルゼンやその近郊に駐留していたイギリス軍将校たちに認められた。イローナは彼らのために縫ってたばこを蓄えておき、物々交換でブダペストに戻る石炭列車に乗ることができた。彼女の家はバスの運転手に占拠されていた。その妻は衣装戸棚から取り出したイローナのドレスを着ていた。「なんで戻ってきちゃったのよ」と妻は尋ねた。イローナがまだ生きていることをかつての顧客たちが知り、彼女はまた縫いはじめた。インフレで生地が購入できなくなったのと、ユダヤ人をアウシュヴィ

[28] 逃亡に関する数字は、無理もないことだが、検証がむずかしい。ヘスの推計は当てにならない。802人(757人の男性と45人の女性)が逃げたとされ、そのうち327人はまちがいなく捕まって、144人が逃げおおせた。残りが発見されずにほかの地へたどり着いた、あるいは戦争を生き延びたとは考えにくい。Auschwitz: A History. 逃亡者の半数はポーランド人だが、これは自国内を逃げるぶん有利だったからだ。女性の逃亡者が相対的に少ない理由については、推測するほかない。たとえば、おもに軍関係の男性で構成されていた地下運動の中核メンバーではなかった、収容所の外の民間業者と接触する機会が少なかった、ビルケナウで体が衰弱しすぎて脱獄に必要なエネルギーがなかった、文化的に男性よりもリスクを避けるよう育てられていた、ほかの囚人の世話役だった、逃亡中の性的暴力という男性にはない危険があった、など。女性の逃亡の多くは、衛星収容所ブディの刑罰(ペナル)コマンドからのものだった。

[29] Memory Book.

[30] この逃亡は成功して、ふたりとも戦争を生き延びたが離れ離れになり、数十年後にようやく再会した。http://www.jerzybielecki.com/cyla-cybulska.html.

[31] I Escaped from Auschwitz.

[32] 同年5月、ツェスワフ・モルドヴィッとアルノシュト・ロージンも逃亡に成功し、それぞれ証言して、最終的にヴルバ、ヴェッツラーと連携した。I Escaped from Auschwitz.

[33] イギリスの外務大臣、アンソニー・イーデンに宛てた1944年7月11日の手紙。イーデンは、ヴルバ=ヴェッツラー報告から得た情報をもとに庶民院で演説した。I Escaped from Auschwitz.

[34] トヴァ・ランズマンのビデオ証言。ヤド・ヴァシェム VT10281。

[35] レネー・アードラー、旧姓ウンガー、1945年、家族間の書簡、個人所蔵。

[36] ヘルタ・ソスヴィンスキー、旧姓メール、モラヴィア南部出身の証言。彼女はエルンスト・ブルガーと連携していたアンナ・ビンダー医師とともに、アウシュヴィッツの地下コミュニスト組織のメンバーとなり、シュタープスゲボイデの中央建設局で働いていた。Auschwitz — The Nazi Civilisation.

[37] ラヤ・カガン、旧姓ラパポルト(ライサ、ライーアとも呼ばれていた)は、1910年にロシア帝国で生まれた。1942年6月22日にフランスのドランシーから移送され、最終的に、ポリーティシュアプタイルゥング(政治局)で拷問時の通訳として働いた。1947年の著書 Nashim b'lishkat HaGehinom: 'Hell's Office Women — a Chronicle of Oświęcim.' で、マラとエデクの逃亡について詳細を述べている。彼女は、シュタープスゲボイデの囚人たちの証言を集めていたローア・シェリー博士や、フーニア・フォルクマン=ヘフトの友人だった。1961年には、アドルフ・アイヒマンのイスラエルでの裁判に証拠を提供した。裁判の映像のなかで、カガンは簡潔明瞭に陳述し、かたやアイヒマンはうんざりした表情だった。彼女は最終的に、精神の病で入院し、1997年にイスラエルで亡くなった。享年87。マラ・ジメトバウムの話は、Jenny Spritzer in Secretaries of Death でも描かれている。

[38] 著者のインタビュー、2019年11月。

[39] 著者のインタビュー、2019年11月。

[40]『アルハミシュマール』紙、1964年12月29日。

[41] Memory Book.

[42] Dr Na'ma Shik, 'Women Heroism in the Camp' ——ヤド・ヴァシェムのオンライン講義、2020年5月30日に著者アクセス。https://www.youtube.com/watch?v=eVpO3Iv

人所蔵。'Lieber Ernö, mit unendlich viel Freude erhielt ich deine Karte von 28. 4. in der Du uns so ausführlich über alle meine Lieben berichtest. Für meine Dankbarkeit Dir und Euch gegenüber find ich keine Worte (...) Ich küsse Euch tausendmal und bin im Gedanken immer mit Euch.'

［16］ゲットーの闘士の家博物館アーカイブ、ブラチスラヴァのテテコヴァ11の"E・レイフ"に宛てた、"ベルタ"という署名のはがき。不運にも、エルンスト・レイフは隠れ家を離れざるをえなくなり、ナチスに射殺された。彼を匿っていた女性、級友のマルギタ・ツィグレロヴァーは土壇場で強制移送を免れ、戦争を生き延びた。エルンストの姉妹も同じく生き延びた。

［17］ウンタークンスト（宿泊施設コマンド）のカタリナ・プリンツ。彼女の手助けをしたのは、ブラチスラヴァ出身のオイゲン・ナジェル。戦後、カタリナは彼と結婚し、オーストラリアに移住した。ローア・シェリーとの書簡、タウバー・ホロコースト図書館。

［18］戦後、ルダスフは逮捕されたが、元囚人が彼のために証言して告発は取りさげられた。リリ・コペツキーの証言。Secretaries of Death.

［19］ゲットーの闘士の家博物館アーカイブ。マルギット・ビルンバウム、ビルケナウのシュタープスゲボイデから、1943年6月付。'Du kannst Dir garmicht verstellen was für unsagbar grosse Freude wir haben, wenn so Pestausteilung gibt und wir wenigstens von Euch Post bekommen.'

［20］手書きのはがき、家族間の書簡、個人所蔵、1943年1月1日付。'Ladet Euch Frau Vigyáz ein soll sie immer bei Euch sein sie ist sehr nützlich im Haushalt.' マルタの母親はハンガリーに潜伏して戦争を生き延びた。父親のデジューは潜伏中の1944年にがんで死亡した。

［21］The Rooster Called, Gila Kornfeld-Jacobs.

［22］中央建設局の囚人。Auschwitz — The Nazi Civilisation.

［23］1944年なかばのできごと。複製にかかわった3人の女性は、クリスティナ・ホルチャク、ヴァレラ・ヴァロヴァー、ヴェーラ・フォルティーノヴァー。

［24］このフィルムは現在、アウシュヴィッツ＝ビルケナウ博物館の管理下にある。

［25］ワソツカのコードネームはテル。彼女はポモツ・ヴィエンジニオム・オボズ・コツェントラツィユィンフ（強制収容所囚人の支援組織）で働いていた。写真家のペラギア・ベドナルスカは、ポーランド国内軍、アルミア・クラヨーヴァの兵士だった。彼女が処理したネガは、死の収容所での残虐行為を世界に知らしめる目的で、1944年9月にアウシュヴィッツから持ち出された。そしてルドルフ・ヘスの裁判で証拠として用いられた。戦後、マリア・シュトロームベルガーは、記録簿（囚人のリスト）が1944年12月29日に地下の運び人であるナタリア・スパクに渡されたと証言した。シュトロームベルガーはこの2冊の記録簿を、1944年12月26日、連合軍に空襲された建物の残骸から回収していた。手伝ったのはミラという名前のユーゴスラビア人の囚人で、アウシュヴィッツに移送された当初わずか14歳だった。シュトロームベルガーは1945年1月7日にアウシュヴィッツを去り、プラハの神経科クリニックに異動することになっていた。

［26］Fighting Auschwitz.

［27］シフィエルチナは自身の逃亡計画も立てた。ふたりの親衛隊員に幇助され、1944年10月27日に、収容所を出るリネン類の洗濯物運搬トラックに4人の男とともに隠れた。だが裏切られ、尋問されて、基幹収容所の厨房の外で、最後まで不服従のことばを叫びながら絞首刑に処せられた。

きに愛人である親衛隊員に殺された。
[23] Memory Book.
[24] Auschwitz — The Nazi Civilisation.
[25] トヴァ・ランズマンのビデオ証言。ヤド・ヴァシェム VT10281。
[26] Auschwitz — The Nazi Civilisation, フーニア・ヘフトの証言。
[27] Auschwitz — The Nazi Civilisation, フーニア・ヘフトの証言。
[28] Auschwitz — The Nazi Civilisation, フーニア・ヘフトの証言。および、手書きのメモ、ローア・シェリー・アーカイブ、タウバー・ホロコースト図書館。

第九章
[1] アリダ・ヴァセランとの書簡、ローア・シェリー・アーカイブ、タウバー・ホロコースト図書館。Alida Vasselin correspondence, Lore Shelley archives, Tauber Holocaust Library: 'Notre vie quotidienne était axée sur la Solidarité et le soutien à ceux qui souffraient plus que nous.'
[2] この話は、Sara Nomberg-Przytyk の Auschwitz: True Tales from a Grotesque Land で報告され、Hermann Langbein の People in Auschwitz でも紹介されているが、確認はとれていない。Josef Garlinksi の Fighting Auschwitz には、べつの——もっと広く受け入れられている——話があり、フランツィシュカ・マンというポーランド人の踊り子が、1943年10月23日に第二焼却棟で親衛隊将校ヨーゼフ・シリンジャーに致命傷を負わせた、とされている。
マンツィ・シュヴァルボヴァーは戦後、医学訓練を終えてブラチスラヴァの小児科病院で医師として働いた。彼女の著書、Vyhasnute oči（『消された目』）は、スロヴァキア語で著されたアウシュヴィッツの報告の先駆けとなった。ユダヤ人向け高齢者施設で亡くなる前、彼女はシュタープスゲボイデの生存者たちの訪問を受けた。
[3] 著者のインタビュー、2019年11月。
[4] 著者のインタビュー、2019年11月。この氏名不詳の女性は、トマーシュ・マサリクの妻シャーロット・ガリッグの友人だった。
[5] この女性の名前は、サビナ。シュタープスゲボイデの政治局で生き延びた。Memory Book.
[6] アンナ・ビンダーの証言。Auschwitz — The Nazi Civilisation.
[7] アリダ・ヴァセランとの書簡、ローア・シェリー・アーカイブ、タウバー・ホロコースト図書館。'Dans notre Commando de couture nous avons chapardé tout ce que nous avons put pour le transmettre a ceux qui en avait le plus besoin.'
[8] パヴェル・カンカとの会話、2020年1月。
[9] Memory Book. リーナはおそらく、ヘレーネ・ヴィルダー、旧姓シュタルク。
[10] マリア・ボブジェツカ（コードネーム"マルタ"）が、近くの町ブジェシュチェにある薬店から秘密の物資を送っていた。地元民のマリア・フレヴィショヴァとジュスティナ・ハウプカは、命を救う何千本もの薬剤アンプルの"運び人"を務めた。Fighting Auschwitz.
[11] https://www.mp.pl/auschwitz/journal/english/206350,dr-janina-kosciuszkowa. コシチュシュコヴァ医師は、ビルケナウにいるあいだ、ワルシャワ蜂起の生存者を治療した。
[12] マリア・シュトロームベルガーの証言、クラクフでのヘスの裁判、1947年3月25日。
[13] People in Auschwitz.
[14] ヘルタ・ソスヴィンスキー、旧姓メールの証言。Auschwitz — The Nazi Civilisation. ヘルタはコミュニスト・レジスタンスの活動的なメンバーだった。
[15] 手書きのはがき、家族間の書簡、個

[3] 'Record-Keeping for the Nazis and Saving Lives, a conversation with Katya Singer', by Susan Cernyak-Spatz & Joel Shatzky. https://jewishcurrents.org/record-keeping-for-the-nazis-and-saving-lives/. 2019年9月19日に著者アクセス。

[4] I Escaped from Auschwitz.

[5] イレーネ・カンカのインタビュー、南カリフォルニア大学ショアー財団の映像歴史アーカイブ07138。

[6] フーニアはこの医学実験ブロックから出られない恐れがあった。Memory Book.

[7] マリシュカは、フーニアの義理の兄弟のいとこ。収容所生活を生き延びて、終戦後ほどなくアメリカに移住し、養女のマージェリーとともにニューヨーク近郊に住んでいた。

[8] Tova Landsman video testimony VT 10281 Yad Vashem.

[9] マリア・マウルは監督下の人々からとても好かれていた。1963年5月21日、彼女はピルナの地方裁判所で証言した。

[10] エリカ・コウニオは、ギリシャのテッサロニキから母親と一緒に移送されてきて、トーデスアプタイルゥング（死亡部門）で働いた。この部門では、ぞっとするほど不正確に囚人の死が登録されていた。だれひとり"殺害された"と記されておらず、全員が自然死とされていた。最終的に、いかに有能なスタッフでも数万人にのぼる死者を追いきれなくなり、ユダヤ人の死亡登録をやめるようにと言われた。Secretaries of Death.

[11] Memory Book. シュタープスゲボイデの地下室で、アウシュヴィッツに移送された最初のポーランドの囚人たちが収容所生活の手ほどきを受けた。ここで彼らは殴られ、服を脱がされ、毛を剃られ、番号をつけられた。

[12] Auschwitz — The Nazi Civilisation. ゾフィー・ゾールベルク、旧姓レーヴェンシュタイン、1923年ドイツ生まれの証言。

[13] ドイツのはがき。1943年6月7日、ビルケナウの消印。ゲットーの闘士の家博物館アーカイブ。

[14] 家族間の書簡、個人所蔵、1944年4月3日付のはがき。

[15] Secretaries of Death.

[16] Death Dealer.

[17] イレーネ・カンカのインタビュー、南カリフォルニア大学ショアー財団の映像歴史アーカイブ07138。

[18] Death Dealer.

[19] シャリについては、現在のところ、ちょっとした混乱がある。フーニアの姪のジーラは、シャリ・グリューエンヴァルトという名前を記憶しており、これはおそらくアウシュヴィッツのポリーティシュアプタイルゥング（政治局）で働いていた囚人だが、お針子のシャリはシャリ・グリュンベルクと思われる。マルタの長男ユライは、シャリ・マルツ、旧姓グリュンベルクという人物を記憶している。彼女は収容所生活を生き延びて、戦後イスラエルへ移住し、そこで家庭を築いた。ほかの生存者たちとの非公式の再会に参加し、さらにユライを連れてテルアビブのアパートメントにフーニアを訪ねて、仕立てサロンという安息の場所へ移れるようお膳立てしてくれたマルタに感謝している、と彼に話した。

[20] Auschwitz — The Nazi Civilisation.

[21] Stolen Legacy, Dina Gold; Fashion Metropolis Berlin.

[22] 著者との往復書簡で得られた、レジーナ・アプフェルバウムとアヴリ・ベン・ゼエヴ教授の証言。レジーナは家族から"シュナイダーケ"（イディッシュ語で"若き仕立て職人"の意味）と呼ばれていた。"不可能"の文字は彼女の語彙になく、イスラエルに移住後、彼女は一家の伝説的存在になった。美しいリリーは、アウシュヴィッツが解放されたと

[36] 親衛隊二等軍曹のロベルト・ジーレクが、ロベルト・ムルカの前で証言。
[37] クレーマー医師もこの正餐に招待され、1942年9月23日の日記にメニューを記録している。KL Auschwitz Seen by the SS.
[38] 未刊行の原稿 'Memories of Auschwitz and my brother-in-law Rudolf Höss'. Das Erbe des Kommandanten で引用。
[39] Das Erbe des Kommandanten.
[40] People in Auschwitz.
[41] Gästbuch der familie Höss 1940 Auschwitz —1945 Ravensbrück, Yad Vashem 051/41, 5521.
[42] ゾーラヒュッテの詳細については、副官のカール・ヘッカーが収集したみごとな写真アルバムが、現在、アメリカ合衆国ホロコースト記念博物館にある。奇妙な話だが、オーベレ・ネーシュトゥーベ（高級服仕立て作業場）の女性たちを含む大勢の生存者の証言を取りまとめて刊行した、元アウシュヴィッツ囚人のローア・シェリー博士は、ヘッカーの取りなしのおかげで、家族の所有物を隠していた人たちから一部を取りもどすことができた。ヘッカーは戦後、シェリーの故郷リュベッケで尊敬される市民となった。Post-Auschwitz Fragments.
[43] ヘルタ・フフスの証言。The Union Kommando in Auschwitz; People in Auschwitz.
[44] ヘレナ（イローナ）・ケネディ、旧姓ホーフフェルダーが、オーケストラのメンバー、リリ・マテに宛てた手紙、ハダーズフィールド大学、ホロコースト教育学習センター。
[45] Memory Book.
[46] Death Dealer.
[47] シュトロームベルガー、1947年のヘスの裁判での証言。
[48] この逸話は、ヘートヴィヒの孫息子ライナー・ヘスが語った。Das Erbe des Kommandanten.
[49] ルドルフ・ヘスの精神科医G・M・ギルベルトとの書簡。Death Dealer.
[50] 警察への供述書。Eine Frau an seine Seite, Gertrud Schwartz で引用。
[51] ハンス・ミュンヒ医師、ローア・シェリーとの書簡。Criminal Experiments on Human Beings. The Nazi Doctors, Robert Jay Lifton の記述によると、彼は心が静まって、チフス熱の論文を完成させ、囚人を使って発疹チフスの実験を行ない、ガス室への選別に協力した。
[52] ヘートヴィヒ・ヘスが所有していた、People in Auschwitz のドイツ語版。
[53] ポズナンでの1943年10月4日の演説。Documents on the Holocaust.
[54] The Private Heinrich Himmler, Katrin Himmler and Michael Wildt (eds.).
[55] ヘスの裁判記録、1946年。
[56] People in Auschwitz.
[57] Eine Frau an seine Seite.
[58] People in Auschwitz.
[59] 14歳のアレクサンドラ・スタヴァルチュイクの証言。Private Lives of the SS.
[60] People in Auschwitz.
[61] 14歳のヴワディスワヴァ・ヤストジェンブスカの証言。Private Lives of the SS.
[62] People in Auschwitz.
[63] 著者とのメール。
[64] Private Lives of the SS.
[65] このふたりめのお針子はおそらく、ベルタ・ヴェイス。オーベレ・ネーシュトゥーベでマルタに保護されていた少女ラヘル・"ロージカ"・ヴェイスの、おばと思われる。ベルタは、マルタが最初のファッションサロンを設立するさい手伝ったが、アウシュヴィッツで死亡した。
[66] 'Życie codzienne w willi Hössa'.

第八章

[1] Death Dealer.
[2] Death Dealer.

Auschwitz', Thomas Harding, Washington Post.

［14］1943年6月3日から、駐屯親衛隊の家庭は、収容所の管理部に25ライヒスマルクを支払って女性囚人を家で働かせた。この取引に関する記録は残存していない。当然ながら、これらの"賃金"は囚人本人にはいっさい渡されていない。

［15］1974年、アウシュヴィッツ博物館勤務のマリア・エンドリシクが、アウシュヴィッツの親衛隊将校や下士官の家で働かされていた女性たちにインタビューした。証人たちは親衛隊員の家庭生活について独自の見識を示し、人間の形をした神話的な悪魔ではなく、大きな欠点を持つ複雑な人間として彼らを描写した。ダヌタ・ジェムピエルは、ヘスは家では子どもたちにとても愛情深かったと証言した。「わたしにはひとことも話しませんでした。ヘス夫人がすべてを仕切っていました。ありがたいことです、わたしは彼をひどく恐れていましたから」Private Lives of the SS.

［16］ルドルフはたしかに、子どもたちに愛情を注いでいた。ヘートヴィヒへの最後の手紙では、「われわれの子どもたちを本物の人道主義のなかで教育する」よう頼んでいる。大量殺人者にして人種差別主義者であることを告白した男の無意識の皮肉か、自分の過ちを繰りかえさないでほしいという願望なのか。Death Dealer.

［17］ドゥビエルの証言。

［18］クマクは1943年9月4日、アウシュヴィッツの食肉解体処理場の闇取引に親衛隊がかかわっていたことを隠蔽するために射殺された。腐敗の目撃者であったがゆえに、口封じされたのだ。

［19］これらの署名された伝票は、アメリカ合衆国ホロコースト記念博物館のアーカイブにある。

［20］Robert Van der Pelt, Auschwitz. Not Long Ago. Not Far Away. exhibition talk のライナー・ヘスの話。2020年10月2日に著者アクセス。'Auschwitz. Not long ago. Not far away.' exhibition — YouTube に出てきたボタン。

［21］ヤニーナ・シュチュレクの証言。APMA-B Statements Collection, vol. 34.

［22］Auschwitz Chronicle.

［23］ローア・シェリー博士との往復書簡。タウバー・ホロコースト図書館および Criminal Experiments on Human Beings.

［24］フローラ・ニューマンの証言。The Union Kommando in Auschwitz.

［25］オラ・アロニ、旧姓ボリンスキの証言。Auschwitz — The Nazi Civilisation. オラは、この特別な人形を要求したのは"死の天使"だったと述べたが、これは悪名高き看守、イルマ・グレーゼによく使われた呼び名だ。

［26］Five Chimneys.

［27］People in Auschwitz.

［28］KL Auschwitz Seen by the SS.

［29］Höss trial, vol. 12, card 178. KL Auschwitz Seen by the SS で引用。

［30］マリア・シュトロームベルガー、ヘスの裁判での証言。

［31］ポズナンの親衛隊員に向けた、ハインリヒ・ヒムラーの1943年10日4日の演説。Documents on the Holocaust.

［32］ソーニャ・フリッツの証言。Criminal Experiments on Human Beings.

［33］The Times, February 2019, 'East Germany "turned a blind eye to Auschwitz war criminals"', Oliver Moody. 2019年2月に著者アクセス。https://www.thetimes.co.uk/article/east-germany-turned-a-blind-eye-to-auschwitz war-criminals-s9lg7tl8j.

［34］Auschwitz. Not Long Ago. Not Far Away で引用。

［35］ジャーナリストのウーヴェ・ウェストパルによるインタビュー。May 1985, Fashion Metropolis Berlin.

の残虐な親衛隊員に不利な証言を２回行なった。そのなかには親衛隊伍長のフランツ・ヴンシュもいたが、彼はアウシュヴィッツの任務についたときわずか20歳だった。リブシェの娘ダーシャ・グラフィルは、ブラーハ・ベルコヴィッチの長男トムがサンフランシスコに設立した交換留学プログラム組織、カルチュラル・ホームステイ・インターナショナルの理事のひとり。ブラーハは死ぬまでリブシェの友人で、彼女について「ちっちゃなネズミさんで、あちこち走りまわっていました」と述べ、彼女が収容所の点呼をよく混乱させていた、なぜなら一箇所に長くいられなかったからだ、と笑いながら言った。著者とのインタビュー、2019年11月。

［41］フリーダの夫ゾルタンも、ヨリの夫ベラも、ホロコーストで殺された。

［42］ヨランダ・グロッター、旧姓ライヒェンベルクの死亡日は、アウシュヴィッツ博物館の“死亡登録”書類番号33157/1942に、1942年９月27日と記されている。彼女は1910年３月14日生まれだった。

［43］リヴァ・クリエグロヴァの証言。Criminal Experiments on Human Beings.

［44］1942年９月６日の日記。KL Auschwitz Seen by the SS. ブラーハの学校時代の友人、モツゼンは、まさにこの日に自分の母親が選別されるのを目撃し、ガス室へ送られるのだと知りながら、一緒に行かせてくれと頼んだ。彼女たちふたりは、クレーマーがぬけぬけと裁判で言及した女性たちのなかにいた。

［45］イレーネはのちに、このエピソードを詳述し、アウシュヴィッツで自分の命を救ったのは神ではなくブラーハだと言った。

［46］ツィルカ、またはツィラは、People in Auschwitz と True Tales from a Grotesque Land, Sara Nomberg-Przytyk で言及されている。いずれの情報源も、ツィルカの若さと生存本能に理解を示してはいるものの、たとえ母親をガス室送りにした自分をひどく嫌悪していたとしても、それ以外では、加害者の役割を楽しんでいたはずだと断言している。彼女の物語を、小説家のヘザー・モリスが Cilka's Journey でロマンチックに描いた。

第七章

［1］戦後のスタニスワフ・ドゥビエルの証言から。APMA-B, Höss trial collection, vol. 4. Private Lives of the SS で引用。

［2］アニエラ・ベドナルスカ。APMA-B, Statements Collection, vol. 34. Private Lives of the SS で引用。

［3］ルドルフの運転手による証言で、ルドルフの孫息子ライナー・ヘスが聞いた。

［4］ゾフィア・アブラモヴィツゾヴァの証言。Criminal Experiments on Human Beings.

［5］ロッテ・フランクルの証言。Auschwitz—The Nazi Civilisation. リディア・ヴァルゴの証言。Criminal Experiments on Human Beings.

［6］Auschwitz and After, Charlotte Delbo.

［7］'Życie codzienne w willi Hössa', Tomasz Kobylański.

［8］ダニマンは戦後ただちに、元囚人のクルト・ハッカーとともに、アウシュヴィッツの残虐行為に関する話を広めはじめた。ダニマンはまた、残虐なマクシミリアン・グラブナーなど、ナチス犯罪者を司法のもとに引きずり出すことにもかかわっていた。彼は法を追求するために庭師の仕事をやめた。

［9］Fighting Auschwitz.

［10］APMA-B, Höss trial collection, vol. 4. Private Lives of the SS で引用。

［11］Death Dealer.

［12］トヴァ・ランズマンのビデオ証言。ヤド・ヴァシェム VT10281。

［13］'Hiding in N. Virginia, a daughter of

た。

［17］ローア・シェリー・アーカイブ、タウバー・ホロコースト図書館、マリルー＝ルイーズ・ロゼ（コロンバン）、旧姓メシャンの証言。

［18］リディア・ヴァルゴの証言。The Union Kommando in Auschwitz.

［19］Born Survivors, Wendy Holden.

［20］People in Auschwitz.

［21］オラ・アロニ、旧姓ボリンスキの証言。Auschwitz ― The Nazi Civilisation.

［22］イルマ・グレーゼ、リューネブルクでの裁判における証言。どんな種類の鞭を持っていたかと尋ねられると、収容所の織物工場でセロファンから作られたものだと答えた。

［23］Memory Book.

［24］Auschwitz Chronicle, Danuta Czech.

［25］このアウシュヴィッツのアルバムは、リリ・ヤコブスが強制収容所での試練に耐えたのち、徴発された親衛隊本部の建物で健康を取りもどしたときに発見した。彼女自身の家族がこのアルバムに写っていた――ユダヤ人であるがゆえに殺された人たちだ。数十年後、このアルバムはヤド・ヴァシェムが取得し、現在はそこに展示されている。

［26］Five Chimneys.

［27］ドイッチェ・アウスリュストンクスヴェルケ・ゲーエムベーハー――ナチ親衛隊企業。

［28］I Escaped from Auschwitz, Rudolph Vrba.

［29］当初、これら戦利品は基幹収容所の革なめし工場の建物に保管された。1944年なかばから、衣服は収容所の拡張部分、親衛隊と囚人の宿舎ブロックの近くに保管された。

［30］But You Did Not Come Back, Marceline Loridan-Ivens.

［31］しばらくのちに、そのカポはチフスにかかって死んだ。

［32］ヴェラ・フリードランダーへのインタビュー、Mothers in the Fatherland. サラマンダーは1904年に設立されて、ドイツ最大のチェーン靴店となり、現在はヨーロッパ各地に150の店舗を持つ。2020年のウェブサイトに掲げられた沿革には「サラマンダーはファッション、品質、一流サービスの一体化を一途に追求し、値段以上の価値を提供しています」とある。

［33］Nazi Looting, Gelard Aalders; Hitler's Beneficiaries. 前掲書。

［34］ヘスの裁判記録、1946年。クラクフのマルシュカという名前の歯科技工士が、すべての金歯を仕分けてそれをカードに留めるという厄介な仕事を担った。「そうですね、気持ちのいい仕事ではありませんでした」と、彼女は控えめな表現で報告している。Criminal Experiments on Human Beings.

［35］この命令は1943年1月6日に親衛隊経済管理本部から出され、獲得した資産を残らず入金するよう、銀行口座の詳細も付されていた。Auschwitz Chronicle.

［36］I Escaped from Auschwitz.

［37］チェコスロヴァキア出身のハンナ・ラクスは、ビルケナウのカナダ・コマンドのティーンエイジャーだった。収容所の体験に関する未発表の質問票に「わたしたちは、見つけた貴重品をサボタージュして、ドイツ人の手に渡しませんでした」と書いている。ローア・シェリー・アーカイブ、タウバー・ホロコースト図書館。

［38］Out on a Ledge.

［39］All But My Life, Gerda Weissman Klein.

［40］リブシェ・ブレーダー、旧姓ライヒの証言。999: The Extraordinary Young Women of the First Official Jewish Transport to Auschwitz. リブシェ・ライヒは、囚人番号1175として、カール・ヘッカーが撮影した1944年の一連の写真で大々的に取りあげられた。彼女は戦後、カナダ施設

は、母親とともにアウシュヴィッツに移送され、ふたりとも生き延びた。エヴァの母親は、オットー・フランク（日記で知られているアンネの父親）と結婚した。Eva's Story, Eva Schloss.（『エヴァの時代――アウシュヴィッツを生きた少女』エヴァ・シュロッス著、吉田寿美訳、新宿書房、1991年）、（『エヴァの震える朝――15歳の少女が生き抜いたアウシュヴィッツ』エヴァ・シュロス著、吉田寿美訳、朝日新聞出版、2018年）

［34］Five Chimneys, Olga Lengyel.（「アウシュヴィッツの五本の煙突」オルガ・レンゲル著、金森誠也訳）

［35］ブラチスラヴァのリヴカ・パスクス。Secretaries of Death.

［36］The Tin Ring.

［37］男物のシャツで作られたマルセル・イツコヴィッツのブラが、ブーヘンヴァルト強制収容所のかつての被服倉庫に展示されている。シャンピニー・シュル・マルヌ国立レジスタンス博物館からの貸与品。マルセルはフランスのレジスタンス活動に加わったことで逮捕され、ライプツィヒ近郊に収監された。

［38］Facing the Extreme: Moral Life in the Concentration Camps, Tzvetan Todorov.（『極限に面して――強制収容所考』ツヴェタン・トドロフ著、宇京頼三訳、法政大学出版局、1992年）

［39］自由の戦士、ペテーフィ・シャーンドルは1849年に亡くなった。The Union Kommando in Auschwitz で引用。

［40］ヘレン・クバン、旧姓シュテルン。Nazi Civilisation.

［41］イレーネ・カンカのインタビュー、南カリフォルニア大学ショアー財団の映像歴史アーカイブ07138。

第六章

［1］Memory Book.

［2］ポール・クレーマーの1942年8月31日と1942年9月2日の日記。KL Auschwitz Seen by the SS.

［3］著者とのインタビュー、2019年。

［4］私的な家族間の書簡、1945年。

［5］1942年、親衛隊経済管理本部（ヴィルトシャフツ・フェアヴァルトゥングス・ハウプトアムト、SS-WVHA）が5つのグループに編成された。そのうちのD部集団（アムツグルッペ）が強制収容所を担当し、W部集団は親衛隊の事業で構成されていた。歴史家の推計によれば、強制労働力を民間企業に売ることで総計3000万ライヒスマルクという膨大な純利益がナチス国家にもたらされていた。Auschwitz: The Nazis and the Final Solution.

［6］Post-Auschwitz Fragments, Lore Shelley.

［7］Interrogations.

［8］Death Dealer.

［9］クローデット・ケネディ（ブロック）博士、旧姓ラファエル。1910年、パリ近郊生まれ。マルタ・フフスの友人。Testimony, Criminal Experiments on Human Beings.

［10］アンナ・ビンダー、マルタ・フフスの友人による詳述。Nazi Civilisation. 下着の所有は、大半のユダヤ人囚人には贅沢品として禁じられていたが、彼女たちはつねに禁制品のブラやズロースを手に入れようとしていた。

［11］ローア・シェリー・アーカイブ、タウバー・ホロコースト図書館。

［12］リヴカ・パスクスの証言。Secretaries of Death.

［13］1945年の手紙、家族間の書簡。

［14］ジャンネット（ジャンカ）・ナジェル、旧姓ベルゲルの証言。Secretaries of Death.

［15］マリー＝クロード・ヴァイヤン＝クーチュリエの裁判での証言、People in Auschwitz で引用。

［16］完成は1944年で、ヘスの指揮による未曾有の大量殺戮、すなわちハンガリーからのユダヤ人移送にちょうど間にあっ

［19］1946年、元囚人のダビド・オレーレが、アウシュヴィッツ＝ビルケナウの入所手続きと建物を図解した。そのなかには第三焼却棟の断面図もあり、炉の上で作業する髪梳き班が示されていた。Auschwitz. Not Long Ago. Not Far Away.

［20］Auschwitz: A History, Sybille Steinbacher. 収容所の毛髪で利益を得ていたのは、フリートラントのヘルト、ニュルンベルク近郊のロートにあるアレクス・ツィンク、ラウジッツのダイ・フロスト社、カッチャーにあるフェルト工場。アウシュヴィッツが1945年に解放されたとき、輸送準備ができた7トン近くの髪の毛が収容所の革なめし工場で見つかった。KL Auschwitz Seen by the SS, Jerzy Rawicz (ed.); People in Auschwitz, Hermann Langbein.

［21］Fashion under the Occupation, Dominique Veillon.

［22］Interrogations.

［23］この主張はマルタン・ボルマン・ジュニアによるもの。彼はポトハストから、屋根裏部屋で人骨で作られた家具を見せられたとも主張している。My Father's Keeper.

［24］驚くべきことだが、発疹チフスに汚染されたシラミが、アウシュヴィッツの親衛隊員を計画的に殺すために用いられた。囚人のヘルマン・ラングバインによると、ポーランド人囚人のテディ・ピトロシュコスキが親衛隊のために清掃をしており、おかげで親衛隊員のコートの襟の下に汚染されたシラミをばらまくことができた（People in Auschwitz）。囚人のユゼフ・ガルリンスキは、汚染されたシラミを繁殖させてグラブナーやパリッチュら憎むべき親衛隊員に投げつけたことを、地下組織の初期メンバーだったヴィトルト・コシュトヴニに話した。ルイゼ・パリッチュ夫人は1942年11月4日に発疹チフスで死亡したが、関連性は証明されていない。1942年5月に発疹チフスで死亡した上級医官のジークリート・シュヴェラは、シラミを仕掛けられたせいで発症したとされる。ポーランド人密告者のステファン・オウピンスキは、アウシュヴィッツの地下組織メンバーから贈られたシラミつきのセーターで殺されたと言われている。受け取った2週間後にチフスを発症し、第20ブロックに連れていかれて、およそ2週間後の1944年1月に死亡した。Fighting Auschwitz, Jósef Garliński.

［25］Auschwitz 1270 to the Present, Robert Jan Van Pelt & Debórah Dwork.

［26］水が黄色いので繊維を白く保つのはむずかしいことを、エミリアは知った。石鹼で洗った洗濯物は、近くの井戸へ運んでもっときれいな水ですすぐ必要があった。フリッチュ家の庭で働く囚人たちは、洗濯石鹼のほか、ビタミンの摂取量を増やすためにニンニクやタマネギをひそかに手に入れていた。フリッチュ夫人は、ヘス邸でも働いていたスタニスワフ・ドゥビエルをはじめ、庭で働く囚人のためにスープをこしらえたが、この寛大な行為は夫に禁じられた。Private Lives of the SS.

［27］KL Auschwitz Seen by the SS, reminiscences of Pery Broad.

［28］モールは裁判で自分の行為に抗弁し、「彼らの生命を実際に物理的に終わらせたことへの責任は、自分にはなかった」と述べた。反証として、彼の手による残酷な行為、買収、何千もの殺害に関する無数の証言があった。Interrogations.

［29］Nazi Civilisation.

［30］Death Dealer.

［31］Memory Book.

［32］The Tin Ring, Zdenka Fantlová. ズデンカはテレジーン強制収容所から、アウシュヴィッツ、ベルゲン＝ベルゼンへと移送されたが、生き延びた。

［33］オーストリア人のエヴァ・シュロス

ィヒ・ヘスら親衛隊の関係者がひいきにしていた——は、基幹収容所の拡張時に、20棟の宿泊ブロックを建てるために壊された。アウシュヴィッツのお針子たちは1944年からそこに住んだ。戦後、これらのブロックは民間の用途に転換された。Private Lives of the SS, Piotr Setkiewicz.

[4] アリス・グリューエン。Criminal Experiments on Human Beings, Lore Shelley.

[5] リリ・コペツキー。Secretaries of Death.

[6] アリス・シュトラウス、ローア・シェリーとの私的な往復書簡。ローア・シェリー・アーカイブ、タウバー・ホロコースト図書館。フランス人政治犯の移送列車が1943年1月27日にアウシュヴィッツに到着したとき、女性たち——マリルー・コロンバン、アリダ・ド・ラ・サールを含む——は、果敢にも『ラ・マルセイエーズ』を歌いながらこの門をくぐった。

[7] その後、第7ブロックの女性たちが、次に到着した人たちに私物を隠すよう警告することとなる……そして、気が変になったかのような身ぶりもした。ケジュマロク出身のマルギット・バッハナー、旧姓グロスマンの証言。Nazi Civilisation.

[8] エディタ・マリアロヴァーはブラチスラヴァからの移送列車でアウシュヴィッツに到着し、服を脱がされて髪を剃られるあいだ、若い友人たちを元気づけようとした。彼女は番号3535を与えられた。Nazi Civilisation.

[9] ヘレン（ヘルカ）・グロスマン、旧姓ブロディ、ケジュマロク出身。Secretaries of Death.

[10] Memory Book.

[11] 若い娘の場合、冬にズボン（たいていはボタンかファスナーで留める形）またはスキーパンツを穿くこともあった。

[12] アーリア系ドイツ人がユダヤ人と性的交渉を持つのは罪とされていたが、収容所では性的暴力がつねに脅威となっていた。ほかの囚人に襲われる危険もあった。肉体的な快楽、肌恋しさ、食糧など必需品との交換材料として、囚人間の合意のうえでの性行為もめずらしくはなかった。当然のことながら、囚人の多くは性的欲求をすっかり失っていた。お茶に入れられた臭素化合物の粉のせいだと主張する人もいた。飢餓、病気、絶望も性欲を消失させた。

[13] カトカ・グルエンシュタイン、旧姓フェルトバウアー、スロヴァキア西部出身の20歳のお針子。彼女は2851番になった。

[14] リディア・ヴァルゴ、旧姓ローゼンフェルト、1924年、トランシルヴァニア生まれ、1944年6月にハンガリーから移送されて、ビルケナウで入所手続きを受けた。The Union Kommando in Auschwitz, Lore Shelley.

[15] アニタは、アウシュヴィッツで毛を剃られたのは最も心に傷を残す経験だったと述べている。「丸裸にされ、完全に無防備になって、名もなき人間へと貶められた気がした」アニタは収容所のオーケストラの一員になることで救われた。Inherit the Truth 1939-1945, Anita Lasker-Wallfisch（『チェロを弾く少女アニタ——アウシュヴィッツを生き抜いた女性の手記』アニタ・ラスカー＝ウォルフィッシュ著、藤島淳一訳、原書房、2003年）

[16] イレーネ・カンカのインタビュー、南カリフォルニア大学ショアー財団の映像歴史アーカイブ07138。

[17] レネー・デューリングは収容所の生活の荒削りなスケッチを何枚か描いた。彼女が仲よしになったリーンと呼ばれる囚人は、親衛隊女子の“お気に入り”のお針子になった。Criminal Experiments on Human Beings.

[18] The Holocaust: The Camp System, Jane Shuter.

[14] レネー・アードラー、旧姓ウンガー、1945年の手紙。
[15] Edita Maliarová, Nazi Civilisation.
[16] Secretaries of Death. リヴカのメモは、レオ・ツィプスという名の強制労働者が見つけた。レオはその警告を彼女の兄弟に届け、兄弟はすぐさま身を隠した。
[17] Auschwitz: The Nazis and the Final Solution, Laurence Rees.
[18] ヴィスリツェニーは裁判で、ヒムラーの意図を完全に理解していたことを認めた。「これは、何百万もの人間に対する死の召喚状だと気づきました」Interrogations, Richard Overy.
[19] Atlas of the Holocaust, Martin Gilbert.(『ホロコースト歴史地図——1918〜1948年』マーチン・ギルバート著、滝川義人訳、東洋書林、1995年)
[20] Pack of Thieves.
[21] Hitler's Beneficiaries. 前掲書。
[22] 西欧では、ディーンストシュテレ・ヴェスト(西部局)が任務を担当した。
[23] ニュルンベルク裁判の記録、1946年8月31日。
[24] ヒトラーは1941年12月31日、これを発効させる覚書に署名した。
[25] Stealing Home, Shannon L. Fogg.
[26] ローア・シェリーとの往復書簡。タウバー・ホロコースト図書館。マリルーはパリ育ちで、最初はパリの19区に、のちに郊外に移り住んだ。
[27] Witnessing the Robbing of the Jews, Sarah Gensburger.
[28] ライプツィヒからのユダヤ人移送は、1942年1月21日に始まった。
[29] The German War, Nicholas Stargardt.
[30] Nazi Women, Cate Haste で引用。
[31] バタの靴工場は、アウシュヴィッツからおよそ10キロのヘウメク近郊にあったが、オタ=シレジアン靴製造に接収された。
[32] スロヴァキアのユダヤ人をアウシュヴィッツへ公式に移送する最初の列車でユダヤ人女性が何を体験したか、999 Women, Heather Dune Macadam に詳述されている。
[33] ジャンカ・ナジェル、旧姓ベルゲル。Secretaries of Death.
[34] アリス・ドゥブ・シュトラウスとローア・シェリーの往復書簡。ローア・シェリー・アーカイブ、タウバー・ホロコースト図書館。
[35] Le Convoi du 24 Janvier, Charlotte Delbo.
[36] Nazi Civilisation. フーニアはチェコのパスポートを得るために偽装結婚していたので、ヘルミネ・ヴィンクラーの名前で収監された。強制収容所の彼女の書類はすべて、ヴィンクラーと記されている。
[37] Memory Book. フーニアの旅の友は、ルート・サラ・リンガー(ミドルネームのサラはドイツの法律によって強制的につけ加えられた)、旧姓カムで、1909年生まれ。フーニアより1歳年下だった。彼女のアウシュヴィッツの番号は46349、フーニアの番号のわずか2つ前だ。夫のハンス・ヴィルヘム・リンガーは、ホロコーストで殺された。
[38] Nazi Civilisation. 1944年1月までに、ライプツィヒからの移送者の大半が亡くなった。

第五章

[1] Nazi Civilisation.
[2] 少し離れたビルケナウの収容所施設と本線を結ぶ引きこみ線は、1944年、ハンガリーからの移送者が到着するころにようやく完成した。これによって、大量殺戮の処理が加速された。新しく到着した人たちが、古い“積みおろし場”から収容所へ歩く必要も、トラックで運ばれる必要もなくなったからだ。彼女たちはその場で列を組んで、検疫所かガス室のどちらかへ行進した。
[3] これらの作業場——どれも、ヘートヴ

第四章

［1］ヘルタ・フフスが、ユーデンシュテルン（ユダヤの星）を強制的につけさせられたのを理由に、“自由を損なわれた”ことへの損害賠償を求めた1957年の手紙。Leo Baeck archive. もとはドイツ語。

［2］イレーネ・ライヒェンベルクの身分証明書、ブラチスラヴァ。1915年2月25日生まれ、ホロコーストで死亡。ヤド・ヴァシェムの写真アーカイブ。https://photos.yadvashem.org/photo-details.html?language=en&item_id=4408243&ind=0

［3］グスタフ・“グスティ”・コーンは、じつはセレトの強制労働収容所から逃亡している。そこを訪れた建築業者の道具箱を手にして、平然と外へ出たのだ。偽の身分証明書のおかげで、戦争の残りの期間ずっと身を隠せた。レオ・コフート（元レオ・コーン）は、1944年末、守衛が身分証明書の写真にぴんときた結果、逮捕された。まずはセレトに移送され、それからザクセンハウゼン、ベルゲン＝ベルゼン、ダッハウの付属収容所で収監に耐えた。捕まったとき、彼はケーテに、ブラチスラヴァを離れるよう告げた。恐怖と孤独にさいなまれ、ケーテはゲシュタポに自首した。レオはアメリカ軍に解放され、ブラチスラヴァに戻ったあとで、妻の最期を知った。Tauber Institute, Shoah Foundation Oral History | Accession Number: 1999.A.0122.708 | RG Number: RG-50.477.0708.

［4］イレーネ・ライヒェンベルクの身分証明書。ブラチスラヴァのスロヴァキア国立アーカイブ所蔵品の一部。Yad Vashem item # 4408243.

［5］ナータン・フォルクマン、1908年5月14日生まれ。Gedenkbuch-Memorial book entry（bundesarchiv.de）. https://www.bundesarchiv.de/gedenkbuch/en995526

［6］Secretaries of Death.

［7］https://www.youtube.com/watch?v=62u6IaRHsKw&list=UU-8VxYewh49NnyNsjh7s9Mw&index=5&t=22s.

［8］Secretaries of Death.

［9］幸運にも、イレーネの末の妹グレーテは猩紅熱で入院していて、召集を免れた。父親のいるセレト労働収容所に送られ、おかげで戦争を生き延びた。

［10］アウシュヴィッツで、ブラーハはギゼラ・ラインホルトという名前のベルギー人女性と友だちになった。ラインホルトの家はダイヤモンド商をしていた。移送前に、ギゼラは古い木製のコートハンガーにダイヤモンドをいくつか隠し、そのハンガーをコートで覆って、椅子の上に残しておいた。「生き延びたら、どこにダイヤモンドを隠してあるかわかっている」と彼女はブラーハに言った。戦後、ギゼラは自宅アパートメントに戻ったが、思っていたとおり、宝物はまだハンガーのなかにあった。

［11］オルガは1907年12月1日に、ハンガリーのセーケシュフェヘールヴァールで生まれた。職業学校で仕立て職人の訓練を受けた。

［12］アリス・ドゥブ、旧姓シュトラウス、1922年生まれ、スロヴァキア北部のトルステナー・ナ・オラヴァの自宅で逮捕された。パルチザンとして強制収容所で生き延びた兄弟ひとりをのぞき、近しい親族全員がホロコーストで亡くなった。タウバー・ホロコースト図書館、アリス・ドゥブとローア・シェリーの私的な往復書簡、ローア・シェリー・アーカイブ。

［13］ヘレン（ヘルカ）・グロスマン、旧姓ブロディ。ブラーハと同じく、カトリック教徒として“通用”していたが、道を歩いているところを見咎められ、ユダヤ人であると告発された。彼女はポプラトの集合場所で待機するあいだ、消灯後に少女たちに歌を歌ってくれたプロの歌手と友だちになった。Secretaries of Death.

エンシュタット、ラーフェンスブリュック、アウシュヴィッツ、ザクセンハウゼンへ移送されるユダヤ人の通過収容所としても利用された。1942年5月から、HŽと記された黄色いダビデの星形の小さなベークライト製バッジが、ホスポダールスキー・ジュイド——経済的に不可欠なユダヤ人——すべてに与えられた(ヤド・ヴァシェムの遺物コレクション)。

[27] Memory Book.

[28] 学校の設立者でラビのカルレバッハは、1935年にパレスチナに移住した。一時的な占有者が学校からいなくなると、フーニアは4階のユダヤ人孤児院の部屋に移され、ほかの7人の女性と住んだ。

[29] The Girl in the Green Sweater, Krystyna Chiger.

[30] Out on a Ledge.

[31] Hope Is the Last to Die, Halina Birnbaum.

[32] The Girl in the Green Sweater.

[33] Fashion Metropolis Berlin., Uwe Westphal.

[34] 1941年11月、ベルリンの〈シャルロッテ・レール〉社の従業員であるシュトラウブ氏が、ウッチ・ゲットーから最近受け取った8枚のドレスの品質に感動したことを告げる手紙を書いた。彼は結びに「あなたたちがわたしのために働きつづけ、今後も約束どおり迅速な引き渡しをすることを心から期待する」と綴っている。Fashion Metropolis Berlin.

[35] Out on a Ledge.

[36] My Father's Keeper, Stephan Lebert.

[37] ブリギッテ・フランクの書簡、『ニュルンベルク合流——「ジェノサイド」と「人道に対する罪」の起源』フィリップ・サンズ著、園部哲訳、白水社、2018年での引用。

[38] Occupied Economies.

[39] Hunt for the Jews, Jan Grabowski.

[40] ヘルタ・フフスは、1923年、フリーダとモーリッツ・フフス夫妻のもとに生まれた。

[41] アリダ・シャルボニエは、1907年7月23日にフェカンで生まれた。1928年10月6日にパン職人のロベール・ド・ラ・サールと結婚し、夫もドイツ占領軍に対する政治レジスタンスに加わった。1936年、ふたりはフランス共産党の党員になった。彼女は1938年11月にストライキを誘発したかどで仕立ての仕事を解雇され、フェカンのリュー・アレクサンドル・レグロのコルセット製造会社で仕事に就いた。ソールゥユ13番地にあるふたりの家が、何度か警察に捜索され、最終的にふたりは逮捕された。ロベール・ド・ラ・サールは1942年9月21日に処刑された。アリダは夫が死ぬ前に会って短い別れを告げた。

[42] ヘルタ・ソスヴィンスキー、旧姓メールは、ラーフェンスブリュックでマリア・マンデルのもとで働いていた。のちにアウシュヴィッツに移され、親衛隊管理棟のほかのスロヴァキア人女性に加わった。Nazi Civilisation.

[43] ジャンネット(ジャンカ)・ナジェル、旧姓ベルゲル。Secretaries of Death.

[44] If This is a Woman, Sarah Helm. ラーフェンスブリュックの衣料品はたいそう質がよかったので、地元の事業は顧客を失った。業界大手の〈テクスレード〉(テクスティール・ウント・レーダーファーヴェアトゥング有限会社)は、ダッハウ、ラーフェンスブリュック双方の強制収容所に工場を設けていた。

[45] Business and Industry in Nazi Germany, R. Francis Nicosia & Jonathan Huener.

[46] レネー・ウンガーの家族間の書簡、1945年8月17日、ブラチスラヴァ。

[47] Where She Came From, Helen Epstein.(『私はどこから来たのか——母と娘のユダヤ物語』ヘレン・エプスタイン著、森丘道訳、河出書房新社、2000年)

[48] Architects of Annihilation, Götz Aly and Susanne Heim.

若者は「いいえ、ドイツからのです」と言い張り、それらが祖国で作られた愛国的な品ではなく外国からの略奪品であることを信じようとはしなかった。Dear Fatherland, Rest Quietly, Margaret Bourke-White.

[7] I Shall Bear Witness, Victor Klemperer.(『私は証言する——ナチ時代の日記 1933-1945年』ヴィクトール・クレンペラー著、石田勇治解説、小川-フンケ里美／宮崎登訳、大月書店、1999年)

[8] カトカ・グルエンシュタイン、旧姓フェルトバウアー、1922年3月3日スロヴァキア西部生まれ。Nazi Civilisation, Lore Shelley.

[9]『ダス・シュヴァルツェ・コーア』1938年11月24日。

[10] ユダヤ人の銀行口座は凍結され、ユダヤ人の資産は、償還されることのない政府債に交換された。移民を希望するユダヤ人は逃げるために特別な税金を支払ったうえに、財産の大半をあとに残していくはめになった。ユダヤ人はさまざまな課税の標的にされ、クリスタルナハトで生じた損害の賠償金までも払わされた。また、ユダヤ人の被雇用者が非ユダヤ企業から排斥された。ときには事業再編(ウムシュテルング・ウンゼレス・ウンテネーメンス)という婉曲表現のもとに、これが行なわれた。

[11] Magda Goebbels.

[12] The Shop on Main Street, Ladislav Grosman.

[13] 'Aryanisation' in Leipzig.

[14] Pack of Thieves.

[15] アドルフ・アイヒマンは、保護国からユダヤ人が移住することを"奨励する"ために、ユダヤ移民中央局(ツェントラールシュテレ・ヒュア・ジューディシェ・アウスヴァンデルング)を設立した。スロヴァキアでは、ディーター・ヴィスリツェニーがユダヤ人をマダガスカルへ移送する突飛な計画を担っていた。やがて絶滅センターが、はるかに強硬な一掃の"解決"策を提供することとなった。

[16] イレーネ・カンカのインタビュー、南カリフォルニア大学ショアー財団の映像歴史アーカイブ07138。イレーネは1939年から1942年にかけて裁縫を学んだ。

[17] マルギータ(グレーテ)・ロソヴァ、旧姓ドゥヒンスキー、1902年プレスブルク(現ブラチスラヴァ)生まれ。グレーテはホロコーストを生き延びた。彼女の紡織技能は戦後の重要な収入源となった。Secretaries of Death, Lore Shelley.

[18] カトカの母親は、隣人たちが裁縫で家計を埋めあわせる手伝いをした。Nazi Civilisation.

[19]『ドイチェス・モーデン・ツァイトゥング』、ライプツィヒ、1941年夏号。

[20]『ドイチェス・モーデン・ツァイトゥング』1941年夏号に掲載されたエプロンの挿絵。

[21] Glanz und Grauen.

[22] Magda Goebbels.

[23] Mothers in the Fatherland.

[24] 1941年11月11日、ベルリン大学での、ユダヤ人労働を正当化するための演説。Documents on the Holocaust.

[25] 2019年にようやく、家族の調査でエミールの最期が確認された。スロヴァキア政府によるユダヤ人の若者狩りで、彼は占領下ポーランドのルブリン地域にあるマイダネク収容所に移送され、#319という囚人番号を与えられた。そして、ほかの囚人たちとともに収容所の建設労働に就いた。1942年9月7日、マイダネクの二酸化炭素ガス室で殺された。処刑の登録番号は4942だった。

[26] 1944年以降、セレトは親衛隊が運営し、ユダヤ人やパルチザン、スロヴァキア民衆蜂起に参加した人々の本格的な収容所となった。セレトはまた、テレージ

［14］Documents on the Holocaust, Yitzhak Arad et al (eds.).
［15］Frauen, Alison Owings で引用されたマルレーネ・カールスルーエンのことば。
［16］Mothers in the Fatherland, Claudia Koontz で引用されたエルナ・ルゲビールのことば。ルゲビールは戦時中、迫害に憤慨してドイツ系ユダヤ人をかくまった。
［17］Documents on the Holocaust. 経済大臣は反ユダヤ的ボイコットに異を唱えたが、それは単に、企業のサプライチェーンに経済的な混乱が生じるという理由からだった。
［18］Broken Threads.
［19］どの時点で、ドレスがただのドレスではなくなるのか。どの時点で、反ユダヤの歴史の一部になるのか。著者のコレクションに、美しい青リンゴ色のクレープ生地の茶会服がある。色彩に富んだ花柄で、ADEFA のラベルがついている。ぞっとする組みあわせだ。
［20］My Life With Goering, Emmy Goering.
［21］'Aryanisation' in Leipzig: Driven Out. Robbed. Murdered, Dr Monika Gibas et al.
［22］Pack of Thieves, Richard Z. Chesnoff. 1938年には、ドイツの百貨店の79パーセント、小売店の25パーセントがユダヤ人の所有だった。
［23］Jewish Life in Leipzig, Hillel Schechter.
［24］Hitler's Furies, Wendy Lower.（『ヒトラーの娘たち――ホロコーストに加担したドイツ女性』ウェンディ・ロワー著、武井彩佳監訳、石川ミカ訳、明石書店、2016年）
［25］ニュルンベルク裁判の記録、1946年3月20日。ゲーリングは自身の裁判でこのことばを弁明し、「この事件と、高価な品々の破壊、それによって生じる困難を考えたらかっとなって、つい発した」と述べた。尋問はリチャード・オーバリー。
［26］Elegante Welt magazine, August 1938, 'Stimmung am movehorizont: vorwiegend heiter' article.
［27］My Life With Goering.
［28］Pack of Thieves.
［29］Magda Goebbels, Anna Klabunde.
［30］イレーネ・カンカのインタビュー、南カリフォルニア大学ショアー財団の映像歴史アーカイブ07138。
［31］イレーネ・カンカのインタビュー、南カリフォルニア大学ショアー財団の映像歴史アーカイブ07138。

第三章

［1］イレーネ・カンカのインタビュー、南カリフォルニア大学ショアー財団の映像歴史アーカイブ07138。
［2］ロム市のユダヤ人共同体に住むエラ・ヴァイスバーガー。一家はクリスタルナハトの暴力騒ぎで野蛮な扱いを受けた。https://www.holocaust.cz/en/sources/recollections. 2020年6月に著者アクセス。
［3］Occupied Economies, Hein Klemann & Sergei Kudryashov.
［4］1942年8月6日、航空省の指導部に向けたことば。ゲーリングは「ドイツ国民が生活らしい生活を過ごせるよう、ぎりぎり最大限、商品を掘り出してくる」よう求めた。Hitler's Beneficiaries, Götz Aly（『ヒトラーの国民国家――強奪・人種戦争・国民的社会主義』ゲッツ・アリー著、芝健介訳、岩波書店、2012年）で引用。
［5］Out on a Ledge, Eva Libitzky.
［6］アメリカ人写真家、マーガレット・バーク＝ホワイトが1945年にニュルンベルク周辺で若いドイツ人装甲擲弾兵にインタビューしたとき、彼は戦時中の豊かさが失われたことを嘆いた。バーク＝ホワイトが、その豊かさとはポーランド、フランス、ベルギー、オランダからの食糧、衣服、嗜好品のことかと尋ねると、

でもないとある。この状態はじきに変わることとなる。

[20] ヘレン(ヘルカ)・グロスマン、旧姓ブロディのことばが、Secretaries of Death, Lore Shelleyで引用されている。ヘルカは15歳のなかばに学校教育を終了した。しばらくは、バルデヨフの町に隠れていた。1942年、非ユダヤ人に通報され、アウシュヴィッツに移送されて、親衛隊管理棟の登録カードの整理部署で働き、フーニアらお針子たちと宿舎をともにした。

[21] イレーネ・カンカのインタビュー、南カリフォルニア大学ショアー財団の映像歴史アーカイブ07138。

第二章

[1] Until the Final Hour, Traudl Junge.(『私はヒトラーの秘書だった』トラウデル・ユンゲ著、足立ラーベ加代/高島市子訳、草思社、2004年)

[2] 1938年、ポドルスカのドレスがベルリンの国際工芸展示会で一等賞を獲った。この展示会は、分裂前にドイツで開催された最後のチェコのファッションショーだった。

[3]『エヴァ』誌は1928年12月に創刊され、世界恐慌のあいだはやや低調だったが、1943年まで存続した。体力のあるファッション雑誌のいくつかは、戦時中の紙不足と戦いながら、倹約して服をこしらえる秘訣と現実逃避を読者に提供しつづけた。

[4] イェセンスカーは、ドイツにチェコスロヴァキアを占領されたあと、地下レジスタンスと連携したことで秘密警察に逮捕され、1944年5月17日にラーフェンスブリュック強制収容所で腎臓不全により亡くなった。着ていた高級服は、縞の囚人服に替わっていた。

[5] ヘルミネ・フォルクマン=ヘフト、旧姓ストルフの姪、ジーラ・コルンフェルト=ヤコブスとの会話。フーニアはこのとき、仕立ての仕事も含めたほぼあらゆるものにひどく幻滅している時期にあった。

[6] Memory Book, Gila Kornfeld Jacobs.

[7] Blood & Banquets, Bella Fromm, 26 June 1933.

[8] Broken Threads, Roberta S. Kremer (ed.). ヨーゼフ・ゲッベルスの妻、マクダが名誉社長に就いた。多くのナチス高官の妻と同じく、彼女はベルリン内外の仕立て職人の関心と才能をほしいままにする特権を享受した。彼女はパリのファッションに耽ろうとしていたようだが、ファッション局が純然たるドイツ企業の発展を推進しはじめたときに、その望みは潰えた。たぶん、マクダはあまりにフランスびいきで、あまりにモダンだったのだろう。当然ながら、社長の座を追われた。

[9] ドイツ女性の理想的な職業は、家政、看護、教育、仕立て職人、秘書、司書、男性のアシスタント全般だった。Tanja Sadowski, 'Die nationalsozialistische Frauenideologie: Bild und Rolle der Frau in der "NS-Frauenwarte" vor 1939'.

[10] Blood & Banquets, 30 August 1932.

[11] Inside the Third Reich, Albert Speer.(『第三帝国の神殿にて——ナチス軍需相の証言(上・下)』アルベルト・シュペーア著、品田豊治訳、中央公論新社、2001年)
ヒトラーはこれらの贈り物について「美しくないことはわかっているのだがね。たいていはもらいものだよ。できればお払い箱にしたいのだが」と述べた。

[12] Glanz und Grauen, Claudia Gottfried et al.

[13] チェコスロヴァキアでは、みごとな刺繍が施された伝統的なスタイルの民族服が、政治的立場を表すために使われた。ババリアとチロルのスタイルはナチスへの忠誠を意味した。ごく狭い地域のスタイルは、ドイツの影響や政策への抵抗のしるしだった。

の写真について述べているが、その写真では男たちがニッカーボッカーと短いベストの民族衣装を着て、花嫁とその親友のイルゼ・フォン・ゼッケンドルフはかわいらしいおさげ髪に、刺繍を施した白いブラウスと黒っぽいロングスカートというでたちだった。それから数十年のあいだ、ヘートヴィヒとイルゼは、メッセベルクの美しいバロック様式の城で挙げた"すばらしい結婚式"について思い出話に花を咲かせた。これは空想か、はたまた現実なのか？

［11］Death Dealer: The Memoirs of the SS Kommandant of Auschwitz, Rudolf Höss.（『アウシュヴィッツ収容所』ルドルフ・ヘス著、片岡啓治訳、講談社、1999年）

［12］ヴィリバルト・ヘンチェル博士が、現代の都市生活に幻滅した若者を農民として田園地域に植民させてドイツ人種を再生するという考えのもと、1923年にアルタマーネンを設立した。このアルタマーネンは第三帝国においてナチスに吸収された。

［13］Hanns and Rudolph, Thomas Harding.

［14］スロヴァキアの女性の姓は、接尾辞の -à や -ovà が加わることが多い。たとえば、フフスはフフソヴァに変わる。だが、英語で一般的に使われるのは接尾辞のない形なので、マルタ・フフスをはじめ、本書の中心人物についてもこちらを使うことにした。

［15］マルタは読書家で音楽を愛し、一家の友人であるペジノク出身のエウゲン・スホニュからピアノを習ってもいた。スホニュは1940年代に作曲した心をかき乱されるオペラ、クルートニャヴァ（『渦』）によって、スロヴァキア随一の作曲家の名声を確立した。

［16］Das Erbe des Kommandanten, Rainer Höss. カール・クラウベルク医師が帝王切開の執刀をした。クラウベルクはのちにアウシュヴィッツでヘスと合流し、悪名高い第10ブロックで働くこととなる。このブロックでは、強制的な避妊手術など、女性の囚人にサディスティックな"医学"実験を行なっていた。第10ブロックはアウシュヴィッツ基幹収容所にあり、隣の第11ブロックでは、死刑を宣告された囚人が処刑を待っていた。看護師のマリア・シュトロームベルガーが、戦後のクラウベルクの裁判で証言した。彼女は、1943年9月20日、ヘートヴィヒが最後の分娩でアンネグレートを産んだときに看護した。のちに本書で述べるとおり、アウシュヴィッツ地下組織で活動し、マルタ・フフスと接点を持っていた。

［17］写真家にして映画制作者のローマン・ヴィスニアックは、中欧、東欧のユダヤ人が強制移送される前の痛切な場面を撮影しているが、その1枚にケジュマロクのユダヤ人少女たちの白黒写真がある。少女のひとりはブラーハと同じく長いおさげ髪で、ほかの少女はくしゃくしゃのおかっぱ頭だ。コート、ストラップシューズ、皺の入ったストッキング。顔は明るい。彼女たちの名前も運命も不明。

［18］フーニアが生まれた場所は、ポーランドの山間の村、プラーニッツ。ほどなく両親がケジュマロクに移住した。

［19］Konzentrationslager Auschwitz Frauen-Abteilung, USHMM. フーニアの両親はヘルマン・ストルフ、ファニー・ビルンバウムと記されている（ふたりは、ズヴィ・クリーガー・ストルフ、ズィポラ・ビルンバウム・ラウンダウとしても知られている）。登録カードのフーニアの姓は、ヴィンクラー。ライプツィヒで働いているときにビザの関係で打算的な結婚をしたことが反映されている。本当の結婚後の姓は、フォルクマンだ。このカードには、アウシュヴィッツ到着時にフーニアは伝染病にかかっておらず、虚弱

原註

序章

[1] Nazi Chic, Irene Guenther.

第一章

[1] オルガ・コヴァノヴァー、旧姓コヴァチョヴァー（コヴァーチ）がタイプ書きでローア・シェリー博士に送った証言、タウバー・ホロコースト図書館のローア・シェリー・アーカイブ。

[2] ブラーハ・コフートへの著者のインタビュー、2019年11月。

[3] イレーネ・カンカのインタビュー、南カリフォルニア大学ショアー財団の映像歴史アーカイブ07138、彼女の息子パヴェル・カンカの翻訳。現在は、ジドヴスカー通り17番地、つまりイレーネのかつての家の向かいにユダヤ文化博物館（スロヴァキア国立博物館の一部）があり、ユダヤ人地区の活気あふれる生活を思い起こさせる展示品とともに、ユダヤ教関連の歴史資料が常設展示されている。

[4] ケーテ・コーン、旧姓ライヒェンベルクは、1917年７月18日生まれ。1913年５月18日生まれのフリーダは、ゾルタン・フェーダーヴァイスと結婚。エーディトは1924年５月24日生まれ。

[5] レネーの母親はエステル、父親はシムハ。レネーは長女で、弟のシュムエル、妹のギータ、イェフディトと続く。レネーのヘブライ語名はショシャナ。

[6] ブラーハの出生名は“ベルタ”だが、語感をやわらげた愛称のブラーハ、セルビア＝クロアチア語系のイディッシュではブロフチュと呼ばれた。ハンガリー文化に染まっていた母方の祖母は、ハンガリー語で夜明けを意味するハジナルにしたいと望んでいた。ところが、父方の祖父がベルタに決定した。というのも、ファルカシュ（オオカミ）という姓の裕福なユダヤ人がツェパにいて、その娘がベルタという名前だったので、祖父が「この名前があの一家にいい名前なら、自分の孫娘にもいいはずだ」とかたくなに主張したのだ。ブラーハのヘブライ語名は、人生の祝福を意味するハヤ・ブラーハ（未発表の往復書簡より）。

[7] パンは家庭で作られ、野菜は家庭菜園で育てられた。秋には人々がキャベツの樽に裸足で入って踊り、水を搾り出してピクルスをこしらえる準備をした。それ以外の冬季のビタミン源は、果実のジャムと、わらのなかに貯蔵しておいたニンジンだった――子どもたちは食料庫に忍びこんでそれをかじった。自給自足が基本で、きびしい生活だった。

[8] ブラーハの祖父イグナーツは、第一次世界大戦の戦闘で情緒不安定になって怒りっぽく、アルコールに逃避することもあった。かたや祖母のリヴカは、イグナーツが戦いに出ているあいだ５人の子どもを育てあげた、穏やかな辛抱強い女性だった。ふたりとも実直で勤勉だった――その資質を、ふたりの息子にしてブラーハの父親のサロモンが受け継いだ。

[9] カトカのヘブライ語の名前は、“よい鳥”を意味する、トヴァ・ツィポラ。イディッシュでは、トヴァはギトルになるため、家族はギトゥの愛称で呼んでいた。1925年生まれ。

[10] この写真は、ヘス家のまんなかの娘、インゲ＝ブリギットのお気に入りだった。作家のトーマス・ハーディングが著書 Hanns and Rudolf: The German Jew and the Hunt for the Kommandant of Auschwitz のため彼女にインタビューしたとき、その場で見ることを許された。ライナー・ヘスは、祖父ルドルフのメモワール Das Erbe des Kommandanten で結婚式のべつ

Stargardt, Nicholas, *The German War: A Nation Under Arms, 1939-45*, Vintage (2016)
Steinbacher, Sybille, *Auschwitz: A History*, trans., Shaun Whiteside, Penguin (2004)
Steiner, Jean-François, *Treblinka*, Meridian (1994)
Stone, Dan, *The Liberation of the Camps*, Yale University Press (2015)
Todorov, Tzvetan, *Facing the Extreme: Moral Life in the Concentration Camps*, Weidenfeld & Nicholson (1999)（『極限に面して──強制収容所考』ツヴェタン・トドロフ著、宇京頼三訳、法政大学出版局、1992年）
Tuchmann, Barbara, *Practising History*, Ballantine Books (1982)
Tuvel Bernstein, Sara, *The Seamstress: A Memoir of Survival*, Penguin Putnam Ltd (1999)
Van Pelt, Robert Jan & Debórah Dwork, *Auschwitz 1270 to the Present*, Yale University Press (1996)
Veillon, Dominique, *Fashion Under the Occupation*, Berg (2002)
Vrba, Rudolph, *I Escaped from Auschwitz*, Robson Books (2002)
Vrbová, Gerta, *Trust and Deceit: A Tale of Survival in Slovakia and Hungary, 1939-1945*, Vallentine Mitchell (2006)
Walford, Jonathan, *Forties Fashion: From Siren Suits to the New Look*, Thames & Hudson (2008)
Weissman Klein, Gerda, *All But My Life*, Hill and Wang (1995)
Westphal, Uwe, trans., Kristine Jennings, *Fashion Metropolis Berlin: The Story of the Rise and Destruction of the Jewish Fashion Industry*, Henschel (2019)
Wiesenthal, Simon, *Justice Not Vengeance*, Weidenfeld and Nicholson (1989)（『ナチ犯罪人を追う──S・ヴィーゼンタール回顧録』ジーモン・ヴィーゼンタール著、下村由一／山本達夫訳、時事通信社、1998年）
Willingham II, Robert Allen, 'Jews in Leipzig: Nationality and Community in the 20thCentury', PhD thesis, University of Texas at Austin (2005). https://repositories.lib.utexas.edu/bitstream/handle/2152/1799/willinghamr73843.pdf.（2020年6月に著者アクセス。22年1月現在もアクセス可）
Wong, Joanna, 'Lincoln teacher recalls parents' Holocaust travails', Abraham Lincoln High School magazine May 10 2016, accessed April 2020
Zuker-Bujanowska, *Liliana, Liliana's Journal: Warsaw 1939-1945*, Judy Piatkus Publishers (1980)

Paskuly, Steven（ed.）, *Rudolph Höss, Death Dealer: The Memoirs of the SS Kommandant of Auschwitz*, trans., Andrew Pollinger, Prometheus Books（1992）
Rawicz, Jerzy（ed.）, *KL Auschwitz Seen by the SS*, Auschwitz State Museum（1970）
Rees, Laurence, *Auschwitz: The Nazis and the Final Solution*, BBC Books（2005）
Rougier-Lecoq, Violette, *Témoinages. 36 Dessins à la Plume de Ravensbrück*, Imprimerie Auclerc（1983）
Sadowski, Tanja, 'Die nationalsozialistische Frauenideologie: Bild und Rolle der Frau in der "NS-Frauenwarte" vor 1939'. https://www.mainz1933-1945.de/fileadmin/Rheinhessenportal/Teilnehmer/mainz1933-1945/Textbeitraege/Sadowski_Frauenideologie.pdf.（2020年４月28日に著者アクセス。22年１月現在もアクセス可）
Sandes, Philippe, *East West Street: On the Origins of Genocide and Crimes Against Humanity*, Weidenfeld & Nicholson（2016）（『ニュルンベルク合流――「ジェノサイド」と「人道に対する罪」の起源』フィリップ・サンズ著、園部哲訳、白水社、2018年）
Schechter, Hillel, *Jewish Life in Leipzig during the 1930s*, Shoah Resource Centre, Yad Vashem, accessed 23.6.20
Schloss, Eva, *Eva's Story: A Survivor's Tale by the Stepsister of Anne Frank*, William B. Eerdmans Publishing Company（1988/2010）（『エヴァの時代――アウシュヴィッツを生きた少女』エヴァ・シュロッス著、吉田寿美訳、新宿書房、1991年）、（『エヴァの震える朝――15歳の少女が生き抜いたアウシュヴィッツ』エヴァ・シュロス著、吉田寿美訳、朝日新聞出版、2018年）
Schneider, Helga, *The Bonfire of Berlin*, trans., Shaun Whiteside, William Heinemann（2005）
Schneider, Helga, *Let Me Go: My Mother and the SS*, Vintage（2005）
Schwartz, Gertrud, *Eine Frau an seine Seite*, Aufbau Taschenbuch Verlag Setkiewicz, Piotr（ed.）, *The Private Lives of the SS*, trans., William Brand, Auschwitz-Birkenau State Museum（2015）
Shelley, Lore（ed. and trans.）, *Secretaries of Death: Accounts by Former Prisoners Who Worked in the Gestapo of Auschwitz*, Shengold Publishers Ltd（1986）
Shelley, Lore（ed. and trans.）, *Criminal Experiments on Human Beings in Auschwitz and War Research Laboratories*, Mellen Research University Press（1991）
Shelley, Lore（ed. and trans.）, *Auschwitz — The Nazi Civilisation: Twenty-three Women Prisoners' Accounts*, University Press of America（1992）
Shelley, Lore, *The Union Kommando in Auschwitz: The Auschwitz Munition Factory Through the Eyes of Its Former Slave Laborers*, Studies in the Shoah Volume XIII, University Press of America（1996）
Shelley, Lore, *Post-Auschwitz Fragments*, Morris Publishing（1997）
Shik, Dr Na'ama, 'Women Heroism in the Camp', online lecture for Yad Vashem, YouTube 13th July 2020. Accessed 2.4.20. https://www.youtube.com/watch?v=eVpO3IvhVmA&feature=youtu.be&utm_source=newsletter&utm_medium=email&utm_campaign=temp_closed.
Shuter, Jane, *The Holocaust: The Camp System*, Heinemann（2002）
Škodová, Júlia, *Tri Roky Bez Mena*, Osveta（1962）
Smith, Lyn, *Forgotten Voices of the Holocaust*, Ebury Press（2005）
Snyder, Louis L., *Encyclopaedia of the Third Reich*, Wordsworth Editions Ltd（1998）
Speer, Albert, trans., Clara and Richard Winston, *Inside the Third Reich*, Phoenix（1995）（『第三帝国の神殿にて――ナチス軍需相の証言（上・下）』アルベルト・シュペーア著、品田豊治訳、中央公論新社、2001年）

Kounio Amariglio, Erika, *From Thessaloniki to Auschwitz and Back*, Valentine Mitchell (2000)
Kramer, Clara, *Clara's War*, Ebury Press (2008)
Kremer, Roberta S. (ed.), *Broken Threads. The Destruction of the Jewish Fashion Industry in Germany and Austria*, Berg (2007)
Lachendro, Jacek, *Auschwitz After Liberation*, trans., William Brand, Auschwitz-Birkenau State Museum (2015)
Langbein, Hermann, *People in Auschwitz*, trans., Harry Zohn, University of North Carolina Press, USHMM (2004)
Langford, Liesbeth, *Written By Candlelight*, Ergo Press (2009)
Lasker-Wallfisch, Anita, *Inherit the Truth 1939–1945*, Giles de la Mare Publishers (1996)(『チェロを弾く少女アニタ――アウシュヴィッツを生き抜いた女性の手記』アニタ・ラスカー＝ウォルフィッシュ著、藤島淳一訳、原書房、2003年)
Lebert, Stephan, *My Father's Keeper: The Children of the Nazi Leaders: An Intimate History of Damage & Denial*, Little, Brown & Company (2001)
Lengyel, Olga, *Five Chimneys: A Woman Survivor's True Story of Auschwitz*, Ziff-Davis Publishing (1947)(「アウシュヴィッツの五本の煙突」オルガ・レンゲル著、金森誠也訳、『世界ノンフィクション全集 第28』中野好夫／吉川幸次郎／桑原武夫共編、筑摩書房、1962年に収録)
Libitzky, Eva, and Fred Rosenbaum, *Out on a Ledge: Enduring the Łódź Ghetto, Auschwitz and Beyond*, Wicker Park Press Ltd (2014)
Lipszyc, Rywka, *Rywka's Diary*, Anita Friedman (ed.), trans., Malgorzata Markoff, HarperCollins (2015)
Loridan-Ivens, Marceline, *But You Did Not Come Back*, trans., Sandra Smith, Faber & Faber (2017)
Lower, Wendy, *Hitler's Furies: German Women in the Nazi Killing Fields*, Chatto & Windus (2013)(『ヒトラーの娘たち――ホロコーストに加担したドイツ女性』ウェンディ・ロワー著、武井彩佳監訳、石川ミカ訳、明石書店、2016年)
Margolius Kovaly, Heda, *Under a Cruel Star: A Life in Prague 1941–68*, Granta Books (2012)
Meiri-Minerbe, Chaya, *Juden in Kesmark: und Umgebung zur Zeit der Shoah: jüdisches Leben und Leiden in der SlowakeiRäumungAbteilung*, trans., Magali Zibaso, Hartung-Gorre (2002)
Mičev, Stanislav, *My Experiences During a Three-Year Imprisonment in the Auschwitz Concentration Camp: Memoirs of Berta Berkovičová-Kohútová*, Matica Slovenska, January 2019
Moorehead, Caroline, *A Train in Winter: A Story of Resistance*, Vintage (2012)
Nomberg-Przytyk, Sara, trans., Roslyn Hirsch, *Auschwitz: True Tales from a Grotesque Land*, The University of North Carolina Press (1985)
Nicosia, Francis, R. & Jonathan Huener (eds.), *Business and Industry in Nazi Germany*, Berghahn Books (2004)
Overy, Richard, *Interrogations: The Nazi Elite in Allied Hands, 1945*, Allen Lane (2001)
Owen, James, *Nuremberg: Evil on Trial*, Headline Review (2006)
Owings, Alison, *Frauen: German Women Recall the Third Reich*, Penguin (2001)
Rader, Henning, and Vanessa-Maria Voigt (eds.), *Einem Jüdischer Besitz Erwerbungen des München Stadtmuseums im Nationalsozialismus*, Hirmer Verlag (2018)
Huebner, Karla, 'Inter-war Czech Women's Magazines: Constructing Gender, Consumer Culture and Identity in Central Europe', *in Women in Magazines: Research, Representation, Production and Consumption*, Rachel Ritchie, Sue Hawkins, Nicola Phillips (eds.), Routledge (2016)

Harding, Thomas, 'Hiding in N. Virginia, a daughter of Auschwitz', *Washington Post*, 7 September 2013
Hart-Moxon, Kitty, *Return to Auschwitz*, Sidgwick & Jackson Ltd (1981)
Haste, Cate, *Nazi Women*, Channel 4 Books (2001)
Heijmerikx, Anton G. M., 'Hedwig Höss-Hensel de vrouw van de kampcommandant en haar rol in Auschwitz', *Genealogie en Streekgeschiedenis*, 7 August 2016, accessed 5.2.20. https://heijmerikx.nl/2016/08/07/hedwig-hoss-hensel-de-vrouw-van-de-kampcommandanten-haar-rol-in-auschwitz/
Helm, Sarah, *If This is a Woman: Inside Ravensbruck: Hitler's Concentration Camp for Women*, Little, Brown (2015)
Hellman, Peter, with Lili Meier and Beate Klarsfeld, *The Auschwitz Album*, Random House (1981)
Helman, Anat, *A Coat of Many Colours: Dress Culture in the Young State of Israel*, Academic Studies Press (2011)
Himmler, Katrin, and Michael Wildt (eds.), *The Private Heinrich Himmler: Letters of a Mass Murderer*, trans., Thomas S. Hansen and Abby J. Hansen, St Martin's Press (2016)
Hlaváčková, Konstantina, *Czech Fashion: Mirror of the Times 1940–1970*, Olympia Publishing (2000)
Höss, Rainer, *Das Erbe des Kommandanten*, Belleville Verlag (2013)
Hoffman, Eva, *After Such Knowledge: A Meditation on the Aftermath of the Holocaust*, Vintage (2004) (『記憶を和解のために――第二世代に託されたホロコーストの遺産』エヴァ・ホフマン著、早川敦子訳、みすず書房、2011年)
Holden, Wendy, *Born Survivors*, Sphere (2015)
Jalowicz-Simon, Marie, *Gone To Ground*, trans., Anthea Bell, Profile Books Ltd (2014)
Junge, Traudl, with Melissa Müller, *Until the Final Hour*, Phoenix (2005) (『私はヒトラーの秘書だった』トラウデル・ユンゲ著、足立ラーベ加代／高島市子訳、草思社、2004年)
Kanter, Trudi, *Some Girls, Some Hats and Hitler*, Virago (2012)
Katz, Leslie, 'Love, business and Holocaust bind unlikely couple in S. F.', *The Jewish News of Northern California*, 12 April 1996
Kirschner, Ann, *Sala's Gift*, Free Press (2006)
Klabunde, Anna, *Magda Goebbels*, Sphere (2007)
Klemann, Hein & Sergei Kudryashov, *Occupied Economies: An Economic History of Nazi-Occupied Europe 1939–1945*, Berg (2012)
Klemperer, Victor, *I Shall Bear Witness: The Diaries of Victor Klemperer 1933–1941*, trans., Martin Chalmers, Phoenix (1999) (『私は証言する――ナチ時代の日記1933-1945年』ヴィクトール・クレンペラー著、石田勇治解説、小川-フンケ里美／宮崎登訳、大月書店、1999年)
Knill, Iby, *The Woman Without a Number*, Scratching Shed Publishing Ltd (2010)
Knowles, Anne Kelly and Tim Cole, Alberto Girodano (eds.), *Geographies of the Holocaust*, Indiana University Press (2014)
Kobylański, Tomasz, 'Życie codzienne w willi Hössa', *Polityka*, January 2013
Kornfeld-Jacobs, Gila, with Varda K. Rosenfeld, *The Rooster Called: Our Father's Life Journey from Hungary to Israel*, PHP (2019)
Kornreich Gelissen, Rena, with Heather Dune Macadam, *Rena's Promise: A Story of Sisters in Auschwitz*, Beacon Press (2015) (『レナの約束』レナ・K・ゲリッセン／ヘザー・D・マカダム著、古屋美登里訳、中央公論新社、2011年)
Koontz, Claudia, *Mothers in the Fatherland: Women, the Family and Nazi Politics*, Methuen (1987)

フランク」自伝』エディス・エヴァ・イーガー／エズメ・シュウォール・ウェイガンド著、服部由美訳、パンローリング、2021年）

Epstein, Helen, *Where She Came From: A Daughter's Search for Her Mother's History*, Holmes & Meier (2005)（『私はどこから来たのか——母と娘のユダヤ物語』ヘレン・エプスタイン著、森丘道訳、河出書房新社、2000年）

Fantlová, Zdenka, *The Tin Ring: How I Cheated Death*, Northumbria Press (2010)

Feldman, Jeffrey, *'The Holocaust Shoe. Untying Memory: Shoes as Holocaust Memorial Experience', in Jews and Shoes*, ed., Edna Nahshon, Berg (2008)

Fénelon, Fania, *The Musicians of Auschwitz*, Sphere Books (1977)（『ファニア歌いなさい』ファニア・フェヌロン著、徳岡孝夫訳、文藝春秋、1981年）

Fogg, Shannon L., *Stealing Home: Looting, Restitution and Reconstructing Jewish Lives in France, 1942-1947*, Oxford University Press (2017)

Flanner, Jean, *Paris Journal 1944-1965*, Atheneum Press (1965)

Frankl, Viktor, *Man's Search for Meaning*, Rider (2004)（『夜と霧——ドイツ強制収容所の体験記録』ヴィクトール・E・フランクル著、霜山徳爾訳、みすず書房、1985年）

Fromm, Bella, *Blood & Banquets: A Berlin Social Diary*, Birch Lane Press (1990)

Garliński, Jósef, *Fighting Auschwitz*, Fontana (1976)

Gensburger, Sarah, *Witnessing the Robbing of the Jews: A Photographic Album, Paris, 1940-1944*, trans., Jonathan Hensher, Indiana University Press (2015)

Gibas, Dr Monika, Dr Cornelia Briel, Petra Knöller, Steffen Held, *'Aryanisation' in Leipzig: Driven out. Robbed. Murdered*, touring exhibition. http://www.juedischesleipzig.de/arisierung_engl09.pdf

Gilbert, Martin, *The Dent Atlas of the Holocaust*, JM Dent (1993)（『ホロコースト歴史地図——1918〜1948年』マーチン・ギルバート著、滝川義人訳、東洋書林、1995年）

Goering, Emmy, *My Life with Goering*, David Bruce & Watson Ltd (1972)

Gold, Dina, *Stolen Legacy: Nazi Theft and the Quest for Justice at Krauenstrasse 17/18*, Berlin, American Bar Association (2016)

Goldberg, Myrna and Amy H. Shapiro (eds.), *Different Horrors, Same Hell: Gender and the Holocaust*, University of Washington Press (2013)

Gottfried, Claudia, et al., *Glanz und Grauen. Kulturhistorische untersuchungenzur Mode und Bedleidung in der Zeit des Nationalsozialismus*, LVR-Industriemuseum, Textilfabrik Cromford Hg. (2020)

Grabowski, Jan, *Hunt for the Jews: Betrayal and Murder in German-Occupied Poland*, Indiana University Press (2013)

Grant, Linda, *The Thoughtful Dresser*, Virago (2009)

Grosman, Ladislav, *The Shop on Main Street*, trans., Iris Urwin Lewitová, Karolinum Press (2019)

Guenther, Irene, *Nazi Chic? Fashioning Women in the Third Reich*, Berg (2004)

Gutman, Israel, and Michael Berenbaum, *Anatomy of the Auschwitz Death Camp*, Indiana University Press (1998)

Gutterman, Bella and Avner Shalev (eds.), *To Bear Witness: Holocaust Remembrance at Yad Vashem*, Yad Vashem (2014)

Hampton, Janie, *How the Girl Guides Won the War*, Harper Press (2011)

Harding, Thomas, *Hanns and Rudolph: The German Jew and the Hunt for the Commandant of Auschwitz*, William Heinemann (2013)

参考文献

Aalders, Gerard, *Nazi Looting: The Plunder of Dutch Jewry During the Second World War*, trans., Arnold Pomerans and Erica Pomerans, Berg (2004)

Aly, Götz, *Hitler's Beneficiaries: Plunder, Racial War and the Nazi Welfare State*, trans., Jefferson Chase, Versa (2016)（『ヒトラーの国民国家——強奪・人種戦争・国民的社会主義』ゲッツ・アリー著、芝健介訳、岩波書店、2012年）

Aly, Götz and Susanne Heim, *Architects of Annihilation: Auschwitz and the Logic of Destruction*, Phoenix (2003)

Arad, Yitzhak, Israel Gutman & Abraham Margaliot (eds.), *Documents on the Holocaust*, trans., Lea Ben Dor, University of Nebraska Press and Yad Vashem (1999)

Berr, Hélène, *Le Journal de Hélène Berr*, trans., David Bellos, McClelland & Stewart (2008)（『エレーヌ・ベールの日記』エレーヌ・ベール著、飛幡祐規訳、岩波書店、2009年）

Birnbaum, Halina, *Hope Is the Last to Die*, Auschwitz State Museum (2016)

Bogner, Nahum, 'Cyprus Detention Camps', *Encyclopaedia of the Holocaust*, ed., Israel Gutman, Macmillan (1990)

Borden, Harry, *Survivor*, Cassell (2017)

Bourke-White, Margaret, *Dear Fatherland, Rest Quietly. A Report on the Collapse of Hitler's Thousand Years*, Arcole Publishing (1946/2018)

Boyd, Julia, *Travellers in the Third Reich*, Elliott & Thompson Ltd (2017)（『第三帝国を旅した人々——外国人旅行者が見たファシズムの勃興』ジュリア・ボイド著、園部哲訳、白水社、2020年）

Brosh, Hilary, *Threads of Life*, unpublished MA dissertation, Leeds Metropolitan University (2012)

Buber-Neumann, Margarette, *Milena*, trans., Ralph Manheim, Collins Harvill (1989)（『カフカの恋人ミレナ』M・ブーバー＝ノイマン著、田中昌子訳、平凡社、1993年）

Burianová, Miroslava, *Móda v ulicích protektorátu*, Narodni Muzeum, Grada Publishing (2013)

Caldwell, Erskine, and Margaret Bourke-White, *North of the Danube*, The Viking Press (1939)

Chesnoff, Richard Z., *Pack of Thieves*, Phoenix (2001)

Chiger, Krystyna, with Daniel Paisner, *The Girls in the Green Sweater*, St Martin's Griffin (2008)

Clendinnen, Inga, *Reading the Holocaust*, Canto (2002)

Collins, Robert and Han Hogerzeil, *Straight On: Journey to Belsen and the Road Home*, Methuen & Co (1947)

Czech, Danuta, *Auschwitz Chronicle, 1939-1945*, Henry Holt & Co. (1997)

Czocher, Anna, Dobrochna Kałwa, Barbara Klich-Kluczewska, Beata Łabno, *Is War Men's Business? Fates of Women in Occupied Kraków in Twelve Scenes*, Muzeum Historyczne Miasta Kraków a (2011)

Delbo, Charlotte, *Auschwitz and After*, Yale University Press (1995)

Dojc, Yuri and Katya Krausova, *Last Folio: Textures of Jewish Life in Slovakia*, Indiana University Press (2011)

Dune Macadam, Heather, *999: The Extraordinary Young Women of the First Official Jewish Transport to Auschwitz*, Citadel Press (2020)

Eger, Edith, *The Choice, Rider* (2017)（『アウシュヴィッツを生きのびた「もう一人のアンネ・

図版クレジット

1．イレーネ・ライヒェンベルク、アミー・カンカ＝ヴァラダルスキー
2．レネー・ウンガー、1939年、個人所蔵
3．ブラーハ・ベルコヴィッチ、小学校時代、家族所蔵、©トム・アレトン
4．マルタ・フフス、シュナイダー家の1934年の金婚式、個人所蔵
5．ブラーハ・ベルコヴィッチ、戦前のミズラチの友人たちと、家族所蔵、©トム・アレトン
6．フーニア・ストルフ、1935年、ジーラ・コルンフェルト＝ヤコブス
7．1930年代のクレープ地のデイドレスにつけられたADEFAのラベル、著者のコレクション
8．スロヴァキアでのレネー・ウンガー、1938年、個人所蔵
9．ブラーハとカトカのベルコヴィッチ姉妹、戦前、家族所蔵、©トム・アレトン
10. ベルコヴィッチ一家、1942年、家族所蔵、©トム・アレトン
11. ビルケナウのカナダII バラック、オシフィエンチムのアウシュヴィッツ＝ビルケナウ博物館のアーカイブ、Nrneg. 20995-482
12. ベルコヴィッチ一家、1937年、家族所蔵、©トム・アレトン
13. ヘス一家、1943年、ミュンヘンの現代史研究所、IfZ BA-00019962
14. マルタ・フフスからのはがきの細部、1944年3月3日、個人所蔵
15. アリダ・ド・ラ・サールの身分証明書、タウバー・ホロコースト図書館のアーカイブ、JFCSホロコーストセンター、ローア・シェリー・コレクション、2011-003、出所、シュタープスゲボイデM-Z、アリダ・ヴァセラン
16. レジーナ・アプフェルバウム、個人所蔵
17. マルタ・フフスのはがき、1944年3月3日、個人所蔵
18. 1944年8月23日撮影のビルケナウ、Pictorial Press Ltd/Alamy Stock Photo, 2BFCN18
19. マルタの戦後の就労票、個人所蔵
20. コフート一家、家族所蔵、©トム・アレトン
21. マルタ・フフスとラディスラフ・ミナーリクの結婚式の写真、個人所蔵
22. ブラーハとカトカの姉妹、家族所蔵、©トム・アレトン
23. 靴の写真、著者のコレクション
24. イレーネの裁縫箱、著者のコレクション

【著】ルーシー・アドリントン（Lucy Adlington）
イギリスの服飾史研究家。20年以上にわたり、服飾と社会とのかかわりについて研究を続けている。イギリス国内で、服飾史について講義を行なう会社を運営している。著書に、本書執筆のきっかけとなった *The Red Ribbon, Stitches in Time: The Story of the Clothes We Wear, Women's Lives and Clothes in WW2: Ready for Action* など多数。

【訳】宇丹貴代実（うたん・きよみ）
翻訳家。訳書に、デイ『わが家をめざして――文学者、伝書鳩と暮らす』、ミッチェル『今日のわたしは、だれ？――認知症とともに生きる』、フィンケル『ある世捨て人の物語――誰にも知られず森で27年間暮らした男』、グライムズ『希望のヴァイオリン――ホロコーストを生きぬいた演奏家たち』など多数。

アウシュヴィッツのお針子《はりこ》

2022年5月20日　初版印刷
2022年5月30日　初版発行

著　者　ルーシー・アドリントン
訳　者　宇丹貴代実
装丁者　木庭貴信＋角倉織音（オクターヴ）
装　画　おきおよぐあじ
発行者　小野寺優
発行所　株式会社河出書房新社
〒151-0051　東京都渋谷区千駄ヶ谷2-32-2
電話　(03) 3404-1201［営業］(03) 3404-8611［編集］
https://www.kawade.co.jp/
組　版　株式会社創都
印　刷　三松堂株式会社
製　本　加藤製本株式会社
Printed in Japan
ISBN978-4-309-25445-6